沿着峡谷行走，方向不知不觉中由西转向西北，旋即又转回正西，沿途随处可见鸟儿突然飞起。

大的鸟儿，譬如金雕、红嘴蓝鹊，会在北崖上投下影子；小的鸟儿，譬如黑冠山雀、星鸦，常常只闻其声，不见其影。

也难怪，峡谷内植物茂密，能够听到鸟鸣已是缘分。

河流曲曲折折，沿崖底而行，拐弯处常聚起一小片滩涂，雾柳、桦树、辽东栎、流苏之外，还生长着一丛一丛的沙棘。

———

山西出版传媒集团　山西教育出版社

折叠的时空

FOLDED

TIME

AND

SPACE

赵树义

著

图书在版编目 (CIP) 数据

折叠的时空 / 赵树义著. — 太原：山西教育出版社，2021.5

ISBN 978-7-5703-1541-3

Ⅰ. ①折… Ⅱ. ①赵… Ⅲ. ①纪实文学—中国—当代 Ⅳ. ① I25

中国版本图书馆 CIP 数据核字（2021）第 077790 号

折叠的时空

ZHEDIE DE SHIKONG

赵树义 著

出版发行 山西出版传媒集团 · 山西教育出版社

地　　址 太原市水西门街馒头巷 7 号

邮　　编 030002

电　　话 0351-4729801

责任编辑 陈旭伟

复　　审 祁　黎

终　　审 李梦燕

书籍设计 王春声

图片摄影 舒　麟

印装监制 赵　群

印　　装 山西基因包装印刷科技股份有限公司

开　　本 720mm × 1020mm 1/16

印　　张 22.25

字　　数 280千字

版　　次 2021年6月第1版　2021年6月第1次印刷

书　　号 ISBN 978-7-5703-1541-3

定　　价 78.00元

如发现印、装质量问题，影响阅读，请与出版社联系调换。

电话：0351-4729718。

赵树义，1965年生，山西长子人，现居太原。中国作协会员，供职人民代表报社。出版有《虫洞》《虫齿》《灰烬》《远远的漂泊里》《低于乡村的记忆》《且听风走》《经络山河》等。著有长篇小说《虫人》。

《虫洞》获2013—2015年度赵树理文学奖散文奖，《失忆者》获第六届西部文学散文奖。

目录

第一章 沁水出焉

沁水出焉

姊妹二泉隔路相望，却一泉在山影下，一泉在阳光里；一泉绝山而出，一泉涌地而起；一泉冲激成潭，一泉潺湲若溪；一泉水声响亮，一泉近乎寂然。如此场景，恍若光影两世界。仔细品味，南崖下的泉水幽暗，若女子；北崖下的泉水明亮，似男子，不知为何，却被称作姊妹泉，莫非姊妹泉像姊妹花一样，名字动听？美好固然重要，贴切也不可忽略，若以我看，两泉一阴一阳，习性有别，称兄妹泉甚或夫妻泉也无不可；更何况，两泉刚出山便合二为一，相随相伴而下，此情此景，难道不是『执子之手，与子偕老』的最美、最生动的呈现吗？

抬头望时，蓦然觉得此刻的太阳仿佛一只大鸟的眼睛，格外温情。

习惯了遍山遍野的绿色，陡见两处草木稀疏的绝壁，反倒觉出几分亲切，就像绿树掩映的老家大门翼然洞开，门里站着老祖母。此刻，天空那张红扑扑的脸便是老祖母的脸，光芒敛起，光泽深沉，微笑着慢慢向西边移动，感觉很快就要落到山巅之上。

不，是落在松林之上。

不，是落在石门之上。

其实，离黄昏还有很远的路要走。站在卵石步道上凝神眺望，我只是被绿色洗过的太阳所吸引——进入林中时，光芒退去，轮廓愈显清晰，长久注视，纷披的金色竟渐渐变成橘红色！

这不是我第一次探访沁河源头，却是最用心的一次。选在深秋的下午溯流而上，抵近源头，便是想在安静时刻一步步走近她，便是想安静地坐在她旁边，听一会儿流水的声音。

卵石之后是木桩，木桩之后是松针，松针之后是木板，步道宽若车轨，长仅900米——直行路段各200米，接近源头时拐了个弯，便多出100米。如此设计可谓匠心，就像一首曲子，平缓复平缓，平缓复平缓，抵近尾声时慢慢拉起一声长调，变化并不激烈，却瞬间奔向高潮。只不过，这一刻的高潮属于流水，属于源头，属于藏在大山深处经年湿润的岩隙。

但此刻，我依然停留在步道上，并无立即奔向源头的意思。

滩涂四周鸢尾草、高羊茅、苜蓿、榆叶梅、山桃树、茶条槭散布，草叶边缘开始枯黄，树叶色彩却正浓烈；尤其茶条槭，红中略带一丝黄，愈显亮丽。步道北侧的宣教长廊上，唱主角的是苍鹭、黑鹳、红嘴蓝鹊、戴胜等珍稀鸟种，它们栩栩然水草之上，我听不到它们的歌唱，却看到它们在歌唱，画面不仅毫无突兀之感，反增添了知性美感——毕竟，沁源珍稀鸟种太多太多，人在享受“天然氧吧”的慷慨馈赠时，也需要用动物或植物的常识来补脑，甚至，需要重新认识我们自以为是的常识——科技把空间拉得越来越近，人离自然却越来越远。这似乎是个悖论，而悖论也是万物藏而不露的生存逻辑。

行走在卵石路段，仿佛行走在车轨之间，只不过，轨道取自山林间伐的松木，而非炉火锻造的钢轨。跳跃在木桩之上，感觉自己就是一只鸟，甚或水中的游蛇。我不会用侠客来做比喻，在敏捷方面，人永远都是学生。松针细碎而柔软，风吹过，砂石裸露而出，倒有些卵石路径的意味，只是更温情一些罢了。最后一段步道是木板路，松木的清香与流水混合在一起，空气中只有淡淡的松香，并无松明子扑鼻的油脂味。由东而西溯流而上，左侧是沁河，浪花飞溅，水流湍急；右侧也是沁河，水流藏在苇草当中，时隐时现，偶尔看到一道微型“瀑布”从小小的石崖上跌落，仿佛草丛中穿出的小龙，在阳光下闪烁出迷离的明亮，转眼又钻到草丛中去了。“蒹葭苍苍，白露为霜”。虽还需几日才是白露，苍苍之意却十分浓了。沿河树木开始泛黄，再过十天半月，树叶颜色最是好看，尤其山那头的芊林背，好似打翻颜料瓶，赤橙黄绿青蓝紫恣意泼洒，光、影和鸟鸣绚丽交织。但在此刻，我关心的是沁河，是沁河的源头，是沁河源头抵近黄昏时的静谧时光。

步道两侧一明一暗，一动一静，河水“叮叮咚咚”顺流而下。直到踏上木板步道，方才听到自己的脚步声——清脆，响亮，略有些刺耳，似乎是我随手打破了周遭的宁静和平衡，又或者，周遭的一动一静仅为衬托此刻的响亮而生，就像用峡谷里的明暗来映衬头顶上的一道天光。

其实，有脚步，不一定有声音，声音不过是耳朵对震动频率的一次捕捉。很多时候，我们只能看到万事万物留在大地上的痕迹，却察觉不到一丁一点的响动。那些声音被大地收藏，如果你有心，便能从大地深处把它打捞出来。自然的秘密属于自然，也属于心，属于有心人，自然不是商人或政客，她懂得爱，却从不拿自己的秘密做交易。如果你想与自然做交换，那就带着你的好心情来吧！

眼下，我在木板步道上看到许多神奇的“脚印”，就像某些秘密不经意间被泄露。那些“脚印”是苍鹭的，是乌鸦的，是猫头鹰的，是松鸦的，还是松鼠、狍子、狐狸、野猪、金钱豹的，其状如火，如草，如燕子，如箭簇，如心瓣，如一只脚掌上长出的五枚叶子，抽象有抽象的美感，具体有具体的质感。似乎那些变异的脚丫便是它们生长或飞行姿态的另一种演变，憨态可掬。即便野猪的“脚印”，即便金钱豹的“脚印”，也是可爱的，猛兽也柔软，是不是有些不可思议？

当然，那些“脚印”并非陷落在泥泞深处的，而是从大自然中“提取”出来，放大或缩小，拓在步道上的。有了那些神奇的“脚印”，寻常的步道便趣味盎然，甚或，步道之下疑似埋着大自然秘密的低语，即便没有木板“笃笃”的回声，万物心跳的声音依然存在，就像河流行走在砂石地下，夕阳落在青山那头，看见或看不见，都天然地与你存在某种隐秘的关联。

说到脚印，不得不说鸟儿，鸟儿留在大地上的脚印最接近文字。当然，我并非说鸟儿便是飞禽走兽中的读书人，但鸟儿的姿势的确儒雅，走，跳，振翅而飞，都自带几分从容或英气。

黑鹳便是其中翘楚。

黑鹳与褐马鸡、金雕一样，是国家一级重点保护鸟类，被《濒危野生动植物种国际贸易公约》列为濒危物种。黑鹳在中国的珍稀程度曾不亚于大熊猫，如今在沁源却随处可见，王家湾村和二郎神沟一带便是黑鹳的主要孵化基地。而沁河穿过二郎神沟直抵王家湾，追根溯源，沁河才是孵化黑鹳的温床吧？在这里，偶尔也会与褐马鸡、金雕邂逅，只是数量更少，难得一遇而已。

二郎神沟气候独特，植被丰富，俨然鸟儿的天堂。有许多种鸟儿，譬如游隼、红嘴蓝鹊、环颈雉、红隼、红脚隼、黑冠山雀、星鸦、鸳鸯等，迁徙到这里生活，品种和数量逐年递增。所谓适者生存，这个适者其实不只指生存者，还指生存环境。有适合的环境，才有适合的生存者；生存者找到适合的环境，才生存得更好。世上万物皆关系，所谓割裂或独立存在，不过是人的一厢情愿罢了。

黑鹳的嘴似尖嘴钳，又尖又长，更奇异的是，居然比腿还粗壮。如此嘴腿倒置，也只有天空的鸟儿想得出来，毕竟，它是自由的，长着一双翅膀。黑鹳的头、颈也很长，还长着一双长腿，水中踏浪前行，体态优雅，俨然芭蕾舞者。然而，如果某一天，你目睹了它把鱼叼到口中的场景，你便不再惊讶它的嘴为何长成这般模样，优雅和残忍结合得天衣无缝，这也是适者生存的不二选择吗？胸部、腹部纯白如雪，尾部、背部黑中带褐，颈部间有绿色斑纹，眼、嘴和脚却是红色的。黑鹳不是变色龙，却有变色的本领，尤其背部、颈部羽毛，仿佛鳞片，置身于不同的光线下，便会变幻出不同的色彩；即便同样的光线，视角不同，色彩也不尽相同。黑鹳飞翔时头颈直伸向前，体色绚丽，偶尔驻足河边回眸，姿势最是迷人——所谓伊人，在水一方？黑鹳喜欢在高树或岩石上筑巢，喜欢在河流沿岸、沼泽地带、溪流周边栖息。黑鹳体型大，巢自然也大，巢大便容易暴露，筑巢常选择偏僻的地方，这也是一种自我保护吧。黑鹳恋旧，常沿用旧巢，可当它意识到危险时，也会毅然弃巢而去。

沁源到处是黑鹳的家，但最大的家还是二郎神沟大峡谷，长约8公里。可沁源人不习惯叫峡谷，只爱说沟。过旭河村，两山夹峙而来，此即二郎神沟入口处，西北山沟还有座自然村，叫二郎神沟村。入峡谷不远是国营卫华仪器厂旧址，在20世纪，这个名字神秘而响亮。20世纪60年代，“美帝”“苏修”在中国周边筑起“马蹄形包围圈”，中央一声令下，“三线人”奔向大山深处，建宿舍，盖厂房，白手起家，风餐露宿，“备战备荒为人民”，开辟祖国“三线建设”新天地。卫华仪器厂有军工背景，在那个特殊年代落户沁源，在改革开放之初迁至省城。那时候，烟囱上的滚滚浓烟比炊烟更美丽，而如今，那些残垣断壁反倒成了一代人的伤痕记忆。贫穷的时候，人造的便是美的；富裕的时候，自然的才是美的——人其实是世上最随波逐流的动物。

卫华仪器厂西行是王家湾，进村处有一野生动物补水点，池中养了不少小鱼，常有鸟儿来此觅食。越王家湾1公里，又见两山并峙，峭壁如削，山顶上绿色林带连天而去，山腰下丛生植物顺崖而下，唯腰际岩石裸露，看似寸草不生，却不时有鸟儿“扑棱棱”飞起，画面比崖上挺身而起的辽东栎还生动。站在路边仰望，裸露处宛若一条灰白腰带。绕行而上，其间藏着许多岩洞，或大或小，都是鸟儿栖息的天然鸟巢。回首看向南山，崖壁上也筑有鸟巢。宋勇一一指给我看，最后告诉我，这里曾生活着一窝黑鹳，村民崖下来来往往，从不惊扰它们。不久前，通州集团几位员工到沁河源头玩，路经此地看到一只母黑鹳带着一窝雏鸟在崖上戏耍，好奇心顿起，遂在河边找来石块，向鸟窝掷去。黑鹳窝离地有十多米，石块砸不到，黑鹳受到惊吓，把窝转移到对面崖壁的岩洞里去了。在沁源，伤害鸟儿是要遭到重罚的，好在黑鹳毫发无损，警察仅是把年轻人叫到派出所训诫了一顿，否则的话，他们可能面临牢狱之灾。

沿峡谷行走，方向不知不觉由西转向西北，旋即又转回正西，沿途随处可见鸟儿突然飞起。大的鸟儿，譬如金雕、红嘴蓝鹊，会在北崖上投下影子；小的鸟儿，譬如黑冠山雀、星鸦，常常只闻其声，不见其影。也难怪，峡谷内植物茂密，能够听到鸟鸣已是缘分。河流曲曲折折，沿崖底而行，拐弯处常聚起一小片滩涂，雾柳、桦树、辽东栎、流苏之外，还生长着一丛一丛的沙棘。或是逐水而长的缘故吧，沙棘比寻常的高大，比寻常的刺少，有树的模样，却不见果实。所谓“橘生淮南则为橘，生于淮北则为枳”，沙棘本是落叶灌木，可只要水土足够肥沃，也可长成乔木的样子。故乡的河滩便长着一大片沙棘林，小时候我常骑在树杈上摘沙棘吃。起初，以为它是沙棘的变种，后来才知道，沙棘长在干旱瘠薄的地方为灌木，长在土厚水足的地方则可能是乔木。

一座小山斜刺里横在峡谷，差点把整个峡谷堵死。山下凿有一洞，远看像道石门。洞门略向西北倾斜，从这边走到那边，便从韩洪乡地界进入王陶镇境内。其实，洞门前500米处便是两地分界，或因峡谷中横生枝节般拔起一座石头山吧，人们更习惯把此地当“界门”或“寨门”。穿洞门而过，河还是那条河，峡谷还是那道峡谷，却好像闯入另一个世界。实际上，门里门外充其量风速略有不同，光照角度略有不同，空气湿度略有不同，气温也略有不同，仅此而已。所谓自然，便是敞开，不管有无这道门，峡谷中的万物都在不停改变，毕竟在这个世界上，任何空间都逃避不掉时间的冲刷！换句话说，所谓时空，便是相爱相杀，就像水与岩石、根与泥土，凡本质，皆缠绕。

当地有个传说。二郎神劈山救母，母亲石缝中待得太久，身生翳毛，他便让母亲躺在山坡上晒太阳。二郎神去找食物，天上十日曝照，母亲竟被晒化。二郎神大怒，担山追赶太阳，追上一个便用大山压住一个。二郎神沟村有两座山，传是二郎神担的那两座山，半山上有两个天然石洞，是二郎神插扁担的地方，山顶还建有二郎神庙。追到后来，二郎神累了，把刀插在山边歇息，插刀处留下一泉，便是沁河源头。上党梆子有一传统剧目叫《宝莲灯》，故事与此大同小异，二郎担山之地全国有多处，想不到沁源竟将这个传说演绎得如此完整。或许形胜的缘故吧，山上还有担水洞，还有青蛇洞，还有青蛇化水处。以此类推，门洞上这座小山或也可以讲个故事，譬如神龟探水之类。神话或传说自有其魅力，我却对此兴趣不大。不过，山川景致毕竟与人之种种相通，你大可自己看着是什么，便是什么，无须迷信，更无关乎信仰。我对神话或传说漠然，对古村落倒是饶有兴味，那儿毕竟氤氲着烟火气，还沉淀着人的气息。

河底是个自然村，坐落在峡谷尽头，沁河南岸，依山傍水，自成一统。蓦然发现这样一个去处，不由想起《桃花源记》：“缘溪行，忘路之远近。忽逢桃花林，夹岸数百步，中无杂树，芳草鲜美，落英缤纷。”二郎神沟也有桃树，只不过多散落在两边山坡上，是野桃树，峡谷里树木虽不似陶渊明笔下的桃花林纯粹，但芳草更鲜美，落英更缤纷。三年前第一次来时，这里还住着十余户人家，这次再来，仅剩下五户，其余都搬到土岭上去了。那次来时，峡谷中土路泥泞颠簸，这次再来，旅游公路即将打通。转到村中与老乡闲聊，老乡一见面便问喝水不，神情恬适，自足。我忙摆摆手，问他为何不搬走，他憨厚一笑，舍不得嘛。再问，又笑一笑，池上搞了个“池上宿集”，说是让人晚上住到“帐篷”里看星宿呢。我们村守着源头，是野营基地，搞民宿不会比它差哩。很显然，老乡不仅未与外界隔绝，还既知有“汉”，也论“魏晋”的。

池上在河底侧后山坳里，也是个自然村，与河底同属土岭上，却一个“天上”，一个“地下”。河底到池上的旅游公路刚竣工，盘山而上，豁然开朗，就像从陶渊明的桃花林走到陶渊明的桃花源，“土地平旷，屋舍俨然”。所不同的是，池上周边只长草，不长树，虽与二郎神沟近在咫尺，却是另一番气候。尤其对面的三座馒头山，是典型的亚高山草甸，规模虽不如蔓上，花草种类却不比蔓上逊色。“池上宿集”建在村东台地上，山奇，村庄也奇，S形古道穿村而过，虽人迹罕至，布局却甚是讲究。如果从空中鸟瞰，周边的山与古村落奇妙地组合在一起，竟是一个巨大的龙形图案。或因如此吧，当地人不把此处当作桃花源，却喜欢称之为龙村，所谓池上，卧龙饮水之地也。

毋庸置疑，这是仁者见仁、智者见智的问题。于我而言，河底也罢，池上也罢，终归都与沁河有关，而沁河又与神农氏有关。《魏书·地形志》曰："羊头山下神农泉北有谷关，即神农得嘉禾处。"嘉禾即谷，谷为百谷之总名，所谓五谷，麻、黍、稷、麦、菽也。当然，谷也指两山间的夹道或流水道，是道家生殖文化的重要符号。有嘉禾，有河谷，如此汉字显然是为沁源量身打造的，故而，沁源古名有称谷远的，有称谷近的，神农得嘉禾之谷关，也是绕不出沁源的。其实，远也罢，近也罢，终归是沁源水土好，气候好，种出的庄稼也好，最有名的便是小米和黑豆，而种黑豆最好的地方，便是河底和池上。遗憾的是，小米传到沁县，成就了"沁州黄"之名，之后又贴上皇家贡品的标签，日渐成了气候。沁源黑豆也有名号，叫"黑珍珠"，却因"落入寻常百姓家"，便一直籍籍无名。但此一时彼一时，当今人把减肥当事业、把降"三高"当职业的时候，"黑珍珠"显然比"沁州黄"更受青睐。中医人曰，黑豆味甘性平，清凉滋补，药食咸宜。果如此，属于"黑珍珠"的黄金时代是不是也不远了呢？

峡谷中行走，最适合胡思乱想，就像脚下是无边阴凉，抬头却是一片天光。一路走来，移步换景，阴凉落于左右，水声响在前后。望见"沁河源国家湿地公园"的刹那，空间陡然开阔起来，眼前出现一大片滩涂。我让宋勇去停车场等候，自己独往源头。宋勇知道我这个习惯，笑一笑，说声小心。

二郎神沟若是条大长腿，滩涂便是个葫芦形肚腹，天地间骤然明亮，花草也瞬间灿烂起来。滩涂之北，悬崖环抱而去，形似一条伸出去的臂膀。南面漫坡尽头，一崖突兀而起，仿佛要偎到对面的怀抱里去。南坡上有瞭望塔，可防火，可赏景，也可观鸟。北崖下有流水，只是草有些深，河道把山和草分割开来，看不到水的流向，听不到水的响声。崖上有树，有荆丛，有草披，或因光照的缘故吧，山上的色彩比河道里热烈许多。仔细端详，崖上还有晒干的苔藓，暗褐色中略带一丝微黄。低头看脚下，河岸的石头上覆着一层黄，淡而薄，也是苔藓晒干后的遗迹。河里的石头也铺着一层黄，绒绒的，似乎裹在石头上的胎衣，十分滑腻，却非苔藓。石头本是青石，却变成现在模样，或因生态的缘故吧。源头水温常年保持在四五摄氏度，这样的温度下苔藓是无法生长的。

更奇怪的是，河里居然看不到鱼。《汉书》说“水至清则无鱼”，那么，无鱼之水是不是至清之水呢?

它有个很好听的名字，叫沁河源湿地生态步道。顾名思义，它是沁河源头的步道，是生态的步道。越出步道，回到石板路上，水声骤然响亮起来，源头到了。

这里是沁河主源，叫姊妹泉。泉水终年不减，长流不息，是沁河三源之一。

姊妹泉一南一北，平行相对，相距约7米。两泉相汇，自西而东蜿蜒而下，拐弯处空地上建一六角亭，亭中立一石碑，上刻“沁河源头”，黑底白字，为沁源县人民政府2008年10月所立。

这是我第三次走近源头，比之从前，她似乎多了几分灵性。

南山本是道漫坡，拐个弯却壁立千仞，绝壁上几无植物。绝壁下豁然一山洞，当地人叫“怪窟窿”。近洞口贴耳聆听，洞内虎啸龙吟，好像大山深处藏着万头猛兽。其实，这是一座石灰岩溶洞，出水口茶碗大小，洞口外露部分宽不足1米、高过半米。抽身蹲在岸边，轰鸣声遁去，水乐声响起，泉水喷涌而出，珠玉滚动，没有一丝杂质。洞前冲激出一泓水潭，状若梨瓶，潭中青石错落，上写“沁河源头”四个红字，流水中愈显清丽，仿佛白皙手臂上隐约的红色血管。第一次来时此处并无此石此字，显然是这二年的创意，虽是人为，却与流水浑然一体。泉水漫过路面凹槽，凹槽上平铺七八块木板。水量小时，木板浮在水上，好似漫桥。水量大时，木板被淹没，木板周边结满水藻，又湿又滑，人行其上，稍不留神便会摔落水中。第一次来是深秋，这次来是中秋，水量比上次丰盈，木板淹没泉水当中，流水顺木板而下，在道路一侧形成一帘水瀑，水声响亮。

北崖之泉与南崖不同，泉水并非出自岩洞或崖隙间，而是从地下一涌而起，浪花飞溅，激情四射。靠近悬崖处数个泉眼不断上冒，起始，仿若埋在地下的喷水龙头，汩汩然而出。旋即，又似一河碎裂的镜片，闪烁迷离，倒映水中的树影清晰如画，似在唱一出皮影戏。虽如此，我依然相信这些泉水来自对面崖壁，来自对面大山，只是在出水方式上要了花招，掩人耳目罢了。姊妹二泉隔路相望，却一泉在山影下，一泉在阳光里；一泉绝山而出，一泉涌地而起；一泉冲激成潭，一泉潺湲若溪；一泉水声响亮，一泉近乎寂然。如此场景，恍若光影两世界。仔细品味，南崖下的泉水幽暗，若女子；北崖下的泉水明亮，似男子，不知为何，却被称作姊妹泉，莫非姊妹泉像姊妹花一样，名字动听？美好固然重要，贴切也不可忽略，若以我看，两泉一阴一阳，习性有别，称兄妹泉甚或夫妻泉也无不可；更何况，两泉刚出山便合二为一，相随相伴而下，此情此景，难道不是“执子之手，与子偕老”的最美、最生动的呈现吗？

南山脚下还有一股细细的泉水，本以为是季节性河水，谁知沿崖底循迹而上，发现她竟也是从岩石间渗出的！很显然，这也是一眼泉水，只是水量小些而已。如果说南北二泉是一对夫妻，这藏在暗处的细流便是他们的孩子吧？

其实，自然便是人间，人间便是自然，人与物只不过各有各的灵性罢了。相较而言，自然更懂得和谐，如果我们处处留心，便不难发现，世间万物之关系皆是相互纠缠关系，皆是相互映照关系。

两条泉水，不，两条半泉水在河道汇合，水势顿时大了起来。站在拱桥上眺望，河水贴着路基打个弯，转而折向北山脚下。平缓处波光粼粼，河水不像在流动，倒像在波动，或者说是波动推动了流动。水深处呈蓝绿色，好像波光流到此处便沉积下去，明亮一层一层叠加，便不再明亮。沿河道前行数十米，忽见右岸凿有一洞，流水喷涌而出，由北而南，草木间潺湲而过，若明若暗，转而下穿步道，折身向东。黄褐色卵石沿河底铺展开来，河水清澈见底，水声波光般明亮。

抬头仰望，悬崖之巅绿树葱茏，野花烂漫。这一刻，南北两崖不像两扇门，倒像两位头戴斗笠、身披盔甲的武士。

第一次探访沁河源头，是在2017年秋天。一路颠簸在想象中，总觉源头在峡谷某个隐秘处，或某棵大树阴凉下，却未想过她在悬崖底。其实，之前看到的源头大多在山石之间，自己刻意误导自己，定是有原因的。可在那个时候，自己并未想过这个问题，只是乍看到源头，便觉意外。其实，是二郎神沟让我产生了错觉，溯流而上，一路只看到悬崖和悬崖上的树，却看不到山巅和山巅上的森林，在幽暗中穿行，自会心生神秘。其实，我知道沁河是大山挤压而出的，是太岳山之泉，可看到源头那一瞬间，我还是产生了异样的感觉。其实，我本该抱着一颗平常心的，就像泉水出山，不激烈，不响亮，却无比清澈；我本该忘掉自己的，就像泉眼藏于悬崖下淘空的山影里，泉水便愈显凛冽；我本该物我相忘于江湖的，不问波光，不问清澈，就像一枚秋天的叶子，就像一滴霜降后的晨露。

或因第一次到沁源吧，好奇心便有些重，想来可笑。

越源头西行百余步，有一座瓮形山坳，山坳中有一片滩涂，与源头外的相比，它小了许多，也幽静许多。滩涂里长着数十棵山杨树，高的约20米，低的有10米。树身挺拔却不光洁，背阴地方布满黄色或褐色青苔，看上去湿漉漉的，一摸居然是干的。我惊讶此地空气竟如此湿润，小气候俨然江南。一条季节河出山谷，沿山势而来，与姊妹泉交汇，却非沁河源头。源头有源头的确定标准，譬如河源唯远，譬如流量唯大，譬如与主流方向一致，还譬如流域面积、历史习惯等等。现实中，同时满足上述条件的几乎不存在，河源唯远便成退而求其次的主要指标。所谓河源唯远，关键在源，关键在远。源者，水流起始处也。无水不成其为源，非四季有水也不成其为源。至于远，指河的整个流域中最长支流所对应的源头，也就是说，不是什么样的流水都可以称作源头的！

滩涂尽头有一河谷，进入河谷一路向西，可径直走到灵石境内。河谷隐伏一条小路，或岸南，或岸北，迂回曲折，是乡民或探险者踩出来的。小路两边灌木丛生，间或有一大片红叶和一小片或白或黄或紫的山花，秋色山坡漫流，鸟鸣凌空传来，秋阳被清脆为一道道弧线。想起灵空山圣寿寺的一副对联："山鸟不知名利客，野花犹献庙堂香。"山鸟，野花，名利客，庙堂香，当时觉得仅凭这副对联，灵空二字便名副其实，此刻才猛然意识到，灵空其实便是这片山水天然的质地，仿佛露水从枝叶上滴落，"零落溥兮"之状何须修饰！

离开河道，沿岸前行，阳光洒下来，隐约在荆丛中的山花瞬间明亮，仿佛黑夜里睁开的眼睛。举着手机拍了一张山花的远景，又俯身拍了一张野雏菊的特写，就在我凝神的刹那，好像从野雏菊并不显眼却十分舒展的花瓣里发现了秘密，有些错愕，又有些惊喜。人之所以把女子比喻成花儿，不只因为花儿形体美，有色彩，有味道，还因为花儿的状态是打开的，是万物中打开最彻底的。打开是一种全然释放，就像流水，恣意而自由。打开还是生命最绚丽的状态，也最易逝。世间万物长成什么样子自有缘由，无论植物，还是人，打开都是生命最本真、最高级的状态，这是自然的密码，也是生命的密码。

前有悬崖，略显荒凉。悬崖下有座房子，已废弃。紧靠悬崖还有一棵棠梨树，粗壮，高大，约10米，树身中间裂开一道缝隙，深似沟壑，乍看像两棵树缠绕在一起。树的上端分开两个树杈，好像两只高举的手臂。树身布满密密麻麻的疙瘩，下半部分呈灰白色，上半部分呈灰黑色，渐变的颜色斑斑泪痕一般，看上去像极了蟒蛇的鳞片。走到跟前想摸一下，手伸出去又缩回，心底起了鸡皮疙瘩。怔怔看着它，感觉树皮很像龙鳞，沁源龙的传说遍地生长，或与自然界随处可见的奇异呈现有关吧。仔细打量树身上部，感觉像两条蛇缠在一起，不禁想起《伏羲女娲图》。虽然不喜欢神话或传说，但不可否认，神话或传说也是人类对自然的一种解读，看似荒诞不经，其间很可能隐藏着天地运行的奥秘。只是读神话，必须穿透神话，读传说，必须穿透传说，我不喜欢的，其实是今人对神话或传说的解读方式，而非神话或传说本身。绕着树转一圈，发现树上结着果子，想摇动树身把果子摇下来，又觉它像某个活物的化身，终于没有伸出手。

回头看对面的山，秋正深，绿也正深。不知道那些绿究竟来自何方，树，草，水，抑或阳光？我无法确定，但可以肯定，那些绿不止来自茎秆、叶子和草坡，经验和常识充其量仅是一块显现出来的草地，而非一座密不透风的原始森林。或因知天命之年吧，我从不否认我看到的东西，也从不只相信我看到的东西，就像某株草与某棵树存在关联，某株草却不只与某棵树存在关联。但在此刻，我愿意相信这片土地之所以绿得饱满，是因为土地上的空气湿润得可心。

路边铺着一排松树圆木，树皮还在，树皮上的斑驳还在。坐在上面，想把双脚探进河水中，冲去鞋上的泥土，但路基太高，我够不到水面。收回双脚，盘坐在圆木上，想抽一支烟，犹豫一下还是作罢。在沁源，抽烟是个“危险动作”，更何况，我也不想污染了眼前这大好景致。

默默凝视水面，似要从水中看到些什么，譬如时光？譬如过往的历史？譬如一只鸟儿留在水中的投影，抑或，一枚叶子飘落到河中的过程？其实，我也不知道自己想看到什么。其实，我只是喜欢秋天的流水，喜欢秋天流水中的安谧，喜欢秋天安谧的流水中的声音，干净，透明，不含一丝杂质。有时候，喜欢是不需要理由的，只要能安静地坐在流水边，哪怕一天，半天，一小时，甚至抽一支烟的工夫，也心满意足。

细细想来，我喜欢上沁源，是在2017年那个秋天。爱上沁源，无疑是眼下这个秋天。而这种转变，源自一个心愿。

十多年前，我萌生一个想法：走遍上党所有的古村落，写一部关于上党风土人情的书。上党盛产上古神话，譬如神农尝百草、精卫填海、后羿射日、嫦娥奔月、愚公移山，等等。尤其《山海经》所记载的上古神话，发生地多在上党，书中古地名也多沿用至今。无须考证，只需沿着有古名的村庄走一走，便是一件有意义的事。但考虑到要上班，考虑到不会开车，考虑到采访可能出现的难度，便不得不放弃。有次诗友小聚，酒后与温建生谈起此事，心中诸般遗憾流露无遗。建生写诗之外，还喜欢摄影，便说，我们周末去走河吧，沿着某条河流走一走，肯定能写出一部好书来。我爽快答应，还说他负责拍，我负责写，出一本图文并茂的书。仅是说说而已。建生公务忙，我本想借他当腿，可他这条腿迈不出去，我也只好不了了之。

两次动议，两次胎死腹中，我安慰自己，等退休后再说吧。8月底，随山西作家采风团入沁，走着，走着，便走不动了。不是累，而是沁源的山水草木像一块磁铁，不但吸附住我的双脚，还勾走我的魂魄。想起多年未了的愿望，突然意识到，沁源不仅有我向往的古村落，还有我想走的河流。仿佛一团火熊熊燃烧起来，当即决定休假，在沁源住下来。

回想这段心路历程，我明白，人不能只停留在喜欢里，而要一心一意去爱。喜欢仅是一种易变甚或易碎的感觉，爱才是一种生活方式。人这一生，不就是去寻找一种属于自己的生活方式吗?

正所谓，一个字足以让人心动，一个名足以让人魂牵梦萦。

沁者，渗入、浸润、汲水、头向下垂、纳入水中也。沁从水从心，心为内，水从内部渗透而出，俨然一种写作方式，何其美哉!

更何况，沁之外，还有源!

沁源古为冀州之域，春秋为晋之地，战国前期属韩、后期属赵，秦属上党郡。西汉置县，初名谷远，王莽朝改谷近，三国为魏之地，晋废县，属上党郡。北魏始名沁源，因沁河之源而得名。《山海经·北山经》记曰:“又北二百里，曰谒戾之山，其上多松柏，有金玉。沁水出焉，南流注于河。”谒戾山即羊头山，河即黄河。郦道元《水经注》也云:“沁水即少水也，或言出谷远县羊头山世靡谷。三源奇注，迳泻一隍。又南会三水，历落出，左右近溪，参差翼注之也。”

古人有记，循迹前往。古人无记，径往。自在山水之间，何关乎古今?

抬头西望，太阳将要落山，松林之上，枫树林铺满半个天边。风徐徐自滩涂起，自水面起，好似亲人唤我回家。

起身，掸一下身上灰尘，准备离去。

一只大鸟在树枝间跳来跳去，形似乌鸦，尾巴却差不多是身形的两倍。如此夸张的比例倒是与它周身的色彩很搭配：红嘴，黑头，上体蓝色，下体浅蓝灰，尾羽中间蓝紫、末端黑白相接。尾巴很长有尾巴很长的道理，羽色最美有羽色最美的缘由，但肯定不只因为它的体型足够大。

那是一只红嘴蓝鹊，它好像被我的注视惊到了，突地发出一声唿哨，从树上鱼贯而下，红腿前伸，滑翔中猛然一个大回环，转身向另一棵树飞去。翅膀张开的刹那，惊艳若蝴蝶，尾巴临风摇曳，宛如波浪起伏。

这个镜头定格在夕阳下，似在提醒我，鸟儿便是一捧水飞在天上。

第二章

花坡蔓上

花坡蔓上

花打开的过程，便是女子倾诉的过程，月光一般，水流一般，娓娓的，款款的，婉婉转转的，心思一层一层敞开，到最后，孔雀开屏般打开心扉说我爱你，那一刹，你心花怒放的样子难道不是花开的样子？对，花儿就是这样打开的，伴着沁人的花香（荷尔蒙？），一点一点地，一瓣一瓣地，一叠一叠地，骤然间，一朵花蕊在你面前绽放，万籁俱寂，心跳怦然。有风起，那是花儿打开时的音乐；有晨露滴落，那是花儿打开时的欢喜；有星星在天上看着你，那是花儿尘世外的姊妹……那一刻，你或会听到果壳『啪』的一声爆裂，滚落身旁，那是心灵在欢呼雀跃，那是男子的成人仪式！

那么，花儿呢?

出源头，从坡底对面上山，是去花坡的方向。反过来讲，也是从花坡到源头的必由之路，只不过，二郎神沟是沿峡谷而来，花坡是盘山而至。

弯道又陡又急，风景便一次又一次地演绎着“柳暗花明又一村”的桥段。越野车昂首向上，车窗外层林尽染，似乎每道坡、每座山都是一幅画屏，夕阳披在画屏上，山色流淌成河。越向山上行驶，温度越低，或许景色越来越有纵深感吧，反愈觉温暖。

转至山顶，道路渐趋平缓，山脊处拐个大弯，扭头望向南山，池上越看越像一条盘龙。惊疑间，见前面路边停着两辆小车，车牌号晋A打头，应是太原来此度假的。路边站着两个孩子，一男一女，手中各举一枝沙棘，叽叽喳喳，相互追逐。山坡上，两个壮年男子一左一右围在沙棘丛两旁，手中各握几枝沙棘，一个面沉似水，一个笑逐颜开。路中央站着两个女子，个子高的一身休闲，个子矮的一身牛仔，休闲女在指挥男子摆造型，牛仔女弯腰举着手机拍照。面沉似水的男子发现我们，手突然落下去，放到身后。笑逐颜开的男子回头看向我们，有些羞赧。他们或许不知道，沙棘根系坚韧，萌蘖能力强，可以穿透岩石，在石缝间扎下根系，最不怕糟践。用不了三五年，一株沙棘便可壮大为一个团状群落，呈圆形四散开来，生命力极强。尤其群落中央最高最大的原生植株，越剪枝，越茂盛。宋勇把车速减下来，冲我笑一笑，领导，那是两家人结伴自驾游吧？看他们玩得多开心。宋勇习惯叫我领导，多次纠正他都不改，让他喊老赵，他说喊不出口。夕阳斜照过来，场面温馨，想或是妻儿看到沿途沙棘垂涎欲滴，做丈夫、做父亲的便跳下车来，争先冲上山坡吧。我默默看着他们，没有说话，宋勇见我出神，便要停车。我低声说，别停，慢慢走。宋勇瞥我一眼，车变成一只蜗牛。坡上沙棘几株相连，密不透风，主干有一人高。沙棘果小刺多，采摘困难，味道酸酸甜甜，很是特别，习性也特别。叶子还未长出来，花便米粒般贴在黑黢黢的枝干上，如不仔细观察，很难发现。花儿不鲜艳、不显眼，果实却极艳丽，秋阳直射下来，或橘红，或橘黄，一串一串挂上枝头，通体剔透。再过些日子，待叶子落尽，满枝都是透明果实，经冬不凋，煞是好看。

我摇下车窗，探头问道，太原的？

两个男子同时点头称是，或许觉得我的口音不像本地人，笑逐颜开的男子反问道，你也是太原的?

我笑道，我是半个太原人，半个沁源人。

男子笑了，女子笑了，孩子停下脚步，扭头看过来。牛仔女走近问道，那你对这儿很熟吧？能不能推荐个民宿，想带孩子去老乡家住。

我用手指一指宋勇，示意她去问宋勇。宋勇不待女子开口，便指着西北方向道，离这儿最近的是土岭上，再往前走还有池口、花坡，都可以住，可以吃。说罢，宋勇又补充一句，沁源现在哪儿都有地方吃，都有地方住，你们放心玩，天黑时候进村就行。

女子道过谢，男子一前一后跳下坡来，招呼孩子上车。这时，只听休闲女朗声道，我们住土岭上吧，晚上可以带孩子去岭上看月亮。宋勇听她说要带孩子看月亮，又大声道，沁源早晚温差大，晚上记得给孩子多穿衣服。

男子打开后备厢，把沙棘枝放到车厢里。女子一边上车，一边一迭声地说着谢谢。

本计划夜宿土岭上的，听女子这么一说，才想起昨天是国庆、中秋双节。十五的月亮十六圆，我压低声音对宋勇道，走，去岭上。宋勇有些疑惑，不去土岭上了？我说，他们看月亮，咱也看月亮啊，看月亮不去最高的地方？宋勇嘿嘿笑道，好，听领导的。说罢，轻踩油门，鸣笛越过那两辆车，迎着夕阳西去。孩子趴在窗口朝我们招手，我很想邀他们同行，可一想到岭上冷，怕孩子受不住，话到嘴边变成车窗外的风声。

掐指算来，到沁源已整整20天，几乎走遍沁源大小14个乡镇。出行前一周，给邓焕彦打电话，说要到沁源住一个月。老邓很吃惊，住一个月？有公干？我哂笑道，去度假啊。老邓不信，你哪有这般闲情，是有事吧？我知道瞒不住，也不想瞒，便道，事嘛倒是有，就是爬山钻沟，踏遍沁源犄角旮旯。老邓嘿嘿笑道，是在酝酿大作吧？计划写什么？我一时也说不清楚，随口道，写绿？对，就是写绿。老邓在电话那端迟疑一下，旋即反应过来，绿？那你算找对地方了，我们沁源犄角旮旯都是绿，心和肺都是绿的，“天然氧吧”名不虚传，可有好地方让你写呢。你是怎么安排的？我说，没什么安排，就是想乡下走走，听听鸟叫，吹吹山风，看看星星月亮，转到哪儿算哪儿。老邓说，那可不行，我们沁源山大沟深，没人带路，怕你进去出不来，还是我给你当向导吧。我打这个电话，本是想让他帮忙搜集资料的，没想到他竟自告奋勇，要为我带路，不禁暗暗高兴，嘴上却无所谓的样子，先谢谢老哥，到时候再说吧。

老邓长我三岁，在文化局、报社、文联、新闻中心、电视台等部门任过职，前两年退居一个新机构——智库，从事文化挖掘、整理、交流等，是沁源有名的笔杆子。老邓散文创作小有成就，几乎写遍沁源山山水水，与我的高中同学魏广瑞交好。广瑞早年写诗，在沁源质监局、档案局、组织部等部门任职多年，也算半个沁源人。初次见面，我喊老邓老师，老邓坚决不同意，还与我约定，喊一次老师，罚酒三杯，我只好与他兄弟相称。与老邓相见恨晚，算得上莫逆之交，后来去沁源，不找广瑞找老邓，一则与他说得来，再则他总能抽出时间，不像广瑞公务繁忙。听老邓说要陪我，很高兴，可老邓毕竟还未退休，不可能久不上班，又有些黯然，便幽幽道，邓兄，我计划在沁源待一个月呢，你帮我找些资料就行，不用陪我。老邓在电话那端朗声道，陪省城来的文化人，就是我的工作，这个你别管了，我给你规划个行程，陪你好好转转。老邓态度坚决，我不再客气，邓兄，那一言为定，沁源见。老邓很高兴，好，我在沁源恭候。

在中国的乡村史中，岭上是个别样的存在。

岭上位于沁源和介休间的分水岭。全面抗战前，西半村属介休管辖，区公所设在张壁。东半村属沁源管辖，区公所设在王陶。以村中街道为界，一村两县，如此分界十分罕见，此“别样”之一。

1946年，岭上东西两个半村合体，西半村和马刨泉同归沁源管辖，区公所仍设在王陶。至此，岭上一村两县的历史终结。

1951年，省畜牧厅在岭上修建马场，场部设在村南1000米处，鼎盛时期职工1000余人，马1000余匹，羊5000余只，是山西最大的牲畜养殖基地。岭上场、村合一，农民变牧民，此“别样”之二。

1956年，沁源设32个乡，岭上归花坡乡管辖。次年，马场因缺水迁至朔县（今朔州市朔城区），原马场改为山西省种畜育成场。马场变种畜育成场，养殖规模锐减，村民又由牧民变回农民。

1958年，人民公社成立，花坡乡并入王陶公社，岭上管辖权发生变更。1984年，花坡设乡，岭上管辖权又随之变更，马刨泉成了岭上的自然村。2001年撤乡并镇，花坡乡并入王陶镇。2020年，花坡、金泉庄、鹤溪泉、八眼泉、池口和岭上六村合一，岭上为花坡的自然村。一座人口不足百人的村庄，竟也频繁验证“天下大势，分久必合，合久必分”的戏码，此“别样”之三。

岭上南北为山，东西为沟。在沟谷山区，如此地形常见，岭上居于高处竟也如此，则稀有。由此判断，岭上所处位置在分水岭沟谷地带，即高处的低处，此“别样”之四。

沁源多属沁河流域，岭上却属汾河流域。沁源年均气温8.7摄氏度，无霜期90—150天，岭上年均气温7到7.5摄氏度，无霜期120天左右，常年伴有寒流、霜冻。更奇的，即便冬天，马刨泉气温也在10摄氏度以上。山上避暑胜地，山下越冬佳选，此“别样”之五。

岭上山上长草，沟中长树，于森林覆盖率达到56.7%的沁源而言，岭上的草更稀罕，此“别样”之六。

其实，岭上还有一“别样”之处，即沁源古八景之“绵山积雪”。老邓提到它时，我便想，大雪覆盖后定带着赏花的心情到花坡来看雪。万历版《沁源县志》记曰：“在县城西北百余里，乃邑之镇山也。其山高耸，与介山相连，万山盘踞，涧壑幽深，冬雪至夏不消，远望如银山。土人相传，入山樵采尝得冰蛆云。”当今气候转暖，“冬雪至夏不消”不再，银装素裹依然，远望定然“山舞银蛇，原驰蜡象”“红装素裹，分外妖娆”。有人打趣说，毛泽东的《沁园春·雪》便是写给花坡的，只不过将“银装”换作“红装”，更显革命豪情罢了。此话虽是玩笑，诗中气象却与“绵山积雪”仿佛，更何况，毛泽东当年在重庆谈判，也是念念不忘太行、太岳的，他曾对蒋介石说：“太行山，太岳山，中条山的中间，有一个脚盆，就是上党区。”意思你有“山城”，我也有“山城”，我小米加步枪的“山城”是共产党赶路的“脚盆”，可以让我们的军队养足精神，走向全中国。

上山放牧牛羊，下沟种植莜麦、荞麦、豌豆、土豆、大豆。进入林地，蘑菇、木耳、蕨菜俯拾皆是，拎一把镢头进山，有80余种中草药可采挖。沟底行走，不时与野生动物打个照面，罕见的有金钱豹、金雕等，常见的有雉鸡、大嘴乌鸦、星鸦、喜鹊、麻雀、煤山雀、灰鹡鸰、灰伯劳等。岭上坐北朝南，头枕群山，臂揽沟壑，俨然山神般的存在。尤其村西南蔓上，为山西最有名的亚高山草甸，2020年8月29日，国家林业和草原局公布39处全国首批国家草原自然公园试点建设名单，花坡位列其中。

说到花坡，不得不多啰嗦几句。在当地人看来，花坡或乡或村，指的都是那座村庄，花坡国家草原自然公园则包括前花坡乡所辖的每个地方。于游客而言，花坡即蔓上，蔓上即花坡，万亩花草，一坡风光。

从沁河源到花坡的公路叫太岳天路，东起百草，西至岭上，将文昌楼、沁河源和花坡草甸连接一起，是山西最美的旅游公路之一。沿天路上行，车过池口时天黑下来。蓦然看到月亮升到山峦之上，心竟有些悸动。月亮时而浮在后挡风玻璃上面，时而飘在车窗左面，目光跟着她或后或左。月色如洗，群山仅剩轮廓，峰峦反倒愈发清晰，月亮在峰谷间游走，飘忽无常，仿佛妖姬。偶尔，月亮落入林间，急速奔走，又似女子披发执剑，踏浪疾行。山色如黛，月光如练，低头看时，身前黑魆魆一片。月光好像懂得魔法，越是远处，越是明亮，越是近处，越是昏暗，我时而置身山色和月色之间，时而游离山色和月色之外，也仿佛一枚悬空的月亮。这一刻，如果有一只野兔沿着车灯指明的方向奔跑，你会想到什么？如果有一只雉鸡在灯光上飞，你又会想到什么？

黎明时我们驾着马车穿过冰封的原野。
一只红色的翅膀自黑暗中升起。

突然一只野兔从道路上跑过。
我们中的一个人用手指点着它。

已经很久了。今天他们已不在人世，
那只野兔，那个做手势的人。

想起米沃什的《偶遇》，可此刻，没有野兔，也没有雉鸡，车灯刺穿前方，光线似明却暗，恍惚中，感觉自己正行驶在灰黑色波浪之上。车沿着45°角向上爬行，月亮也倾斜着向天空爬行，假如我们掉头向下，月亮也会掉头向下吗？猛然意识到自己可笑，转脸去看宋勇，却见天边钢蓝钢蓝，比白日的蓝天还纯净。不由呆了，盯着低垂的夜幕一动不动，直到宋勇说，领导，岭上到了，才回过神来。

岭上气温常年偏低，刚入10月便有初冬的寒意。山下秋高气爽，岭上寒风习习，气候反差如此之大，令人讶异。记不清这是第几次到岭上，但这样的季节，还是第一次。一下车，冷风扑面，想到过岭上冷，没想到竟这么冷。我也算熟门熟路，但与宋勇相比，还是个外地人。宋勇径直带我去“岭上人家”用餐，一小碗莜面鱼鱼，一大碗和子饭，身体热热乎乎，肠胃满足，心便满足。饭后，去“半山云途”住下，联系房间时，听到宋勇一再强调要一间最暖和的，我一旁笑了。

坐在壁炉前，点燃一支烟，想歇缓一下再出门走走。手中烟灰掉落，炉中灰烬剥落，困意渐生，可一想到要看月亮，便坚持着没睡。从沁河源到岭上，仿佛从黄河边到塞外，气温下降幅度之大，出乎预料。当时一时冲动，或是想着可以漫步蔓上，看月亮升起、月亮落下吧？到了岭上才知道，即便院中赏月也会让人笑话的。

“半山云途”由旧民房改造而成，东为观山院，西为山隐院，我俩住在山隐院。房间上下两层，楼上是床，楼下是炕，地上砖砌一座壁炉，火苗正烧得欢实。我想住到楼上夜听风声，宋勇说楼下有壁炉，暖和，坚持让我睡炕。我说想去村里走走，宋勇又劝道，天太冷，出门在外感冒了可不好。我说，就走一会儿，不碍事。相处20来天，宋勇已摸透我的脾气，便说，那我去车上拿迷彩服。我点头说好，宋勇掀帘的刹那，一股风旋到屋子里来，我不禁打了个寒颤。

壁炉发出“噼啪……噼啪……”的响动，夜愈显静谧。人过半百，无欲无求，喜欢炉底的灰烬。一路走来，我一直在想，到底该如何写沁源？如何写无际无涯的绿，无际无涯的静、净和她带给我的惊喜呢？这一刻，我终于明白，无须大肆铺排，无须添油加醋，沁源仿佛一座深夜的壁炉，她如此安静，如此自在，这部书便应该是温暖的灰烬，无关乎热烈，无关乎张扬，仅需静下心来听她的心跳，仅需偎在她的脚下，她睡去，我便睡去，她醒来，我便醒来。

对，就是温暖的灰烬，把她捧在手里，让她陪我走过这个秋天，再陪我度过即将到来的冬天。

宋勇轻手轻脚进来，把迷彩服递给我。我坐在炉前把裤子、上衣套上，感觉热乎乎的炉温也套到身体里去了。

走出门，寒气来袭，冷热交织，睡意全消。宋勇要跟着我，我把他推回房间说，开一天车，累了，你早点休息，我转一圈就回来。

沿着村中砖石路顺坡而上，缓步走向村后。月亮将到中天，天地间一片澄明，我却觉得她有些孤独，有些冷清。其实，这一刻的月亮最圆、最明亮，天空湛蓝，几乎能看见她隐隐的笑意，以及嘴边，不，是眼角的笑纹。其实，这可能是错觉，如果此刻站在山下，站在沁河源，站在二郎神沟或王家湾，月亮可能是神秘或朦胧的吧？其实，朦胧或清晰不属于月亮，属于我，就像此刻，孤独或冷清的是踟蹰在人间的人，而非天上的月亮。后悔没有邀请路上邂逅的太原游客，假如他们在，我现在会做什么呢？

去年夏天，我来参加花坡艺术节。

蔓上归来，坐在院子里喝酒，吃烧烤，听民谣，看夕阳，感受时光如檐水“滴答”而下。山脚下的气泡酒店仿佛几只胖胖的萤火虫，想象住在里面看星星的浪漫或轻狂，恍若回到童年的麦垛上。我的童年再也找不回来，年轻人虽没有我那样的童年，却懂得别出心裁。事实上，在我回归田园的同时，他们正逃离城市，出发点看似不一样，目的地却一样，都是乡村！

这仅是我的愿望。或许，在年轻人看来，无所谓城市或乡村，无所谓回归或逃离，他们关心的仅是当下的活法，而非在什么地方活着。喝啤酒，吃烧烤，跟着歌手摇啊摇……这一切都有一个名字，叫青春，我怀念童年的时候，其实是在悲伤青春不再！

哦，我的爱人，它们在哪里，它们将去哪里。

那挥动的手，一连串动作，砂石的沙沙声。

我询问，不是由于悲伤，而是感到惶惑。

米沃什，如果此刻你在岭上，你是悲伤，还是惶惑？

所谓气泡酒店，其实是用环保塑料气泡制成的、360°视角的全透明景观房。材质隔热保温，室内床、沙发、卫生间一应俱全，住在其中，似置身露天，人与自然零距离。夜深时，拉上遮光窗帘，盯着天空与星星说会儿话，如此情景多么令人神往……此刻，如果有一座气泡酒店，我还会为孤单纠结吗？

从村后返回，想再去村口走走，见观山院前的牛栏咖啡屋亮着灯，犹豫着要不要进去，一回首，见宋勇站在山隐院的月亮地里。我笑一笑，走，我请你喝咖啡。宋勇也笑一笑，跟上来递给我一支烟。

牛栏咖啡屋由牛棚改建，设计团队来自中央美院。砖墙，吊灯，木凳，木几，还有原汁原味的松木牛槽，坐在昏黄的灯光下，恍惚看到老祖母在灯下纳鞋底。要了两杯蓝山咖啡，宋勇说喝不惯，我说尝一尝。服务员问是蓝山吗，我差点听成牛栏山，酒瘾顿时被勾起来。国庆长假，老邓女儿带着孩子从天津回来，给他放了假。老邓不在，宋勇不喝酒，我意兴阑珊。抬头凝视屋顶房梁，仿佛回到乡下，回到温暖的牛棚：

> 至于牛圈的温暖，恐怕很多人都不会想到，或许，在一些人的印象中，牛圈位置偏僻，结构简陋，墙壁和屋顶走风漏气，应该是乡村最冷的地方吧？单从建筑角度来讲，这样的想法并无过错，可有过牛圈生活经验的人都知道，牛圈的温暖既与建筑质量无关，也与牛毛长短无关——虽然牛毛给人的印象总是温暖的。无须绕圈子，牛圈的温暖来自牛的粪便和气息，在牛圈里，你不仅可以看到牛一层一层叠加起来的花糕一样铺满多半个牛圈的热乎乎的粪便，还能感觉到从牛的鼻子和口腔里呼出的粗重且响亮的热气，这沉浮在地面或半空中的混合气息仿佛一股热烘烘的气浪，它与牛的咀嚼声以及昏沉沉的夜色搅拌在一起，便足以驱赶所有的寒冷。每次走进牛圈，我都会感到一股热浪扑面而来，眼前好像浮着一团雾，这雾仿佛从埋在粉坊火炉旁的湿粉缸里浮出的湿气，雾气弥漫，热气腾腾……

这是我写在《失忆者》中的一段文字，半个月前，《失忆者》刚刚获得第六届西部文学散文奖。看到牛棚，不禁想起她来。

火苗“噼啪……噼啪……”在壁炉里跳动，土炕烧得很热，汗浸出，毛孔张开，仿佛躺在桑拿房里，舒坦，困倦，却睡不着。

与其辗转心事，不如想想花事。

去年夏天，乍到花坡蔓上，直觉自己走错地方。或者说，蔓上完全是另一种风情，与沁源山水似乎并非同一版图。

蔓上居于绵山之巅，海拔1800米到2500米，高原气候明显。尤其山的模样，每座都是馒头状，平展如流水，徐缓似锦缎，如果踩着滑车，感觉任何地方都可以无障碍通行。举目望去，看不到一道沟崖，看不到一寸裸露的泥土，也极少看到树。花香弥漫其间，仿佛浴后的女子，从头发，从肩胛，从腰身，直到脚踝，无处不光洁，无处不婀娜，矮矮的野草和豆科植物覆盖其上，多一分妖娆，少一分平淡。天地造物，常在不经意处妙到毫巅，此等神鬼莫测之功，岂人力可为?

毋庸置疑，花坡蔓上是观花最好的地方，至少在山西，无一处可与之比肩。但观花一如品茶，自有讲究，依我的经验，大体可有三种途径。

第一种是专业的，就像医学解剖，只关心器官属性，不关心器官声色，冷静，精确，犀利，庖丁解牛般直入脏腑，却无生命气息。长治学院生命科学与技术系老师曾做过“沁源花坡亚高山草甸植被种类组成及群落结构”的调查，结果显示：“花坡草甸共有维管植物200余种，分属40科、123属。其中，含属数最多的科是菊科（19属），其次是毛茛科（11属）、蔷薇科（10属）和禾本科（10属），4个科所含属数占总属数的40.65%。含种数最多的科依然是菊科（23种），其次是蔷薇科（14种）、毛茛科（14种）、禾本科（12种），其所含种数占总种数的31.5%。该草甸物种组成中，优势种主要包括紫羊茅、披针叶苔草、等穗苔草、针茅、早熟禾等，伴生种主要包括凤毛菊、黄花蒿、地榆、火绒草、珠芽蓼等。”这样的观察分析不可谓不科学，可读这样的文字，你会不会觉得头大?

第二种是游人常见方式，也可称作赏花。站在蔓上眺望，万紫千红、千姿百态当中，可见蓝花棘豆、蓝色翠雀、狭叶沙参、垂头蒲公英、白苞筋骨草、风毛菊属、紫苞雪莲、秦艽、斜茎黄耆、穗花马先蒿、高山耆、节节草、紫菀属、蓝刺头、康藏荆芥、细叉梅花草、花锚、橙舌狗舌草、钟苞麻花头、黑柴胡、华北蓝盆花、狭苞橐吾、山野豌豆、红眼蝶、油庆珍眼蝶、灿福蛱蝶、曼丽白眼蝶、淡色钩粉蝶等等，色彩斑斓，争奇斗艳。各色花草纷披蔓上，高高低低，起起伏伏，各美其美，美美与共，俨然花的海洋。我不喜欢使用成语，但这些成语用在这里无疑是恰当的。我不情愿用花的海洋来形容她，但她的确是不折不扣的花的海洋！

第三种方式最为特别，便是用心去看去听。月明星稀，夜深人静，躺在花丛当中，看花儿慢慢打开，听花儿轻轻发出声音。你或会担心，那要等多久啊！其实，这样的问题可以交给观鸟人回答，他们躲在森林深处等待鸟儿展翅的刹那快感，与观花何异？你可能不认识观鸟人，那好，你有心仪的女子吧？你守着她的时候会觉得时间漫长吗？花打开的过程，便是女子倾诉的过程，月光一般，水流一般，娓娓的，款款的，婉婉转转的，心思一层一层敞开，到最后，孔雀开屏般打开心扉说我爱你，那一刹，你心花怒放的样子难道不是花开的样子？对，花儿就是这样打开的，伴着沁人的花香（荷尔蒙?），一点一点地，一瓣一瓣地，一叠一叠地，骤然间，一朵花蕊在你面前绽放，万籁俱寂，心跳怦然。有风起，那是花儿打开时的音乐；有晨露滴落，那是花儿打开时的欢喜；有星星在天上看着你，那是花儿尘世外的姊妹……那一刻，你或会听到果壳“啪”的一声爆裂，滚落身旁，那是心灵在欢呼雀跃，那是男子的成人仪式！请不要告诉我，你不曾看见过花儿开放，也不要告诉我，你不曾听到过花儿开放的声音，只要让心慢下来，只要让灵魂慢下来，什么样的奇迹不会发生呢?

总之，对待花儿就像对待一个女子，只要有爱，她便会安静地守在你的身边，呼吸看似细弱，实则波澜壮阔！

当然，观花的方式不止这三种。

如果在花丛中安装一个摄像头，你便可以完整地把她开放的过程记录下来。如果看到过微距镜头下的微观世界，你便会颠覆自己所有的经验和常识。我是学化学的，我可以负责任地告诉你，在微距镜头下，碳、镁和钠比现实中的火花更璀璨，碳酸银、铬酸银、硫酸钡、碘化铅俨然花儿，盐并非灰黑的颗粒，而是挂满冰花的水晶树，铅与银的黑白生长过程最为奇异，恰似一座蓬勃向上的丛林……毋庸置疑，这便是微观世界的微观景象，即便那些枯燥、单调、死寂的物质在日常里与花儿、与树毫无关联，但在微观世界里，它们也是一道花坡，也是一座森林，何况眼前的花儿、眼前的树呢？刨根问底，万物皆有风景，看似死气沉沉的背后都隐藏着另一个世界，眼睛能够发现的美远不及世界的万分之一。

你或会说，人并未长着微距一样的眼睛。我只想告诉你，人可以拥有微距一样的心啊！

花儿绽放的瞬间，我常会想起波光一层一层累加的流水，她是复杂的，也是简单的；她是立体的，也是时间的；她是折叠的，也是舒展的。在花坡，代代相传着一个故事，看似俗套，实则水波一样，隐藏着多种可能的解读方式。隋朝末年，群雄并起，谁能逐鹿天下、领袖群芳？一天，唐王李世民征讨夏王窦建德，率军路经蔓上，乍见百花竞艳，无涯无际，不禁脱口赞道：善哉，花坡也！花坡之名因此而得，后人因之而津津乐道，殊不知，李世民之叹乃帝王之叹，乃一览群芳之叹，大唐江山之美，莫过于一花坡也！彼时彼刻，李世民并非词穷，而是深谙治国之道亦如观花，最简单、最直接、最本质的，便是最好的。蔓上便是一座简简单单的山，便是一坡简简单单的草，便是一帘简简单单的花，一眼望去如此简单，可这种简单却在告诉我们，何为美得天然！

远处有白云流动，那是花坡或岭上的人在放牧羊群，悠然，自得，无忧无虑，偶尔还会哼几句沁源秧歌。羊群闯进花草丛中，牧羊人也不理会，他知道，今年草儿花儿被羊吃掉，来年草儿花儿依然满沟满坡。这是自然生生不息的法则，只不过，年年岁岁花相似、岁岁年年人不同罢了。

无疑，花坡是令人神往的地方——在很早很早的时候，唐王李世民来过；在很早很早的时候，南山律祖道宣来过；在很早很早的时候，大达禅师无业来过；在很早很早的时候，先师菩萨李侃来过；在很早很早的时候，宋太祖赵匡胤来过；在很早很早的时候，诗人元好问来过……而今天，你来过，我也来过。

第一个把雪叫作雪花的人，不只是个天才，还是个情种，与说女子是水做的那个男子有得一比。

离开沁源不久，雪花翩然而至。第一次看到蔓上大雪纷飞的视频，心底痒痒。再次看到雪漫蔓上，便与老邓通了电话，约定岭上会合。

经平遥入沁源，已是11月底。草木枯败，油松由青翠而碧绿，似在担心枝叶上的绿若不冻结，便会被猛烈的西北风吹破，吹干净。绿深了，沉了，少了，油松顶着雪，山坡白绿错落，别有风致，恰似人到中年，阅历染白鬓发，风霜是一壶老酒，经久弥香，还是一座壁炉，赠人温暖——其实，我很想说赠人玫瑰的，又怕人说这是个病句。但在花坡，温暖难道不是最好的玫瑰吗？甚或，在花坡，还有什么不是花儿？语境不只指语言营造什么，还指语言存在于什么。

宋勇时间拿捏恰到好处，我们刚爬到岭上，他和老邓便迎面驶来。村口相会，下车与他俩寒暄两句，便被赶回车上。风有些大，我穿得有些少，可并不觉得冷。本想村中走走，没想到他们同步赶到，只好在上车的刹那回望一眼白雪皑皑的屋脊、院墙和积雪未化的村中小路。

雪从挡风玻璃前飘过，很轻，很小。在花坡，第一场雪也是最后一场雪，最后一场雪也是第一场雪，一冬不化，层层堆积，很难分辨出山坡上的雪是哪场雪下的，也很难认定埋在最下面的雪便是第一场雪，落在最上面的雪便是最后一场雪。尤其背阴处，第一场雪后，白便像夏天的草不再褪色。向阳处的雪偶有融化，也仅比背阴处薄一些而已。披着雪斗篷的馒头山仿佛胖胖的小矮人，一个挨一个，手拉手环坐周遭，似要把风挡在山的那边。可小矮人周身太过光洁，风打一个唿哨呼啸而至，想慢慢不下来，想停停不住，滑滑溜溜钻到沟底，有些凛冽，有些任性。

好在是正午，好在是风最小时候。

沿着雪路盘旋而上，犹听得雪在轮胎下“咯吱咯吱”私语。踩一脚油门冲上花坡接待中心，天地浑然一体，寂静仿佛无有边际的雪，也是白色的。雪一样的寂静，白到无边的寂静，坐在“花坡艺术节”前的台阶上留个影，除了那五个红字，面前是白的，背后是白的，左面是白的，右面是白的，甚至天空也是白的。穿黑色皮衣，敞着怀，某个瞬间，觉得自己也是一朵花儿。的确，在这个白得无法更白的世界里，还有什么东西不绚烂呢？何况，黑至纯，则自焚，纯黑的花瓣无疑是另一种涅槃！

站在接近山顶的台地上茫然四顾——四周苍茫，的确茫然，只是雪山之巅的茫然比大河之上的茫然更结实一些罢了——“绵山积雪”仿佛一朵雪莲花，开过千年依然不败，再开千年依然纯洁如初。

若不是宋勇一直催，我真的不想下山，真的想坐在这里看一次冬天落日呢！

去“花嫂饭店”用餐，看到莜面、土豆、松蘑、白蘑菇和黑山羊肉，胃口大开。饭间，老邓突然问想不想去看圪旋头。我有些疑惑，圪旋头？老邓点点头，对，圪旋头，花坡的自然村。我问，好看吗？老邓说，不止好看。我问，远吗？老邓说，不远，四五里地。我说，正想雪地里走走。老邓便给村支书张占庆打电话，约好三人同行。

走出饭店，见篮球场站着一个男子，个子不高，50岁的样子，右手拿一支拐杖，左手握一支手电筒，一身冬季迷彩服，一双高筒雨鞋，裤腿塞在鞋筒里，左臂戴着红袖章，站在雪地里朝我们笑。看见这身沁源乡村干部兼森林防护员的标准装束，我对老邓说，敢情这是全副武装，要上战场啊。老邓诡异一笑，就是上战场。

球场西侧是供销社，是20世纪六七十年代的建筑，也是张占庆的家。张占庆邀家中喝茶，我对老院子有些兴趣，便点头答应。穿过砖砌大门，右手一排老房子坐北朝南，中间三间，东西各两间。走进东房，见墙上挂着一张“国务院奖状”，上写“奖给农业社会主义建设先进单位山西省沁源县王陶人民公社花坡生产队”。签名为周恩来总理，落款时间为1958年11月。此处竟藏着一份古董级别的荣誉，吃了一惊，怪不得老院子完整地保留着20世纪的风貌呢。有门通向隔壁，问可不可以过去看看，张占庆憨厚一笑，随便看。掀帘而入，居然是供销社，柜台、算盘、货架甚至货架上的商品都弥漫着那个年代的气息，让人一下子回到小时候。我很是兴奋，隔墙高喊，邓焕彦，快去你家鸡窝里偷两颗鸡蛋，换糖蛋蛋来。老邓在隔壁嘿嘿笑道，快出来喝水吧，丢了东西张书记找你爹赔呀。恋恋不舍退出，见炉台上摆着四只搪瓷茶缸，上写“为人民服务”，红旗飘飘，斗志昂扬，让人心里一热。端起茶缸，就像端着温暖的童年，一边喝水，一边朝隔壁瞅，仿佛把值钱东西落在那边似的。

出村西行，径往沟里钻去。路上，张占庆说，圪旋头海拔高，阳光充足，适合种小杂粮，适合养牛养羊。经年累月，沟底泉水在西崖上冲刷出一大片图案，很像人头顶的旋。在晋东南，“圪”是个使用频率极高又无特别意义的字，譬如脑袋叫圪脑，门廊叫圪廊，山梁叫圪梁，土坑叫圪道，圪旋则指头旋。我逗张占庆，圪旋头是不是长在花坡头顶上的旋？张占庆笑一笑说，鼎盛时期，圪旋头有80多户、200多人，村庄像梯田，上下12个阶梯，房子盖在阶梯上。抗战时候，徐向前元帅路过花坡，在圪旋头住过。1988年，村里最后一户迁出，村子废弃。想象着村庄雪中错落有致的样子，想去看看，张占庆说村里旧房都塌了，没什么看头。我说看看旧址也好啊，张占庆说，在山上头呢，路上有冰，不好走。老邓走在前面，突然回头问道，烈士墓地找到没有？张占庆摇摇头，一脸愧疚。我问怎么回事，老邓说，圪旋头发生过一场遭遇战，老百姓讲，洪赵支队有百名战士跳崖牺牲，比狼牙山五壮士还悲壮，可很少有资料记载。我哦一声，突觉心口堵得慌，一只灰脸鵟鹰空中盘旋，一川白雪之上显得十分孤单。老邓接着说，记不清是82年，还是83年，国务院秘书局局长孙岳回沁源，托人在圪旋头寻找牺牲战友的下落，我才知道这件事。孙岳是夏县人，当过周恩来总理的秘书，那时他还小，正在读太岳军区陆军中学，跟随洪赵支队机关一起突围的。我来圪旋头找过几回，没什么收获。搜集资料复原当时经过，牺牲人数不详，姓名大多不知。

1943年10月，日军第一军主力69、65、37三个师团，伪军两个团，在华北最高司令长官冈村宁次指挥下，采用“三层阵地新战法”，即“铁滚战术”，在太岳根据地展开规模空前的大“扫荡”。当时，以朱鹤岭为界，沁源一分为二，东为沁源县，西为绵上县。10月1日，日军从马刨泉开始，经聪子峪乡才子坪岭，一直到官滩乡活凤村，构成“铁滚”第一梯队。同蒲介休出动日军1500人，经花坡、王和乡古寨村、赤石桥乡庄儿上村一线，以篦梳队形向南跟进，构成“铁滚”第二梯队。敌人东西两侧封锁，北南滚动清剿，企图把太岳区党、政、军及主力部队合围消灭。当时，八路军洪赵支队主要在绵上东西两翼活动。东路日军5000余人从沁县老爷山进入沁源，洪赵支队一连在交口乡五凤峪村被日军包围，寡不敌众，只好化整为零，分散隐蔽。当夜，一排长张维成带领全排战士和正沟村10多名民兵夜袭五凤峪，战至拂晓，打死打伤日军20多人，抢出牲畜10多头。一排夜袭成功，一连乘机突出重围。10月3日，洪赵支队二、三、五连及支队机关从韩洪乡杭村、石台、红窑上沿沁河源向灵石方向转移。行至花坡牛翁子沟、圪旋头一带，与花坡、古寨、庄儿上一线日军遭遇。日军集结3000余人将洪赵支队围困在山沟里，居高临下，南北夹攻。情势危急，支队长赖万芳当机立断，组织突围。战至次日，三次突围皆未成功。4日夜，在五连、教导队、通讯排拼死掩护下，支队机关乘着夜色跳出包围圈。五连激战一夜，伤亡惨重，连长肃东壮烈牺牲，部分干部战士弹尽粮绝，跳崖殉国。教导队、通讯排被俘战士被敌人裹胁到韩洪乡鱼儿泉村全部枪杀。支队长赖万芳突围时被俘，后脱险归队。日军撤离后，当地党组织、群众将牺牲战士的遗体埋葬于圪旋头。

我问张占庆是否知道这件事，张占庆说小时候听老人讲过。问他可有见证者在世，张占庆说有，一位叫贾秀英，96岁，还有一位叫张桂英，95岁，都聋了，无法交流。闻听兀自唏嘘，恍惚看见战士们冒着枪林弹雨沟底左冲右突，溅起的鲜血飞上两边群山，染红十月的山坡。

至沟底，见一道悬崖阻断去路，两侧山体刀削一般，插翅难飞。悬崖高约20米，两侧山势若翅膀合抱而来，空中鸟瞰像极未合拢的壶口。崖下冲刷出一道水潭，两侧山底呈穹隆状，整体好似一只巨大的瓮。崖壁上，三道冰凌白练般直挂崖底，疑是三道细瀑冻结而成，又似百丈挽联高悬于此。张占庆指着断崖说，这儿就是战士跳崖的地方，敌人从南北两座山包围过来，他们被困在沟里，只能沿着沟底向沟外突围，谁知在这儿遇到断崖，就都跳下去了，有的当场牺牲，有的受伤后躲在山底，鬼子在山上用机枪扫射，全部遇难。

蓦然觉得崖下万马奔腾，好像潭中积水倒卷上来，雷霆万钧，轰鸣不止。猛回头，见满沟都是雪，满坡都是雪，坡上峭壁如斧劈，山顶上的松树都高举着洁白的雪！

终于明白老邓为什么说圪旋头“不止好看”。这里发现过人类旧石器时期活动遗迹，不仅是一道文化景观，不仅是一道自然景观，还是一座巍峨的精神大山，漫天漫地的雪便是对那群热血男儿最纯洁、最崇高的致敬！

南山半腰处分布着大小不一的喀斯特溶洞，大的可容纳数十人，小的仅可握拳入内。张占庆前头带路，踏着山体滑坡落下的碎石攀行而上，我躬身其后，亦步亦趋，老邓跟在我身后。张占庆举着手电筒，钻进一座较大的溶洞。洞口状似鲶鱼嘴，长约两米，高不足半米。我随后钻入，发现洞中水蚀地貌发育明显，洞的西北角散落着几块白骨，估计有战士退守到此，不幸罹难。我缓缓退出，老邓进去，出来时喃喃自语，这儿到底是战士遇难的地方，还是老百姓掩埋战士尸骨的地方？

东北侧还有一座更大的溶洞，低头便可入内。洞内三间房子大小，形似人的五脏六腑。抬头打量洞顶，有水珠滴落，明亮却无声。四周洞壁湿漉漉的，伸手一摸便是一手水。我和老邓举着手机，绕壁寻寻觅觅，张占庆打亮手电筒，指着东北角最高处说，看见没？角上有个洞口，容得下一人出入，上面还有一层，像间房子，可以藏三四十人。老邓想上去看看，可找不到上去的路。张占庆说，村民从上面放下绳子，把战士拉上去，盖上盖子，救了不少人。想问村民是怎么上去的，终于没有问。村民常年在这一带生活，有的是办法，谁都没有资格怀疑他们在恶劣环境里的生存智慧。我和老邓盯着洞口，不说话，张占庆摇晃着手电光说，看见洞口横着的那个东西了吗？是一根拐杖，横在洞口几十年了。

突然想到绳子，或许，那根拐杖便是逃出生天的绳子吧。追踪先烈足迹的时候，我们时常执着于某物某时某地，其实，于舍生忘死的战士而言，任何一条藤都可能是逃生路，任何一座山都可能是掩埋忠骨的青冢！

闻鸡即起。

有多少年没有听过鸡叫了？想起岭上曾一村两县，我对宋勇说，这才叫鸡鸣两县呢。宋勇愣一下，笑道，领导，岭上离平遥也不远呢。我哦一声，那是鸡鸣三县？

早饭吃了一颗土鸡蛋、一颗烧土豆、半碗小米粥、一碗小米汤。土鸡蛋个小，皮紫，蛋黄大，嚼无水分。土豆是用木炭火烤的，绵，脆，有木香。小米是石碾碾的，粥配炒土豆丝，米汤浮一层米油。吃饭时，宋勇问上午去哪儿，我说马刨泉，宋勇便给村委会主任乔元龙打了个电话。

老乔长我两岁，也是老熟人。一见面，老乔便埋怨来时也不打个招呼，我说怕喝光你的酒啊。老乔憨厚一笑，不怕，不怕，酒就是让人喝的嘛。又说，您稍等下，我叫辆皮卡来，拉咱下沟。我笑道，不坐车，想骑你的牛。老乔又是憨厚一笑，赵老师真会说笑呢。我说，不跟你开玩笑，真的不坐车，咱步行去。老乔

FOLDED TIME AND SPACE
摄影 舒 麟

见我是认真的，赶紧去村委会取钥匙。宋勇也要去，被我劝回。

站在村口等老乔，又见“岭上生产大队”六个字高悬街门上，中间嵌着五角星，插着红旗，改天换地、热火朝天的童年记忆“呼啦啦”列队而来，晨风中似有招展之意。拱形铁架锈迹斑斑，估计与老乔年龄相仿。街门透着些许沧桑，也与老乔相仿。

老乔小跑而来，腰带上的钥匙“哗啦——哗啦——”响。想调侃他几句，又不忍。村西右拐沿田间小路而下，路边庄稼还未收割，对面坡上有鸟起落。沟底地势较为平缓，空地上长着一棵合抱的杨树，主干顶部分成两杈，好似一张弹弓倒栽地上。问老乔这棵杨树是干吗的，老乔被问愣了，抬头看着树不知如何回答。我笑一笑，是尉迟敬德用来拴马的，马渴了，挣脱缰绳跑到沟底找水喝，就有了马刨泉。老乔一脸认真地看着我，你查过书？我一本正经道，不用查，书是我写的。老乔恍然明白过来，嘿嘿笑起来，那笑声有烤土豆的滋味，焦香，绵脆，味厚。

在沁源，隋唐故事到处流传，唐王李世民之外，家喻户晓的还有门神尉迟敬德、夏王窦建德。尉迟敬德征战绵山，人困马乏，饥渴难忍，四处寻水而不得。他信马由缰，跟着踏雪乌骓马走进一道沟里，见断崖下朝阳避风，遂由马儿去寻草吃，自个倚崖假寐。昏昏沉沉中，听得战马嘶鸣，疑是敌军来袭，睁眼看时，却见踏雪乌骓马奋蹄刨地，疾如锤鼓，地上突现一坑，碗口大小，泉水喷涌而出，清澈无比。尉迟敬德大喜，当即翻身而起，俯泉狂饮，泉水流淌得愈发欢畅。自此，崖下泉水终年不竭，四季长流，名马刨泉。窦建德曾在王陶安营扎寨，所建土城至今尚存，残垣断壁中碑文、锅瓦依稀可辨。王陶村东行不远，还有个下璧村。下者，夏也，村西后山有窦家堡子，窦建德曾在此居住，村里窦姓男女皆视夏王为先人。距堡子约500米有上马石，石上隐现一只脚印，据传为窦建德踏石留痕处。

这些故事一半来自老邓，一半来自郑曙林。郑曙林是县政协副主席、褐马鸡保护与研究领导小组组长、沁源观鸟协会名誉主席。郑曙林爱鸟如命，每天早上五点左右起床，天亮时便出现在芊林背，出现在东钟楼，出现在沁河源或花坡。郑曙林常年不是在拍鸟，便是走在拍鸟的路上，这两年更是一心一意“追踪”褐马鸡的生活轨迹，无论在沁源，还是全国各大网站，那些漂亮的褐马鸡照多出自他手。我开玩笑说，他们侵权了，你可以索赔。郑曙林却很坦然，我与他们交涉过，只要注明是我们沁源的褐马鸡，片子随便用。在他眼里，“沁源”两个字显然比“郑曙林”三个字更重要。老邓一路不断向我推荐郑曙林，说在沁源，没有谁比他更懂鸟的。宋勇跟着郑曙林钻过一年半的山，他的鸟知识也多来自郑曙林。二人不时在我耳边聒噪郑曙林，让我这个不想见陌生人的人，也对郑曙林有了几分好奇。因为疫情，第二届观鸟节延期到秋季，方式也由集中观鸟改为各参赛队选时观鸟。自8月始，各地参赛队陆续抵达沁源，郑曙林每天陪着他们钻山，忙得一塌糊涂。直到半月前，才与他在五龙川偶遇。前天见面，我提出要跟着他去观一次鸟，他爽快答应，说这几日就有观鸟队来，到时我们一起去芊林背吧。我说好，郑曙林又问我这几天都去哪里了，我说随便走走。郑曙林问去花坡没有，我说，以前去过多次，现在花都败了，不去了。郑曙林说，不是让你去看花，是让你去看马刨泉。多次路经蔓上，或歇脚岭上，或夜宿花坡，或打尖土岭上，却不知有马刨泉。郑曙林说，一定要去看看，马刨泉可美呢。我说怎么个美法，郑曙林说有金雕。我不禁莞尔，大概在郑曙林的词典里，什么地方有鸟，什么地方就美，如果有珍稀鸟种，那就是很美吧。

一沟两坡，左边坡底森林茂密，右边坡上坡下却少见树木，与蔓上相比，草也稀疏许多。梯田里莜麦青青，好似刚种不久，不像秋季作物。一个多月前，随作家采风团到蔓上，花草虽近枯黄，荞麦花却开得热烈，白色，红蕊，挽一川烟雨旖旎而来，别有一番风情。可现在已是深秋，这里的莜麦竟无一丝秋意。我有些惊讶，问老乔，是不是像冬小麦，来年才收成？老乔笑道，这些莜麦是做饲料的，不会等到来年，牛还指靠它过冬呢。老乔养了半辈子牛，算半个养牛专业户，问他，你的牛是吃莜麦长大的，市场上一定很吃香吧？老乔嘿嘿两声，有些得意。

风渐渐小下去，身上有了汗意，还以为套着迷彩服的缘故。从右山脚绕到左山脚，陡见一天然石门，有“一夫当关万夫莫开”之势。老乔从腰里掏出钥匙，打开门锁，推开铁栅门。想起他跑去村委会取钥匙的样子，我调侃道，原来你是马刨泉的大管家，权力不小啊。老乔笑一笑，哪敢，哪敢，这条路是防火通道，我兼着森林防护员呢。站在门外打量，侧旁是断崖，上游季节河如果有水，此处会是一道瀑布。对面是石壁，壁上有鸟窝，小鸟在崖上飞来飞去，却看不清模样。我盯着小鸟方向看，老乔指着崖壁高处说，郑主席就是在那儿拍到金雕的。想起郑曙林说起金雕就像在说自家的孩子，兀自笑了。喜欢自然的人都有一颗童心，不管他喜欢的是山、水、花、草、树，还是鸟儿。当然，这话也不可绝对，可即便童心不再，恻隐甚或悲悯之心是有的。天性即人性，人性即天性，生命质地就像花坡草甸，也是天然的。

过大门，右手崖底有一水潭。绕行而下，右岸有一淘空石崖，崖下有一泓池水，水中漂浮着碎枝、落叶、草屑，乍看像一潭死水。崖底呈碎裂状，似由乱石堆砌而成，裂隙间有涓涓流水渗出，不仔细端详很难发现。这便是传说中的马刨泉，却与传说中的不一样，或者说，踏雪乌骓马不是从地下刨出泉水的，而是双蹄击碎崖壁，从岩石碎裂处震出泉水的。当然，传说便是传说，即便史实，历经千年也会面目全非的。而当下，阳光几乎照不到这里，泉水清凉彻骨，泉边泥土湿漉。看似水流不大，却有一条河从旁流出，一路去了介休水涛沟，去了汾河。

自断崖处沿河而下，地势渐渐开阔。没有风，阳光照下来，脖颈渗出汗水。显然，这不是迷彩服的原因，而是小气候的原因，马刨泉沟的气温远高于岭上，甚或两地就是两个季节。顺河而下，见一大片河滩地，或因少有人来的缘故吧，茅草密实，差不多一人高，简直可用“蓬勃”二字形容。田地间没有路，田地边该有路的，可田地撂荒，田边路便被雨水冲毁。鲁迅先生说：“地上本没有路，走的人多了，也便成了路。”依我看，地上本有路，无人走了，便也没有了路。世上事本就是终而复始、如环无端的，偏于一端，感知便会少去一半。蹚过茅草地，见河水从山脚绕行过来，回环处是一块台地，台地上高墙耸立，颇似枕水入眠的江南景致。还以为是一户人家，老乔却说是一座庙。也是，在北方，最好的风水都要留给神灵的，神灵开心，神灵护佑，人才可以安心活下去。踏水而过，缘羊肠小道而上，见一四合院，院内茅草黄绿参半，房屋年久失修，梁柱横七竖八，说是庙，却不见神像，而临水而立的建筑更像一座戏台。好端端一处风水，便这样遗弃了，不由一声叹息。

河对岸是马刨泉村，本想是座山庄窝铺，孰料村口竟横着一道砖砌门洞，洞深过两米，比岭上还阔绰。门楣上依稀可辨“马刨泉生产队”几个字，上方砖雕一枚五角星，两侧和平鸽展翅，设计也比岭上考究。仔细打量，门洞是按照房屋规格建造的，虽有屋瓦遮蔽，村名还是被风雨剥蚀掉了。再好的守护都不如人的守护，让人住的地方，就该有人在，有人在就有人气在。

进得村来，阳光似更明媚，村貌也一览无余。村民大多搬到岭上去了，老宅损毁严重，屋子里的地窖却完好，阁楼上的木板也完好。一河村前流过，群山四周环绕，院落一座一座错落而下，想那时，炊烟升起，鸡犬相闻的时光该是何等祥和呢！或因交通原因吧，马刨泉人不得不弃家而去。但有走的，便可能有来的，蔓上脚下，马刨泉旁，晨闻百鸟啼鸣，夜观星河璀璨，秋看满山红叶，冬赏半山积雪，避风港里观山景，该何等快意！去岭上避暑，到泉边过冬，倘若把岭上民宿延伸至此，夏冬衔接，四季都有去处该多好！我把我的想法说给老乔听，老乔微微一笑，镇里正规划着呢。说罢，老乔又指着一道沟说，看见了吧？沟里有条小路，绕上去就是蔓上，镇里计划蔓上和马刨泉一块儿开发，防火通道铺成旅游路，防火旅游两不误，那时你再来岭上，住下就不想走了。

想起郑曙林的话，马刨泉可美呢。或许，郑曙林这番话与金雕并无关系，在他的心目中，马刨泉是蔓上的马刨泉，蔓上是马刨泉的蔓上，马刨泉和蔓上珠联璧合，怎么能不美呢？

第三章

赤石之桥

赤石之橋

车盘旋至沟底，一览众山美的开阔不再，『山重水复疑无路』的幽深又来，河与路或缠绕或并肩，欢腾而去，仿佛一对厮守的情侣，只问两情相悦，不问前路迢迢。抬头望，右山顶上或有森林，却看不见，山坡上横生的杂树加重了山影，恰似一帘幽梦；转眼对面，左山下半部分遮蔽在山影中，上半部分沐浴在阳光里，好像一片云落在丛林之上。显然，此地的世界全然不同于山上的世界，仅一出神的工夫，便从天上来到人间，令人心怡，令人错愕。此刻是深秋，北山顶上的树木举着金黄色的秋色，显得格外温暖。如果是夏日，半山之上晴空万里，半山之下山影如荫，会不会让人感到格外清凉呢？

午后犯困，上车便迷糊，可又睡不着。闭眼假寐，想着车上晃悠一阵或能睡去，可这一愿望也很快落空。

打扰我的不是宋勇，而是路边突然出现的鸟儿。推醒我的虽是宋勇，指着鸟儿让我看的虽也是宋勇，但那是鸟儿无须下达、却已下达的旨意。

有时候，并非我们在主导万物，而是万物在主导我们，就像一个女子从你身旁婀娜而过，你心生愉悦。仅从结果看，好像什么也没有发生，可实际上，过程中存在诸多不为人知的细节、气息及多种可能性，这些细节、气息及可能性一直被我们有意或无意地忽略，而忽略掉的部分，恰恰最接近生活真相。

人与自然的关系亦如此：只存在某种可能性过程中，而非一种确定性结果里。因之，太阳每天都是新的。因之，当我说爱自然的时候，我爱的其实是自然的变化。

风很大，一群粉红胸鹨停栖在路边草坡上觅食，尾巴不停地上下摆动。背部灰色，上覆黑色粗纵纹，胸部和两肋布有黑色点斑，喙细长，腿细长，尾也细长。乍看与麻雀有几分相像，其实，它们比麻雀大，比麻雀胖，还比麻雀漂亮，尤其粗粗的、黄黄的、艳丽至极的眉线，好像刚画上去的，丰腴似唐朝美人，画功不输于专业化妆师。其实，是我想多了，即便有一池清水做镜子，鸟儿也不会浪费时间打扮自己——它的美是天注定，是自然的赋予，它只关心食、住和飞行，从不关心衣，更不关心描眉画眼，顶多偶尔张开翅膀、翘起尾巴炫耀一下而已。

车速很慢，粉红胸鹨好像一点也不怕我们。车慢慢接近，它们终于受到惊动，张翅车前疾飞，样子像带路党，又似在制造被追杀的假象。其实，鸟儿没有那么多心眼，它们所做的一切，仅是出于本能，即便向人发起攻击，也是在自我保护。车一直跟在鸟儿身后，鸟儿突然明白在公路上“甩不掉”我们，迅即掉头向蔓上飞去，仿佛一群凌空绽放的花儿。

鸟群中混杂着几只水鹨，若不是宋勇指给我看，我不可能分辨出来。

多次路经花坡，也曾遇到过鸟儿，可遇到这么大一群还是第一次。我顿时兴奋起来，想立即下车，宋勇拦住道，别下车，鸟儿可精呢，车跟着它不一定逃，你一做下车动作，它就逃了。我哦一声，倚窗举着手机拍照，宋勇又提醒我，拍个小视频啊。可我从未拍过小视频，突然觉得自己落伍了，心生懊恼。

鸟们在身后隐身，秋阳打在坡上，打在我的背上。盘山而下，一个又一个大S消解着公路的坡度，向下看时，直觉车在不断俯冲。没有树，路边零星着几朵黄色野雏菊，没有遮蔽之物，馒头山愈发像只馒头。车忽左忽右，或坡或沟，将近半山腰时，骤见一座又一座森林环列而来，那一瞬间，顿觉花坡是个刚出浴的女子，群山是她的裙裾，花坡“此花不与群花比”，螓首蛾眉，群山“裙裾旋旋手迢迢，不趁音声自趁娇”，争奇斗艳，姹紫嫣红。其实，这是错觉，花坡虽是女子，却是“浓妆淡抹总相宜”的，倘若远远观望，色彩实际上只有三种：绿、黄、红！或因光影，或因距离，或因疆域，花坡上停车坐看，总觉绵延的群山山色流淌，风情万种，令人目不暇接。一旦定睛细看，这纷披的群山依然万变不离其宗：绿、黄、红！

曾多次花坡周边行走，却从未见过如此景色，差点惊呼起来。定一下神，问宋勇这是哪里，宋勇说花坡呀。不禁愕然，喃喃自语，还在花坡？宋勇看我一眼，是啊，花坡地盘大着呢，我们走的是南线。我恍然明白，在花坡，一个季节有一个季节的景色，一个方向也有一个方向的景色，如果在春天，如果在夏季或初秋，山下是绿色的波涛，山上是烂漫的花海，驱车其间，不就是行走在天路上吗？

从黄段到鹤溪泉，到池口，到土岭上，到沁河源，又从沁河源到土岭上，到绵上。从黄段到岭上，到花坡，又从花坡到沙岩豁……村庄间穿越，移步换景，柳暗花明，盘旋往复，无有始终。噫吁嚱，太岳天路，名实相副！

在沁源，一个乡镇一条沟，说某个乡镇其实在说某道沟，说某道沟其实在说某个乡镇。道路不通时，即便到邻近乡镇串个门，都要钻出沟，绕过山，左颠簸，右颠簸，看着很近，走起来很远。简言之，水在沟里流淌得比人还欢实，人在沟里艰辛得比骡子还辛苦，纵然满山满沟都是宝，也只能任它兀自腐败，没有办法送到外面的世界去。2017年以来，沁源修筑农村公路204条569公里，构筑了“四纵五横”的县域公路网络。所谓四纵，即玉泉至车道干线，途经景凤乡、官滩乡、郭道镇、交口乡、法中乡；算盘沟至大南川干线，途经赤石桥乡、景凤乡、官滩乡、郭道镇、交口乡、沁河镇、中峪乡；后沟至上庄子干线，途经王和镇、王陶镇、聪子峪乡、郭道镇、韩洪乡、李元镇、中峪乡；马刨泉至上庄子干线，途经王陶镇、韩洪乡、灵空山镇、中峪乡。所谓五横，即南湾至关子岭干线，途经景凤乡、赤石桥乡、王和镇；吉庆至高堎上干线，途经官滩乡、赤石桥乡、王陶镇、韩洪乡；白狐窑至第一川干线，途经交口乡、郭道镇、韩洪乡、灵空山镇；庶纪至西务干线，途经法中乡、沁河镇、李元镇、灵空山镇；雕巢岭至上庄子干线，途经法中乡、沁河镇、中峪乡。我是个地理盲，对地图无感，可当我爬在沁源地图前，让老邓把“四纵五横”用红笔勾画出来的时候，顿觉青山绿水的沁源被汩汩流动的红色动脉贯通，俨然一只大鸟。不，就像一条龙，满血腾飞而起！

车盘旋至沟底，一览众山美的开阔不再，“山重水复疑无路”的幽深又来，河与路或缠绕或并肩，欢腾而去，仿佛一对厮守的情侣，只问两情相悦，不问前路迢迢。抬头望，右山顶上或有森林，却看不见，山坡上横生的杂树加重了山影，恰似一帘幽梦；转眼对面，左山下半部分遮蔽在山影中，上半部分沐浴在阳光里，好像一片云落在丛林之上。显然，此地的世界全然不同于山上的世界，仅一出神的工夫，便从天上来到人间，令人心怡，令人错愕。此刻是深秋，北山顶上的树木举着金黄色的秋色，显得格外温暖。如果是夏日，半山之上晴空万里，半山之下山影如荫，会不会让人感到格外清凉呢？植被愈是丰富，变化愈是多样，惊奇愈是不断，沁源显然是一块多样化版图，只要你带着眼睛来，带着心来，哪一季没有你想要的美和神奇呢?

我是从花坡入境沁源的，下山路径却与这次不同。临行前一天，给老邓打电话，说到了沁源想直接去村里，走到哪儿住到哪儿，不进城。老邓说没问题，我俩便约在赤石桥乡善朴村会合。

太原到沁源没有火车，没有飞机，只好麻烦朋友开车把我送到善朴。之前来沁源，多走太长高速，过武乡，走沁（县）沁（源）公路。那段时间沁县在修路，我们便改道平遥，路经花坡时，我对朋友讲，花坡很漂亮，可惜花期已过。显然，那时我并不懂花坡，花坡之美岂止一坡花草?

我先入为主，车在花坡并未停留，便被导航导到牛郎沟里。沿途困顿，半睡半醒，钻出沟时，导航提醒善朴已到，可看不到村庄。疑惑间，坡上迎面闪出一片开阔地，右侧土崖壁立，左侧黄土堆高耸，车好像是从瓶子里钻出来的。进村不见村，拐过去才发现黄土堆下有三孔窑洞，窑洞上挑古色古香的屋檐。以屋檐为界，墙体被分成两部分，上高下低，比例失调，窑洞显得压抑。车停在窑洞前，窑洞门楣上挂着“巾帼非遗体验馆”，西侧悬挂着红色铁艺，以松木为框，其间嵌着八个绿色的字：“长寿善朴，常来长寿”。村庄也有广告，不禁莞尔。

老邓站在村东古榆树下，身旁站着一个40岁左右的男子，寸头，方脸，眼睛有神。老邓笑眯眯地迎上来，指着身旁男子说，他是我“借”来的司机，叫宋勇，是沁源“活地图”，路熟，车开得好，人勤快，在云南边境当过特种兵。老邓一口气勾勒出一个特种兵形象，我想拒绝这个“活地图”都无可能。老邓考证过沁源所有的文物古迹，是沁源“活字典”，如今又有“活地图”助力，我再无后顾之忧，不禁感慨道，沁源待我不薄啊，配一部“活字典”、一张“活地图”，三人行还没开始，两位“师”已就位，我敢偷懒吗?老邓笑一笑，拉着我走进窑洞。

时近中午，我以为要在这儿休息、喝水，甚至吃午饭，谁知老邓居然把女主人叫过来，让我采访她！朋友笑道，你这是一下车就干活啊！老邓也笑道，赵老师要做沁源人，就要入乡随俗。我只好客随主便，进入角色，心里却在嘀咕，我是来沁源写绿的，怎么让我干起老本行了？女主人50岁的样子，叫杨丽俊，是手工编织非遗传承人。杨丽俊热情地向我介绍她的作品，还真把我当记者了。窑洞面积不大，低矮，略潮，进深较深，展示物件有坐垫、簸箕、花篮、项链、生日锁，还有挂饰、摆饰和服饰等。色彩以红绿黄为主，都是手工编织的。正面展台上摆放着一只孔雀，长约1米，栩栩如生。显然，这件作品是杨丽俊的得意之作，我逗她卖不卖，她憨厚一笑，这是我的“镇店之宝”，不卖。老邓一旁插话道，丽俊手巧，会手工编织、插花、刺绣，还开了网店，是我们沁源的网红，教了一万多个徒弟呢。我看着这个朴实的农家妇女，笑问道，你不怕教会徒弟、饿死师父？杨丽俊认真道，以前我自己编，自己卖，独家生意，现在有了她们，我就基本不做了，主要供材料，帮她们卖。杨丽俊虽没明说，独家生意显然不再，问她后悔不，她反问我，教人手艺不好吗？这就是典型的沁源人思维，从不考虑自己吃亏与否，却总想着别人好不好，沁源人的实在，下车伊始便领教了。

手工编织是门古老手艺，可上溯到石器时代。1958年，浙江湖州钱山漾村新石器时代晚期遗址出土竹编200多件，有“人”字形、“十”字形和菱形、梅花形等，器物种类有篓、篮、箩、筐等。《易经・系辞》曰：“作结绳而为网罟，以佃以渔，盖取诸离。”古时取兽之网曰罔，取鱼之网曰罟，取兽曰佃，取鱼曰渔。“离”古读“罗”，在帛书《周易》中，“离”

写为“罗”，二字通假。离卦有网之象，两离相重，离为目，两目相连，外实中虚，互体有巽，巽为绳，故有结绳为网罟之象。手工编织古已有之，传到后来，渐有竹编、藤编、草编、柳编、麻编等六大类，发展到当代，丝、棉、麻、尼龙、混纺等也可做材料。杨丽俊很小便从事手工编织，现在经常到长治讲课，于她而言，“传道授业解惑”的心理愉悦显然比金钱更重要。

善朴是个古村落，依龙龟山而建。按说建在高处的村庄远处是可以看见的，可直到绕过黄土堆，才看到村庄全貌，黄泥墙青砖瓦错落而下，与号称“山西小布达拉宫”的盂县大汖村有几分相像。沿坡而上，左手有块空地，本以为是篮球场，扭头却见一座戏台，坐南朝北，杨丽俊的窑洞便在戏台底下，怪不得屋檐压得那么低呢。村中有条青砖竖砌街道，穿村而上，左右绕行，把村庄整体串联之时，又把村庄分割成几个板块：高处为武氏古宅，建于清康熙年间，有贡生文院、贡生武院、贡生客栈。抗日战争期间，贡生后堂窑洞、待客前厅堂、文武馆、商铺等被日军烧毁，现存文武馆通道、书院等，石阶高砌，门楼高耸，武氏后人仍居住于此。西有“军人世家”，为武效贤居住地。武效贤早年加入抗日救国牺牲同盟会，参加过百团大战、定陶战役、淮海战役、渡江战役、金城防御、东海岸防御、上甘岭战役等，为上甘岭战役106团最后一任团长。1964年任南京步兵学校副校长兼训练部长，1975年任江苏省军区副参谋长。获三级独立自由勋章、三级解放勋章及朝鲜民主主义人民共和国二级自由独立勋章、二级国旗勋章，曾先后7次受到毛泽东主席的接见。西北隅新建一饭店，是电影《同喜》拍摄地。因循地势，盖房造屋，农人有农人的智慧，毋庸怀疑。虽如此，我仍无法把它与影视基地联系到一起。

东北隅临赤石河建有东岳庙，坐北面南，主神为东岳泰山神。泰山亦称岱宗、岱岳，为五岳之首。光绪版《沁源县志》收录乾隆年间高如璧《弥勒佛殿碑记》曰：

> 吾邑正北乡有善朴村，石厚土薄，兀峭崎岖，依崖麓而居者寥寥数十家。以视通都大邑楼观参差，固远不逮夫十之一也。然而林木茂美，峰峦耸秀，激湍清流，映带左右，云霞出没于旦夕，禽鸟飞鸣于上下，则又境之幽而静者矣。是以其人则朴，其俗则勤，唐魏俭陋之风何多让焉。而城市嚣尘之气庶有豸乎！余偶经其地，心甚嘉之，特遐览之。余见夫山之阳、水之侧有古庙三所。墙垣半圮，栋宇将颓，荒凉寥落之态僾焉，不可以终日幽赏，未已感慨系之矣。询于故老，不知创自何年。究厥主名，咸云弥勒佛殿。

善朴居于“山之阳、水之侧”的庙宇仅此一座，与高如璧所记“弥勒佛殿”应为同一庙宇。王潞伟是长治市潞州区人，攻读山西师范大学戏曲文物研究所博士时，曾到此做过详细考证：庙宇整体呈四合院形制，大门位于东南角，青砖拱券。庙分上下院，上院正北为正殿，面阔三楹，六架椽，带前廊，悬山顶，灰瓦覆布。墀头有花卉砖雕。平柱用圆木柱，鼓镜础，设阑额、平板枋，梁头伸出霸王拳。两侧殿各一间，分立正殿左右。东西配殿为悬山顶二层，面阔二楹，四架椽，木制门窗、隔扇等损毁严重。下院东西两侧为看楼，正南为戏台。看楼皆悬山顶二层，面阔三楹，五架椽，带前廊，圆木柱，鼓镜础，柱头设阑枋、平板枋，木制门窗、隔扇残损。戏台硬山顶灰脊板瓦，一面观。面阔三楹7.3米，其中明间4.1米，通进深5.9米，其中前台4.25米。砂条石台基，基高1.3米。檐柱为圆木柱，高2.55米，四角须弥鼓凳础，高0.35米。移柱造，前后七檩六架椽，柱头设阑额、平板枋、梁头伸出霸王拳，斗口跳斗拱，明间一攒，跳头雕作龙头，两次间各一攒，跳头雕作象头，鼻下卷。明间雀替镂空雕为二龙戏珠，次间雕为卷草，神兽花纹，明间设套方隔扇腿落地罩，次间设四柱垂花绦环横眉子，墀头上砖雕仙草神兽。戏台上现存木制隔扇，将戏台分为前后台，题字绘画多已漫漶不清，隔扇正中上方镌刻行书“镜里春秋”，上下场门额上书“褒善”“贬恶”。戏台东西两侧山墙人物壁画高2.43米，宽3.03米，画中人物神态各异、表情生动、形象逼真。西山墙壁画共12人，2女10男，壁画正中上方题字“花碧莲卖艺寻夫”“贺氏遇王伦”“任正千受刑”；东山墙壁画共11人，1女10男，题有“大闹四杰村”。据题字可知，画中戏曲题材出自清嘉庆年间无名氏侠义小说《绿牡丹全传》，亦名《四望亭全传》，又称《龙潭鲍骆奇书》。新中国成立后，戏台有过维修，壁画未遭破坏。如此遗存非常罕见，王潞伟撰写的论文《山西沁源县善朴村东岳庙戏台壁画考述》在《中华戏曲》2014年第1期发表后，壁画名声大噪，也因之招来盗贼，现有壁画是太原美术学院老师临摹的。遭此一劫，善朴反从戏曲走向影视，也算“失之东隅，收之桑榆”吧。

灰瓦，红瓦，木门，木窗，绿树掩映。石墙，砖墙，石碾，石磨，时光静好。自村西转到村东，青砖路变为煤矸石砖路，红色，依然竖砌，路旁有一石砌小房子，屋顶半敞开着，上写“绿色驿站”。老邓让我猜它是干什么用的，我犹豫一下问道，让游客休息的？老邓笑了，是厕所，我们沁源把厕所叫“绿色驿站”。乡村厕所居然也有如此雅致的名字，令人忍俊不禁。我来沁源是写绿的，没想到看到的第一道人造“绿”竟是厕所，真可谓沁源之“绿”，不仅“绿”到山水里，还“绿”到文化里！

村东南有一道似山非山、似丘非丘的土城墙，墙上有树，有花草，还有桥和木板路。木板路直通石砌券门，券门上建有阁楼，还以为是观景台，却是菩萨庙。站在阁楼上，老邓指着来路问道，知道它是什么吗？我看老邓一眼，不知道他葫芦里卖什么药，老邓微微一笑道，它就是龙龟山的龟首，善朴坐落在龟背上，“龟背住一宿，活到九十九”，村里有很多长寿老人呢。你再看村后那座山，多像一条龙，往北还有后山村，村南的山叫凤凰展翅，也是一景。东边是世旺沟，是自然风景区，村里以前有座玉皇大帝庙，被日本人烧毁。我循老邓手指方向看去，发现善朴看似坐落在龟背上，其实被群山环抱，怪不得在牛郎沟里什么也看不见。村西口上戏台下窑洞，村东口上菩萨庙下券门，村后龙凤呈祥，村前龟蛇起舞，无论自然环境，还是后天布局，都堪为得天独厚、别具匠心。

下得门楼，见山墙下立有两通石碑。一为功德碑，上列捐款人姓名，以武姓为多。一为记事碑，碑文曰：“菩萨庙建于道光年间，本村武贡生之后带领村民所建，建于村口龙龟山龟头西南侧。……二战时期，村内住有抗日队伍，日军在平遥汉奸带领下来到善朴村搜索抗日队伍，抗日队伍得到消息后赶紧组织转移，日军扑空，恼火嗔怒，把善朴全村焚烧，破坏严重。”碑是2017年村委会重建菩萨庙所立，碑文稚嫩，显然是村民自撰的。看到文中特意提到“平遥汉奸”，我笑道，你们沁源抗战时期没出过一个汉奸，就念念不忘平遥汉奸，不地道啊。老邓笑道，这叫爱憎分明，沁源人眼里不揉沙子。

沿门楼旁小路而下，地上落满棠梨，千年榆树遮蔽过来，树影婆娑，秋意渐浓。步出券门，见一水池，石砌围栏，名曰龙龟探水。我对老邓说，善朴不愧是影视基地，把龙龟故事讲得如此完整，也是难得。老邓说，善朴还用讲故事吗？地理使然，善朴人只不过是顺其自然罢了。

出村东行，径往善圆文旅影视基地用午餐。善圆由一煤矿职工宿舍改建而成，有民宿、农家饭、蔬菜采摘、乡村影院等，5月刚开业。显然，善朴是让看的、玩的，善圆是让住的、吃的，印象最深的，是院子里的小吃摊，有夹糖子、炒土蛋蛋、打月饼、摊黄煎等。看到这些当地小吃，我给朋友讲小时候怎么去挖沙土，怎么用铁锅炒黄豆、玉米，讲得朋友兴起，当即从老乡手中要过家伙什比划起来，老乡一旁笑得合不拢嘴。这中间，老邓给广瑞打电话，说你老同学来了，到赤石桥陪他过个周末吧。广瑞在电话那端爽快答应，他俩约好在涧崖底见面。我知道老邓是好意，便既不问，也不拦，一切由他。况且，来沁源前我已交代过，走到哪儿住到那儿，至于怎么走，怎么住，包括怎么吃，那是他这个义务向导的事，只要待在乡下，我怎么都行。

走出善圆，送走朋友，换乘宋勇开的越野车。席间，老邓一再强调是接风酒，便多喝了几杯。宋勇问老邓去哪儿，老邓说了个什么防火通道，我也未理会。车开进沟里，越是颠簸，越是困顿，林间光影陆离，恍惚有火光移动。强撑着爬过山顶便昏昏睡去，睁眼看时，竟是胡汉坪。

我问老邓，你不是说去涧崖底吗？

老邓反问我，你听见了？

我反问他，听见什么了？

老邓嘿嘿一笑，下一站才是涧崖底。

宋勇直接把车开到村口坡道上。我缓一下神，抬眼打量，感觉似曾来过，不由愣了。村口是座戏台，坐南朝北，戏台下面是窑洞，坡道从戏台东山墙旁斜上，直插村里，越看越似曾相识。

走下车，我疑疑惑惑对老邓说，好像来过这里。

老邓也疑惑起来，什么时候来过？

我使劲摇摇头，想不起来，就是觉得眼熟。

老邓又是嘿嘿一笑，你不是喝高了，把这儿当善朴了吧？

我恍然。敢情胡汉坪也是依山而建，村口布局几乎与善朴一模一样，仅是少了一堵城墙、一座门楼而已。不过，胡汉坪村前有一条河，地势更开阔，感觉像在沟谷出口处。

沁源属太岳山脉，地形地貌与太行山略有不同。我的老家在发鸠山下，介于太行山和太岳山之间，峡谷下部多为深切的河谷或嶂谷，顶部常见平缓的台地、平台或长脊、长墙，虽是山区，村庄却多建在平缓之地。沁源多山，坡地较缓，台地较少，村庄选址多在靠山、朝阳、避风的斜坡上，选址方式相同，布局也大体相同。

胡汉坪最有特色的建筑是四合院，最有名的当属八路军副总司令彭德怀的路居地，房东叫郝凤歧，时为胡汉坪牺盟会会长。郝家大院位于村中心，石砌台阶，高门楼，东西各一院。彭德怀住在东院西房离大门最近的耳房，仅8平方米，一张土炕占去大半，看房间陈设，彭德怀吃、睡和工作大多时候都在炕上。与彭德怀同住的除了夫人浦安修，还有一个孩子，只有五六岁，是烈士遗孤。紧邻耳房两间较宽敞，警卫班在此值守。随行人员住正房，秘书一姓李、一姓张，医生姓刘，伙夫姓王，此房同时兼做厨房，东房则由主家居住。西院为马厩，马夫住在此。向西还有一院，为洪赵支队驻地指挥部，院子里长着一棵山楂树，枝叶茂盛，高过屋顶，树冠遮去大半个院落，果实红得透亮，似在怀想那段红色岁月。那是1941年春天，“百团大战”结束不久，彭德怀率部撤至绵上北部，以胡汉坪为中心，西至窦壁、松罗店、马背，东至胡家庄、善朴、段家坡底和赤石桥，进行为期三个月的休整。而在此前半年，“百团大战”收官之战也发生在这里。

当地老人对那场战役记忆犹新，他们习惯称之为“胡汉坪刺刀战”。战役主官叫胡兆祺，沁源城关（今沁河镇）北村人。1921年7月，胡兆祺考入山西陆军学兵团第三期学习，1925年毕业，历任山西陵川、榆次保卫团教官，晋军排长、连长，晋绥军第1纵队4团少校营长、团部中校副官。1931年，胡兆祺弃军回乡，成立“红色同志会”，同年12月加入中国共产党。土地革命战争时期，胡兆祺历任中共沁源县特委军事委员、沁源县特委代理书记、山西省委特派员。1934年2月，胡兆祺再入晋绥军，1935年2月被叛徒出卖，关押两年。1937年5月，胡兆祺出狱，恢复组织关系，任山西军训委员会军训干事。全面抗战时期，胡兆祺回乡组建了500余人的抗日游击队，1937年9月编入山西青年抗敌决死总队，历任第1总队2大队5中队中队长、3大队9中队中队长，第1纵队第1总队3大队12中队中队长、1大队大队长，第1总队参谋长，第1纵队第38团参谋长。1940年1月，胡兆祺任第一纵队第59团团长。1940年11月17日，日军第37师一部从沁县、南关镇出发，独立混成第16旅一部从平遥、介休、霍县出发，第41师1个营从洪洞出发，共7000余人，分路合击沁源及郭道镇地区。其时，赴太行区的第386旅第16团、第772团，决死第1纵队第25团、第38团未归，太岳区兵力薄弱。为避敌锋芒，太岳军区将领导机关与主力部队组成沁东、沁西两个支队，转移到日军合击圈外的沁河两岸。23日，日军进抵合击地区，在沁源野蛮施行惨无人道的“三光”政策，杀害百姓5000余人，杀死、抢夺牲畜近1.7万头，烧毁房屋3万多间。日军四出“清剿”，兵力分散，八路军抓住时机坚决反击。胡兆祺是本地人，熟悉地形，他率59团昼伏夜行，越过伏牛山，进入赤石桥乡，在胡汉坪遭遇日军一部。日军正酣睡中，胡兆祺依仗胡汉坪、马背两村有利地形，果断向日军发起猛攻，激战一天，歼敌百余人后撤出战斗。

马背距胡汉坪约2公里，地处胡汉坪、才子坪、松罗三村交界的山顶部，素有“绿色小盆地”之称。马背时有40余户人家，现多迁至胡汉坪。抗日战争时期，洪赵支队、太岳行署副专员裴丽生和妻子马保珍曾在此居住。2020年春，当地政府在马背立一石碑，以纪念胡汉坪战斗和洪赵支队牺牲的六位烈士。

胡汉坪战斗是“百团大战”第三阶段歼灭日军人数较多的一次战役，被载入中国人民解放军战争史：（1940年11月）27日，59团又在胡汉坪、马背一带与敌人激战一日，冲锋肉搏12次，杀伤敌人160人，使敌人的“清剿”未能得逞。这一战打出了59团的威风，继38团、25团之后，59团成为太岳军区又一支主力队伍。

《刘伯承传》第九章“虎狼夹击的岁月”中，将此战列为“百团大战”收官之战的重要组成部分：“第42团一部，在权店附近伏击日军，杀伤百余人。第42团及第59团各一部，又在胡汉坪、马背与日军激战，杀伤敌人160余名。同日，第17团在龙佛寺杀伤日军百余人。……至此，反‘扫荡’作战胜利结束，整个百团大战也就胜利结束了。”

《陈赓传》第46章“反‘扫荡’作战”也有记述：“日军在权店遭到决死队的伏击，被击毙百余人；在胡汉坪、马背一带，又被毙伤160余人。敌人合击扑空，又屡遭打击，且不断受到地方武装、游击队及民兵的骚扰，兵力空虚的交通线上的老巢又频频告急，被迫于12月上旬分路撤退。”

在沁源籍军事干部中，胡兆祺最具传奇色彩，也最悲情。

1941年10月，日军对沁源实行“铁壁合围”，太岳纵队59团、25团和386旅16团与日军在马森林区激战两昼夜，纵队机关和党委机关安全突围，胡兆祺和百余名战士被俘。薄一波收到消息，在阎寨主持召开“纪念胡兆祺团长及阵亡将士追悼大会”，唱了一出空棺计。日军侦知胡兆祺“被安葬”，不再追查这位英雄团长的下落。胡兆祺被送到抚顺煤矿做劳工，他寻机逃脱，返回部队，但因无人作证，这段历史竟成他一生的“疑点”，再也未能回到军事主官的岗位。1958年3月，胡兆祺任军事科学院战史部研究员，补授大校军衔，荣获二级独立自由勋章、二级解放勋章。“文化大革命”期间，胡兆祺被打成“叛徒”，1970年1月遣返沁源。1972年6月，胡兆祺被平反昭雪，恢复党籍、军籍。1973年6月28日，胡兆祺在老家去世。

胡兆祺一生命运多舛，除了沁源人，他少为人知。

赤石者，红金石也。相传，赤石桥最早由村民自发组织修建，所用石头是当地有名的红金石，故名。数百年来，赤石桥屡毁屡建，有明确记载的，是清光绪年间所建石桥，跨度3.5米，宽3米，护栏为红金石，上雕花鸟图案。2010年，赤石桥村整修街道，拆旧建新，赤石桥改为水泥石拱桥，跨度2米，宽7米。

赤石桥赤石不再，赤石桥红色之基却坚如磐石。

告别胡汉坪，东北行半小时许，到达涧崖底。进村有座桥，桥北有道高岸，岸上建有四合院，广瑞便站在桥和四合院间的空地上，与老乡聊天。见面也不客套，我说前面带路吧，我要去找沁河北源。广瑞憨厚一笑，领着我们钻到东面的沟里去。

沿河岸上行，河水不缓不急，两岸植被不茂密，也不稀薄。在这样的路上行走，不必顾忌脚下，自是最适合聊天的。广瑞在老邓处听说我要来，心里高兴，一再说要做好东道。我说你也是沁源的外人，怎么做东道？广瑞一时语塞，笑道，请你喝酒总可以吧？我也笑道，喝酒倒是可以，但要到你家去喝。广瑞家在长治，我本是调侃，他却不反驳，没问题，我拉你回长治，让媳妇给你做三合面。我还要继续调侃，老邓插话道，你俩就别说这没用的了，我是沁源人，改天去我家喝酒。我说，可你是城里的，我不进城。老邓嘿一声，少进城或有可能，不进城可能吗？

一路扯着闲话，不觉走到沟的尽头，见一泉水从一岩石上喷射而下，抛物线在秋阳里愈显明亮，如果放大百倍，堪与雁荡山龙湫媲美。所谓“雁荡经行云漠漠，龙湫宴坐雨蒙蒙”，不禁想起中学课本上的《雁荡山》来。沈括感慨“世间沟壑中水凿之处，皆有植土龛岩”，其实，于沁源而言，这些都太过寻常，沈括也是少见多怪。我把这番话说给二人听，广瑞对老邓说，我这个老同学谁都不服，以前在课堂上经常弄得老师下不来台。老邓却笑笑，沈括其实也谁都不服，他说“灵运所不至，理不足怪也”，可沈括于沁源，何尝不是“沈括所不至，理不足怪也”？三人相视一笑，那笑也仿佛抛物线，溅落在脚下草地上。

山水之间，其实最适合说疯话，疯话于山水也算一种性情。我指着山的那边问是哪里，老邓说是景凤乡黎和村，从这儿去景凤，不绕路。又问东面的山叫什么，老邓微微一笑，羊头山，你最想去的地方。上次采风，我写过一篇小文，文中说到下次到沁源，羊头山定是首访之地。不料，老邓还记得此事。问老邓什么时候去羊头山，老邓说，我们现在就在羊头山下。又说，这个源头其实是沁河北源的第二个源头，主源在平遥黑城村谒戾山南麓，谒戾山就是羊头山。

原路返回，风吹起，微微有些凉意。也仅是凉意而已，走在这样的风里，其实最舒适，何况还有溪流，还有下午的秋阳，还有秋阳里啾啾的鸟儿。在沁源，无处不见鸟儿，沁源人喜欢说环境好不好，只有鸟儿知道。这话说得颇为自豪，低调的沁源人也有不显山不露水的张扬。

走到村口，准备上车，老邓拉住我道，不能走，还有好地方没看呢。我有些纳闷，老邓指着高处那座院子说，那儿是刘少奇路居地，看见那块牌子了吗？是广瑞挂的。我不明就里，看着广瑞，广瑞笑一笑，我在技术监督局的时候，在涧崖底扶贫，看到这座老房子年久失修，想保护下来。问牌子是怎么回事，广瑞说，保护总得有个标志吧？我就回长治找人做了块牌子，落款村党支部、村委会，挂在这里。我哦一声，想，老邓约广瑞在此见面原是一种“预谋”，敢情涧崖底是广瑞的“沁源老家”。

房子建在高处，门前是石砌高台，台前一左一右各修一坡，仅容得下独轮车行走。绕东坡而上，进门见一座二进院，房屋破旧。院子西南角有道角门，从那儿出去是道岸，岸上长满荒草，风吹过来，荒草“沙沙”作响。岸直通后山，进退隐蔽。前有高台，易守，后有山路，易退，果然是个好地方。

刘少奇在涧崖底住了13天，留下不少故事。刘少奇化名许兴仁，当地百姓叫他老许。有一天，一个村干部从角门走到刘少奇住的地方，被卫兵拦住。村干部不知道老许就是刘少奇，与卫兵理论，刘少奇闻声出门，招呼来人进屋。刘少奇问，你们村里有多少土地？有农会没有？每年能产多少粮食？交多少公粮？交了公粮够不够吃？不够吃怎么办？村干部说，我们有山药蛋，能喂猪，能采药材。刘少奇说，好，你们有办法，打日寇是全民族的事，“天下兴亡，匹夫有责”。又一天，刘少奇出门散步，听见桥下乒乒乓乓，民兵在石头上钻眼子，便近前问道，你们这是干什么？民兵说，我们造地雷。刘少奇又问用什么材料，民兵说很简单，一硝二硫三木炭，再安引火线。刘少奇很高兴，用石头造地雷，这是大发明，是你们的创造。

据裴丽生回忆，1942年3月19日，刘少奇一行从华中阜宁单家港出发，在八路军115师教导旅13团护送下，越过封锁线，于4月初到达山东东海县中共中央山东分局和115师驻地。7月下旬，山东分局派教二旅旅长曾国华率侦察分队护送他们到微山湖湖西铁道游击队驻地，由湖西军分区司令员唐亮率骑兵连和金雨大队，护送到鲁西南，之后，由定曹游击大队护送到冀南浚县，由东进纵队386旅3团护送通过京汉线，8月下旬到达河北涉县赤岸村129师师部。9月18日，刘少奇一行到达辽县（今左权县）麻田村中共中央北方局和八路军总部驻地。10月初，裴丽生陪同太岳区党委副书记聂真前往总部汇报工作，彭德怀指示他们护送刘少奇一行通过太岳区转赴晋西北。10月中旬，裴丽生一行与刘少奇一行40余人，在总部部队护送下到达武乡县王家峪村。刘少奇化名胡服，一身商人打扮，随同人员和警卫则是伙计打扮。10月18日，385旅派团长马忠全率14团护送他们通过白晋路（祁县白圭镇至晋城市）封锁线，太岳军区参谋长毕占云率决1旅一部和太岳白晋武工队前来迎接。10月19日，刘少奇一行到达沁县松交村，稍作停留，又马不停蹄地向太岳区党委所在地沁源县阎寨村急进。10月20日到达阎寨，恰遇日军冬季大“扫荡”。日军第69和36师团从白晋线和同蒲线纠集日伪军3万人，由日军第1军参谋长花谷正指挥，分九路同时向太岳和太南区发动“全山西秋季剿共作战”。形势突变，刘少奇一行同薄一波、安子文、陈赓等旋即转移到安泽县桑曲村。裴丽生和毕占云继续负责护送任务，刘少奇一行在25团6连的护卫下向北转移到安泽县穆家垣村，从那里进入沁源大林区怀步峪附近。1942年年初，太岳区已在西线建立了由绵上县涧崖底村经平遥县彭坡头村、过同蒲路到平介县北辛武和北沟村过同蒲路到北辛武的两条交通线，形势紧迫，他们决定让刘少奇一行尽快与区党委分开行动，走第一条交通线过平介。陈赓电令太岳三分区司令、洪赵支队政委解学恭率洪赵支队前来接应，洪赵支队接到刘少奇一行后，经阳城、定阳、紫红、官滩、汝家庄、红崖上、胡家沟，于当日傍晚到达涧崖底。途中刘少奇身着便装，头戴火车头帽，身穿青布大褂，脚蹬布底鞋，依然商人打扮。同蒲铁路和汾河封锁线是敌人封锁最严的地带，为慎重起见，又调来平遥县委书记王炯、县长兼平遥县游击大队队长赵力之，平介县委书记成克等，共同制订过路方案。11月中旬，刘少奇一行由洪赵支队护送，离开涧崖底，通过同蒲线到达晋绥根据地。

刘少奇一行从春走到冬，历时9个多月，行程1500多公里，越过敌人103道封锁线。12月30日，刘少奇回到延安，参加了七大的组织领导工作。

走出刘少奇路居地，见桥头站着几个老乡，坡道下圪蹴着几个老乡，他们看见广瑞纷纷打招呼。我跟在广瑞身后沿西坡而下，广瑞给老乡一人递了一支烟，我给一位年长者点烟，笑问道，您见过刘少奇吗？老者本来圪蹴着，突然一拍大腿起身说，嗨，别提了，那时候我还小，就听大人说来了个外地人，到处走，爱打听，见什么都问，笑眯眯的，看着不普通，哪儿知道就是刘少奇呀！我逗老者，知道的话，您会不会跟他合个影？老者很智慧，会，还想弄个抖音呢。众大笑。

第四章

有凤来仪

有鳳來儀

辛弃疾喟叹『天凉好个秋』，其实是在幽怨『天凉好个愁』。一字竟也藏有如此多秘密，何况一山一河呢？古时天气寒冷，入秋便草木凋零，万物萧瑟。而今气候变暖，当下的秋天与古时的秋天早已不是同一个秋天，今人见到秋天更多的是喜悦。由悲秋而悦秋，我不知道这算不算进步，但许多事不敢深究，一深究都是秘密，都是扯不断理还乱的心绪。总之吧，世间万物皆有秘密，这秘密是生命最隐秘的部分，也是最美的部分，就像月圆月缺。圆固然美，缺更神秘，更诱惑，甚或月缺也是美的，因为缺，月亮才隐现出另一种暗黑的光泽来。

蟋蟀在叫。竖耳细听，真真切切有蟋蟀在叫，就在西墙下。不，也可能在院墙西侧的花草坡中，唧唧唧，唧唧唧。

老邓见我看着西墙方向出神，也扭头看去。唧唧声传来，老邓登时明白，说，是蟋蟀在叫，我们沁源把黑蟋蟀叫“叫驴驴”，绿蟋蟀叫“叫米泽泽”。我说，我老家叫蛐蛐，小时候经常逮蛐蛐玩，却不知道蟋蟀就是秋天。

蟋蟀就是秋天？

对，蟋蟀就是秋天。

“奶奶家”一院两房，每套客房两室一厅一卫，阳面房间为床，阴面房间为炕，住宿现代和传统混搭，洗漱间和卫生间却是清一色的现代设施。我与广瑞住一间，老邓和宋勇住一间。广瑞让我睡床，他睡炕，我坚持要睡炕。安顿好住宿，老邓带我们去餐厅，我见门外有一平台，遮阳棚下摆着一张长条木桌，便说在门口吃吧，喝小酒，吹小风，还能听流水声。老邓笑一笑，欣然同意，广瑞和宋勇去餐厅点餐。

对坐，品茶，听到蟋蟀在叫，唧唧唧，唧唧唧。夜色落下来，丹雀小镇还未正式开园，村庄静谧而神秘，蟋蟀似乎是这一刻唯一的歌者。起身想去找蟋蟀，老邓笑一笑，别费劲，找不到的。返身坐下，身体微微倾向西北，似乎这样离蟋蟀近些，听蟋蟀叫更清楚些。其实，平台比丹雀广场高出3米，在一座空中舞台上歌唱，蟋蟀的叫声便异常有穿透力——右翅生锉一样的短刺，左翅长刀一样的硬棘，翅膀一张一合，短刺和硬棘不断摩擦，唧唧之声响起，蟋蟀天生便是个重金属歌手。

如果有月光多好。

如果对面坐着一个女子多好。

我喜欢蟋蟀，不只因为它是秋夜最好的歌者，还因为它与生俱来便是秋天的形象代言人。在今人看来，古人把蟋蟀的叫声当作“秋”的读音或许莫名，于古人而言，其间必定藏着常人难以窥测的缘由。科技不发达，不，科技接近于零的时候，人与自然的距离也接近于零，人对自然的体悟反而更深邃。甚或在那个年代，人与自然的关系便是敞开式对话，天人合一并非理想，而是一种古已有之的存在。

“秋”最早见于甲骨，象形是蟋蟀，头上着须，背生翅，身覆环纹。高树藩在《中文形音义大字典》中如是写道：“古人造‘秋’字，文以象其形，声以肖其音，更借以名其所鸣之季节曰秋。”“秋”的本意很直观，演变过程却颇曲折，一度有人把甲骨中的“秋”误作“龟”。也难怪，甲骨中的“秋”“龟”形状相仿，古音相同，只是与“秋”相比，“龟”只有纹路，没有须翅罢了。及至大篆，“秋”的字形变得复杂，“龟”加进来做右偏旁，左边上禾下火。到了小篆，右偏旁“龟”去掉，简化为左火右禾，隶书时禾火前后颠倒，便是沿用至今的“秋”。在《尔雅》中，“秋”又称白藏。白是秋天的主色调，是缤纷秋色的最终归属。藏为收藏、归仓、收成之意。秋有肃杀之气，秋露秋霜是白色的，接近于雪，白色意味着衰败、死亡，所谓秋后问斩，概因秋冬皆死亡之色调吧。蟋蟀是秋虫，善鸣好斗，秋去身死。古人言秋必言悲，在他们眼中，秋天最是凄凉和悲愁，今人的悲秋意识却淡了。悲秋即悲愁，“愁”是“秋”的引申义，出现较晚。辛弃疾喟叹“天凉好个秋”，其实是在幽怨“天凉好个愁”。一字竟也藏有如此多秘密，何况一山一河呢？古时天气寒冷，入秋便草木凋零，万物萧瑟。而今气候变暖，当下的秋天与古时的秋天早已不是同一个秋天，今人见到秋天更多的是喜悦。由悲秋而悦秋，我不知道这算不算进步，但许多事不敢深究，一深究都是秘密，都是扯不断理还乱的心绪。总之吧，世间万物皆有秘密，这秘密是生命最隐秘的部分，也是最美的部分，就像月圆月缺。圆固然美，缺更神秘，更诱惑，甚或月缺也是美的，因为缺，月亮才隐现出另一种暗黑的光泽来。

电改变了夜，也改变了世界，这无疑是一次技术革命。可是，我们会不会因为电而看到一个不真实的世界呢？

灯光从门檐上低低照过来，院墙下的旧扇车有些灰黄，仿佛一老一少两头牛卧在大门左右。门里灯火通明，门外半明半暗，脚下的丹雀广场陷落在昏暗中，街上的路灯略显寂寞。有流水声传来，略带一丝秋寒，夜愈显静谧。还未开园，难得如此安静。开园之后呢？难道家家灯火不够温暖吗？

安静没有错，热闹也没有错，错在不遵从自己的内心选择，更错在把自己的选择当作唯一的选择。

与老邓坐在明暗之间，谁也不说话。

终于，有脚步声从东边传来。广瑞走在前，跟在身后的却不是宋勇。广瑞抱一瓶酒，那人也抱一瓶酒，径向我俩走来。老邓起身迎上去，我坐着没动，那人声音洪亮，来也不说一声，不够意思啊。老邓笑一笑，你是大忙人，哪里敢打扰你。随即，老邓拉着那人的手对我说，丹雀小镇的老总，叫田斌。转身又把我介绍给他，最后不忘说一句，赵老师来沁源是写绿的。我欠身朝田斌点点头，问广瑞，宋勇呢？广瑞说，在厨房，说吃碗面就去休息，不和咱一起吃了。我让老邓给宋勇打电话，把他叫过来，老邓说，宋勇不喝酒，不用管他。田斌也说，在我这儿饿不着他。我摇摇头，无可奈何。田斌在我身旁坐下，递给我一支烟说，我见过你。我愣住，什么时候？田斌满脸是笑，半个多月前啊，你们作家们来采风，你也在场。上次采风的确来过丹雀小镇，可那天乱哄哄的，我又不爱往人前凑，他能记住我？我不太相信，想或许路上广瑞跟他说过什么，他在套近乎。田斌觉出我的不信任，打开手机翻出一张照片让我看，这个是你吧？我不知道怎么闯进他的镜头的，觉得蹊跷，老邓说，田总是县摄影协会主席，抓拍个人还不是小菜？田斌转头对老邓说，我们算“老熟人”了，今天晚上我做东。不等老邓答应，他又转头对我说，能再见面就是缘分，想吃什么尽管说，在我这儿别客气。广瑞赶紧插话道，他是我老同学，今晚我给他接风。田斌打个哈哈，既然是老同学，你们不知道吃过多少回了，不差这一次。今晚都听我的，谁也别争。田斌真心实意，我打起圆场，这样吧，酒是田老板的，菜算广瑞的，这样可以吧？老邓一旁笑道，别看现在争得欢，喝到最后晕乎了，一个埋单的都找不见。田斌附和道，对嘛，喝高你们都跑了，还不都记在我账上？别啰嗦了，再加俩菜，你喜欢吃什么？我说，土菜。这时，服务员正好送菜过来，田斌便吩咐她加一个松蘑小炒肉，20串烤羊肉串。又回头对我说，我们景凤的松蘑品质一流，如果我们说第二，没人敢说第一。我笑道，与五台山的蘑菇相比呢？田斌也笑了，一样好，一样好，可我们景凤森林覆盖率86%，这个绝对山西第一。

三个女人一台戏，四个男人也一台戏。酒斟满，杯举起，听不到碰杯声，蟋蟀的鸣叫也似乎隐身。四人边喝边聊，不知不觉扯到丹雀小镇，田斌说他三年前开始投资，那时候，沁源人对民宿还没概念，政府靠挖煤，百姓靠采蘑菇、挖药材，都在靠山吃山，却没人知道守着的山有多值钱。也好，沁源人困在山里，不开发，山就没破坏。现在搞绿色经济，起步虽晚，可起点高，坏事变好事。我问他，你算沁源最早吃螃蟹的人吧？田斌说，那倒算不上，不过，算起得早的人。我调侃道，到现在也没开园，你这是起了个大早，赶了个晚集。田斌点点头，又摇摇头，也不能这么说，慢工出细活嘛。又说，国庆节正式开园，到时候你们都来捧场啊。我说热闹就不凑了，反正在沁源待一个月呢，你什么时候闷了，可以喊我来喝酒。田斌说没问题，随时欢迎，你带家人来，带朋友来，带同事来，想带谁带谁，让城里人体验体验什么叫田园。我嘿一声，我是村里长大的，对田园不感兴趣，对田斌感兴趣。田斌哈哈大笑，就喜欢跟你这种文化人打交道，没架子，说话有意思。我说没架子的人没意思，田斌说你就有意思。我说我更没意思，田斌说你真的有意思。我说我有什么意思，田斌愣住，旋即朗声大笑，大家也跟着笑起来。

我问，村里有狗吗？

田斌反问，怎么了？

我一本正经道，你这么大声，怕把它们招来。

田斌哈哈大笑，你真有意思。

夜风起，天渐渐凉下去。从太原到沁源，气温要低四五摄氏度。老邓见我缩了一下肩，劝道，今天跑累了，明天还要爬羊头山，早点休息吧。老邓不提也还罢了，一提还真有点困。况且，这是到沁源的第一个晚上，我一再提醒自己，无论如何都不能感冒了。广瑞也附和，我便邀请大家共同举杯，一饮而尽。酒罢，田斌一只手拉住我说，今天没尽兴，改天咱俩还得喝。我说没问题，举头看时，发现天上没有月亮，也没有星星。

我问田斌，半夜会不会听到鸡叫?

田斌反问，半夜咋会有鸡叫?

我笑一笑，看来你是个好人。

田斌不明所以，广瑞笑道，我老同学的意思是，你不是周扒皮。

田斌哼一声，另一只手抓住广瑞说，你这个同学真有意思。

睡得早，起得也早。平时凌晨两点左右休息，七点左右起床，到沁源第一晚十一点多睡下，五点多醒来。躺在炕上翻几次身，再无睡意，便起身悄悄出了门。

顺坡而下，见丹雀广场东墙上镶刻着东晋王嘉的《拾遗记》:“时有丹雀衔九穗禾，共坠地者，帝乃拾之，以植于田，食者老而不死。”所谓丹雀小镇，概出于此吧。而帝者，神农也，景凤乡全域有机旱作农业种植的底气可能也来自这位老祖宗。越过景漳公路，来到景凤河边，想在河边洗把脸。起床时担心惊动广瑞，没有洗漱，没想到堤坝有些高，无法下到河边。河岸上走两个来回，转身迎着太阳而去。

对岸南山脚下是座花园，看上去面积不小，有300多亩。河里偶尔有鸟儿飞起，沿途鸟儿叫得热烈，似麻雀却非麻雀。我有些奇怪，或许沁源鸟儿太多，麻雀便显得少了？可很显然，这是错觉。在老家，早晨出门便见一树一树的麻雀，在太原，迎泽公园南门外每天早晨也有三五树麻雀，沁源的麻雀怎么会少呢？不过在这里，麻雀的确要受些委屈，毕竟鸟儿太多太多，而它又太不出众。太不出众，叽叽喳喳的权利便被夺去。也不是剥夺了它叽叽喳喳的权利，而是它叽叽喳喳的功劳会被别的鸟儿抢去。但麻雀不会关心这些，只要让它叽叽喳喳歌唱，这一天便是快乐的。

沿河岸东行，晨风被晨阳一照，也像景凤河的水，似要把我的肠胃洗干净。“清粼粼的水来，蓝格莹莹的天，小芹我洗衣裳来到了河边……”赵树理笔下的时代是农耕时代，那时候水天一色太过寻常，信息时代依然天比水蓝、水比天清，这才叫难得。出门时还能闻到身上残留的隔夜酒气，此刻竟觉浑身清爽，好像站在路边的海棠、桃树和杏树，自己也绿生生的样子。行300米左右有座小桥，跨过桥便是园子，漫步园中的五彩路，田里的芍药、牡丹、百合、郁金香、大丽花、月季花、玫瑰花、美人蕉、剪秋萝、虞美人、金盏花、石竹等，或早已开败，或刚刚开败，而向阳花、菊花却开得正好。尤其菊花，百日菊、天人菊、万寿菊、非洲菊、波斯菊点缀田间，她们或许不是最夺人眼球的，但在此刻，在秋天，这座花园无疑是座菊园。不去争春，不去争夏，却在无意间占领秋天，菊花是智慧的，至少与麻雀相比，她是个智者。园子以畦为单元，分门别类种植了四五十个品种，其中一部分不只可观赏，还有药用价值，譬如三叶草、蒲公英、金银花、马鞭草、凌霄花、金针、桔梗、萱草等。中草药的花儿不只很美，还有一种异于普通花草的香气，若是把花园变成一座草药园，也会很漂亮吧？

贴着山脚行走，感觉太阳爬在背上，但我没有回头。我一直走在背阴处，即便光，也照不到我的身上。仅是感觉而已，太阳应该爬在山的背上。所谓背阴或朝阳与太阳并无关系，太阳一直照在大地上。

园子尽头是道沟，路边和沟坡上种有樟子松、华山松、白皮松、云杉、河北杨、漳河柳、法国梧桐、金枝槐、红花槐、紫叶矮樱、丝棉木、山楂树和火炬树……这样的季节，火炬树仿佛一团火……不，沁源人忌讳说火，何况火炬树红中带黄，色彩更艳丽呢！如果说园子是花世界，沟便是树世界，所谓森林康养，便是让树呼出氧气，让人吸进去，树与人恰似一对恋人呢。

站在路边发呆，猛地见两个人从树下站起，是老邓和广瑞。坡地的树不高不大，也不茂密，居然没有发现他们，显见得又走神了。一旦陷入沉思，我便听而不闻，视而不见，之所以放弃开车，也与此有关。二人显然早发现了我，猜到我会向这边来，才提前藏在树下给我惊喜的吧。

老邓问，爬山去？

我说，好啊。

由东而西，越河沟，援山路而上。路不太陡，山底树木稀疏，向东眺望，对面的山不算高，山顶上的油松都顶着光，那些光从那边山顶洒到这边山底，林间光影疏朗。路并不远，接近山顶时坡度陡然增加，不过，行走并不困难。路中间少有杂草，路的指向也明确，平时来此爬山的人应不会少吧。转过山门，北侧土崖上有一洞，是座山神庙，墙上画一猛虎，庙外立两块石碑，碑文漫漶。绕过山神庙上行便是山顶，地势平坦，松树笔直，松针松果遍地，虽不够厚，走在上面还算松软。北行不到百米，碑石林立，显然是庙宇遗址。民国版《沁源县志》记天神山曰：“在县东北一百二十里景凤村之北。危峰耸峙，万松蔽翳，形势如马，俗名北马山。相传，晋石勒祀天于上，并建天神庙，故名。”石勒是武乡人，十六国时期后赵的建立者。天神庙是沁源创建最早的庙宇之一，一进五串院，由南向北第一院是九天圣母庙，也称奶奶庙、送子观音庙。再前是天神庙，中间一院正殿三间为神殿，对面为戏台，东西有配房。过天神庙，院东西房各九间，是供经商者食宿的，最后一院是庙会管理人员住舍和草料房、马房、库房。院内原有两支旗杆，上有两面三角形锯齿旗，一为天字旗，一为修建天神庙的五社十村的社村旗。大门外立一对石狮，一人多高。以前每年农历三月十五和七月初九，天神山都要举办庙会，会期三至五天，物资交流外，还是方圆百里的牲畜交易大会。新中国成立后因修建学校拆毁，如今仅剩残垣断壁，庙会便转至景凤街上。

站在山顶东望，太阳从林间升起，目光所到之处，除了天空便是森林，除了森林便是天空，从天空到山顶，从山顶到天空，不是湛蓝便是碧绿，太阳似也比平日干净许多。突然想起早上还未洗漱，兀自笑了，觉得生活在这样的世界里，洗脸刷牙或许多余。

老邓一通碑一通碑地查看碑上文字，发现一首咏天神山的诗，喊我过去看：

花木参差鸟自鸣，山西野境少人行。
千般翠影辉官殿，一抹蓝光锁楣楹。
嶂合树填沟壑满，峰奇云卧石头平。
长留一片清明月，倒挂溪松鹤梦惊。

寻遍石碑，没有找到作者名字。

庙宇已毁，石碑还在，此地此时不像庙，更像碑林。老邓为石碑一一拍过照，转身对我说，1939年7月，武士敏率国民革命军169师在这里伏击日军109

师团第9旅团主力，激战数日，大获全胜。天神山大捷后，武士敏由师长晋升军长。此地居然是武士敏战斗过的地方，我大感意外。

武士敏，字勉之，1892年出生于河北怀安县柴沟堡镇。幼读私塾，1908年考入宣化中学堂，毕业后入天津北洋政法专门学校。学生时代加入同盟会，曾参加护国讨袁战争。1918年参加陕西靖国军，反对北洋军阀。1925年任国民军第3军骑兵支队长。1926年赴苏联考察军事。1927年回国，任西北军第1师2旅旅长、第42师124旅旅长兼潼关警备司令等。1936年任国民革命军陆军第169师师长。1937年全国抗战爆发，武士敏率部开赴河北、山西抗日前线。1939年升任国民革命军陆军第98军军长。1941年5月，中国军队中条山战役失利，武士敏率部转入敌后，与八路军一起在山西抗击日军。9月下旬，日军集中主力将第98军合围在端氏县东峪、西峪。日军多次派人劝降，均遭武士敏拒绝。9月23日，日军向第98军发起攻击，武士敏指挥部队顽强抵抗，多次组织突围。9月29日，武士敏率部突围时不幸下腭中弹，为国捐躯，时年49岁。

武士敏抗战四年间，纵横驰骋于太行山、太岳山、中条山，从冀中平原到上党盆地，历经血战十余次，屡建奇功，威震中外。武士敏牺牲后，延安《新华日报》发表专题社论和悼念文章，晋、冀、鲁、豫边区政府通令追认他为革命烈士，全区举行追悼大会，并将武士敏牺牲地更名为士敏县。1947年，士敏县撤销，并入沁水县。

将星陨落，八路军副总参谋长左权含泪手书挽联一副：

尽忠于民族国家　努力求团结进步　磊落奇才一世　如君有几

坚持在敌后抗战　英勇至杀身成仁　感怀将略数年　知己情深

1942年5月25日，左权将军在辽县牺牲，更县名为左权。

老邓说，沁源以烈士名字命名的地方有三个。法中村原名霍登村，张法中是沁源抗日县政府一区武委会主任；交口乡正中村原名作坪村，赵正中是党小组长、青救会主席、武委会指导员；沁河镇学孟村原名阳泉村，李学孟是神枪手、民兵英雄。2018年，沁源还发现一通《算盘沟茶房沿阻击战碑志》，1940年4月立的，落款为国民革命政府，除碑帽、碑身连接处有断裂，基本完好。说着，老邓用微信转过来一条新闻，配有他采访茶房沿村96岁老人韩海林的照片。碑为砂石，高185厘米、宽77厘米、厚10厘米，碑文楷体，碑额刻有“荷花”“千秋不朽”字样，碑阴刻有“万古流芳”字样和336名烈士名录。新闻中，碑文照录：

一九三八年二月，第一六九师为朱德总司令指挥的东路军，武士敏任师长，一九三九年十月，一六九师在算盘沟茶房沿一带发现敌军，武士敏带领部队与日军在此打了□天三夜，村民从山上往山下的算盘沟村指挥部、战地医院运送伤员，牺牲的战士埋在茶房沿附近，本次战役我军□□了全面胜利。为纪念当年茶房沿牺牲的烈士，特立此。

国民革命政府

一九四〇年四月

“□”代表碑中缺失的字，从碑文看，行文不甚讲究，或是民间人士以官方名义所立。

发现此碑前，有天神山伏击战的记载，无茶房沿阻击战的记录。天神山与算盘沟一山之隔，应属同一防线。伏击战与阻击战时间相差三个月，或是日军遭伏击后报复，武士敏率部在此阻击。立碑日期距战斗发生日期仅差半年，碑中所记应该确凿。

环山顶一周，居然看不到景凤。问广瑞景凤在哪个方向，广瑞笑一笑说，不用找了，这儿能看得见的地方，没一个归景凤管。我哦一声，恍然明白，此地北略比南高，山顶太过平缓，树木太过高大，景凤乡便集体隐身。广瑞又说，杨栋是景凤人，生前写过不少关于景凤的文字，在他的笔下，景凤好，好风景，景凤就是个传奇。蓦然提起杨栋，不由一声叹息。杨栋英年早逝，殊为可惜，早些年我当副刊编辑的时候，曾编发过他的散文，记得他讲过一个故事，说天神骑白马下凡，见水草丰茂，龙凤飞舞，便把白马拴在河边，去找龙凤。等天神回来，却不见白马。原来白马喜欢这里喜欢得紧，遂化作一道峻岭，其状如马，当地人便叫它白马山，天神到过此地，也叫天神山。山下村庄有凤凰和丹雀居住，便叫景凤。我把这段往事讲给广瑞听，广瑞说，景凤的故事太多了，有说以前有个秀才路过这里，见北有神仙洞，南有紫红河，东有天神山，西有关帝庙，便对天神庙僧人说："此地青龙盘凤，四景封村，真乃风水宝地。"景封村名从此传开。老邓走过来，笑道，还有一说，远古时候每逢农历五月十九日，天神山脚下总会有凤凰成群结队而来，每年这一日当地都要举办迎凤节，故名景凤。我问老邓，你信哪个？老邓说，哪个都信，哪个都不信，不过，景凤村仰垴上有棵榆树，树冠像凤凰尾，村子中间有座两层重檐阁楼，与榆树成直线，像凤凰头，东西两边的房子像凤凰双翅。我呵呵一声，这些故事里有神仙，有才子，有习俗，有树和房子，传说该有的要素都有了，看来景凤确实是凤凰之乡。老邓问道，你相信哪种说法？我微微一笑，有凤来仪，何管东西？

原路返回，晨露消失，林间光线明亮起来，脚踩在地上，感觉松针比来时坚硬许多。其实，不是松针变硬，而是下山时人体重心下倾，脚承受的外力加重罢了。转出山沟，坡下有座自然村，叫韩家窑，田斌打算在此建乡野别墅。老邓说，这儿幽静得很，盖好了你可以住在这儿写作。我笑道，这个建议好，可我怕住到这儿不想走，田斌就真该半夜鸡叫了。

过韩家窑有一鱼塘，岸上是农耕园体验区，地里草编的农人、拖拉机、脱粒机正在“忙碌”。穿过田间，越过石拱桥，沿村西坡道而上，沿途一家一院，石砌院墙，墙上或农耕图案，或“竹篱小径野人家，屋后房前处处花”的诗文，或“让心灵回归宁静，让生活回归简单”的呼唤。老邓回头问我，看到这些你有什么感觉？我问广瑞，看到这些你有什么感觉？广瑞又问老邓，看到这些你有什么感觉？老邓嘿嘿一笑，我们都是沁源人，你来说。抬头望见村西北口有棵大槐树，我突然想哭，脱口道，奶奶喊我回家吃饭呢……

高处俯视，村庄坐落在沟的出口处，地势相对平坦。村后有养鸡场，村中有酒吧、咖啡馆和超市。村西住的是娘家人，有“姥姥家”“大舅家”“二舅家”“大姨家”“二姨家”。村东住的是婆家人，有“大爷家”“二大爷家”“大姑家”“小姑家”，我们所住的“奶奶家”在第一排，自是婆家地位最显贵的。村中有条石板路，黄金石铺就，路把娘家和婆家分开，环村绕一圈，也没有找到“姥爷家”和“爷爷家”。还以为田斌重女轻男，转念一想，“姥姥家”便是“姥爷家”，“奶奶家”便是“爷爷家”，于家而言，姥姥和奶奶显然更亲切。

田斌站在“奶奶家”门口，笑眯眯的，等我们吃早餐。我拉住他的手，冷不丁问道，你住的家是谁家？田斌没反应过来，老邓说，他住的是村长家。广瑞说，人家早不叫社科村了，是丹雀小镇，他住的是镇长家。宋勇从院子里走出来，慢悠悠道，田总住的是孩儿他娘家。

积善庄庞姓为多，庞家耕读传家，出了不少人物。沁源人把这样的人物称乡贤。

庞汉良，1921年出生，1938年参加决死一纵队，历任班长、营指导员、团指导员、41师政治部组织科长、40师118团政委等职。1955年被授予三级独立自由勋章和三级解放勋章。1961年晋升上校。1964年任14军政治部副主任、党支部书记。1967年任第二炮兵53基地政治部副主任、纪委书记。1978年任第二炮兵政治部副主任、副书记。1983年离休，正军级，中将军衔。

庞汉元，原名庞汉援，1922年出生，1941年任绵上县七区财粮助理员。1948年南下入川，任随军工作团四梯队一大队副排长。1953年后，历任四川崇庆县副县长、县长、副书记。1978年任四川省温江地区供销社副主任、党组副书记。1983年离休，副厅级。

庞汉杰，1921年出生，1938年参加工作，1940年加入中国共产党。历任中心校长、联合校长、区长、县委办主任，省委组织部干事、组长，山阴县委书记、第一书记，右玉县委第一书记，左云和浑源县委常务书记，雁北地委组织部副部长、地直党委书记、地委文教部副部长兼教育局局长，省文物工作委员会书记，省委组织部老干部处处长，省文物事业管理局常务副书记、副局长、顾问等。1986年病逝，享年64岁。

显然，这三人是本家兄弟，年龄相仿，成就突出，庞家家风由此可见一斑。如今积善庄人去村空，老邓指着一座四合院告诉我那是庞汉杰家时，心里不由咯噔一下。

庞汉杰这个名字，我熟悉。

右玉诗人郭虎写了一部书，叫《山河一诺》，获山西省“五个一工程”奖。北岳文艺出版社邀我“客串”责任编辑，庞汉杰的故事便过电影一般在我脑海里浮现多次，当时还想，庞汉杰与我算半个老乡呢。可怎么也想不到，有朝一日会拜访他的老宅。即便此生不曾谋面，也会在某时某刻发生某种关联，这也是一种缘分吧。

庞汉杰到右玉任职县委第一书记时，只有31岁，风华正茂。时任县委书记叫马禄元，像前三任县委书记一样，每天都在琢磨着怎样把树种活。第一书记与县委书记第一次见面，居然在鬼见愁的黄沙洼。右玉人受死受活干了整整两年，十公里黄沙洼，几万亩树苗，活下来的却寥寥。

那一年，马禄元治理黄沙洼失败。

那一天，马禄元呆呆站在黄沙洼，看着大片大片死去的树苗欲哭无泪，庞汉杰植树的故事便从黄沙洼开始。

庞汉杰是个文化人，从省委组织部下派到雁北，是组织锻炼年轻干部的特意安排。庞汉杰先主政山阴，后调到雁北地区最为艰苦，不，是山西最为艰苦的右玉县。秀容（今山西忻州）人元好问《雁门关外》云:

> 四海于今正一家，生民何处不桑麻。
> 重关独居千寻岭，深夏犹飞六出花。
> 云暗白杨连马邑，天围青冢渺龙沙。
> 凭高吊古情无尽，空对西风数去鸦。

当时右玉最有名的并非“右玉精神”，而是杀虎口，也即走西口的地方。“哥哥你走西口 / 小妹妹我实在难留 / 手拉着那哥哥的手 / 送哥送到大门口 // 哥哥你出村口 / 小妹妹我有句话儿留 / 走路走那大路口 / 人马多来解忧愁 // 紧紧地拉着哥哥的袖 / 汪汪的泪水肚里流 / 只恨妹妹我不能跟你一起走 / 只盼你哥哥早回家门口……”《走西口》今天是艺术，当时是走投无路，就像右玉人当年种树是无路可走，今天是“右玉精神”。

庞汉杰刚报到，马禄元便将右玉情况一五一十向他做了汇报，庞汉杰却坚持沉到基层去，向老百姓取经。“学问，学问，就是要学会问人，问人就是长学问。”庞汉杰带着地图、干粮实地调研，整整用了两个月，翻越大山23座，查勘较大河流5条，穿过两公里以上沟壑600多道、大风口5处，沙梁土丘不计其数。庞汉杰徒步把马禄元当年走过的路线重走一遍。途中，他的过敏性鼻炎犯了，一路打喷嚏，实在没办法，只好捂上口罩。脚底磨出血泡，每走一步都钻心疼，只好找来树枝当拐杖。庞汉杰坐在老乡的炕头，抽着旱烟，喝着发咸的白开水，问东问西，问这问那。没过多久，老乡都在传，县里来了个新书记，是个啥都“不知道”的“好老汉”，没架子，打眼一看，谁也看不出是个当官的，就是戴了个大口罩，让人觉得怪怪的。

调研结束，庞汉杰把县委常委全体带到黄沙洼，站在沙地上开了一次现场办公会。会上，庞汉杰指出，右玉目前存在“五大害”，一是风沙，二是干旱，三是水土流失，四是霜冻，五是冰雹，而这“五大害”的源头都是缺少植被。前几任县委领导的工作思路是正确的，右玉必须下大力气植树造林，起码50年不变。庞汉杰嫌口罩碍事，摘下挂在枯树枝上继续说，右玉植树造林和荒沙治理最突出的问题，是缺乏科学规划、合理布局，有些项目盲目上马，黄沙洼的失败就是一个深刻教训。但是，黄沙洼的一次失败并不可怕，可怕的是不能够很好地总结经验教训，吃一堑，长一智。

庞汉杰一针见血，直击要害，右玉植树造林自此走上科学发展之路。

1958年春天，右派张沁文被下放到右玉，庞汉杰得知他是南京林学院高材生，每次下乡考察，都把他带在身边，遇到植树难题，庞汉杰都会说，这个不是问题，小张你来回答。这话说得多了，“这个不是问题”便成了庞汉杰的口头禅，有人遇见张沁文也会开玩笑说，“小张你来回答”。有人担心庞汉杰与右派走得太近，劝他注意点，庞汉杰不以为然，右派又不是国民党反动派，我们是在利用他所学的知识为人民服务，权当让他戴罪立功好了。

庞汉杰工作上信任张沁文，生活上关心张沁文，知道“阿拉上海人”吃不惯莜面山药蛋，便通过太原的朋友弄来几斤大米，让妻子给张沁文改善生活。张沁文未想到一个“右派”还能享受到如此待遇，从此，他不分白昼黑夜，不分春夏秋冬，硬是凭着一双腿，把右玉的地质地貌、山脉水系、气候特征、自然资源摸了个透，整理出版了《右玉县自然地理》《右玉县流域治理规划》，撰写了论文《揭示改造自然和发展农业生产的客观历程，加速黄土高原的建设》。庞汉杰如获至宝，据此制定了《右玉流域治理根治“五害”五年规划》，提出要“因地制宜，因害设防”，要采取“穿靴，戴帽，扎腰带，贴封条”的方法，从外围到中心，层层治理，逐步设防，科学合理布局，逐年逐步完善。所谓“穿靴”，即在马营河、苍头河两岸，营造雁翅形护岸林，防止河滩干沙移动；所谓“戴帽”，即在流动的沙丘上网状型开沟，密植秧苗，结绳压条，固定沙丘，循序渐进；所谓“扎腰带”，即在坡梁地带营造防风林带，防止风沙流动；所谓“贴封条”，即在受风侵蚀严重的沟沿、土丘进行密植造林，先固风沙，后连林带，对肆虐的风沙形成合围态势。方案还确定种植林木的同时，要注意乔灌混植、林草结合、以草护林、乔灌固沙，坚持先固风沙，后连林带，逐年控制，多年成片，最终达到根治风沙的目标。

“若要右玉富，必须风沙住。风沙何时住？山川皆有树。”庞汉杰牵头制定的绿化右玉河山、根治“五大”灾害的大政方针，拉开右玉科学治理的序幕，右玉防沙植树真正见到成效，便是从那时开始的。庞汉杰接过前任的铁锹，再次吹响绿化右玉山川大地的进军号，而他手中铁锹所指之地，仍是黄沙洼——一块最难啃的骨头！但这一次，他们不再盲目，而是采取外围包抄、迂回作战的策略。马营河、苍头河两岸水源充足，树木好栽易活，他们便在这里种树种草，混植乔木和灌木，改善黄沙洼周围的生态环境。筑好绿色防风屏障后，又广泛发动群众，举全县之力决战黄沙洼。

1958年冬天，庞汉杰患上重度鼻窦炎，时常感冒发烧。庞汉杰形销骨立，身体严重透支，考虑到右玉环境过于恶劣，雁北地委决定把他调到条件稍好的浑源工作。但让右玉人想不到的是，两年之后，那个戴口罩的庞汉杰又回来了！

王铭山时任雁北地委书记，见庞汉杰来找自己，还以为庞汉杰想回省里，谁知庞汉杰人虽瘦弱，却有把硬骨头，他居然要重返右玉！王铭山见识过右玉风沙大作，见到过庞汉杰捂着口罩、坚守在风沙和严寒里的弱不禁风，他知道，庞汉杰的身体根本无法适应那样的环境。王铭山答应不是，不答应也不是，庞汉杰却说，王书记，你再给我三年时间，让我把在右玉想干还没来得及干完的事情干完，到那时，你让我到哪儿工作我都毫无怨言。

王铭山问，你的身体扛得住吗？

庞汉杰拍拍胸脯，没问题，你看我连口罩都摘掉了！

1961年，庞汉杰重返右玉。1964年，庞汉杰再度离开。又是三年，黄沙洼长林丰草，绿树成荫。庞汉杰和马禄元联手带领右玉人三战黄沙洼，苦干八年，终于把一道沙沟变成一片绿洲。黄沙洼是右玉植树造林、治理风沙的样板，右玉县委、县政府在右玉城东门外风神台下和黄沙洼林地入口处竖起一块石碑，把右玉人大战黄沙洼的事迹载入右玉绿化史册。黄沙洼植树成功后，右玉一改过去单一种树为林草结合、乔灌混植、立体种植、灌木与草间杂并种等模式，植树造林事半功倍。

而庞汉杰大战黄沙洼的树种，便是从沁源带去的。

如今，说到“右玉精神”不得不提庞汉杰，说到庞汉杰不得不提沁源，说到沁源不得不提积善庄，庞汉杰不仅把沁源的树种带到右玉，把沁源的绿搬到右玉，还把沁源人的善良、朴实、吃苦耐劳和坚韧不拔也传到右玉。

积善之村。

积善之家。

积善之泉。

善哉，斯地斯人！

第五章

羊头山下

羊頭山下

崖底一年四季阳光照不到，又避风，沉积水底的植物发生腐败，生成沼气，水面便出现一连串气泡，出水即破。虽有腐殖质，水质依然极清澈，极纯净，矮矮的水草叶子细小，翠绿，像浮萍又非浮萍，色彩纯正得好像刚吐出的叶芽，不含一丝杂质，一掐还能掐出水来。崖底靠碑石一端幽深，或因水草丰盈吧，竟看不出水的流动，水似乎也无方向。另一端隐藏着一道窄小的洞穴，水从石头上流过，石头上仿佛涂着一层黑油漆，流水便呈墨绿色。很想摸摸石头上覆盖的到底是什么，手伸出去又收回，心底竟莫名恐惧，担心那油污般的东西有毒。事后回想，那东西仅是暗黑里漫长时光的沉积物，怎么会有毒呢？像水底植物腐败一样，石头上的物质也会腐败，崖岩下半部的黑色或是时光一层层的叠加，且不断地、缓慢地向上浸润、侵蚀，整块石头看上去便是块黑岩石。

黄砂石刀劈般立于泉水上方，上刻三个红字：积善泉。可以确认，除了刻 字，这块巨石未经人工雕凿，至于它是怎么立在这里的，只有天知道。石上题字古朴，饱满，乍看若潦倒的草状，与落在石上的草屑浑然一体。笔画深刻处颜色渐淡，渐白，又似流水冲刷出的凹槽，甚或那笔画便是水流，字迹与流水仅在演绎同一个词——流畅。字的上下左右分布着大小不一的黄色苔斑，状似捣碎的野菊花，沧桑，斑驳，却无弥漫的气息。巨石整体埋在泥土当中，顶部的茅草斜身微微摆动，姿势宛若头戴草帽的采药者或农人。三个字的右上和左下还各刻一行小字，难以辨识。

猛然看到这样一块石碑，似觉见到故人，不由心中欢喜。低头看崖底泉水，潾潾然，粼粼然，凛凛然，竟呆了。

所谓崖岩，其实是由几块上灰下黑的巨石拼接而成，岩石上部严丝合缝，底部对接处与地面构成一道不规则的三角形缝隙，泉水便从缝隙处渗透而出，细若游丝，若不仔细观察，很难找到出水处。水面上漂浮着密集的气泡，好像水底藏着一条鱼。其实，水流紧挨崖底，水池长不过3米，宽仅尺余，在如此逼仄的地方是养不住鱼的。崖底一年四季阳光照不到，又避风，沉积水底的植物发生腐败，生成沼气，水面便出现一连串气泡，出水即破。虽有腐殖质，水质依然极清澈，极纯净，矮矮的水草叶子细小，翠绿，像浮萍又非浮萍，色彩纯正得好像刚吐出的叶芽，不含一丝杂质，一掐还能掐出水来。崖底靠碑石一端幽深，或因水草丰盈吧，竟看不出水的流动，水似乎也无方向。另一端隐藏着一道窄小的洞穴，水从石头上流过，石头上仿佛涂着一层黑油漆，流水便呈墨绿色。很想摸摸石头上覆盖的到底是什么，手伸出去又收回，心底竟莫名恐惧，担心那油污般的东西有毒。事后回想，那东西仅是暗黑里漫长时光的沉积物，怎么会有毒呢？像水底植物腐败一样，石头上的物质也会腐败，崖岩下半部的黑色或是时光一层层的叠加，且不断地、缓慢地向上浸润、侵蚀，整块石头看上去便是块黑岩石。

人说时光看不见、摸不着，可事实上，时光一直在以自己的方式改变一切，就像石油，就像煤炭，在久不见光的地方待得久了，什么样的东西都会腐败，什么样的东西都可能是黑色的！

崖岩高约3米，本已把泉水遮蔽得结结实实，水中和岸边又长满高高低低的植被，更把泉水遮挡了个密密匝匝。虽在地面上，却常年不见阳光，却常年浸泡在水中，便也似活在暗黑中了！

草地里隐伏着一条半米宽的水渠，泉水潺湲流过，只有在镜头里才可以看到她的波光。河岸匍匐着一片薄荷，叶子绿得根本不忍心去践踏，虽然它越被践踏，越会散发出强烈的香气。它喜欢被践踏是它的事，我有心呵护是我的事，悲悯之心是一种至善的天性——就像积善泉？——与被悲悯对象无关。周边还长着许多不知名的草，个子不论高低，叶子不论大小，从茎到叶子都饱满得仿佛胀着一股清泉。无疑，一石之下，一泉之中，一草之内，便构成一个独特的世界，你以为她是世界的一部分，可她只是她自己。

弯腰掬一捧泉水，一饮而尽，顿觉五脏六腑清凉无比。

抽身离开，心有戚戚，似觉打扰了她。其实，不必自作多情，我来或不来，她每天都这么流动着。甚或，她也像薄荷，也喜欢我在她的岸边留下脚印的。

回到进山路上，才看到路边立着一块牌子：“积善泉是沁河源头之一。其源泉出于村边崖岩之间，常年绿草掩映，清澈甘甜，汩汩不绝，与北新庄河、黎和河汇成景凤河昼夜南流，流经官滩红嘴河滩后与活凤河并为紫红河，成为沁河一大支流。”

回望一眼积善庄，从崖岩之上的路走过。那一瞬间，我在想，我到底是走在路上，还是走在桥上？毕竟，积善泉是穿崖岩渗透而出的。准确地说，经过不断挤压，山体里的水汇聚到崖岩附近，又穿崖岩而出，聚集成积善泉的。

犹听得身后有水声，潾潾然，粼粼然，凛凛然。积善为泉，何其难哉！

宋勇开车原路返回，去山的那头等我们。老邓找来村民杨引世，做我们的向导。

九时许，晨雾散去，晨露滴落，阳光不冷也不热。

沿山脚绕行，地势平缓，林木疏朗，还以为此行并不困难，谁知一进入杨家岭沟，便仿佛进入原始秘境。起初还勉强有路可走，行不到半公里，路便若有似无。其实，是有一条路的，那条路也是走过十年、二十年甚至更长时间的，只是这些年走的人太少罢了。路时而河岸，时而半坡，或因行人太过稀少吧，路边植物野蛮生长，很多时候路都隐身在草中，隐身在荆丛中，不熟悉的人很难发现它藏在哪道坡或哪条沟。幸亏听老邓的劝，换了一身迷彩服，否则一路荆丛阻拦，衣服东勾扯一下，西勾扯一下，即便不至于褴褛，也会开出几朵花的。老杨走在最前面，轻车熟路，若无他引导，就算不迷路，也会走许多冤枉路。老邓紧随其后，老杨看似不爱说话，却与老邓聊得热络，二人一路有问有答，不时有片言只语灌到我耳朵里。老杨养着几十只羊，时常到周边几条沟里放牧。我大声问老杨，这座山并不陡，路怎么这么难走？老杨答非所问，这些年，我是钻这条沟最多的人，除了来这儿放羊，就是给人带路。乍听他的话莫名其妙，仔细琢磨，意思还是明白的：这些年，除了牧羊人、探险的人和到此考察的人，很少有人走进这条沟里，而老杨既是那个牧羊人，还是为探险的、到此考察的人带路的人。老杨看似思维跳跃，逻辑性却很强，我回头对广瑞说，老杨如果去写诗，或许是个好诗人。广瑞不明白我为何会这么说，冲我笑了笑，或许他也觉得我的思维太过跳跃吧。

初进沟时，流水游蛇般乱石间绕来绕去，每绕一道弯，便聚出一小片滩涂，滩涂里少则两三棵树，多则三五棵树，个头都不够高，枝叶却蓬蓬勃勃。越往沟里走，河道里的树越茂密，叶子似乎也比沟外的大一些、绿一些，流水却渐渐隐身。老杨告诉老邓，这条沟原本长满松树，沟里坡上，密不透风，九几年吧，着过一场大火，烧了三天三夜，好好一座山就变成荒山秃岭了。老邓对此有印象，二人订对半天时间，谁也说不准到底发生在哪一年。二人喋喋不休着时间，我打开手机上百度，搜不到那场大火的任何信息。我想，那场大火肯定是有的，这座山被烧成荒山秃岭也是有的，某年某月也该是确定的，至于三天三夜，或许仅是个概数，农人虽不知道一生二、二生三、三生无穷的哲理，万物生生不息的道理却是懂的。老杨对老邓说，现在的树是他的一个叔伯兄弟种的，村里拍卖荒山，他买来栽种落叶松，几年过来，树成活不少，长得也好，可还是无法与从前相比。老邓问他叔伯兄弟是谁，老杨说了个名字，老邓居然认识。我问老杨为什么不如从前，老杨回头对我说，以前是原始森林嘛！听口气，老杨或觉得我提的问题可笑。

路旁蒿草足有一人高，蒿草周边到处是灌木、小乔木，相互交织、纠缠，遮挡着山路。我在山上长大，老家山上的植物大多认识，可第一次深入沁源的山，便发现我的植物知识极瘠薄。很明显，这里的植物更多样，除了常见的黄刺玫、沙棘、连翘之类，我大多叫不上名字。广瑞认识一些植物，老杨认识大多植物，老邓也认识大多植物，可老杨和老邓说出的名字多是土名，沁源方言又复杂——与哪个县搭界，便是哪个县口音，只有县城一带算沁源话——反复问过之后，只弄明白一个枸骨子，其他仍是一脸懵懂。想让广瑞“翻译”一下，广瑞说有些沁源土话他也听不懂。拍照去问“形色”，答案也形形色色。我后悔当年上学为什么选择化学系，而不是生物系。

在这样的路上行走，路不像路，更像荆丛搭起的“地道”，穿行其间，要么弯腰低头钻行，要么打断横生的枝条开路。很显然，这样的路只适合牛羊，或者说，这些年在山上行走的大多是牛羊，而不是人。老杨“跑山”经验丰富，他找了一根手腕粗细的枯树枝在前面“披荆斩棘”。广瑞也找来一根大拇指粗细的枯树枝，递给我当拐杖，我却觉得它更像一根烧火棍。

入山不久，老杨把我们引到一道斜坡上，指着一道岩壁说那里藏着“佛人人”。那里人迹罕至，或许在老杨看来，隐身林中的“佛人人”便是秘密，而我并非探秘者，是来寻找羊头山的。我笑一笑，不愿拂老杨的意，老邓兴趣浓厚，当即应声前往，动作敏捷，根本不像年近六旬的人。老杨原地不动，拄着棍子托腮看着我们，很开心的样子。我跟在老邓后面，广瑞跟在我后面，从林间空地绕行而上，果见一座佛龛。龛内雕刻有三尊佛像，身材纤细，线条流畅，造型似女子，可惜左侧一佛身首全无，正中和右侧二佛头部残损，应是被盗贼切割走的。龛壁砂石斑驳，佛像右侧隐约刻有文字，风吹日晒，难以辨认。佛龛中间摆放一座石制香炉，圆形，炉中残留有香灰，佛虽自身难保，香火却断断不会少。老邓探身进去，前后左右端详半天，回头对广瑞说是一佛二菩萨。广瑞俯身过去，点头称是。二人周末经常在大山里转，还真是一对黄金搭档。我对此并无研究，只好做了看客。

返回原路，继续沿沟前行。

人行走在荆丛中，河流动在树丛下。不，河流直接被矮而密的树木遮蔽，水声一路陪伴，越是向上越是响亮，人却越向上越看不到流水。地势告诉我脚边便是河道，却看不到河道的全貌。树在水上，水在树下，草在水和树之间，河流似乎穿行在“树洞”里，枝叶搭架两岸当中，少有空隙，不得不让人怀疑，此地的流水可有波光？一沟植被多样如斯，丰茂如斯，实属罕见。所谓“万物并育而不相害，道并行而不相悖”，置身此地方能体悟到，立体不过是平面的折叠，流水便是时间的断续。老杨说这里从前是原始森林，所言应不虚。但大火烧的是山，不是河流，即便河沟遭到火蛇践踏，恢复起来也快得多。那场大火至今已20多年，森林虽不复当年，植被却不亚于当年。这就是自然，自我疗伤之功远非我们可以想象，如果有人呵护，定会给出丰厚回报。

跟着老杨埋头行走半天，豁然开窍，所谓山路，其实便是水路，山路一直与河道并肩，此一刻，我们不过是逆水而行罢了。想明白这一层，便觉山中小路并不难找，老杨之所以轻车熟路，不外乎三点：一是看水；一是看太阳；走得多了，还可以以山、庙或大树为参照。不在于道理深奥或简单，在于思考让人愉悦，人愉悦，山便欢喜，水便欢快，这也是人与自然天性中隐含的一种默契吧。心情顿时开朗，思维也简洁起来，一路上，脑子里反复缠缠绕绕着流水响亮，流水响亮，流水响亮……似乎有了这四个字，便懂得一条沟，懂得这条沟，便懂得一座山。

终于看到流水，却是一道瀑布。

或因这道并不高的红砂岩，树与树终于错落出一片空地，岩石上的青苔曝露出来，溪边的黄花曝露出来，瀑布和流水清澈如婴儿的眼眸，也次第曝露出来。青苔之青翠难以言表。黄花之嫩黄难以言表。瀑布和流水之清澈、之清凉难以言表。细部之美几近极致，但也仅限于细部而已。撇开这些，无论气势，还是形态，溪流都无特别之处，但自出生那日起，她便行走在树的遮蔽下，仿佛公主，纵使貌不惊人，受到的呵护也是常人的几倍、几十倍，甚至百倍、千倍。世上事是好是坏并无定规，所谓幸福或不幸福、快乐或不快乐，岂止一种模式？水有水命，草有草命，树有树命，于这条溪流而言，她天生便是幸福而快乐的，因为她生长在一个命定幸福而快乐的地方。

瀑布上方独一无二的景致或可为此作注。

一棵柳树斜卧河道，看似枯死。两棵柳树并肩向天，挺拔葱茏。可无论卧着的、枯死的，还是向上的、葱茏的，树干上都一律长着罕见的灵芝！黄背，白腹，自树干横生而出，拳头大的，形似耳朵，碗口大的，更像一把削面刀插进树身。毋庸置疑，能够生长灵芝的地方，水、土、空气、阳光和周边的植被自与别的地方不同，眼前的一切似乎都在证明，一条河的幸福或快乐并非因为她是一条河，而是因为她是哪儿的河！

这么讲，并非我是个唯出身论者，何况出身本也无罪。我只是想说，于生命而言，营造一个环境何等重要，不管这环境是与生俱来的，还是自我构建的。事实上，这条溪流也遭遇过劫难，她曾天赋异禀，更经历过生死涅槃，只不过，无论从前，还是现在，她都在快乐地做着自己罢了。

告别灵芝，路渐渐从河道转到山上，只因路一直隐藏在荆丛中，便不觉得路多么陡。老杨、老邓在前，不断拨打荆丛，蹚出一条过道。广瑞在后，时常举着棍子护着我的后背。这一刻我才明白，三人似乎很早便达成一种默契，一路上都护佑在我的前后。恍然间，我竟有了溪流的感觉，这感觉湿漉得像周边的空气，明亮得像头顶的阳光，让人很想大哭一场。当然，并非因为感动，而是因为人与自然难以言说的契合——自然或是检验人与人距离的一把尺子。又或者，在自然里，人与人的距离就像水与石头、石头与土、土与树、树与空气、空气与阳光的距离，一切清清楚楚、一目了然，又一切盘根错节、紧密相连。是的，是盘根错节，而非勾心斗角，是紧密相连，而非相互掣肘。说得更直白些，世上最亲密的关系都是缠绕，自然便是缠绕的总和！

顺坡缓行，东边台地兀立着一座房子，拱形，石砌，老杨说是座山神庙。老邓拨开蒿草，绕灌木而上，四周环顾，似在寻找什么。我问他发现了什么，老邓说，只有木柴烧过的痕迹，说不定有人在这儿取过暖。我笑一笑。越是人烟稀少的地方，越多各式各样的小庙，这或是一种敬畏，也或是一种寂寞，还是数千年来老祖宗与自然的相处方式——别以为老祖宗迷信，他们更智慧，与老祖宗相比，我们对自然的认知简直堕落！心中怅然，转身的刹那，一头狍子从路旁草丛里窜出，直奔坡上而去。老邓和广瑞吓了一跳，老杨见怪不怪，我却莫名地习以为常。

埋头向上，眼前出现一块平地，七八亩大小，除了半人高的茅草，地里竟无一株荆棘，也无其他植物。一路见惯各类植物，这块野蛮生长的茅草地居然如此纯粹，令人讶异，令人欢喜。其实，纯粹便足够美，不管它是花儿，还是草儿。地的西面是道山坡，坡上是松林，林边杂生着棠梨树、野山楂，枝头挂满红色果子。东侧长着一棵杏树，或因地势开阔吧，看上去并不高，树冠却很大，在地上投下一片阴凉，遮去茅草地一角。地北长满沙棘，叶大，无果，呈乔木状，生机勃勃，毫无疑问，此处雨水充沛、泥土肥沃。沙棘林密实，高大，把整块地围拢起来，根本找不到上山的路。老杨抡起棍子“披荆斩棘”，勉强打开一条通道。我们紧随其后，越过沙棘林，爬过一道土坎，见一棵柳树孤立东边土岸上，遗世而独立的样子。近前侧面端详，树干朝山的方向倾斜，树冠若一顶挑起的凉棚，后仰着也朝山的方向倾斜。树前斜坡上躺着一截树干，黢黑，虬曲，昂首的蛇一般，树身被掏空，样子像极了古树，却又不够粗。前移两步再看，枯树与岸上的柳树构成一奇特造型，俨然龙行其上。心底暗自吃惊，问老杨枯树是何时倒在那里的，老杨说不知道。再问老杨它与岸上的柳树可有关系，老杨还说不知道。站在岸下左右打量，总觉怪怪的，却说不出所以然来，兀自纳闷。老杨指着坡底一凹陷处说，那里有一眼山泉，泉前是杨家岭以前用的井，那口井无论旱涝，终年不停息、不满溢，泉水甘甜凛冽。如今，井边茅草茂盛依然，坡底泉水却几近干涸，抓起一把泥土攥在手中，湿而黑，感觉一攥便能攥出水来。抬头看时，发现泉眼与枯树、柳树构成一条直线，指向东北方向几座隐隐的山峰。

回首西望，荆棘林中隐现一座村庄，虽看不清村貌，拱形门洞却赫然绿色之上，状似凯旋门。老杨告诉老邓，那儿就是杨家岭旧址，以前住着两户人家，一户姓刘，一户姓任，姓任的是平遥人，两家1975年搬下山，村子就荒废了。我问老杨，杨家岭怎么没有姓杨的？老杨笑一笑，我们老杨家都住在正沟呢。

沙棘林间隐藏着一条小道，老杨领着我们躬身穿过，抵近杨家岭。门洞高约3米，过门洞便见一座四合院，坐西向东，西面正屋为三孔石砌窑洞，虽坍塌严重，旧时形貌仍依稀可辨。老杨站在一块青石上指点着说，这串院子原有北房三间、南房三间，东南角是厕所，东边为围墙，早些年倒塌了。墙外东边还有一串院子，也倒塌了。从院外走到院内，石条横陈，石块遍地，石上凿痕清晰流畅。从院内走到院外，荒草萋萋，极尽苍凉，仅一道拱形大门记录着当年遗迹。虽满眼残垣断壁，但无论从院舍布局看，还是从条石雕凿工艺判断，这家主人都非寻常人家，可究竟何人在这世外之地留下如此非凡建筑，并无文字记载。至于之前的刘任两家，应非此地真正的主人，甚或是主人弃村远走后，战乱年代流落到此的难民。若如此，杨家岭真正的主人或姓杨，杨家很早很早时候在此立村，或为避祸，或为隐居，或为守护某样特殊东西，无论什么原因，都改变不了此地山好水好植被好的事实，高过人头的乔木状沙棘林便是证据。

绕村一周，愈觉此地并非寻常村落，而是某个殷实人家或饱学之士隐居之地。条石来自何处？何人雕凿？院舍何人设计？何人施工？无疑，这都是谜。但无财力，不可为，无雅识，不会为。即便人去村空，植被是带不走的，植被中掩埋的历史是带不走的，虽然那历史于我们几乎是一片空白。

带着疑惑，继续向山顶爬去。走出沙棘林，山上植物明显稀疏起来，荆棘也矮了许多。山腰处长着一棵棠梨树，有五六米高，树上果实鲜红，举着棍子轻轻拨打树枝，果实便落一地。一路几乎不曾停歇，的确渴了饿了，奇怪的是之前并无感觉。我在地上捡拾了十余颗棠梨，一半装在口袋里，一半攥在手里。用手擦掉果子表面的尘土，一颗一颗塞到嘴里咀嚼，涩中带甜，越嚼越有滋味，且十分解渴。小时候，我经常上山采摘棠梨，那时树少，惦记的人多，采摘的棠梨都是青的，只能带回家，贮藏砂锅中，埋放炕洞，慢慢腐烂，色泽虽难看，味道却很特别，俨然醉梨。沁源山上到处可见棠梨树，又很少有人采摘，便只能任由它自然熟透，坠落，零落成泥。

上行不到百米，又见一棵棠梨树，大小与前一棵差不多，枝叶却更低，伸手便可采摘。我从树上挑了几颗色泽鲜艳、果肉饱满的，塞到嘴里，一嚼竟满嘴苦涩。我有些后悔，刚才该多捡拾些棠梨才是。我更惊异，两棵树相距如此之近，竟然一棵几近熟透，一棵依然青涩，此地气候差异如此之大，似乎每向山上攀登一步，空气湿度便减少一分。

将至山顶，老杨指着东北方向说，你们看那三座山头，像不像羊头？我循声看去，左面一山势缓且尖，貌似羊头，另外两山挺拔而圆，山顶还长着树，仿佛戴了一顶草帽，看不出有何特别之处。换个角度再看，中间山峰像头，两侧山峰似角，三座山峰合在一起，整体酷似羊头！回望山下，泉眼、枯树、柳树所指方向竟是这三座山峰！

时近中午，本想从侧旁斜坡绕下，老邓说，来一趟不容易，去山顶看看？说罢，不待我们同意，自顾往山上爬去。我犹豫一下，随后跟去。或许接近山顶吧，山势陡峭，也无明显的路。好在山上荆棘稀疏、矮小，我手脚并用，沿着羊肠小道曲折攀上，抵达山顶时已气喘吁吁。坐在北侧乱石堆砌处歇息，回首见正中间一石巍然，站立其上，东西南北尽可收入眼底。南侧一石突兀而起，悬在半空，神似电视剧《红楼梦》中的那块石头，想所谓红楼一梦，不过是一块石头的人间行走，所谓《石头记》，不过是红楼一梦。空空道人大荒山无稽崖青埂峰下经过，前后所见"闻世传奇"并不相同，"因空见色，由色生情，传情入色，自色悟空"，悟空者，空空道人乎？曹雪芹乎？

老邓见我发呆，问我在想什么，我微微一笑，读沁源山水，当如读《石头记》。老邓也嘿嘿一笑，指着北边说，对面是平遥，山坳那座寺庙是三界寺。我调侃道，为什么叫三界？分明是两界嘛。老邓却认真道，三界寺是整座寺院建筑群的统称，寺庙叫永寿寺。三界寺原来属于武乡，后来划归平遥，之前不叫三界寺，叫三尖寺。寺院前方有三座山峰，就是我们刚才看到的羊头。我"哦"一声，起身眺望，东边是山，西边是山，北边是山，南边是山，山间隐约的建筑如四方院舍，袖珍得尽可忽略。

山风微凉，热汗渐退。老邓在手机上查海拔高度，显示1709.5米。

广瑞邀我坐在突兀而起的石头上，与背后的沁源合了个影。

沿北坡返下，依然没有路。揪住荆丛左右绕行，跌跌撞撞，此一刻，我最羡慕山羊。坡底似山脊非山脊，似山沟非山沟，地势相对平缓。行走在沁源与平遥之间，老邓抛给我三个疑问：杨家岭是不是羊角岭的谐音？羊头山是不是三座山的形貌？神农泉是不是柳树下那处泉水？

我笑而不答。

山水因人名，人为山水累。何不山水即我所见，我所见即山水？

霍金在《大设计》中提出依赖模型的实在论，认为实在不过是一套自洽的和观测对应的图景、模型或者理论。霍金举例说，“当一个人说我看到一把椅子时，他的意思仅仅是他利用椅子散射来的光建立一个椅子的心理图像或模型”。也就是说，客观的椅子并不存在，存在的仅是“椅子的心理图像或模型”。霍金是在研究宇宙的起源时提出这一理论的，他曾企图找到宇宙的唯一起源，却发现关于宇宙的起源有多种模型，这些模型居然都是有道理的。于是，霍金放弃对唯一性的追求，认为只要这些模型是自洽的，与之相对应的宇宙起源理论便是成立的。简言之，只要能自圆其说，便是一种合理的实在。为此，霍金还为好的模型设定了四个标准：

1. 它是优美的；
2. 不包含任意的、可调整的要素；
3. 符合并能解释现存的所有观测；
4. 能够详尽预言未来观测，如果预言不成立则可证伪模型。

《大设计》一书的中文译者吴忠超在序言中写道：

> 2006年夏天霍金第三次访问中国，并于6月21日在北京举行记者招待会。为了避免记者提问的无聊和空泛，我为之代拟问题，其中包括下面这一道。
>
> 问：“你能对宇宙和我们自身的存在作些评论吗?”
>
> 答：“根据实证主义哲学，宇宙之所以存在是因为存在一个描述它的协调的理论。我们正在寻求这个理论。但愿我们能找到它。因为没有一个理论，宇宙就会消失。”

文化何尝不是如此?

约翰·惠勒是玻尔的弟子、爱因斯坦的同事，他设计了“延迟选择实验”模型，认为“我们此时此刻作出的决定，对于我们有足够理由说，它对已经发生了的事件产生了不可逃避的影响”。约翰·惠勒还特别强调：“没有一个过去预先存在着，除非它被现在所记录。”如此看来，于过去，也即所谓的历史，观察是一种干涉，记录也是一种干涉，而我们所能做的，也仅是观察和记录。更进一步讲，任何已发生的事件，在干涉未发生之前，都是不确定的。正如王阳明所说：“你未看此花时，此花与汝同归于寂；你来看此花时，则此花颜色一时明白起来。”

譬如羊头山。

先秦《山海经·卷三·北山经》记曰：“又北二百里，曰谒戾之山，其上多松柏，有金玉。沁水出焉，南流注于河。其东有林焉，名曰丹林。丹林之水出焉，南流注于河。”

东汉《汉书·卷二十八·地理志·上党郡·谷远县》记曰：“羊头山世靡谷，沁水所出。”

北魏《水经注·卷九·沁水》记曰：“沁水出上党涅县谒戾山，沁水即涅水也，或言出谷远县羊头山世靡谷。”

唐《元和郡县志·卷十三·河东道二·沁州·绵上县》记曰：“羊头山一名谒戾山，在县东北五十里。沁水所出。”

北宋《太平寰宇记》记曰：“羊头山，神农尝五谷之所，形似羊头。”

现代《山西河流简介》记曰：“羊头山亦称谒戾山，横亘于武乡、沁县、平遥、沁源交界处，赤石桥河与紫红河皆发源于此山，在郭道镇境与正源相汇，故曰‘三源奇注，迳泻一隍’。”

又譬如神农。

提到神农，不得不提《神农本草经》。《神农本草经》又叫《神农本草》，简称《本草经》《本经》，是我国现存最早的中医药典籍。原书已散佚，今看到的是由后人从历代本草书中集辑而成的，有三卷、四卷、八卷等版本。《神农本草经》载药365种，分上、中、下三品，《序录》开宗明义："上药一百二十种为君，主养命以应天，无毒，多服久服不伤人"，如人参、甘草、地黄、大枣等；"中药一百二十种为臣，主养性以应人，无毒有毒，斟酌其宜"，如百合、当归、龙眼、麻黄、白芷、黄芩、鹿茸等；"下药一百二十五种为佐使，主治病以应地，多毒，不可久服"，如大黄、乌头、甘遂、巴豆等。上品药为君药，中品药为臣药，下品药为佐使药，组方时应既有君臣，还有佐使，两味或两味以上药物用在一方剂中，相互间会产生单行、相须、相使。

当然，提到神农也不得不提上古神话"神农尝百草"。对此，历代多有记述。

西汉刘安《淮南子·修务训》记曰："古者民茹草饮水，采树木之实，食蠃蛖之肉，时多疾病毒伤之害。于是神农始教民播种五谷，相土地之宜，燥湿肥墝高下，尝百草之滋味、水泉之甘苦，令民知所辟就。当此之时，一日而遇七十毒。"

晋干宝《搜神记》卷一记曰："神农以赭鞭鞭百草，尽知其平毒寒温之性，臭味所主，以播百谷。"

唐司马贞《史记·补三皇本纪》记曰："于是作蜡祭，以赭鞭鞭草木，尝百草，始有医药。"

宋郑樵《通志》记曰："民有疾病未知药石，乃味草木之滋，察寒热之性，而知君臣佐使之义，皆口尝而身试之，一日之间而遇七十毒。或云神农尝百药之时，一日百死百生，其所得三百六十物，以应周天之数。后世承传为书，谓之《神农本草》。又作方书以救时疾。"

清袁了凡《增补资治纲鉴》记曰："作蜡祭，以赭鞭鞭草木。民有疾病，未知药石，炎帝始味草木之滋，察其温平寒热之性，辨其君臣佐使之义，常一日遇十二毒，神而化之，遂作方书，以疗民疾，而医道立矣。"

炎帝制耒耜，种五谷，立市廛，治麻为布，削木为弓，作五弦琴，制陶器，可谓上古无所不能之人。炎帝究竟是谁古今争议颇多，有说神农即炎帝，炎帝即神农，也有说炎帝是炎帝，神农氏不过是炎帝一族的名号。史家言必训诂，且言之凿凿，可事实上，古人常以一名为一族，将一族混于一名，炎帝与神农不分彼此，所有神农氏部落头领都可能是炎帝。而在约翰·惠勒看来，当我们谈论炎帝的时候，我们的谈论对已发生的事正构成干涉，如此，谁又能说得清炎帝是谁呢?

我的故乡长子县也有一座羊头山，距发鸠山15公里。发鸠山古时有山岭为屏，有平原为基，有森林、草地、湖泽为给养，植物茂盛，四季分明。发鸠山也叫廉山，"廉"字本义为一手执双禾状，即传说中的炎帝形象。医学家皇甫谧《帝王世纪》记载，炎帝"又曰魁隗氏，又曰连山氏，又曰列山氏。"魁隗者，魁伟也。连山是列山的音别，列山也作烈山，即羊头山。炎帝创《连山易》推演四季，神农的世系名为"连山氏"。《连山易》以艮卦开始，象征"山之出云，连绵不绝"。《归藏易》创自黄帝时代，黄帝的世系名为"归藏氏"。《黄帝内经·素问·六元正纪大论》曰："太阳所至，为寒府，为归藏。"《归藏易》以坤卦开始，象征"万物莫不归藏于其中"。《周易》则从乾、坤两卦开始，是周文王在《连山易》《归藏易》基础上重新演绎的。但《周易》之"周"并非周王朝之"周"，而是宇宙周而复始、无有穷尽之"周"。关于古之三易，汉魏以后道家多有分歧，有人认为《连山易》《归藏易》已失传，有人认为汉魏以后的象、数易学便是《连山易》《归藏易》的遗留，《连山易》《归藏易》的易学精义已成为秦汉以后道家学术思想的主干。也就是说，《连山易》《归藏易》并未失传，中医药、堪舆及道家关于这方面的学问，都是《连山易》《归藏易》的结合和延展。

关于羊头山，记载最为详尽的是明朱载堉《羊头山新记》：

> 羊头山在今山西之南境，泽、潞二郡交界，高平、长子、长治三邑之间。自山正南稍西去高平三十五里，西北去长子五十六里，东北去长治八十里。所谓岭限二郡，麓跨三邑也。山高千余丈，磅礴数十里。其巅有石，状若羊头，觑向东南，高阔皆六尺，长八尺余。山以此石得名焉。石之西南一百七十步有庙一所，正殿五间，殿中塑神农及后妃、太子像，皆冠冕若王者之服。……殿西稍北二十步，有小坪，周八十步。西北接连大坪，周四百六十步，上有古城遗址，谓之“神农城”。城内旧有庙，今废。城下六十步有二泉，相去十余步。左泉白，右泉清。泉侧有井，所谓“神农井”也。二泉南流二十步相合而南。《寰宇志》云：“神农尝五谷之所，上有神农城，下有神农泉。”后魏《风土记》云：“神农城在羊头山，其下有神农泉”，皆指此也。地名井子坪，有田可种，相传神农得嘉谷于此，始教播种，谓之“五谷畦”焉。

朱载堉（1536—1611），字伯勤，为朱元璋九世孙，是明代著名的律学家、历学家、音乐家，有“律圣”之称。著有《乐律全书》四十卷、《嘉量算经》三卷、《万年历》一卷、《万年历备考》二卷、《历学新说》二卷等，内容涉略音乐、天文、历法、数学、舞蹈、文学等，与李时珍、宋应星、徐光启、徐霞客齐名。朱载堉出生于河南省怀庆府河内县，曾数次翻越太行山，到羊头山实地考察，他在《羊头山新记》中还写道：

又按诸志，凡羊头山以形命名，随处有之。在冀州之域者有三：其一即此山（指长子羊头山）；其一在汾州西北十五里，见《一统志》；其一在古谷远县，沁水所出。见《汉书》及《水经注》。今沁源县绵山是也。神农尝谷之所亦有三焉：其一存此处（指长子“五谷畦”）；其一在潞安府东北十三里百谷山；其一在隰州东四十五里合桑村，有古谷城、谷台是也。夫神农庙宇在处尤多，兹不足纪。盖皆乡民积年私建，谓之行祠云。律家考秬黍，率曰：羊头山。叩其详，多不知。附此以资谈论而已。

朱载堉承认“凡羊头山，以形命名”，却似乎只认一处，其余皆谈资，显然前后矛盾，甚至狭隘。炎帝非一帝，羊头山岂止一处？

我问老邓，记得《魏书·地形志》是怎么记载的吗？

老邓说，记得，“羊头山下神农泉北有谷关，即神农得嘉禾处。”

我再问老邓，假如我们所见的三座山便是羊头山，柳树下的泉水便是神农泉，杨家岭前的茅草地便是谷关，与《魏书·地形志》有冲突吗？

老邓说，没有。

我继续问老邓，逻辑上有瑕疵吗？

老邓说，没有。

我最后问老邓，我们观察到了吗？

老邓说，观察到了。

我淡然一笑，那么，我们就去记录它。

老邓看着我，心领神会。

事实上，随着时光迁移，我们今日之所见，不必完全是古人当年之所见，也不必是后人今后可能之所见。如此，长子之羊头山是羊头山，沁源之羊头山也是羊头山。更何况，沁源有农耕文明，有养殖传统，还被称为北药之首，仅此谷、羊和草药三大要素，便足以坐实神农踏遍沁源山水之过往。

如此，杨家岭前那块茅草地，便是“神农得嘉禾处”。

广瑞第二天要上班，吃过午饭便打道回府。

老邓意犹未尽，问，下午继续看源头？我说，上午不是看过了？老邓嘿嘿一笑，光景凤乡就三处呢。我问哪三处，老邓说，一是沁源与平遥交界处的积善泉，刚看过；一是梨和与赤石桥乡交界处的梨花泉，在西沟；一是沁源与沁县交界处的巡河泉，在南湾。我笑道，一交界一源头，沁源与八个县搭界呢，那还不至少有八个源头？老邓忙解释道，这三处源头不是沁河源头，是景凤河源头，景凤河与活凤河合为紫红河，汇入沁河，这三泉算沁河东源。我调侃道，你们沁源号称千泉之县，每三泉合一源，沁河至少333个源头吧？老邓见我不断偷换概念，狡黠一笑，那当然，我们是沁源嘛，沁字三点水，河字三点水，源字三点水，沁河源当然是三三三点水了。老邓变“333”为“三三三”，显然也在偷换概念。这通话貌似没有瑕疵，实则文字游戏，而这个游戏之所以成立，概因沁源泉多、河多。实际上，景凤河三源与活凤河源头相合才是紫红河源头，也即沁河东源。当然，这是我后来才搞明白的。

车上稍眯一会儿，醒来已在沟里。睁眼看时，见对面河岸上立一石碑，上写“梨花泉”。老邓第一次说到梨花泉时，我并无反应，此刻看到这块石碑才猛然想起，自己曾在杨栋的博客看到过，印象中这三个字也是杨栋写的。我问老邓，这块碑是杨栋立的，对不对？老邓有些伤感，碑文是杨栋所书，碑是乡政府立的。杨栋是黎和人，西沟是黎和的自然村。

下车默默凝视梨花泉碑三分钟，算对老友的纪念。扭头再看梨花泉，见她与溪流一体，走向一致，泉上并无任何遮蔽。也就是说，梨花泉是从地下冒出来的，东、北、西三面垒砌条石，将泉眼护住，泉水出地即河流，一路向南，不知情的还以为是季节河。泉水清澈凛冽，四季不冻，这一点与积善泉并无二致。石上绿草如茵，想象中泉边该有梨树的，却没有。想象中四月梨花入水，俨然花池，也不会有。我问老邓，周边一棵梨树也没有，为什么叫梨花泉？老邓说，梨树是有的，但不在这儿，在黎和。黎和村有两棵大梨树，从前叫梨黄。想起杨栋的博客名叫“梨花村”，自称“梨花楼主”，心中释然。杨栋虽爱梨花，但他笔下的梨花是黎和的梨花，而非梨花泉的梨花。杨栋曾撰文称沁河三源皆在景凤，我却不敢苟同，毕竟，景凤河是紫红河的支流，紫红河是沁河的支流，景凤三泉充其量是沁河子源头的子源头，是隔着辈的。依据霍金“好的模型”四条件，如此说法难以自洽。当然，这也是我后来才搞明白的，但在那一刻，站在梨花泉碑前，我还是被杨栋的家乡情怀所感动。

梨树缺席，松树从不缺位，沁源毕竟是油松之乡。东山脚兀立一棵奇松，树干略向山的方向倾斜，树枝弯曲，树冠边缘上翘，好似宋时军帽。枝叶密实，树下空阔，可容百人避雨。奇松很像头戴范阳笠、身披蓑衣的行者，村民却称它神鸟松，也叫朱雀松，意谓扶摇直上九万里，像神话中的朱雀。每到晚上，奇松都会发出“呼呼”之声，村民又称之哼哼神树。我从不排斥民间想象，但“哼哼”之状与朱雀之美显然不般配，况且，树与山相距不远，其间状若管道，树冠笼盖，其下空似腹腔，风穿过时，“管道”与“腹腔”共鸣，便交混为“哼哼”之声。

树前不远处有神龟探水，村民直呼神龟为玄武，这显然又是个误会。所谓玄武，即龟蛇合体，蛇从龟腹下横穿而过，首尾半空交合，构成闭环，类似太极图。古人把恒星划分为三垣、四象、二十八星宿，四象即东苍龙、西白虎、南朱雀、北玄武。在这四象中，东方之神如龙，西方之神似虎，南方之神像大鸟，唯北方之神龟蛇合体，称龟与蛇交。龟蛇合体，雌雄交配，此即古时的生殖崇拜，道家称之龟蛇纠缪。纠缪者，缠绕绞结也。《周易参同契》曰：“关关雎鸠，在河之洲。窈窕淑女，君子好逑。雄不独处，雌不孤居。玄武龟蛇，纠盘相扶。以明牝牡，毕竟相胥。”在古文化中，水即蛇，如果将龟与河合体，玄武之象还是成立的，单单把神龟称作玄武，显然不够准确。

西沟村多为石墙、黄泥墙，颇具民间建筑特色。村口大门旁挂着“刘少奇路居地”的牌子，我对老邓说，广瑞如果在，会不会急？老邓笑一笑，广瑞才不会急呢。我问为什么，老邓说，从这里翻过西山就是涧崖底，刘少奇喜欢调研，他在涧崖底住了13天，来这里串个门不行吗？

村庄依山傍水，被三面墙合围，只有一进口、一出口，形似古堡。村子西北住着一户人家，男主人叫赵虎山，67岁。老赵是护林员，家迁到黎和，之所以搬回来住，一则护林，一则养着几十只羊。羊在村外山坡上吃草，站在院子里看得清清楚楚。我问老赵羊都是自己的吗，老赵说还有侄儿的。我逗他，侄儿每年给你多少工钱？老赵急了，那是俺侄儿，咋能要钱呢？想起老邓的话，沁源人不管穷富，都羞于说钱，果然。院子种有玉米、豆角、白菜，我说你的玉米长得不错啊，老赵媳妇立马走进地里，掰了两穗玉米送我，吓我一跳。我死活不要，谁知老赵也跑到地里掰了两穗玉米，硬往我怀里塞，弄得我哭笑不得。我给他钱，老赵生气了，自己地里种的，要啥钱呢！老邓笑着说收下吧，宋勇也笑着说收下吧，气得我直跳脚，你们沁源人怎么能逼着对人好呢？老赵开心大笑，我赶紧掏出一支烟递给他，问，你是护林员，敢不敢抽？老赵朗声道，在俺家院子里，不怕。

坐在台阶上与老赵抽烟，聊天，他媳妇要倒水，被我劝住。老赵走出大山又搬回，恐怕不只图护林和牧羊方便，他习惯了大山深处的闲散。我问他住在这儿闷不闷，老赵说，俺是个农民，不怕闷，闷了去山里转转就畅快了。又说，我们景凤空气好，方圆40里无企业。我看着北山的羊群问他那座山叫什么名字，老赵说，也没啥名，翻过去就是平遥。我哦一声，看着眼前的石头、黄泥、木柴，看着天上的云，想，所谓田园，大体如此吧。

天还早，离开西沟，驱车赶往南湾，去找另一处泉水。将到丹雀小镇时，老邓让宋勇停住车，指着路边悬崖说，这一带有个摩崖造像石刻群，有数十龛佛像，勒石年代大致在南北朝到隋唐年间，要不要看看？我笑一笑，看。我俩下车，爬上崖壁，蹲在龛前，老邓边辨识边说，石龛30厘米见方，保存完好，题字清晰，左壁刻有张兴敬造像发愿文，造于北齐武平五年（574），字体为隶书，字形粗放古朴。旋即，老邓又去数字，嘴里念念有词，8行，每行9字，八九七十二，尾行少两字，共70字。数罢字，老邓又开始拍照，我先行退下。

路边百日菊当中间有几朵蓝蓟、红廖，黄蓝红交错，别有风致。我俯身拍了一张特写，起身见一辆电瓶车从丹雀小镇方向迤逦而来，竟是田斌。人未到，声音先到，我猜你们今天还会回来，果然。我说，我们只是路过，我们要去巡河。田斌问巡什么河，跟我巡路吧。我说，你什么时候当交警了？田斌说，义务，义务。说着，跳下车，你们是去南湾吧？坐小车没意思，还是坐电瓶车吧。我一听也对，便让宋勇去丹雀小镇休息，还叮嘱他把玉米送到厨房，煮好当晚饭。

田斌拉着我和老邓，沿着景漳公路晃晃悠悠东去，路上不时与老乡打招呼，好像他是景凤河河长。晚风吹拂，风光旖旎，突然觉得沿着河流一直走下去便很好。河岸杨柳依依，路边随处可见花园、荷塘，河滩到处都是牛、羊和马，偶尔还有牛铃声传来，恍惚童年。这里也是亚高山草甸，但与花坡不同，夕阳下草色迷离，仿佛有音乐在上面流淌。穿过三四个村庄，便是南湾，上一道小坡，前面突然变成土路，田斌指着对面说，那儿就是沁县。跳下车，真想跑到河滩里去，与草地里的牛啊羊啊马啊说会儿话。田斌又指着北面的石头山说，那儿是石花岭。我的目光沉落在草地上雾岚似的光线里，竟未注意到旁边还有一座石头山。岩石黄白相间，嶙峋若丛林，夕阳打在上面，似蕾似花，质感胜似油画。石头也“开花”，真是奇了。山顶疏疏朗朗几棵油松，显得格外清奇。石间双松并肩，田斌说那是鸳鸯松。其实，鸳鸯也罢，并蒂莲也罢，都不过是民间的想象，可若无这方水土，想象何所依托？

我问老邓，不是去看巡河泉吗？

田斌接话道，巡河泉那里扎了一道坝，修了个蓄水池，泉水很小了。

泉水最终还是要为人服务的。默然之间，突然意识到，沁源此行，我最应该寻找一种独属于沁源山水的文化模型，而不是求证古人或今人说过什么。

观察。记录。约翰·惠勒是量子物理学家，却说出美学家最该说的话。

第六章

水长城

水長城

不知为什么，我总觉松明子是森林的幽灵，是时间和水蒸气凝结的产物。枯树老化腐蚀，油脂渗透到木质中，日积月累，聚合部分与木绺丝交融，浑然一体。通常来看，松明子便是这样形成的，其实，如果没有时间和水蒸气，不会有如此通灵之物，甚或，松明子便是时间晶体，木和油脂仅是承载之物。枯树腐蚀时间越长，松明子颜色越深，渐次为橘黄、大红、黑红，这颜色显然也是时间的颜色。小时候，我常用松明子引火，香味与松香一样，但比松香浓郁。在冬夜，我常在口袋里装几小截松明子，既可照明，还可烤手。松明子点时困难，顶风不灭，后来，在电影或电视剧里看到篝火，便觉家乡的松明子就是我儿时的篝火，密实，浸满油脂，反复把玩明亮光洁，宛若佛珠。

吃过早餐，问老邓去哪里，老邓说活凤。突然想起有个学弟在那里养羊，便说好，找李冰吃羊肉去。

李冰毕业于山西大学化学系，比我低三届。1988年被分配到省汽车制造厂，“打了几年酱油”，1994年辞职下海。离校后，李冰常与中文系同学来往，我算半个中文系的，便在中文系校友圈相识。化学系的混中文圈，见面常互相调侃。我说，学化学的跑到汽车制造厂，体育老师教的吧？李冰慢悠悠道，学化学的跑到报社，对不起物理老师。完了，又各自自嘲一番“不务正业”。而“不务正业”似乎是一种病，得了便停不下来，他后来去沁源养羊，我又跑到沁源写绿。

李冰喜欢下厨，算个美食家，隔三差五便呼朋唤友去他的公司品尝新菜。2013年，李冰做了冠状动脉支架手术，准足球爱好者再也不敢球场上冲锋，情绪低落。大夫说你这个样子可不行，不如找个空气好的地方休养一段时间。李冰听人劝吃饱饭，便来到官滩乡住下，做起“寓公”。活凤村和崖头村想合办个农业科技公司，养羊，种草，李冰闲来无事，便帮他们跑跑手续，协调一下关系。后来公司经营困难，村里说你有文化，把这个公司转让给你吧。李冰不好意思拒绝，遂由“病号”摇身变作羊倌。朋友们再聚，常拿这件事打趣，李冰却说，沁源老百姓太实在，不想让他们作难。朋友说，看来你是喝了沁源的迷魂汤了。李冰说，沁源的水真的好，下次拉几桶回来。朋友又说，你不是因为空气好，才去的沁源吗？李冰嘿嘿一笑，下次给你装几瓶空气回来。李冰脾气好，热心肠，喜欢冷幽默，又是学理科的，做事务实也踏实。当羊倌就要有个当羊倌的样子，李冰便把省里养羊的专家朋友叫到沁源，建了个羊工作站，一方面让公司真正“科技”起来，一方面帮周边养羊户“科技化”，产品也通过羊肉绿色无公害认证和万亩饲料玉米绿色无公害认证。喝酒喝开心了，李冰总会念叨，自己最想做的一件事，就是为沁源申请回黑山羊地理标志，不枉沁源好山好水好人。

李冰养病养成沁源人，见面便少了。前几次来沁源没去看他，李冰很不高兴，我的羊肉就不是羊肉？来沁源就不能来村里看看我？

接通电话，问李冰在不在村里，李冰说在。我说，那就杀一头羊，等我晚上去大快朵颐。李冰问，还有谁？我说，一个美女司机，一个美女向导，记得备上美酒。老邓和宋勇在一旁“咴咴”地笑。

离开丹雀小镇，径往景凤方向驶去。这段路来来回回跑过不知多少遍，总有一种看不够的感觉，思来想去，就差沿着景凤河走一遭。来沁源是看山水的，看山水便要慢下来，便要优哉游哉，老邓却安排得满满当当。我告诉宋勇，悠着点，别开太快。宋勇瞥我一眼，似在问别开太快是多快。前面有几头白花纹黄牛沿公路溜达，我说，比它们快些就行。宋勇摇摇头，领导，要是那样，天黑也到不了活凤。我说，没事，我还想做驴友呢，可路修得这么好，不坐车对不起你们沁源。说到路，宋勇生出许多感慨，说我们沁源以前都是断头路，去哪儿哪儿不通，景漳公路之前就是条乡村公路，可难走呢。我有些诧异，没想到这条路竟是新修的，嘴上却说，路不通好啊，沁源就被保护起来了。宋勇摇摇头，老百姓苦啊，出行太不方便，这两年，县里把防火通道升级成旅游公路，才四通八达。我问去活凤走不走防火通道，宋勇说，过了景凤就是汝家庄，汝家庄南山顶就是防火通道。老邓后面插话道，“3·29”之后，沁源修了483条、1900公里防火通道，121条、650公里隔离带，120座瞭望塔。想象着防火通道、隔离带和瞭望塔高低起伏、迤逦相连的壮观，我说，那不就是长城吗？宋勇回头看一眼老邓，二人相视一笑。我问老邓笑什么，老邓却对宋勇说，带赵老师去个好地方。我一头雾水，问什么好地方，老邓说马上就到。

其实，这次到沁源，第一天便走了防火通道的。离开善圆，老邓说了个地名，我未在意，宋勇竟把车直接开到山上去。我以为要去山顶看风景，谁知老邓想让我走防火通道，还说没走过防火通道，就等于没来过沁源。当时，我并不清楚防火通道于沁源意味着什么，只是想沁源刚发生一场火灾，那是沁源人的痛，便没多问。我不在意防火通道，却关心午后光影，颠簸在山间土路上，看到林中幽暗的亮光，醉眼蒙眬中觉得有松明子在林间游动。不知为什么，我总觉松明子是森林的幽灵，是时间和水蒸气凝结的产物。枯树老化腐蚀，油脂渗透到木质中，日积月累，聚合部分与木绺丝交融，浑然一体。通常来看，松明子便是这样形成的，其实，如果没有时间和水蒸气，不会有如此通灵之物，甚或，松明子便是时间晶体，木和油脂仅是承载之物。枯树腐蚀时间越长，松明子颜色越深，渐次为橘黄、大红、黑红，这颜色显然也是时间的颜色。小时候，我常用松明子引火，香味与松香一样，但比松香浓郁。在冬夜，我常在口袋里装几小截松明子，既可照明，还可烤手。松明子点时困难，顶风不灭，后来，在电影或电视剧里看到篝火，便觉家乡的松明子就是我儿时的篝火，密实，浸满油脂，反复把玩明亮光洁，宛若佛珠。

沁源是油松之乡，松明子很多，可沁源人似乎不太喜欢松明子。也是，一年12个月，有8个月在防火，谁愿意提引火之物呢？油松油脂含量高，遇火便着，沁源风又大，火苗在树冠上跳来跳去，那不是火妖，是火魔。历史上，沁源究竟经历过多少场火灾，没人说得清楚，火灾造成的资源破坏也难以估量。记忆深痛是必然的，在深痛的记忆上结一层痂也是必然的，就像松木朽为松明子。可沁源人又回避不掉油松，在农家，几乎每座院子里都堆放着油松圆木，每座房子上都筑有油松檩条。油松结构细密，纹理直，材质硬，是很好的建筑用材。树皮灰褐或褐灰，呈不规则鳞片状，也适合当下原始粗犷的装饰风潮。

油松于沁源，还真是个心结。

过汝家庄，南拐上山。奇怪的是，眼前的山树极少，草也不够密，与周边的山不同，与花坡也不同。正讶异间，老邓说，“3·29”森林大火，在这儿开辟的防火隔离带，山上的树几乎被砍光。我“哦”一声，绕过一座土丘，见北边山顶建一座瞭望塔，两山之间有一道U形缓坡，地势开阔，很像一座古战场。溪流从南面山坡上缓缓跌落，细瀑一般，聚到石阶下的人工湖里。湖边砂石横陈，早熟禾摇曳，大波斯菊、黄花波斯菊簇拥在草坪周边，地貌和植被倒与南湾有几分相似，只不过，它不在河滩里，而在山脊上。四周逡巡，满眼祥和，碧绿，很难让人相信这儿曾发生过一场惊心动魄的扑火战役。

老邓指着瞭望塔说，那儿是雨线岭最高处，站在瞭望塔上看，南为赤石桥，北为景凤，东为官滩，三乡在此交界，是沁源北部森林的最后一道防线。大火是从王陶、赤石桥方向过来的，这儿如果守不住，景凤几十万亩原始次森林就保不住，那样的话，大火就会蹿出沁源，直扑平遥。抬头看向远处，眼前出现一条火龙，张牙舞爪，面目狰狞。老邓继续道，灭火的故事，随便一个沁源人都能给你讲三天三夜。大火之后，县里把这条防火通道建成了“水长城”。

果然，沁源是有“长城”的，只不过，不是我想象中的“长城”罢了。望着雨线岭上蜿蜒的“水长城”，脑海里蓦然跳出“向死而生”四个字，这四个字又像松明子一样，霎时明亮，顶风不灭。

雨线岭，是被雨线一样的往事一点一滴打湿的山岭吗？

一棵树。一顶帐篷。一块草坪。

坐在树下，看碧波万顷，看山林静谧。一条道路从汝家庄北边出来，绕一个半弧上了雨线岭，又横穿山脊，从雨线岭另一端下去，绕一个半弧回到汝家庄南边。

老邓说，“3·29”大火前，这条路刚刚贯通。不敢想象，如果没有这条路，200多台挖掘机、铲车、装载机、吊车怎么在这里作业？恐怕上不了山，路就堵死了。

我说，天意？

老邓说，起码有先见之明吧。

我问，你看这条路像什么?

老邓说，护在山上的腰带?

我说，不，是心形。

老邓立即站起身，望向汝家庄，似乎想验证我的说法。其实，我知道，不管我说得对与不对，老邓都会相信。何况，那条路的确就是心形，而我们所处的位置，便在左心瓣上!

我也站起来，指着汝家庄说，你看，汝家庄是心尖，左右两条弧线在人工湖处会合，瞭望塔处是右心瓣，我们所在的地方是左心瓣。当然，这个心形是立体的，折叠的，如果把雨线岭还原成平面，是不是一目了然?

老邓笑了，然后，讲了一个故事。

汝家庄是晋姓发源地之一，近年常有迁走的晋姓后人返乡祭祖。抗战时期，汝家庄是太岳根据地兵站，太岳行署主任牛佩琮住在晋家东院，西院是军用物资库。西南慢脑沟是洪赵支队休整驻地，正南贾庄是抗日模范村。这一带是绵上当时仅有的无敌区，刘少奇、罗荣桓、陈光等曾途经这里转赴延安。太岳区领导去延安或从延安返回，要在晋家大院军装换便装、便装换军装。1943年，汝家庄发生“二月二惨案”。二月二，龙抬头，这一天，沁源家家都要捏枣山，蒸枣馍，吃好菜，喝喜酒，有的村庄还要舞龙灯，闹秧歌。日军获悉太行、山东等根据地500余军政干部路经兵站转赴延安，密谋偷袭。那天下着大雪，日落之后，日军由斋藤大队长率城关、交口据点的日伪军500余人，由沁县、武乡、介休等地驻敌三面策应，趁夜色向汝家庄一带扑来。日军不走大路走小路，不走川道走山脚，沿途避开村庄，把骡马嘴上拴绳子，蹄上包麻袋片，人穿胶底鞋。凌晨三点抵达琵琶园，然后兵分两路，一路西进慢脑沟，一路北上汝家庄。

凌晨四点，北上一路到达汝家庄，抢占山头，封锁路口，四处搜捕。他们企图将500余军政干部一网打尽，岂料他们早已安全转移。日军恼羞成怒，挨门挨户把百姓驱赶到老爷庙院，将区干部李明生（本名杨维华）等20余人打成重伤，把村民李贵锁、晋法新、段连生、卫改焕和沁县一农民当场杀死。日军不解恨，又将卫改焕尸体焚烧。村长郭宪武、村农会主席晋森林、县农会主席阴发祥、县委组织部副部长刘迪、区干部杨玉峰等十几人被捕。临走时，日军还抓去200余名青壮年，抢走几十头耕牛、骡马及兵站150套服装。汝家庄人对敌斗争经验丰富，走了不到10里路，人和牲口跑了一大半。郭宪武、晋森林被押送太原，惨死狱中。

老邓缓缓重现腥风血雨的岁月，我安静地望着眼前这座山顶花园。防火通道贯穿东西，绵延16公里，是“3·29”时的两倍。隔离带生态修复面积超1000亩，通道两侧分层次，呈梯次，种满胡枝子、绣线菊、沙打旺、无芒缺麦、小冠花和水草等，辽东栎、五角枫、山桃、山杏、连翘、丁香、杨树等搭起一条生物防火隔离带。生态蓄水池、应急池或大或小，或扁或圆，与明渠珠串相连，筑起一道“水长城”。潺湲，迂回，盘旋，此起彼伏，缤纷绚丽。这幅画与另一幅画叠加，那些树是装载机吗？那些石头是挖掘机吗？那些草或流水是施工队伍吗？身旁这棵树是坐镇中军帐者吗？一年多前，一个人从这座山走到那座山，从那座山走到这座山，是什么心情？此刻，一个人从防火通道这端走到那端，从那端走到这端，又是什么心情？战争，自然灾害，和平建设，历史无疑属于大众，真相却可能属于漫漫长夜里孤独的跋涉者！

2019年3月29日12时56分，王陶乡王陶村突发森林火情，现场风速高达8级，火势由南而北，迅速向聪子峪、赤石桥、官滩、郭道部分村庄蔓延。千钧一发，十万火急。然而，纵然沁源应急管理训练有素，奈何正是大风季，天干物燥，油松又易燃，森林又密，火势迅速扩大。

防控立即升级。

国家应急管理部调集森林消防救援队员1300余人，中部战区跨区域、跨省调集北京、内蒙古、甘肃、河南等地解放军和武警官兵1700余人，各市县（区）调集公安干警、消防人员1140人，紧急驰援沁源。沁源也在短时间内组织动员专业森林消防队、矿山救护队、企业职工、乡镇干部、村干部和当地村民1.3万余人，全力投入扑救。飞机在天上飞，消防车、灭火炮在地上跑，一时之间，沁源成为全国关心关注的焦点。

沁源指挥部改为分指挥部，坚守在雨线岭最高处。

4月2日，指挥部决定在雨线岭开辟防火隔离带，彻底阻断火势北上通道。毫无疑问，此举是“3・29”火灾扑救战役的攻坚之战，关乎全局，命系沁源北部乃至平遥安危。沁源人当仁不让，分指挥部当即把全县40多台挖掘机，全部调到汝家庄，同时请求市政府紧急支援。不到两个小时，长治及沁县、武乡、屯留等县区支援的挖掘机、铲车、装载机、吊车疾驰而来，雨线岭山梁仅有8公里，却一下子涌进挖掘机129台、装载机25台、推土机两台、吊车一台。

早8时许，沁源调集的挖掘机率先入驻最艰险路段，开始局部作业。

上午10时许，各地驰援的挖掘机、铲车、装载机、吊车陆续进入作业现场，时刻准备兵团作战。

先贯通东西，再拓宽南北，分指挥部一声令下，雨线岭东、西、中三个战场顿时车轮滚滚，飞沙走石，尘土飞扬着流沙般卷上车窗，又流水般滑落。清明时节，天冷风大。现场临时搭建的帐篷风中瑟瑟发抖，帐篷外压着几十块大石头，才扯住帐篷一角。各工地紧张有序，齐头并进，拼命抢速度，拼命抢时间，拼命与火蛇赛跑，机器轰鸣声、树木倾倒声和风声、人声搅拌在一起，粗砺如砂石，似要把雨线岭掀翻在地。

晚10时许，隔离带在“嘀嗒嘀嗒”的钟表声和“吧嗒吧嗒”的汗水中全线贯通！最宽处一公里、平均宽度500米、山脊平均宽度超过50米，隔离带与乔庄线、景阳线、222省道成功合围，铁桶一般锁住火龙北蹿之路。而这时，离大规模开工仅十个小时!

凌晨，解放军战士开拔到雨线岭，点烧开始。所谓点烧，便是将雨线岭以南林下杂草点燃，鼓风机吹着小火一路向南，以火攻火，在大火到来之前，把它“续航”的燃料消耗殆尽！战士冲锋在前，干群保障在后，那一幕，仿佛回到久远的战争年代。历史总在不经意间重演，每次上演又各不相同。夜空被火光照亮，每张脸，每张白胖或黑瘦的脸，每张沧桑或年轻的脸，每张熟悉或不熟悉的脸，不管党政军民，不管烟熏火燎，不管落满泥土、灰烬，不管口干舌燥、睁不开眼睛，都写满疲惫，都无怨无悔……点烧持续到次日下午，各路大军人疲马乏，分指挥部却不敢大意，旋即沿山梁开挖大小蓄水池42个，投放水壶1.5万个，布好水龙，严阵以待。

4月4日，沁源境内明火全部扑灭。

大火过后，森林茂密的雨线岭变成一座濯濯童山，生态该如何修复?

沁源人不回避，不逃避，即便雨线岭是一道深之又深的伤痕，也要在上面种出美之又美的风景来。

最高处的瞭望塔是2020年重建的，老邓说沁源分指挥部便设在塔上。望着瞭望塔，我在想，假如我是塔上的总指挥，假如我面对一场来势汹汹的大火，假如由我调度打通防火隔离带的千军万马，我会做什么？能做什么？又能做到什么？将心比心，心中肃然。

所谓历史，即当下的参与，无论庙堂和民间。所谓观察和记录，也即参与当下的观察和记录，也无论庙堂和民间。想起向死而生，这无疑是沁源人的生活态度，不只凛然或敞亮那么简单。向死则生，贪生则死，所谓“水长城”，其实便是柔软至极的钢铁长城，沁源人的智慧和豁达或与他们离自然更近有关。

眺望，平视，鸟瞰，在这片土地下，到底埋藏着多少故事？而此刻，或点状花圃，或线状草带，或花贴近路，或草亲近水，经历过生死的雨线岭如一线雨，如一道瀑，如一座石头山开花。蓦然想到活凤，莫非其意便指凤凰涅槃？

路经官滩，一人喝了一碗羊肉汤，继续前行。终于看到紫红河，突然问老邓，紫红河有几个源头？

老邓笑一笑，这是个难题，不好回答。紫红河是景凤河、活凤河汇成，活凤有活凤河源头，在崖头北山麓，崖头与活凤一沟之隔，是活凤的自然村。当地百姓说活凤河源头在吉庆村马刨泉，吉庆在活凤东北，也是活凤的自然村。马刨泉泉水很小，几乎断流。下游水量倒是挺大，但是条季节河。景凤河是紫红河上游，我们看过的积善泉、梨花泉、巡河泉都是紫红河源头。其实，官滩的每道沟里都有泉水，水量还很大，紫红河实际上是无数条沟里的泉水汇聚成的。

我说，怪不得你也不知道紫红河有几个源头，看来源头并不好认定。

老邓说，不只紫红河源头不好认定，沁河源头也不好认定。沁河河源区支流众多，情况复杂，水利部门倾向九源说，认为河底姊妹泉为沁河主源，赤石桥河、紫红河、韩洪河、乔龙沟河、白狐窑河、狼尾河、青龙河、柏子河也可作为沁河源头。

我问，这种方法有道理吗？

老邓说，有些道理，但也有问题。比如乔龙沟河，它发源于花坡池口村西，在乔龙沟村东北汇入赤石桥河，那么，它与赤石桥河应该算两条河，还是一条河？如果算两条河，那么景凤河和紫红河是不是也是两条河？况且，民国县志记沁河有六源，其中，景凤西沟有一源，就是梨花泉；活凤有两源，一在崖头北山麓，一在吉庆马刨泉。乔龙沟河却从无记载。

本计划把沁河源头看个遍的，听老邓这么一说，竟觉这是件不可能完成的事，甚或沁河在沁源，不只三源、六源、九源，仅紫红河便不下五处。我不由感慨道，在千泉之县找沁河源，就像在美女堆里找美女，眼花缭乱。

老邓嘿嘿一笑，但源头就是源头，对不对？

我问，那你倾向哪种说法？

老邓又是嘿嘿一笑，“三源奇注，迳泻一隍”。

我想了想，点头称是，说，源头再多，也得九九归一，但归起来还是挺麻烦的。身边都是美女，对这个好那个要造反，对那个好这个要造反，摁下葫芦起了瓢嘛。

老邓说，活凤人还真爱造反，记得《水浒传》里的田虎吗？当地人讲，他是活凤人。

读高中时，《水浒传》是我的最爱，觉得梁山好汉个个好样的，却不曾留意其中一个“反面人物”竟是沁源人：

且说田虎是威胜州沁源县一个猎户，有膂力，熟武艺，专一交结恶少。本村万山环列，易于啃聚。又值水旱频仍，民穷财尽，人心思乱。田虎乘机纠集亡命，捏造妖言，煽惑愚民。初时掳掠些财物，后来侵州夺县，官兵不敢当其锋。……当时也有几个军官，引了些兵马，前去追剿田虎，哪里敢上前，只是尾其后，东奔西逐，虚张声势，甚至杀良冒功。百姓愈加怨恨，反去从贼，以避官兵。所以被他占去了五州五十六县。那五州：一是威胜，即今时沁州；二是汾阳，即今时汾州；三是昭德，即今时潞安；四是晋宁，即今时平阳；五是盖州，即今时泽州。那五十六县，都是这五州管下的属县。田虎就汾阳起造宫殿，伪设文武官僚，内相外将，独霸一方，称为晋王。

我问老邓，活凤人也把田虎当贼看吗？

老邓笑一笑，你觉得会有人把祖上当贼吗？

我说，那就是英雄了？

老邓说，当然。

连日奔波，很是辛苦，心中总是惴惴。可相处下来，老邓并无不快，我心稍安。或因都是年过半百的人吧，于人于事不再纠结，所谓寄情山水，仅是换一种活法而已。不过，老邓的山水是老邓的山水，我的山水是我的山水，虽然不知不觉中老邓在变，我也在变。但我知道，我俩谁都可以融入自己的山水，却谁也不可能把对方同化。

活凤从前“万山环列”，如今道路打通，放眼望去，一马平川，施耐庵若再写田虎，还会说“易于啸聚”吗？官（滩）吉（庆）公路穿村而过，站在村中环顾，群山绵延但不险峻。老邓指着北山最高处说，那儿是主峰，东西两翼山梁倾斜，叫凤凰双展翅。又指着南山西侧一平地说，那儿叫凤凰台，是凤凰休憩的地方。我“呵呵”一声问，活凤是凤凰在此生活的地方，还是凤凰在此活下来的地方？老邓笑而不答。

路南有一大院，院东北角建一亭阁，亭阁下立一古榆根雕，乍看状若龟驮蟾蜍，腰间缠一锁链，锁链之上伏一物，状似虎啸。仔细端详，局部若龙，若猫，若鸭，若鸟站枝头，根间嵌有数块片石，名曰“根包石”。院南青砖瓦房9间，檐下悬挂一排红灯笼，还以为是村委会，却是活凤乡村记忆馆，名“活凤列志”。老邓说沁源村村都有乡村记忆馆，却没想到这座记忆馆如此讲究。推门而入，有头盔、水壶、挎包、军刀、军帽、草鞋，有纺车、独轮车、石碾、水井、斗、筐、篮、簸箕，还有煤油灯、马灯、汽灯、小学课本、选民证……1000多件老物件裹挟着古旧气息扑面而来，还真能勾起人的乡愁呢！馆内分历史文化区、红色文化区、活凤往事区、农耕文化区，墙上张挂一张旧地图，由北而南，依次作了标示：算盘沟——平遥县抗日政府驻地；涧崖底——刘少奇回延安途经太岳驻地；景凤——著名的天神山战斗战场；紫红——粉碎日军铁壁合围主战场；梭村——沁县抗日政府驻地；定阳——太岳军区兵工厂驻址；东阳城——沁源县抗日政府驻地……地图正中是活凤，标示为决死一纵队第三次干部会议会址。

1937年8月1日，山西军政训练班、民训团及国民兵军官教导团第8团、第9团各300余名学员，自愿报名组建了山西青年抗战决死队。薄一波任政治委员，牛佩琮任政治主任，杜春沂任总队长。

1937年11月8日，以山西青年抗战决死队为基石，决死一纵队在沁县仁胜村宣告成立。薄一波任政治委员兼纵队长。八路军总部“石拐会议”规定，决死一纵队驻防太岳区，活动范围为以沁县为中心的第三行政区所属16个县。

1938年3月19日，日军入侵吉县，第二战区司令长官阎锡山率部从吉县小船窝渡口西渡黄河逃到陕西宜川县圪针滩。3月21日，阎锡山率部抵达壶口西岸桑柏村，驻扎休整，并决定将宜川县秋林镇作为第二战区后方基地，将吉县壶口南坡村作为第二战区前敌指挥部。

1938年5月，日军撤离吉县，阎锡山率部东渡黄河，在吉县管涔山一带活动。12月，日军卷土重来，再度占领吉县，阎锡山下令第二战区司令长官部、省政府各厅处以及所属机关人员全部西渡黄河，转移到秋林镇，自己则带着亲信和家眷躲避在乡宁县五龙宫村。

1939年3月25日至4月22日，阎锡山在秋林举行第二战区军政民高级干部会议，呼应国民党五届五中全会召开。薄一波等牺盟会、决死队主要领导参加了会议。会议主要内容是取消新军政治委员制度，把新军统一于旧军，取消由中国共产党控制的战地动员委员会，限制牺盟会的活动。秋林会议成为阎锡山由联共抗日转向积极反共的转折点。

从秋林回到沁县后，薄一波将司令部一部分转移到紫红、活凤一带。活凤山深林密，四面距敌较远，便于隐藏，部队大部分时间在此驻扎。这期间，他们还不断收编地方抗日组织，组建起一支50多人的“活凤排”，共同抗日。

1939年6月6日，薄一波召集第三专署干部、牺盟会上党地区特派员及各抗日救国会负责人会议，介绍秋林会议情况。6月11日至12日，薄一波在活凤召开决死一纵队第三次干部大会，史称活凤会议。会上，薄一波作了《现阶段决死队的作用及今后努力的方向》的报告，强调决死队是革命武装，有彻底的革命精神，是山西进步的旗帜。“山西如果没有决死队、牺盟会，黑暗就会出现”。现在是抗战转换关头，统一战线发展关头，决死队是进步和抗战到底的保证。薄一波揭露了阎锡山右转的问题，提出进一步巩固部队的任务。会后，在部队中进行了“政治整军”，政工人员改行代替旧军官。

活凤原在村北崖岸上，近些年村民陆续把房子建在河滩。20世纪，村民建房既不占土地，还远离河道，那代人对土地的珍惜和对河流的敬畏是由衷的。旧村由东向西，石头路、石头墙、石头院次第开来，即便家中的炕，也是石头的。活凤俨然一座石头村，这在当时或是无奈之举，现在却是特色民居。旧村存有旧房10多座、窑洞30多孔，或坡上，或岸上，绿树掩映，参差错落。村中掩藏一沟壑，沟壑沿岸树木葱茏。沿沟岸走向村后，半山腰有一泉水，泉下有一水池，是村民旧时取水的地方。山上红砂石裸露，泉水出于其下，水量不大，但十分清澈。问老邓此泉可是活凤河源头，老邓说，应该算，但并非民国县志所记六源。原路折返，村中一窑楼院高耸，崖壁石砌而上，高约5米，好像一座碉堡。村前是石板路，路北有旗杆院，门当完好，门楼木雕图案损毁，门额字迹模糊，应是当时显赫人家的宅院。西边是古戏台，几近塌毁，活凤会议便在此召开。路南黄泥墙上嵌一牌子，上写“沁源县活凤乡团结社”，时间为1957年6月7日。村西北方向独自一座四合院，紧靠后山，薄一波当年住在此院二楼。村西口是文昌阁，也称文昌楼，阁高10.25米，原为四角三级砖木结构建筑，建于明万历十三年（1585）。旧时阁上悬有“大展宏图”匾额，今俱毁，现在的文昌阁为新建。

出文昌楼，见一条河自北山而下，穿过活凤与崖头间那道沟，越过公路下小桥，直入活凤河。正想要不要去村后看看，电话响了，是李冰。

走哪了？

活凤。

到活凤了？咋不到羊场？

想活捉一对凤凰，送给你啊。话刚出口，突觉这话大不敬，尴尬地看着老邓笑了笑。

近朱者赤。

看见李冰，想起黑山羊。李冰站在羊场门口，肤色黑山羊般健康，头发却花白。健康和沧桑浑然一身，这便是阅历，有时候，人便是世间最好的容器，什么也装得下。

树上喜鹊在叫，羊在院子散步，宋勇笑说是喜羊羊。李冰笑眯眯地迎上来，贵客登门，喜鹊也来凑热闹，美女呢？不是有俩美女吗？我一本正经道，美女司机在北山凤凰展翅，美女向导在南山凤凰台睡觉，她们不想见你。李冰“嘿”一声，羊大为美，美女怎么能嫌弃羊倌呢？我笑道，你有羊美女陪伴，不见她们也罢。李冰拉着我的手端详半天说，没咋变。我说，我不为羊美女操心，咋变？李冰打我一拳，先去视察一下我的羊美女？我说好啊。

羊场占地30亩，羊舍15个，问李冰养了多少只羊，他说1500多只。我说羊丁兴旺嘛，李冰说打发时间，比闲着强吧。第一次近距离看黑山羊，见体态匀称，毛被光亮，双耳前倾，头部呈三角形，像极了神话中的羊图腾。还以为黑山羊与其他山羊差不多，没想到相貌竟如此清奇，不由愣住。

图腾崇拜源于原始宗教万物有灵观和先祖崇拜习俗，指与种族有血缘关系的远亲，一般为动物、植物或其他自然物体。神农氏部落图腾是神牛，先祖神像为牛首人身，司马贞《史记·补三皇本纪》记曰：“炎帝神农氏，姜姓，母曰女登，为少典妃，感神龙而生炎帝，人身牛首，长于姜水，因以为姓。”炎帝姓姜，与羌人一族，《后汉书·西羌传》曰：“西羌之本，出自三苗，姜姓之别也。”姜与羌字体结构皆为羊首人身，只不过，姜为羊首女人。羌人部落是炎帝母系部落，图腾是神羊，先祖神像为羊首人身。炎帝为母亲“感神龙而生”，神龙应为他的父系祖先。早期的龙即夔龙，牛角、牛耳、牛鼻子、牛眼、牛嘴、牛腹、牛腿、牛尾，《山海经·大荒东经》云：“东海中有流波山，入海七千里。其上有兽，状如牛，苍身而无角，一足，出入水则必风雨，其光如日月，其声如雷，其名曰夔。黄帝得之，以其皮为鼓，橛以雷兽之骨，声闻五百里，以威天下。”在上古文化中，牛、羊、龙衍变错综复杂，神农与之皆有关系，其更像诸文化符号的复合体。黑山羊相貌竟与神话中的羊图腾相似，令人意外，沁源人视景凤之羊头山为炎帝之羊头山，此或也是证据之一吧？

我问李冰，能分出公母吗？李冰指着角似镰刀的羊说，那是公羊，又指着角较小且向后上方弯曲的羊说，那是母羊。我又问，沁源黑山羊有什么特别？李冰说，沁源黑山羊食性杂，发育快，肉肌纤维细，肉质嫩，膻味小，蛋白质含量达20%，脂肪仅3%，胆固醇含量是所有肉类中最低的，含10多种氨基酸。我本想问羊文化的，李冰却给了一堆生物学答案，只好摇头道，你的分析化学没白学，都用到羊身上了。老邓这时说，沁源黑山羊的最大好处，你还没说出来呢。李冰愣住，我期待老邓给出新解，宋勇却插话道，吃的是中草药，喝的是矿泉水，拉的是六味地黄丸。

众大笑。

看似玩笑，却也是一解：草非草，水非水，排泄物非排泄物。

走进餐厅，见桌上摆着凉菜、碗筷和酒，却没有热菜。问李冰，什么意思？让我们吃凉的？李冰嘿嘿一笑，哪儿敢，羊肉早备下了，在厨房，你们不到我不能动勺。你们先喝会儿茶，我去厨房炒菜，很快。听到李冰掌勺，我坚持去厨房观赏他的手艺。李冰拗不过，只好答应。宋勇要帮厨，被李冰劝住。

灶台上炖着一锅羊肉，揭开锅盖闻了闻，肉味鲜美。问李冰炖多长时间了，李冰说咱俩通过电话，就炖上了。问总共要炖多长时间，李冰说，小火炖四十分钟，之前先把带骨羊肉斩成核桃大小，冷水下锅，放白萝卜片、料酒，大火烧开，撇去浮沫，捞出，丢掉萝卜片，冲洗干净羊肉，再放回，加料大火烧开，才是小火炖。炖好放盐即可，清炖羊肉，肉汤两吃。李冰说得头头是道，俨然大厨，看来他的厨艺又精进不少。说话间，李冰开始做黄焖羊肉。把羊肉切成大块，冷水下锅，加料酒，焯水，捞出冲洗干净，控干水分。倒油入锅，烧热，放姜片、葱段，放羊肉，炒至断生。加料酒、老抽，翻炒上色，加水至肉淹没。放花椒、小茴香料包，炖熟，放盐，大火收汁，装盘。李冰动作娴熟，边干活边给我讲每道工序要点。黄焖羊肉入盘，又做葱爆羊肉。剁一块羊后腿肉，剔筋去膜，切成3毫米左右薄片，大葱白切滚刀块，倒油入锅，烧热，放花椒，炸出香味，捞出。下姜米、葱白翻炒，葱白变软，下肉片，加料酒，大火急炒至肉片变色，放盐出锅。接着，把一块羊肉剔筋去膜，切成铜钱厚薄，装碗，加姜米、葱末、鸡精、食盐、料酒、花椒水，开始腌制。就绪，李冰边收拾刀具边说，腌制要半小时，腌好加入熟菜籽油拌匀，锁住水分，锅开后下面片，再放腌好的羊肉片，撒香菜，就是水氽羊肉面。我一旁看得垂涎三尺，恨不得立马端起一碗，倒入肚中。

李冰往清炖羊肉中放盐，我一手端一盘黄焖羊肉，一手端一盘葱爆羊肉，冲进餐厅喊，宋勇，开酒，今晚要大快朵颐，不醉不归！

老邓微微一笑，不舍灵龟，观君朵颐，善。

第七章

自在川上

自在川上

绕灵空山北部翻过几座山，看见一座村庄。再翻过几座山，又看见一座村庄。群山之下，绿树当中，宁静，干净，俨然山中寺庙时光，却是人间烟火之地。村中走走，看看，石板间的小草倔强且安详。正是歇晌时候，不打扰任何人，不惊动任何人，偶尔遇到一两个老乡扯一两句闲话，都很友善，未有一丝一毫对陌生人到来的警惕。一切如此安逸，一切如此闲适，似乎一进入灵空山地带，所有村庄便自带几分灵空意味。灵空山周边的村都有民宿，都有饭店，老邓说灵空山镇正在打造康养小镇。其实，这里的康养是与生俱来的，根本无须打造。其实，只要把庭院打扫干净，不破坏，不过度开发，便是天然的康养之地。

“咩……”，羊在叫。

“咩咩咩……”，羊群在叫。

一五，一十，二五，二十，三五，三十……老羊倌不识数，却从来不会数错羊，且能叫出每只羊的名字。又做梦了，很真切，恍惚回到老家。只是老家的羊品种杂，个头也不像沁源黑山羊威猛。

的确，沁源黑山羊是威猛的。我在想怎么把老家的羊变成黑山羊，羊在村后的窑垴上看着我，眼巴巴的样子，直到把我从梦中看醒。听到流水的声音。梦总在纠缠一些看似简单却不可能的事物。

阳光打在炕上，这一觉睡得很踏实。入沁以来即便做梦，也都是天亮时候，且很短，且非噩梦。梦中当然有纠结，但不难受。不熬夜，自然醒，每天虽很累，精神却放松。难得有这样一段乡下时光，难得把自己完全交给山水，难得每天与花儿草儿鸟儿说会儿话。只是再这么跑下去，我担心老邓受不了，虽然老邓恨不得让我把沁源大大小小的地方跑个遍。我也想跑个遍，但要慢慢来，要春风化雨一样来，要雨打荷叶一样来。老邓显然知道我在想什么，他说，先走马观花，喜欢的，再回头来看，看两遍不行，就看三遍、四遍。我颔首一笑。有些地方若要变成文字，恐怕不是看几遍的问题，你得贴近，深呼吸，你得深入其中，出于其外。

譬如沁河源。当然，我说的是沁河主源。

我说，去二郎神沟吧。

老邓说，好。

我说，沿着二郎神沟走一走吧。

老邓说，好。

我说，晚上住到王家湾吧。

老邓说，好。

作家采风团走到王家湾，雪野说什么都不走了，非要住到村里看夕阳西下，非要坐在院子里喝酒，听松涛，睡老乡的炕。接待方说，雪野老师，你只要给王家湾写一首诗，我们管吃管住。雪野高兴得像个孩子，大声说，好，我写一大组。年轻诗人积极响应，可行李放在宾馆，第二天要返回太原。老作家周宗奇、陈为人一直在劝，喜欢就什么时候再来嘛，不要给人家添麻烦啦。雪野依依不舍地离开，路上大家都在说，沁源还真是个来了就不想走的地方。

那天，我记住那个村子，叫王家湾，在二郎神沟入口不远处。

那天，我和老邓去了二郎神沟。后来，我和宋勇去过二郎神沟。那么，我最后写的是哪一个二郎神沟？

他住在峡谷口或某两地分界处。他先天患有耳疾或其他不可知的疾病，无法交流。他知道地下水流的方向，知道怎样从这座山穿越到另一座山。在他的眼里，每座山都是相通的，或者说，他坐在一个巨大的溶洞上面，身下四通八达，岩水叮咚。我清楚看到流水，清楚看到植被，流水都泛着光，植被都披着光。

好像在等人。那个人好像是他的兄长或庇护者，而他并不需要庇护。他出生在峡谷口或某两地分界处，像一个灵异者，知道自然的秘密。当着你的面，他会吃掉你送给他的所有东西。转过身，他只饮露水，只吃花瓣、草茎或树叶。他食物丰富，通晓万物间相互连通的方式。

我采访过他，与他是朋友。我知道他住在某个路口或峡谷出口，却怎么也想不起他的名字。他就站在我的面前，与我说着话，我翻遍采访笔记、手机备忘录和照片，依然想不起他的名字。

想给老邓打个电话问问他是谁，没打。

想给宋勇打个电话问问他是谁，没打。

又是一个梦。

这个梦不是采访途中做的，而是写作途中做的。

我告诉自己，这不是梦，是书中的一个章节。

我遇到一个难题，不知道该怎么回到二郎神沟或登上灵空山。无须隐瞒，是写作时空出现问题，我不知不觉便走进一个逼仄的胡同。我必须做出调整，我不可能、也不能继续按照时间流动顺序去写沁源，更不可能、也不能依照空间排列顺序去写沁源。我必须做出改变，虽然之前所写都是真实的，起码于我是真实的，是我的观察和记录，但我必须从之前的时空里跳出来。

又回到问题的原点：写到的每个地方都不可能只去一次，但大多地方只写过一次。那么，我究竟写的是哪一次？

很显然，是数次观察的叠加，是数次沉思的沉淀。仿佛一个悖论，我必须面对，必须回答，必须自圆其说，否则，我在沁源大地上行走还有何意义？

数次走进。数次穿过。数次折返。数次走走停停，想想看看。数次沉默，数次欲言又止，数次欣喜、欢喜、忘乎所以，又数次继续沉默。但我是自由的，必须且一定是自由的。沁源还是我看到的沁源，而我拥有自由的时间、自由的空间，我随时可以把时间和空间折叠，想什么时候去便什么时候去，想去哪儿便去哪儿。这才是我与沁源的关系，是我走进沁源的最可能路径。

是这个梦把我从越走越窄的胡同里拉出来的，骤然天亮一般，从那一刻开始，我不再也不会继续按部就班地讲述每天行程。原因很简单：当我在一个地方来回行走的时候，时空不再可能是有序的，起码在我的意识里时空已重新排列过。更何况，我还随时准备离开，还随时可能回来。离开的时候，我的意识还在沁源大地上行走；回来的时候，我走过的沁源已是另一个沁源；而秋天只不过是一片最大的栖息地，我和沁源还有冬天、春天和夏天，还有昨天和明天。

披衣而起，写下这个梦，这个写作走到十字路口做的梦。

任何一次好的写作都是一次或无数次缘分的撮合，这个梦无疑是缘分之一。我知道，她可能是日有所思、夜有所梦，但我不会把她简单地归类于此——于写作而言，她是一个真实的存在，一个引领我穿过十字路口的存在。从此，时间和空间再次被折叠，我将自由地在沁源大地上行走。其实，沁源的时空本就是折叠的，或者说，沁源就是折叠的新疆——在此期间，我曾短暂地离开沁源去新疆领取西部文学奖，在哈巴河，我看到的新疆便是铺展开来的沁源！

遇见郑曙林，是在五龙川。

我、老邓和宋勇坐在褐马鸡专家工作站吃午饭，见一人蹀躞而来。个子不高，人精瘦，像南方人，走路身子略向右倾斜，身材与背后的褐马鸡邮局很相称，与邮局背后的南山也很相称。当然，与小院两侧不高不矮的花草也很相称。脖子挂一台相机，右肩挎一台相机，“长枪短炮”齐备，一看就是个摄影人。他突然停在花池前，举起相机朝天上“咔嚓、咔嚓、咔嚓”一阵狂拍，动作敏捷、娴熟，姿势随意、洒脱，阳光打在脸上，眼睛眯缝着，一副很享受的样子。隔着窗户玻璃，我并未听到相机的声音，但他的动作让我相信，“咔嚓、咔嚓、咔嚓”声行云流水，转头向南的刹那，天上定有一物在飞快运动。宋勇见我凝视着窗外不动筷子，也侧身探头过来，不由“噫”了一声，郑主席来了。宋勇起身迎出去，老邓扭头看向窗外说，是老郑。郑主席、老郑，还有郑曙林，耳朵早被这串符号磨起老茧，但老邓几次电话约他，他都说没时间。老邓与他通话时，我扭头看向车窗外，既不说见他，也不说不见他——我不喜欢与陌生人打交道，何况，我隐约觉得他并不想见我。

老邓起身，站在餐厅门口。

我起身，站在原地，望向对面的墙。虽看不清图片下的署名，但我知道那只褐马鸡的摄影者叫舒麟。在沁源，酒店、饭店随处可见褐马鸡图片，所有图片的摄影者都叫舒麟。当然，舒麟不只拍褐马鸡，还拍黑鹳，拍金雕，拍苍鹭，拍鸳鸯，拍赤麻鸭，拍太平鸟，也拍山水、花草和石头。最让人意外的，舒麟还会制作抖音。舒麟者，曙林之谐音也。与郑曙林熟悉后，我调侃他，谁说沁源闭塞？郑主席就很先锋啊，像个“80后”，不，是“90后”。郑曙林嘿嘿着，笑意堆满一张脸，以前我只会拍片子，其他都不会，现在搞观鸟节，不学不行嘛！郑曙林拍鸟有年，近乎痴迷，常被人戏为“不务正业”，自从举办中国山西“绿色沁源·凤舞太岳”观鸟节，郑曙林不但自己光明正大地拍鸟，还把全国各地的观鸟人邀请到沁源来，“不务正业”转为正儿八经的绿色事业。

从那时起，沁源人才知道鸟儿也是绿色资源，才有了保护鸟儿的意识。老邓说。

空气好不好，只有鸟儿知道。宋勇说。

宋勇接过相机，放在沙发上，站在客厅等司机。老邓拉住郑曙林的手，指着我说，赵老师是专门来沁源写绿的，也打算写你的鸟儿。郑曙林连声说不好意思，不好意思，老邓打过好几次电话说你来了，一直抽不出时间来见你。我本想说，有缘，该见时自然会见，可还没等我开口，郑曙林又接着说，这儿有一窝灰脸鵟鹰，一公一母，刚才看见那只公的，飞到南边去了。郑曙林说话声音偏低，语速略快，眼睛眯成一条线，好像在笑。我想，那双眼睛习惯性眯缝起定是长期拍照的缘故，那双眼睛看鸟儿时也定是笑的。

果如老邓所言，郑曙林爱鸟如命，真把沁源的鸟儿当自己的孩子了。刚一见面，郑曙林便提到灰脸鵟鹰，根本不在乎你喜欢不喜欢。那天中午，郑曙林的话题一直未离开鸟儿，感觉一离开鸟儿，他便会陷入沉默，便会精神游移。郑曙林说的鸟儿我大多不熟悉，难免沮丧。郑曙林说鸟儿的时候夹着很多专业术语，我必须得打起精神当个好听众，毕竟，在我的写作计划中，鸟儿也是书的一部分。后来，郑曙林说下午要去灵空山拍褐马鸡，问我去不。我有些心动，可想到老邓已约好下午去第一川，只好婉拒。我不愿爽约，尤其不愿爽农民朋友的约，虽然我不知道老邓让我去第一川干什么。老邓第一次提到第一川时特意强调，本地人喜欢把川比作龙，还说灵空山一带有很多龙的传说。我不明白老邓这番话的用意，心底却暗自揣测，在本地人眼里，第一川像猫尾川、韩洪川、水洞川一样，也是五龙川之一龙甚或第一龙？

没有答应郑曙林去灵空山，却突然对他说，晚上我还回五龙川，住摄影小院。显然，我的话有邀约之意，希望有机会再听他说说鸟儿，讲讲鸟事。郑曙林显然听懂了我的话，他说，本来准备晚上住到灵空山，早上去拍鸟的，看情况吧，晚饭时候也可能过来。郑曙林说到晚上住灵空山时，我差点改变行程，跟着他走。但心可恣意山水，人不能言而无信，不是吗？我微微一笑，既不说晚上让他过来，也不说晚上不用他来，仿佛故友相见，无须顾虑规矩和礼数，更把他不愿见我的不快早早抛到九霄云外。我理解，他并非不愿见我，只是放不下他的鸟儿罢了。

走出工作站，见一只大鸟从南山方向逆光盘旋而来，羽毛边缘镀一层金黄色光泽。鸟儿滑过森林，低空飞行，我问郑曙林，那是鹞子吧？郑曙林说，那就是灰脸鵟鹰，也叫灰面鹞，窝在北山后面的关家山。说罢，郑曙林把相机递给我，说镜头里看得清楚。果然，镜头猛然把鸟儿拉到眼前，色彩从头到脚层次分明：背部羽色为黑棕色，胸部下面为白色，眼睛为黄色，嘴为黑色，跗跖和趾为黄色，爪为角黑色。五个男人站在院子里指点着鸟儿，鸟儿也注意到我们，突然发出一声啸叫，在空中划出一道半弧，径向北边飞去。刹那间，翅翼舒展开来，翱翔之姿自由而矫健，翅膀下和腹部布满黑褐色横斑，鸟身整体也是黑褐色的，越看越像小时候看到的鹞子。直到这时，我才发现鸟爪下似抓似缠着一样东西，便问郑曙林那是什么。郑曙林在“长枪”里看得更清楚，用肯定的口吻说，那是条蜥蜴，灰脸鵟鹰吃野兔、老鼠、蟾蜍、蜈蚣、昆虫，还有蛇，五毒不惧。想象着灰脸鵟鹰嘴里叼着或爪下抓着一条蛇空中飞行，浑身顿时不自在。郑曙林说，灰脸鵟鹰的窝在山中一棵松树上，哪天带你去看看？若不是想到它吃蛇的样子，还真想去开开眼。可一想到蛇，便会想起小时候在玉米地里看到蛇吞吃蛤蟆的样子，浑身便愈发不自在。我没说去，也没说不去。郑曙林并未注意到我的不适，继续道，灰脸鵟鹰很有意思，公的出来觅食，母的看家，公的把觅来的食物嘴递嘴递给母的，母的再去喂小的。小的出壳不到两周，就能一天吃半只兔子、一条蛇或一条蜈蚣，食量惊人。

名为鵟鹰，果然是鸟中狂者。又曰灰脸，还真是铁面无情、五毒不侵呢。

关家山。

造峪。

黑峪。

绕灵空山北部翻过几座山，看见一座村庄。再翻过几座山，又看见一座村庄。群山之下，绿树当中，宁静，干净，俨然山中寺庙时光，却是人间烟火之地。村中走走，看看，石板间的小草倔强且安详。正是歇晌时候，不打扰任何人，不惊动任何人，偶尔遇到一两个老乡扯一两句闲话，都很友善，未有一丝一毫对陌生人到来的警惕。一切如此安逸，一切如此闲适，似乎一进入灵空山地带，所有村庄便自带几分灵空意味。灵空山周边的村都有民宿，都有饭店，老邓说灵空山镇正在打造康养小镇。其实，这里的康养是与生俱来的，根本无须打造。其实，只要把庭院打扫干净，不破坏，不过度开发，便是天然的康养之地。

林间公路——之前，或也是防火通道吧？——穿行，愈显一尘不染。

一户、一院干净容易，一村、一城干净容易，一地方且是县域干净则很难，沁源为何能做到？思来想去，根本之中最根本的，还是习惯。习惯不仅是举止、谈吐、生活中的微小细节，还是地域文化。习惯不仅是个人养成、地域养成，还须是政府养成。所谓社会治理，归根结底便是制定一套好的规则，让全民养成好的习惯。古人崇尚无为而治，其实，无为而治的前提便是好的习惯，好习惯的前提便是规则，包括法律规章，包括乡规民约，包括家风。2017年第一次来灵空山，沁源也很乱、很脏，与周边市县并无差别。如今一到两县交界，便似画出一道黑白分界线，一个干干净净的沁源便与她的山水迤逦而来，道路是干净的，河流是干净的，空气是干净的，阳光是干净的，人及人的精神便也是干净的。是的，一条干干净净的道路铺在眼前，眼前的一切便是干净的。地方亦如人，道路就像一双鞋，头发干干净净，脸干干净净，上衣干干净净，裤子干干净净，如果鞋又脏又破，人的整体形象便会瞬间塌陷。

车在林间公路穿行，我与老邓的对话也风一样，在林间飘来荡去。

沁源的路鸟枪换炮，都不敢认了。

我们走的是太岳1号旅游公路，这条线包括花坡天路、灵空圣境、谷远野径三大板块。2017年前，沁源无高速、无一级公路，国省干线公路超龄服役，农村公路等级低、路况差、隐患多，断头路、瓶颈路随处可见，沟与沟无法循环，乡与村难以连通，沁源人困守山水，几乎与外界隔绝。

沁道之美，在于山水。沁源人现在美了吧？

那是当然。这几年来沁源旅游的人很多，老百姓种地以外，也搞民宿，小日子过得滋润。以前，沁源是政府有钱，煤老板有钱，在煤矿上班的人也有钱，老百姓并不富裕。

政府花钱修路，老百姓搞民宿、搞服务赚钱，这是藏富于民嘛。

沁源这几年最大的变化，就是沁源人都爱沁源，这是不可想象的。沁源人没有经商传统，不好意思说钱，几辈人都这么过来的，观念根深蒂固。现在路通了，大门打开了，老百姓正当合法挣钱，不再觉得丢人，生活习惯也变了。

生活习惯说到底还是一种生活方式，好的旅游开发就是为游客提供一种他们喜欢的生活方式。

是这样的，我们沁源没走景点开发的老路。

景点再好，游客不可能总来，生活方式却可以不断重复。城市人之所以往乡下跑，就是想寻找一种生活方式，如果你能够提供这样的生活方式，他闲的时候、闷的时候、高兴的时候、不高兴的时候，都会呼朋唤友、拖家带口来。沁源天生丽质，如今在资源保护的前提下开发利用，这叫锦上添花。谁说沁源人不会做生意？这是一劳永逸、造福子孙万代的大生意嘛。

老邓嘿嘿一笑，车停在太岳1号旅游公路的起点——第一川。

第一川夏天没蚊子，伏天盖被子。许旭东说。

第一川是小气候，别的地方的豆角、西葫芦六月底就过季了，我们村的豆角、西葫芦七月中旬才上市，要持续到九月中旬。豆角每亩收入6000到8000块，西葫芦每亩收入4000到5000块。之前，我们村主要种土豆，品质好，产量比别的地方高百分之四十，价格比别的地方贵百分之二三十，按说收入不错，可现在错季节种豆角、西葫芦，收入比种土豆足足翻了三番。许旭东说。

第一次听到错季节这个概念，不禁兴趣盎然，便坐到凳子上，与许旭东围炉喝着野生毛尖茶，聊起天。炉子并未生火，茶有股淡淡的草木香。毛尖草学名岩青兰，也称毛健草，宁武管涔山一带盛产，几年前朋友曾送我品尝，不曾想沁源也产此茶。岩青兰是味中草药，以草代茶，解热消炎，主治风热头痛、喉痛咳嗽、外感夹食、胸脘胀满，兼具降脂、扩张血管、改善微循环等功用。每天爬山钻沟，上火难免，喝此茶正好。老邓举起手机拍了张照片，或许在他的记忆里，围炉或坐在炕头拉家常，便是乡下最温馨的时光。宋勇让我坐沙发，我把他轻轻推开。许旭东埋头倒水，装作没看见。许旭东递给我一支烟，我递给他一支烟，相互点着，相视一笑。

许旭东是第一川村党支部书记，出生于1974年。许旭东高高瘦瘦，看上去腰不弯，背不驼，根本不像种地的。许旭东组建了一个农村合作社，有55户村民参加，主要种植错季节蔬菜。错季节与反季节不同，它依然是露天种植，依然是自然生长，但因当地气候独特，蔬菜上市要比其他地方错后一季。所谓物以稀为贵，收益自然好很多。所谓得天独厚，错季节无疑是上天对这片土地的厚爱。今年夏天，许旭东又开始尝试种植菜花、西兰花，效果不错，他打算明年在第一川、猫尾川、黑峪、五龙川、鱼儿泉等几个村大规模推广。种植菜花、西兰花不只省人工，收益更可观，许旭东做过测算，每亩收入保守估计在八千元到一万元之间。

问许旭东什么学校毕业的，他有些不好意思，初中？算初中吧，我就是个地地道道的农民。我调侃道，看得出来，你那时候根本不好好学习，就一天琢磨着怎么挣钱了。许旭东嘿嘿一笑，不说同意，也不说反对。我继续调侃他，你说你一个农民，净在做农科院专家做的事，你让农科院专家吃什么呀？许旭东摸摸脑袋，似乎真的做错了什么。我忍俊不禁，突然问道，你这么精明，肯定发大财了吧？许旭东登时释然，递给我一支烟说，钱是挣过不少，不过，都花了。我点着烟，问他钱都花到哪儿了，许旭东吸一口烟说，做试验也有风险，遭灾了，歉收了，赔了，总不能让大伙均摊吧？我点点头，想有些村民的确挣得起、赔不起，许旭东带头做事，便得带头扛事，这中间肯定有锅磕了碗、瓢碰了盆的事，许旭东都得一肩担起。我递给许旭东一支烟，想这样聊下去或会沉重，便转了话题，问他什么事挣钱最容易。许旭东微微一笑，讲起一件陈年往事，老邓听后很惊讶。

2002年9月，许旭东去庞泉沟旅游，看到老乡在院子里晒蘑菇。许旭东好奇，近前一看，与沁源山上的“狗尿苔”一模一样，可沁源人从来不吃这种东西。许旭东问老乡叫什么，老乡说叫白蘑菇，官名秋银盘。许旭东又问老乡晒出来做什么用，老乡说，卖给饭店啊，白蘑菇价钱好着呢，一斤能卖50块。那时候，沁源最好的松蘑一斤才8块，白蘑菇竟然卖到50块，许旭东吃了一惊。许旭东跟老乡慢慢聊天，问这东西怎么采，怎么晒，几斤晒一斤，什么地方收购，临行还要了联系电话。返回沁源，许旭东在猫儿川下了长途汽车，直奔山里。从前没人采，不去注意它在什么样的环境里生长，谁知进山不久，便见树下一片一片的。就像发现聚宝盆，许旭东很是兴奋，脱下外套满满采了一大包，回到村里便发动村民上山采摘，他负责收购、加工、销售。村民听说“狗尿苔”也能卖钱，感觉天上掉馅饼似的，纷纷进山。那一年动手虽有些晚，许旭东也小赚一万多元，第二年便赚到四五万元，最重要的是，村民农闲时上山捎带些回来，每年也可赚大几千、上万元。后来，沁源人都知道白蘑菇可以吃，可以卖钱。

再后来，外地来沁源收购白蘑菇的人越来越多，本地做白蘑菇生意的人也越来越多，许旭东便洗手转行。

老邓很感慨，真没想到，沁源发现白蘑菇能吃的人竟然是你。

许旭东笑一笑，不卑不亢的样子。

老邓又对我说，你真会采访，我认识他十几年了，也不知道他还干过这样一件功德无量的事。

我也笑一笑，采访是什么？采访就是聊天嘛。

走出许旭东家，见对面倚墙建了一排简易平房，半敞开着，里面摆着餐桌餐椅。很显然，许旭东也开着“农家乐”。见餐桌餐椅都是商场购买的现代产品，我玩笑道，聪明人也有糊涂时候嘛，上山捡几块老松木，做几件木头桌子、木头凳子多好，既省钱，还有品位，人家城里人稀罕的可是原生态。许旭东频频点头，说我马上改，马上改。我笑道，新买的，不浪费？许旭东想也不想便说，不浪费，送给亲戚。我不由瞥他一眼，想还真是个豪爽人，怪不得周边几个村的人都跟着他种菜呢。不过，像他这种性格的人，挣钱快，花钱也快，是天生为他人而活着的。

村中行走，许旭东指着一栋栋房子说这家有民宿，那家有民宿，我心中默算一下，大概有10家。问客人多吗，许旭东说，我们村西与霍州七里峪接壤，南与古县党家山相连，距大运高铁霍州东站15公里，周末来玩的人不少，大多是开车来的。我们计划建3套草原风情蒙古包，到时候你带朋友来吃烧烤啊。我微笑着说声谢谢，老邓指着村后说，第一川是省无线电定向运动协会训练基地，正筹建射击射箭国际训练基地，筹办GPS定向越野赛。我抬眼张望，第一川风平浪静，好似一座避风港，在此飞伞也无问题，何况射击射箭？出村有荷塘，有亭阁，有长廊，阳光好，地势平，怪不得可以错季节种植蔬菜呢！

告别许旭东，驱车返回，十分钟便到五龙川，两地竟如此之近，看来去时绕那一大圈又是老邓的有心之作。途经猫尾川时刚过五点，斜阳正好，琢磨着是否去山上转转，拐弯却听到锣鼓声传来。老邓说，是县剧团送戏下乡，去看看？我说好呀，很久没在村里看戏了。“褐马鸡之乡”的巨型木牌正对面停着一辆中巴，上挂县剧团下乡的横幅。宋勇去停车，我和老邓绕过褐马鸡专家工作站，循声而去。

工作站背后建有小型广场，平地立起“乡村复兴论坛”六个大字，老邓说，去年，沁源峰会工匠论坛就是在这里举办的。西侧是小洞天，松木门扇，松木匾额，院墙上挂满摄影作品，是《人民摄影报》专家小院，晚上我们将在此下榻。北面是一处老建筑，高门大院，大门位于西北角，石砌台阶，砖砌门洞，进去便是戏院。戏正唱得热闹，院子里看戏的人却只有二三十人。我低声问老邓，这里的人不爱看戏？老邓笑一笑，昨天下了场小雨，下午是采蘑菇的最好时候，人都进山了。我“哦”一声，弯腰从侧旁走过，见青石台阶上坐着五六个中老年男子，院子中间坐着七八个中老年妇女，院子东西两侧则是年轻一些的女子和孩子。蓦然闯进一个陌生人，目光都齐刷刷地看向我，好像我是戏中主角似的。我面带微笑，走到台阶跟前，抬头看到一老者嘴里叼着一支烟，左手持一截铝管，右手握一根细铁棍，正为台上演员“伴奏”。我举起手机为老者拍照，老者非常配合，敲得越发起劲，笑得越发灿烂，秋阳落满脸上皱纹，刀刻的皱纹顿时柔和起来。我笑着对老者说，我要把你的照片发到网上，让全世界的人都知道你，你怕不怕？老者拿掉嘴里的烟，笑眯眯地看着我，不怕。这时，我才发现老者的烟并未点着。我掏出烟盒，取出一支夹在老者耳朵上。老者竖起大拇指，很开心，旁边的人扭头看过来，也很开心。回身看向戏台，见布景上画着一只斑斓猛虎，戏台下卧着一条狗，画风似乎不搭，倒也有趣。戏台由五层黄砂条石砌成，不太高，很古朴，与戏台上的布景也不搭，却新旧分明。

我站在原地看戏，村民的目光便也转回戏台。想问是什么剧目，但没有问。趁人不再注意，转身迈上台阶，站在庙门口。庙规模不大，菩萨像色彩艳丽，应是新建的。犹豫着是否进去看看，终于还是转身离去。西房青砖青瓦，墙上挂着“沁源工匠坊”的牌子，想去年工匠论坛，此地定然唱戏般热闹。屋里陈列着系列地方特产，主打产品是沁源小麻油。20世纪，沁源小麻油作坊遍布乡里，农家十有八九懂得如何制作，如今眼见得要失传，又被地方政府抢救回来。沁源小麻油获批非物质文化遗产，工艺采用“水代法”：选用当地优质小麻籽，放入铁锅，柴火烘炒。麻籽炒熟后，经石碾碌压、研磨，制成饼状酱坯，再入锅、加水、文火熬制，利用油轻水重，将油从酱坯中代换至表面，用浅勺撇出，换锅加温精炼，蒸发残余水分，即成。

走出戏院，天色向晚。站在路边看太阳落山，忍不住东西张望。

郑曙林没有出现。

老邓问，给老郑打个电话?

我说，不用，他肯定又被鸟儿绊住了。

站在二楼廊下看太阳越出东山，峰峦上的松树棵棵顶着光，五龙川愈显静谧。想一个人去村里走走，老邓推门而出，说早啊。猜老邓可能比我起得早，只是不想惊动我，便笑一笑说，早啊。老邓问，去转转?我说，去转转。

绕梯而下，卸掉门栓，木门“咿咿呀呀”，仿佛向池塘里投进一块石子，早晨的寂静便裂出一道波纹。

出村沿坡西行，路边有扫帚苗，有灰灰菜，有马齿苋，地里种着油葵，空气

摄影 李卫东

FOLDED TIME AND SPACE

中透着草木清香，却看不到河。我有些奇怪，问老邓河在哪里，老邓说五龙川缺水。我更奇怪了，在沁源，差不多每座村庄都依山傍水，五龙川四面环山，居然缺水？老邓笑一笑，发给我一张截图，是明万历版《沁源县志》：

五龙川　在县西北七十里。

含弘川　在灵空山后，去县六十余里。

苗维川　与五龙川相连。

以上三川俱由东入灵空山峡中，仙桥下出。

地峪川　在县西北七十里。

水屯川　与地峪川相连，俱由西北入灵空山峡蛮桥下出，与前四川相通。

（世传仙师菩萨既住锡于灵空山，五龙王者心窃忌之。阴于五川治水，将令洪水泛溢，逐其去耳。既而大水弥漫，奔流灵空峡中。先师徐取沐巾，略试一蘸，其水即涸。至今五川无水，俗以为仙师蘸干云。）

放大细看，五龙川之外，其余四处地名皆与当今不符，一读恍然：含弘川即韩洪川，苗维川即猫尾川，地峪川即第一川，水屯川即水洞川。不禁莞尔。老邓知我因何发笑，解释道，古地名其实更有韵味，可民间图个读来顺口，写来方便，就以讹传讹，变成如今的样子。我不以为然，说你们沁源人改地名起码比王莽靠谱多了，谷远，幽深，悠远，多美的名字，谷近算什么？小河沟？老邓笑了，新莽时期，王莽至少为八成的郡和近一半的县改过名字，比如把南阳改成前队，把河内改成后队，把颍川改成左队，把弘农改成右队。如此改法，令人喷饭。我调侃道，还不错嘛，前后左右，秩序井然，比谷远改谷近进步多了。老邓也调侃道，王莽同学反义词用得炉火纯青，他把于离改为于合，东昏改为东明，无锡改为有锡，无盐亭改为有盐郡，颠倒功夫一流。我“嘿”一声，王莽就是个偏执狂，远近不分，离合不分，昏明不分，无有不分，把天下搞乱的同时，还把自己搞晕，他的王朝能不短命吗？

走上坡顶，西北森林无际，西南森林无涯，正想问此处离猫尾川有多远，老邓的手机响了，是郑曙林。老邓接电话，我独自前行。一会儿，老邓快走几步跟上来说，老郑八点左右过来，和我们一起去东钟楼。我说好啊，那咱回去等他吧。

中巴还停在原地，褐马鸡邮局即将竣工。从未见过以鸟儿命名的邮局，问老邓怎么运营的，老邓说，这是个主题邮局，传统邮政业务之外，还开发沁源人文风景明信片、邮资封、纪念册，开通网络直播平台，推广沁源绿色农产品。我说，这就是“互联网+”嘛，看来沁源要与国际接轨，谁说你们封闭？老邓嘿嘿一笑，彼一时此一时，我们现在就是开放的大沁源。

邮局斜对面有条小路，绕过小洞天西墙，直通村后。路边野生一蓬西葫芦，叶子绿出水的模样，嫩得令人不忍触碰。沿路北上，见一户人家院子里种着花，山墙下种着油葵，院子无土无尘。一中年男子坐在台阶前用刀片削蘑菇，西边院墙上也晾晒着蘑菇。走过去，见男子面前的簸箕里铺着一层蘑菇，很白，很鲜，很干净，老邓说这就是白蘑菇。蹲下身，捡起一瓣嗅了嗅，有泥土的清新。问男子今年采了多少，他笑一笑说，我不是这儿人。我有些尴尬，还以为你是这家主人呢，你是做蘑菇生意的？男子停下手中的活说，我是剧团的司机，住在这家。我“哦”一声，这是你的副业啊，一年能卖多少钱？男子摆摆手，自己吃，不卖。又说，昨天下午把剧团拉过来，闲着也是闲着，就进山采了一些。问他好采吗，男子说，看运气，我刚进山就遇到一大片，半个小时就采了这些。问路远吗，男子说，不远，步行一小时就到。

女主人闻声而出，请我们进屋。我连忙摆手，大清早打扰您了，不好意思。女主人见我穿一身迷彩服，问道，你是镇干部吧？有些面生，新来的？老邓正要解释，我忙拦住他说，我是来玩的，看见你家的花儿开得好，过来转转。女主人笑呵呵地说，什么花儿不花儿的，我们农村人不讲究这些的。我也笑笑，院子收拾得这么干净，一看就是讲究人家。女主人用围裙擦擦手说，哪里啊，村里家家都这个样子，可有比我讲究的呢。闲聊几句，怕女主人再邀请进屋，赶紧道声谢谢，抽身离开。

出得院来，回房收拾行李，吃早饭。刚放下碗筷，便见一辆车无声驶来，停在工作站院门口，郑曙林到了。我们起身出门，郑曙林在前，我们随后，直奔东钟楼。

守山门的男子一脸胡须，走路姿势极雄壮。宋勇告诉我他叫小毛孩，人如其名。小毛孩见是郑曙林，立即起杆。宋勇探头问他大毛孩呢，他说不在。我问宋勇大毛孩是谁，宋勇说，大毛孩是小毛孩的师父，森林管护员。看着小毛孩硬邦邦的胡须，我在想，大毛孩该不会是传说中的“毛孩”吧？

一进山，车速便慢下来，近乎蜗行。

宋勇摇下两侧车窗，身体俯在方向盘上，耳朵竖起，眼睛盯着路下方的林地，似在寻找什么。我问宋勇找什么，他说褐马鸡。我“哦”一声，也俯身窗外，眼睛盯着路上方的林地。有鸟儿叫，但什么也看不到。有枯树枝落下，林地里静得只有光，没有影。回头看老邓，他也俯身窗外，盯着路下方的林地。转头看前方，郑曙林趴在车窗口，双手抱着相机，眼睛盯着路上方的林地。感觉像鬼子进村，想笑没敢笑出声来。感觉蹑手蹑脚这个成语也可以用到车身上，车此刻便是一个人。寂静触手可及。寂静是藏在万物背后的一只手，静到极致，时空便可以错置，人物便可以互换。深吸一口气，似要把这寂静吸到肺里去。不，是吸到心里，吸到大脑里。闭上眼睛，轻轻呼出一口气，觉得这样的时刻，想或许比看更重要。

今天看不到了。宋勇小声说。

褐马鸡早晨七八点钟下山，下午六七点钟上山。宋勇小声说。

褐马鸡警惕性非常高，一旦感到危险，就会马上改变上下山路线。宋勇小声说。

看褐马鸡，要讲缘分的。老邓笑道。

那天，我们没有看到褐马鸡。

不，那天，仅是我没有看到褐马鸡，郑曙林、宋勇，还有老邓，早把褐马鸡装到脑子里去了。

其实，我也看到了褐马鸡。在东钟楼山顶，郑曙林把他拍的褐马鸡视频发给我，我在手机里听到褐马鸡“咕咕咕”的叫声，清晰而洪亮。

褐马鸡尾巴张开时俨然孔雀，极漂亮。

第八章 东钟楼

東鐘樓

有鸟鸣传来，『啾，啾，啾啾』。声音婉转到心醉，想那鸟儿应该是个可人，可我看不到她们，不知道她们藏在哪儿，长什么模样。转过弯，鸟鸣『叽叽喳喳』，甚是热闹。听声音像麻雀，又觉此地不该有麻雀，心中怅然。正胡思乱想间，突听得山下传来褐马鸡的叫声，『咕咕咕』……『嘎嘎』……『嘶嘶』……竖耳细听，怀疑是否褐马鸡的叫声。竖耳细听，确信就是褐马鸡的叫声。站在原地一动不动，期盼她大摇大摆地出现在公路上，可声音却渐行渐低，渐行渐远。

褐马鸡古称鹖。

春秋师旷《禽经》曰："鹖，毅鸟也。毅不知死。状类鸡，首有冠，性勇于斗，死犹不置，是不知死也。"

三国曹植《赋》序曰："鹖之为禽，猛气，其斗终无胜负，期于必死。"

东汉许慎《说文解字》曰："鹖，鹖鸟也。似雉，出上党。"清段玉裁《说文解字注》亦曰："鹖者，勇雉也，其斗时，一死乃止。"

明张自烈《正字通》曰："鹖，鸟名，色黄黑而褐，首有毛角，有冠，性爱侪党，有被侵者，往赴斗，虽死不置。"

很显然，褐马鸡是猛禽，好斗，不怕死。如此凶悍的鸟儿，怎么就躲着我不见呢？难道因为长得漂亮，它便藏娇大山？

偶尔这样想，不解。

多次去东钟楼找褐马鸡，不遇。

站在钟楼上，奋力撞响大铁钟那一刻，我远远望了一眼圣寿寺。我相信，圣寿寺听到了我撞出的钟声。

我一本正经地问郑曙林，褐马鸡能听到我的钟声吗？

郑曙林一本正经道，能。

我再问，钟声能把它们吓出来吗？

郑曙林答，它们跑得更远了。

老邓在身后“噗嗤”笑出声来。

林中小路寂静似一条蛇，郑曙林举着手机，反复播放褐马鸡“咕咕咕”的叫声，想引褐马鸡出来。看来褐马鸡有集群的习性，否则，郑曙林也不会多此一举。那么，此刻的钟声如果变成褐马鸡的叫声，响彻群山，散布沁源各处的褐马鸡会不会来一个钟楼云集、万鸡朝贺呢？

发呆的瞬间，郑曙林抓拍了一张照片。能想象出自己被定格的样子：背后是黑色的大铁钟，钟的背后是碧波荡漾的山，山腰处是红黄皴染的圣寿寺。也或许，镜头对准的是山巅，我和大铁钟便悬在半空。

我问郑曙林，沁源有多少只褐马鸡？

郑曙林说，3000只左右吧。

我有些不信，有资料说，全山西才3000来只。

郑曙林嘿嘿一笑，那都是老黄历了，沁源这两年褐马鸡越来越多。不只褐马鸡多，其他鸟儿也越来越多。

老邓一旁插话道，去年10月，小太平鸟突然成群结队进入沁源，栖息在灵空山自然保护区、菩提山森林公园一带。到今年2月底，小太平鸟达到一万只，头栗色，尾红色，密密麻麻站在电线上，场面太壮观了。

冬天。白雪皑皑。万只太平鸟翔集沁源，遮天蔽日，那该是怎样一幅景象？我想象不出来。问郑曙林小太平鸟为何会突然光顾沁源，郑曙林说沁源冬天好吃的东西多嘛。又说，小太平鸟以植物果实、种子为主食，秋、冬季食物有卫矛、鼠李，来沁源，主要吃松子、寄生果、沙棘果。这三样东西，沁源的确漫山遍野。想象着小太平鸟落在沙棘林上，竟觉春天般明媚。鸟儿的生活规律与自然契合得如此天然，令人惊叹。又想起褐马鸡，便问，褐马鸡有什么特别的生活规律？

郑曙林微微一笑，白天下山觅食，晚上入林睡觉。

想起楚人鹖冠子。“居深山，以鹖为冠”，何等逍遥。

《鹖冠子·夜行第三》曰：“成功遂事，莫知其状。图弗能载，名弗能举。强为之说曰：芴乎芒乎，中有象乎；芒乎芴乎，中有物乎；窅乎冥乎，中有精乎。”可褐马鸡晚上在睡觉，鹖冠子却言说夜行，是不是徒有鹖冠子之名？

《鹖冠子·环流》又曰：“物极则反，命曰环流。”莫非寻找褐马鸡之旅亦如是？或者说，既然褐马鸡白天出行，我便应该像鹖冠子一样，戴一顶羽毛装饰的帽子，做一个夜行人？突然明白郑曙林为何天不亮便上山。或许在他看来，只有潜行于夜，才可能与褐马鸡在白昼邂逅。

原路返回，又见瞭望塔。四面开窗，三面环廊，倒是观鸟的好地方。很想下车，上去看一看，可想到今日注定与褐马鸡无缘，兴味索然。

鸟儿是动的，不知何时相遇。洞是静的，谁也搬不走。去看盖海洞如何？老邓笑问，似在安慰我。

我无所谓去或不去，点点头，又摇摇头。我摇头时候，老邓正在看手机，并未看到我失落的样子。既来之，则安之，何况，我也不知自己为何摇头。

郑曙林有事离开，又成三人行。

我说，老郑真够忙的。

老邓说，比鸟儿还忙。

宋勇说，你想吧，山里，沟里，河里，都是鸟儿，他能不忙?

我说，其实，老郑最会忙里偷闲。

老邓和宋勇看着我，不解。

我笑一笑，钻到山里，他就是闲人。

老邓明白我的意思，此闲非彼闲。宋勇不明所以，替郑曙林辩解，郑主席钻到山里也闲不住。

行至半山腰，见一工地，正在建民宿。院子坐北朝南，三面环山，倒也清静，想夜宿此处守候褐马鸡最好不过。穿院而过，沿坡直下里许有一开阔地，好像停车场。山中找到偌大一块平地也是难得，或许之前便是一处重要活动场所吧。下车南望，视野开阔，附近却无村庄，心中纳闷。

西侧是黄砂条石台阶，颇有气势。拾级而下，在沟底拐个弯，见一亭阁依山新筑，二层，四角，梁柱皆松木。阁前石砌一水池，泉水从壁上龙形出水口喷吐而出，水量不大却剔透。阁内青砖墙壁，洞门左右各开一窗，外面看似一孔窑洞，入内便是盖海洞。洞口并不狭窄，洞内更宽敞，不禁想起五台山佛母洞。一细流自地上潺潺而出，洞壁并非肺腑状，却似密布的经络。显然，此洞与佛母洞并无太多相似之处。越往深处，越是狭窄，老邓说，沿洞北行，深不可测，洞的那端是五龙池。闻听此言，又觉此洞与佛母洞有几分仿佛，可到底相似在何处，一时也想不明白。问老邓可曾进去过，老邓说以前钻过一回，爬了不远就返回来了。问为什么返回，老邓说，地形太复杂，遇到池水拦路，担心有深渊。我“哦”一声，恍然。自然造物皆透着神秘，佛母洞、盖海洞也不例外。而这神秘便是自然留在人间的谜题，如何解答则是人的事。

老邓举着手机，照向洞深处。洞内曲折，手机手电筒光线弱，什么也看不到。老邓回头对我说，每逢大旱，当地村民都来这儿祈雨，有求必应。小时候，我也见过村民祈雨，祖父是主事者，周边几个村庄联动，场面震动、感动。但我无法确定，那年春天的那场大雨到底是心诚则灵所致，还是久旱必雨之故。

四周打量，想若是我会如何演绎此地之奇异，老邓又搬出万历版《沁源县志》：

> 其洞皆石，深不可测。内有三关，每关隘径尺余，仅容身入。水声冷冷然。乡人遇旱，竭诚入洞取水，匍匐而入。每关俱有志心石，必侧身枵腹方可得进。约二里许，抵后穴，微闻风涛声，再不敢进。得水而出，官民人等在洞口焚香，拜毕，作队步行，齐赞佛，随行即雨，往往多应。如入者稍有异念，关隘即紧辖，不能出入，其神妙如此。昔邑侯高公，亲诣命僧人入洞取水，不三日而甘霖沾足，禾大熟。俗传凡取水，自一关得者风而少雨；二关得者，阴而多云；三关得者，始大雨而周洽，其雨不雷电、不暴淫，神异又如此。以是圣水不可轻得，而得之者未尝不雨也。

读之，情景转换浑似《桃花源记》，文字却远不如陶渊明干净、洗练。内在逻辑很像志异小说，却又不够荒诞。

洞中退出，见侧旁是沟谷，沟谷间有溪流，洞中泉水汇入溪流中，粼粼然南去。问老邓，盖海洞的水从这儿流到哪儿了？老邓说，出山就是柏子河，不过，这条沟里的水都渗漏到山底去了。

渗漏到山底便无迹可寻。无迹可寻便是山底看不见的海。海在山底，山便是盖海之器。沁源人的想象力很特别，这特别的想象力或是大山赋予的吧。想起洞的那端有五龙池，便笑问，五龙池是五龙洗澡的地方，还是五龙饮水的地方？老邓显然听出我的调侃之意，却依然认真道，五龙池也叫五龙潭，《沁源县志》也有记载。略一沉吟，老邓逐字逐句道：

> 周围俱青石崖，宽十余丈。渊停莫测。时出云雾，人每见有龙形出现。遇旱取水，祷之多应。

我一字一句听过，问道，是龙形出现，还是龙出现？

老邓很肯定地说，是龙形出现。

我释然。

如此演绎显然与盖海洞遥相呼应，与五龙川也如出一辙。皇皇县志居然把民间传说记载得如此详尽，可见传说在当地影响力之大。甚或，关于龙之种种传说，在当地人的心目中却是真实的。

再到东钟楼是国庆节，仍与褐马鸡无缘，但见到了大毛孩。

没有小毛孩茂密的胡须，也非我想象中的“野毛孩”。脚大手大，身板结实，憨厚中透着一丝狡黠，一看就是山里长大的。用大毛孩的话说，我就是个跑山的。这个“跑”字野性十足，他林中穿越时，光影似乎也纷纷坠落。

进山前，宋勇给大毛孩打过电话。见到大毛孩时，宋勇告诉我，大毛孩是沁源名人，经常上中央电视台。最后还特意补上一句，大毛孩和我们县委书记是微信好友。于一个护林员而言，这无疑是份特殊待遇，也是个特别荣誉。我逗大毛孩，是你加的书记，还是书记加的你？

大毛孩涨红脸说，是书记加的我，我哪儿敢加书记！

我问他，书记为什么加你微信？

大毛孩说，书记让我发现没见过的动物、鸟儿，就拍成照片、视频发给他。

闻言诧异。

那天离开花坡，行至沟底，还在想蔓上那群粉红胸鹨。秋光潋滟，车像一叶小舟，光中荡漾。真想让这一刻静止下来，光暖暖的，人懒懒的，心款款的。时光如水，水如时光，变作山中一枚红叶也好，把光收入怀中，在风里摇啊摇。我越盯着窗外看，越无心回城，所谓秋色醉人，莫过如此吧。走着走着，突然对宋勇说，去五龙川。宋勇瞪大眼睛看着我，不回城接邓主任了？我笑一笑，让他继续陪外孙女吧，咱明早去东钟楼。宋勇说声好，车拐往红窑上，过鱼儿泉，直奔仁道方向。

顺沟而上，抵近山脚时，看见电线上立着一只大鸟，天高地阔，突兀而出，感觉要把电线压断似的。蓦然想起小太平鸟排立在电线上的场景，众声喧哗和孑然独立同样令人震撼！宋勇显然比我更早发现了那只大鸟，立马指着它说，领导快看，金雕！我探头窗外，金雕似乎听到我俩对话，振翅而起，身长足一米，翼展至少两米，御风飞行，好似滑翔。将至山巅时，金雕又转身盘旋而来，在空中划出一个圆圈，双翅侧举，鹰视大地，仿佛一架黑褐色的滑翔伞。

郑曙林不止一次说到金雕，我却不知是何物，老邓笑一笑，金雕就是鹫，猛禽之王。鹫我还是知道的，想金雕就是金色的鹫，飞行姿势一定比鹫更矫健。乍见却是黑褐色的，显然名实不副，便问宋勇，金雕怎么不是金色的？

宋勇说，金雕头部到脖子中间有一小块金色羽毛，阳光下会反射出金属光泽。

以点带面？我看不到金属光泽，却听到一声啸叫，尖利，粗砺，俨然金属之声，果然当得起王者称号。我突然笑了，问宋勇，金雕咬人不？

宋勇看我一眼，或觉得我的问题可笑吧。顿一下，宋勇说，金雕最爱吃松鼠、蛇、野鸡、狍子、狐狸、山羊，狼看到金雕就像老鼠看到猫。

我“嘿”一声，想起小时候听老人讲的“狼赶猪”的故事：嘴咬住猪脖子，尾巴抽打着猪屁股，狼一溜小跑着，就把猪赶到山上去了。这个场面荒诞得有些不真实。然一物降一物，物物皆互为链条，循环不已。出神间，宋勇讲了另一个故事。有一次和郑主席进山，遇到金雕吃山羊。别看山羊个头大，金雕一翅膀扇过去，山羊立马倒地。金雕的嘴和爪非常锋利，它一只爪抓住山羊脖子，一只爪抓住山羊眼睛，山羊当场失去抵抗力。金雕爆发力强，目光很毒，贴地飞行速度极快，猎物一旦被它盯上，没有一个能逃脱的。猎物搞到手，金雕半张双翅把它盖住，用喙一下一下撕咬它的内脏，大卸八块以后，再把它叼到树上或岩石上，慢慢享用……

场面何其残忍，又何其艺术，莫非这是动物界的庖丁解牛？看到金雕的空中姿势，甚是羡慕。听到金雕捕食的残忍习性，不禁森然。宋勇说二郎神沟的悬崖上有个金雕窝，上次去沁河源，路上看到过。仔细回想，宋勇确曾指着一只大鸟告诉我它是什么，可我并未在意。二郎神沟地势狭窄，鸟儿多，金雕凌空一箭而去，我只看到一个黑点，自然没有留下印象。仁道一带是亚高山草甸，无遮无拦，在如此开阔的地方遇到金雕也是机缘。

说话间，金雕向山那边飞去，空留一个背影，仿佛山底兀立的山楂树。我问宋勇，山南边是哪儿？宋勇说是北来沟，郑主席说北来沟有金钱豹。又是一个凶猛的家伙，只不过，这个家伙是兽，不是禽。

再见郑曙林，便把仁道偶遇金雕的事一五一十讲给他听，郑曙林很是惋惜，你咋不拍下来？我愣怔一下，想，是啊，我为什么不拍下来？郑曙林笑一笑，讲起金雕求偶的故事。冬天天气暖和时，会产生热气流。雌雄金雕顺着气流螺旋而上，向高空盘升，升着升着，雄雕突然跃到雌雕上方，半敛双翼，冲向雌雕，看似攻击，实是求偶。冲击，飞离。冲击，飞离。冲击，飞离。如是多次，雌雕突然翻转身体，背部朝下，腹部朝上，迎雄雕而去，电光火石之间，雌雄双雕四爪相牵，空中盘旋……何为神雕侠侣？何为天作之合？何为独步天下？如此求偶如有神助，《伏羲女娲图》和玄武图顿时在我眼前交替出现，天旋地转，难以置信！我问郑曙林，这是天底下最张扬的求偶方式吧？郑曙林却答非所问，金雕的配对是终生的，除非一只意外死亡，另一只才会弃巢另寻新欢。金雕配对成功后，会筑一个或数个巢，巢与巢之间相距五六千米。通常，一对金雕会有3到9个巢，最多可达12个巢。金雕的巢直径2到3米，高2到5米，重100公斤左右，是最大的鸟巢之一。

人说狡兔三窟，金雕才是最狡猾的。所谓枭雄，大体如此吧。

公路陡峭，视野开阔，感觉像行走在草原上，只不过，脚下这座草原是立起来的。冲上山脊，又像回到花坡，只不过，眼前这道花坡略小、略温暖一些。树少草多，站在山顶回首，群山仿佛臂膀，把仁道环抱在山坳里。山顶长满落叶松、油松和桦树，山坡上却青草萋萋，百花斗艳，好似四个女子环列周遭，个个头戴草帽，身披花裙，婀娜多姿，风情万种。你以为刚猛时，它却柔软。你以为柔软时，它却刚猛。一座村庄竟也深谙仁者之道，看来民间才是最大的道场。

假日。天气晴好。观景台上游客络绎，大多来自霍州七里峪方向。宋勇问要不要下车看看，我摇摇头，不凑热闹，去五龙川。

早上八点半。东钟楼。

一进山门，便告诉宋勇，我要步行上去。宋勇笑一笑，开车跟在身后，距离保持在百米之内。

绕山南行约500步，见路边的辽东栎上横生出五六枝寄生果，果实橙黄，枝上无叶。树上落着几只鸟儿，叫不上名字，个头略比拇指大，鸣声“啾啾”。郑曙林说过，小太平鸟最喜欢吃寄生果，不知此鸟是否小太平鸟，刚想拍下来，它们已“嗖”地飞走，就像几滴露珠倏忽不见。如果郑曙林在，这些鸟儿肯定逃不出他的镜头的。

伫立路边，向太阳升起方向眺望，碧波一坡一坡荡去，远山一峰一峰绵延，山脉与山脉折叠，沟壑若皱褶，且深且长。一沟一乡镇，一乡镇一小世界。从前，沁源的地理分割是山做主，如今道路打通，乡与乡合、村与村并是道路说了算吗？交通不便时，串个门要绕出这座山，钻进那座山，空间距离很近，见面距离却远，沁源人与山的情感定是曲折的。我从不怀疑曲线之美，这是力之源泉，也是美学。但回归生活，曲线却是苦的，这也是现实。看似矛盾，细细想来也不矛盾——没有生活曲线之苦，何来山河曲线之美？所谓苦尽甘来，沁源人便心安理得地活在美之中，这也是一山、一水、一地的修行吧。

凡修行，离不开点化。那么，是谁把沁源沉睡的山水点醒的呢？

半山腰隐约有一片建筑，白墙红瓦，三排，样子不像民房。侧耳能听到鸡鸣，之前应该是座村庄的，只不过，村民都搬到山下去了。被大山关了很久，去山下看看也好。有走的，便有来的，走和来仿佛花开花落，规律而已。想那红墙白瓦或为养鸡场，或为民宿，一样东西废弃，一样东西诞生，也规律而已。本地人远走，外地人趋之若鹜，这是否也是“环流”之一种？

有鸟鸣传来，“啾，啾，啾啾”。声音婉转到心醉，想那鸟儿应该是个可人，可我看不到她们，不知道她们藏在哪儿，长什么模样。转过弯，鸟鸣“叽叽喳喳”，甚是热闹。听声音像麻雀，又觉此地不该有麻雀，心中怅然。正胡思乱想间，突听得山下传来褐马鸡的叫声，“咕咕咕”……“嘎嘎”……“嘶嘶”……竖耳细听，怀疑是否褐马鸡的叫声。竖耳细听，确信就是褐马鸡的叫声。站在原地一动不动，期盼她大摇大摆地出现在公路上，可声音却渐行渐低，渐行渐远。

恍然明白，她已穿过公路，下山觅食去了，我晚到一步！

有些懊悔，如果乘车上山，是否可以与她撞个满怀？

假设毫无意义，那一天的情况是：我听到了褐马鸡的叫声，但未看见她的身影，甚至连片羽毛也没看见！

陡然看见野生动物水源补充点，我突然感到渴。这种渴不单单是生理反应，更可能是心理反应——我嫉妒沁源的鸟儿了！

瞭望塔由原木横搭而成，一层宽，三层窄，二层步梯环绕而上，俨然一座松色松香的塔楼。褐灰的、不规则的鳞状墙上挂着三块牌子，自上而下依次是：瞭望哨/自然观察点；生态读书小吧/生态保护志愿者驿站/专家小镇户外研习基地；护林员值班室。瞭望，观景，读书，工作，生活，一塔多用，沁源人活得真够精致且诗意呢！

走上三层，我对大毛孩说，我听到褐马鸡叫了。

大毛孩微微一笑，去烧水。我站在书架前，见书架上摆着《亚洲鸟类图鉴》《欧洲鸟类》《认识中国植物》《植物不简单》《鸟类的天赋》《青少年必知的动物系列》《探索大自然丛书》《中国生态六讲》《康养小镇》《康养蓝皮书》《遇见恐龙》等几十种图书。抽出《鸟类的天赋》，腰封上写着：

我们曾经忘记钥匙在哪里

乌鸦却能记住5000个贮藏食物的地点

对比如此简单、粗暴，令人哑言，珍妮弗·阿克曼若看到会作何感想？甚或，此即她的本意？珍妮弗·阿克曼被称为科普作家，作品被赞为“以扎实的科学为基础的艺术”。我兀自笑了，何为普及科学？何为非普及科学？

放下书，转身与大毛孩聊天。

大毛孩本名焦建峰，灵空山镇下兴居村人，1974年出生。9岁那年父亲去世，10岁那年母亲去世，跟着哥哥生活。后来姐姐嫁到庄则沟，又跟着姐姐生活。庄则沟只有一户人家，在对面大山里，那时候，大毛孩每天跟着姐夫打猎、刨药材，很小便学会在山中辨别方向和远近。

我端着一杯茶，站在窗前。茶是连翘茶，茶水有炒制过的草木香。我凝视着窗外，突然指着最南边问大毛孩，那儿是什么地方？大毛孩说，是安泽。我的老家与安泽搭界，那么，东南方向便是发鸠山了。又指着西南方向问，那儿是什么地方？大毛孩说，是古县。接着，大毛孩又指着近处说，东边是中峪、城关、李元，北边是韩洪、郭道。我是个地理盲，便问他如何辨别方向，大毛孩指着太阳说，早晨太阳在东，下午太阳在西。我笑了，这个人人皆知，说我不知道的。大毛孩有些不好意思，继续说，也可以根据树来判断，树冠枝叶茂密的地方朝南，树冠枝叶稀疏的地方朝北。还可以根据风的方向来判断，春天是东南风，秋天是南风，冬天是西北风，夏天风向不定。不过，在夏天可以用草做参照，朝南方向草长得浓密，朝北方向草相对稀落。我说，这和树的原理差不多嘛。大毛孩点头说是。我指着东南方向的山梁问，我们离那儿有多远？大毛孩看一眼说，距离山脊看着有一公里，实际走过去在两公里。我说，那就是目视距离乘以2了？大毛孩点头又摇头，可以这样说，实际上要比这个复杂，还得看地形。我瞥他一眼问，你会看地形吗？大毛孩嘿嘿一笑，毫不谦虚，自从2016年当上护林员，我从未放过一次火情，站到瞭望塔上，哪儿有情况我一眼就能看到，还知道冒烟的地方在哪个乡镇。我望向远处，感觉山下每个地方都一个模样，问他如何区别乡镇，大毛孩说，每个乡镇的泥土、石头颜色都不一样，比如景凤土山多，韩洪石头山多，交口、中峪和法中大多是红砂石山，灵空山、李元则青石山、白石山多。我就是迷路了，凭泥土和石头的颜色，也能判断出在哪个乡镇。

你把大毛孩扔到哪个地方，他都不会迷路。听得一声朗笑，转身看去，见郑曙林带着三个陌生男子走上来，个个“长枪短炮”，宋勇跟在最后。难得见郑曙林说话嗓门这么高，我冲他微微一笑，他也冲我微微一笑，边走边说，去年有个学生在山里走丢了，同伴报警，晚上警察不敢进山，就给大毛孩打电话，是大毛孩连夜把他找回来的。说罢，郑曙林走到窗前，拍着大毛孩的肩膀说，灵空山犄角旮旯没有他不熟悉的，这座瞭望塔是这一带的制高点，与各村的村口、沟口、路口、地头、山头值守点，还有交通沿线巡查巡防线，形成一个立体森林防护网，大毛孩就是这张网上最让人放心的眼睛。大毛孩被郑曙林说得不好意思，郑曙林这才想起朋友，转身一一介绍，我一旁一一打量：郭先生冷傲，有文人气；李先生踏实，木讷；赵先生随和，看淡风云。三人年龄与我相仿，应都是沉迷山水之人，装备精良，比郑曙林有过之而无不及。我抱拳与他们打个照面，郑曙林笑眯眯地对我说，他们是梨乡队，来参加观鸟节的，明天一起去芊林背？我说好啊，心想，他们到此也是来找大毛孩的吧？赵先生上前握着大毛孩的手，上下打量一番说，郑主席总提起你，说你对山里的事无所不知。大毛孩不知如何是好，看着郑曙林。郑曙林笑呵呵道，大毛孩本事大着呢，他能闻出蛇的气味，跑山的时候，只要有蛇经过，他马上就能闻出来。赵先生很好奇，问大毛孩打过蛇没有，大毛孩点点头又摇摇头。郑曙林说，以前他见什么打什么，现在什么都不伤害，看见动物受伤还要救护。我低声问大毛孩，蛇的气味是什么样的？大毛孩放松下来，低声说，像鱼死了，鱼腥味加肉烂了的臭味。赵先生显然听到了，举起相机为大毛孩拍了张照片。

一只鸟从窗前飞过，梨乡队三人齐刷刷地冲到窗前。郭先生动作最快，一手拍照，一手打开窗户。

我转身坐下，问大毛孩，褐马鸡怕你不？

大毛孩说，不怕，知道我不会伤害它。又扭头看着郑曙林说，也不怕郑主席。

我看着郑曙林，褐马鸡分得出好坏人？

郑曙林嘿嘿一笑，见到穿迷彩服的，褐马鸡都不跑。

“咔嚓，咔嚓”之后，梨乡队要去山中找褐马鸡，郑曙林邀我同行。我也有此意，便随后跟去。大毛孩悄悄对我说，褐马鸡都下山了，去也白去。我笑一笑，不看褐马鸡，看拍褐马鸡的人。

郑曙林和梨乡队走在前面，两个盯着山上，两个盯着山下，手里抱着相机，随时举起来“咔嚓，咔嚓”几下。我、大毛孩和宋勇跟在后面，边走边让大毛孩继续讲褐马鸡。大毛孩很开心，边说边比划，还不时指着山上某处让我看褐马鸡刨食、做窝留下的痕迹。

露水落下以后，褐马鸡才下山，一路走，一路吃，松子，草根，秋菊的花、籽、根，橡果，蛇，都是褐马鸡的食物，冬天吃沙棘果。褐马鸡翅膀短，不善飞，腿粗壮，能跑，下山时候会滑翔，尾巴上翘，像蓬松的马尾，泛着紫蓝色的光。太阳落山以前，褐马鸡回山，先跳到树上观察一会儿，觉得安全了，就在松树、桦树的树杈上过夜。褐马鸡生活规律，喜欢在林间空地、林边草地上活动，场所相对固定，白天基本都在觅食，中午在树上休息，受惊后就往山上最高处跑，然后滑翔到山谷或对面山坡上，再不回来。12月以后，褐马鸡合群过冬，最小的群十来只，最大的群有四五十只。发情期间，雄鸡打架，争山头，占地盘，昂首伸颈翘尾巴，叫声洪亮，两公里以外都听得见。雄鸡示爱后，雌雄开始追逐，离群交配。褐马鸡领地意识很强，每对占领一个山坡，有同类入侵，雄鸡会拼命驱赶，殴斗，血流不止也不停下来。4月，褐马鸡偎窝下蛋，每窝下蛋4到17颗，一般6到9颗，隔一两天下一颗。蛋壳椭圆，灰褐，以前有人掏褐马鸡蛋，现在没人掏了。5月，母鸡坐窝，孵化期26到27天，雄鸡在附近警戒。6月，小鸡出壳。7月，母鸡带着小鸡避暑，换羽毛。8月，小鸡独立觅食。9月，小鸡长成，开始群居。小鸡怕露水，雨季高湿低温，小鸡死亡率高。孵化期间褐马鸡才做窝，一般在两棵树下面，树把窝挡住，下雨也冲不走。窝很简陋，在洼地里垫上草叶、树叶、草茎和羽毛，有的像只大碗，有的像个长盘子。褐马鸡嗅觉特别灵敏，一旦有人接近过鸟窝，她立马就能嗅出来，就会弃窝逃走。

大毛孩娓娓道来，宋勇调侃道，大毛孩不简单啊，现在说起褐马鸡来，一套一套的，都是专业名词了。

大毛孩有些羞赧，郑主席送给我那么多书，我抽空也得翻翻不是？再说了，每天有人找我，不是带路，就是采访，不能给沁源丢人嘛。说罢，大毛孩转头告诉我，我见过褐马鸡跟野獾打架，根本不怕死，受伤了还往上冲，我把野獾赶走，才把她救下来。

宋勇笑道，大毛孩以前是上访户，爱管闲事。现在除了护林，就是爱鸟。

大毛孩说，要说爱鸟，数郑主席。还有我们书记，也可爱鸟呢。旋即转头对我说，褐马鸡是个好东西。大毛孩莫名其妙感慨一番，竟让我想起《鹖冠子·世贤第十六》：

庞暖曰："王其忘乎？昔伊尹医殷，太公医周武王，百里医秦，申麃医郢，原季医晋，范蠡医越，管仲医齐，而五国霸。其善一也，然道不同数。"

悼襄王曰："愿闻其数。"

暖曰："王独不闻魏文王之问扁鹊耶？曰：'子昆弟三人，其孰最善为医？'扁鹊曰：'长兄最善，中兄次之，扁鹊最为下。'魏文侯曰：'可得闻邪？'扁鹊曰：'长兄于病视神，未有形而除之，故名不出于家。中兄治病，其在毫毛，故名不出于闾。若扁鹊者，镵血脉，投毒药，副肌肤，而名出闻于诸侯。'魏文侯曰：'善。使管子行医术以扁鹊之道，则桓公几能成其霸乎！'凡此者，不病病，治之无名，使之无形。至功之成，其下谓之自然。故良医化之，拙医败之，虽幸不死，创伸股椎。"

悼襄王曰："善，寡人虽不能无创，孰能加秋毫寡人之上哉？"

我等此生，可有可能做个鹖冠子？人与自然，可否行扁鹊之道？

郑曙林回头问我，我们下午去北来沟，你去不？

我说去，便把仁道遇到金雕的事告诉了他。郭先生旁边微微一笑，金雕领地广，一对金雕的控制范围直径在100平方公里。金雕还记仇，你伤害它，它会记住你，报复你。

鱼儿泉吃午饭时，郭先生在手机上整理资料，向观鸟节组委会报告。我凑过去，见有红交嘴雀、红尾水鸲、红胁蓝尾鸲、鹪鹩、黑鸢、大白鹭、树鹨、大嘴乌鸦、黑头䴓、煤山雀、朱雀、灰伯劳、星鸦、雉鸡、普通鸬鹚等，其后注明数量和观察距离。有些鸟儿我不仅没听说过，连名字也不认识，便向郭先生请教。郭先生说到鸟儿俨然郑曙林，我俩很快便热络起来，他还把自己的微信公众号推送给我：飞羽之友。郑曙林一旁说，郭兄拍鸟比我早，网名叫东岳大帝，在摄鸟界名声响亮，获过中国"斯巴鲁"生态保护奖。我点开飞羽之友翻看，图片构图讲究，文字也流畅，想郭先生当年或是个文青。

吃过午饭，他们休息，我与宋勇在村子里闲逛。快到村西口时，宋勇说，相传很早以前，村西南石崖下有一清泉，泉底有两条石鱼，村子便得名鱼儿泉。我看着宋勇笑，宋勇被我笑得不好意思，问，我说错了？我说，没有，你说的句句正确。宋勇很困惑，那你为什么笑？我说，近朱者赤，你和大毛孩跟着老郑、老邓，也都变得一套一套的。宋勇明白过来，很认真地说，其实，郑主席也是跟着我们书记学的，以前他就知道拍鸟儿，现在沁源大环境变了，他是保护鸟儿最积极的。不只他，沁源现在人人都知道保护鸟儿，人人都喜欢鸟儿。我很想告诉宋勇，郑曙林之于鸟儿是一种爱，而非单纯的保护，沁源人之于山水也是一种爱，这种爱老邓体会最深。转念一想，或许在宋勇的词汇库里，喜欢便是爱，爱便是喜欢，便不再言语。

站在村口，问宋勇对面的山叫什么名字，宋勇说，叫南背，林下种了将近4000亩野党参。我很惊讶，野党参？宋勇说，是野党参，仁道、红崖上都在林下种野党参，这一带种了一万四千多亩。说到野党参，我百感交集。20世纪70年代，一到秋后，祖母便把党参晾晒在窗台上，耐心等待参皮皱缩，断根处不流白色乳汁，再到水中冲洗干净，捞出，晾晒，搓揉，晾晒，搓揉，直至干透。到了腊月，祖母回河南修武探亲，随身带十几斤党参，山西、河南两地差价大，够祖母回一趟老家的盘缠。这种事在当时叫“投机倒把”，车上查得很严，罚得也狠，祖母下了长途汽车换火车，下了火车换长途汽车，一路提心吊胆。村中长辈多是河南林县（今林州）逃荒来到山西的，每到农闲，他们也要回老家探亲，也在做同样的事，也都心照不宣。祖母临行前一晚的情景至今历历在目，每每想起心都隐隐作痛。煤油灯下，祖父和祖母坐在炕头，按粗细把党参分成若干小捆，捋直，绑紧，装在包袱里。早上祖母是怎么把党参带走的，路上又是怎么把党参藏在身上的，我睡在梦中，一概不知。祖母走后，祖父每天不停地抽烟，不断地在村口转，直到祖母安然归来，才长出一口气……眼睛突然有点涩，抬头看天，秋阳正好。我对宋勇说，山上看看去。宋勇问，不去看泉了？我说去看野党参。宋勇不解，但还是跟着我上了山。

说是上山，其实很近，爬一道坡便是。山不高，坡度较缓，松树矮而稀疏，南背之名倒也贴切——南山上的背阴处。此地半阴半阳，最适合种植党参，鱼儿泉人很会选地方。斜刺里拐到山坡上，见林下苗坑成一水平线，间距两米左右，坑形圆而平。党参刚出苗，茎细长，叶子卵形、翠绿，若不仔细分辨还以为是柴胡。党参苗期喜阴，长高到15厘米后喜阳，较难伺候：光照不足，生长期长，品质差；水分不足或干旱，成活率低。我对宋勇说，野生党参“狮子盘头菊花心，凤凰摆尾花五星”，大田党参头不及身粗，二者很好辨别。说着，蹲下身，把幼苗从荆丛中分离出来，低头嗅叶子，有淡淡的参味。宋勇见我说起党参头头是道，问，你小时候是不是种过党参？我说，没种过，刨过，老家山上荒地多，我爷爷当生产队长时候，每年都要在坡阴地种党参，为生产队搞点副业。宋勇“哦”一声，似乎不太相信。我说，刨党参要先把党参秧除掉，怕下面藏着蛇。又说，到了明年夏天，等党参秧铺满一地，就满山都是蛇了。宋勇问为什么，我说，蛇喜欢党参的味道。宋勇笑了，那就是蛇山了？我也笑一笑，不，是龙山。

沿坡返回，刚出林地，便见坡底一老者缓步而来。宋勇低声说，王教授来了。山上遇到教授，我很意外，问宋勇他是干什么的，宋勇说，王教授是山西农大的中药材专家，叫王玉庆，退休了。2018年，我们书记“三顾茅庐”把他请到沁源来，指导沁源种中药材。宋勇下山去迎王教授，我打开百度搜“王玉庆”，没有他的个人信息。搜“山西农大王玉庆”，信息铺天盖地而来：沁源出了多个党参大王、苦参大王、黄芩大王、育苗大王，都管王玉庆叫师父，赤石桥乡箭杆村的党参大王孙海峰是王玉庆的得意弟子。王教授到沁源后，很重视培训，从乡镇政府会议室到村委会、农家大院，甚至山上林地，不论冬春，他在什么地方授课，什么地方挤满人。2019年，王教授还帮助沁源制订了“中药材十年发展规划”，提出“药上山、粮还田”的林下中药材发展计划。我敬重在田野里做学问的人，便快步迎上前去打招呼。王教授看我一眼，看宋勇一眼，似在问宋勇我是谁。宋勇赶紧把我介绍给王教授，最后特别强调，赵老师是来沁源写绿的。王教授很高兴，拉着我的手说，沁源是个好地方，我来这儿快三年了，来了就不想走。我问王教授这里的党参可是他指导种的，王教授点点头，是呢，节后县里要组织观摩，我来看看。我玩笑道，我已经替您看过了，长势很好，您放心吧。王教授颔首一笑，放心，放心，在沁源做事，做什么都放心。完了又说，今年雨水充足，成活率在95%以上，奇迹啊。我说，沁源山好水好，不创造奇迹就不对了。您指导他们种了这么多党参，市场行情怎样啊？王教授很自信，市场行情没问题，栽培的鲜品价格5到8元，野生的50到100元，个别长得好的，能卖到一二百元。这组数字让我吃惊，问他沁源种了多少亩党参，王教授说，林下4万亩，家种4万亩，林下主要在韩洪、赤石桥、交口、法中。又问他种了别的中药材吗，王教授说，种了，林下种植有十多种。说着，他扳着手指一板一眼道，黄芩、黄芪、黄精、柴胡、苍术、知母、秦艽、赤芍、白芍、丹参、防风、北乌头、岩青兰、百蕊草、五味子、刺五加、猪苓，还有羊肚菌。王教授记性如此之好，令人讶异。我说，沁源是北药之首，您这是要让沁源重振北药雄风啊。王教授谦逊道，不敢，不敢，老了，能实实在在做点事就开心，沁源是个做事的地方。又说，沁源产的野党参品质好，以前只挖不种，全县每年有五六十人进山挖野党参，每人挖百十来斤，这五六千斤野党参就是沁源的全年产出，太可惜了。我告诉王教授，我小时候挖过党参，也挖过黄芩、黄芪、丹参。王教授微微一笑，那你也是上党人吧？《本草别说》说，“黄耆本出绵上者为良，故名绵黄耆”，绵黄芪只有沁源有，也最道地。

党参的“前世”是上党人参，是五加科古代残留植物、第三纪植物区系代表，适于生长在以柞椴为主的阔叶林以及柞、椴、松间生小灌木的混交林中。许慎《说文解字》曰："人参，药草，出上党。"陶弘景《本草经集注》曰，"人参生上党山谷及辽东"，并说上党人参优于百济、高丽人参。《唐新修本草》《本草衍义》《本草图经》等药书对上党人参功用评价甚高。《壶关县志》记载："考方书，人参种类甚多，唯产上党紫团山者为紫团参，最为上品。"唐宋时期，上党人参风行，至明代，太行山区扩大耕地，滥伐森林，人参失去存活条件，濒于灭绝，东北长白山区便成为人参主产地。李时珍《本草纲目》记曰："上党，今潞州也。民以人参为地方害，不复采取，今所用者皆是辽参。"上党人参退出舞台，人们才用党参代替其功用，故而《本草纲目》只记有人参，没有党参。人参和党参药物性味和功用相似，但党参属桔梗科植物，二者根、叶形态不同，生活习性不一。党参之名首载于吴仪洛《本草从新》："按古本草云：参须上党者佳。今真党参久已难得，肆中所卖党参，种类甚多，皆不堪用。惟防风党参，性味和平足贵。根有狮子盘头者真，硬纹者伪也。"此处所说真党参即五加科人参，清时医家又将形似防风、根有狮子盘头一类独立为新药品，即党参。《植物名实图考》记曰："党参，山西多产。长根至二三尺，蔓生，叶不对节，大如手指，野生者根有白汁，秋开花如沙参，花色青白，土人种之为利。"清光绪《陵川县志》收录县令李桢《种参说》曰：

参产上党。陵居上党之脊，药产有参，前志名而未详。按参根入于土，苗生芦头，瓤长叶小，开花结子。旧时野生不蕃，近有种者。东北乡民于山坡南阴开刨确田，雪前下种，杂麻采子。经冬雪覆，来春参苗并茁，渐畏日燥，有麻菜产其间，枝叶掩护可免曝槁。其苗或缺，随时补植。勤去草蔓，勿扰其生。瓤花经寒而萎，次年复生。每年增一芦头，二三年后，根长成参。先刨大本，留其穉者，陆续刨取，至十余年者愈佳。本新出土，肥润而白，土染变色。收运至家，向日摊晒，宵间众手把握，使坚致有纹，各束成捆，累万累千，于外省药肆会上鬻之，多获倍息。土沃者其参倍大。但种参之坡，久后草木不生耳。

李桢所记人工种植坡参方法，与王教授林下种植党参方法极为相似。我向王教授讨教党参的“前生后世”，正聊得高兴，郑曙林打来电话，只好与王教授惜别。

邂逅王教授，心中高兴，下山途中想起郑曙林说北来沟可美呢，兀自笑出声来。宋勇以为我在笑他，不知所措。我说，我笑老郑呢，在他眼里，你们沁源哪儿哪儿都可美呢。

路相对平坦，车径直开进北来沟。沟岸遍地沙棘、野山楂，坡上满山松树、白桦，即便深秋，依然绿得肆无忌惮。在沁源，这样的景致太过寻常，我也少了初到时的激动。下车沿沟而行，郑曙林和梨乡队边走边拍，与他们同行，我就是个闲人，甚至多余的人。偶尔举起手机拍一两张照片，也与他们不同：他们关注全局，我关心局部；他们的目光更多投到山上，我的目光更多投向河中。若说有何意外的话，便是北来沟水量很大，出乎我的预料。北来沟是沁源与灵石交界地，沟中流水出山后，直奔灵石石膏山天河景区。沟中新建一引水工程，郑曙林说，周边村民吃的都是这条沟里的水。流水清澈，我蹲在岸边洗脸，坐在石头上冲洗鞋上的泥土。郑曙林看着我笑一笑，指着山谷尽头说，一到冬天，山坡接受光热较多，形成一个小“加热炉”，空气温度上升。山谷光照时间短，空气温度基本保持不变，山谷山坡空气冷热对流，形成热力环流，金雕求偶就选在这个季节。我转过头，望向山谷山坡，想象着一对雌雄金雕从谷底盘旋而起，直上云天，顿觉北来沟也是个诞生神迹的地方。起身，过蓄水池，郑曙林又指着对面半山坡说，那儿有金钱豹的窝。问他上去过没有，他说上去过。我说，那我们也去看看？郑曙林坚决反对，还说，今天人多才带你来，如果就你我，肯定不让你来。我明白他的意思，笑一笑问，不让我看金钱豹的窝，还要往前走吗？郑曙林嘿嘿笑着，抬头看天色不早，说也该回了。就地折返，他们依然边走边拍，想今天要回城接老邓，我便与他们一一告辞，先行离开。

将出沟时，阳光斜过西山打在东山金黄色的树丛上，明亮，柔和，西山却沉在暗影中，静如处子。穿行在半明半暗当中，爽心悦目，想河流歌唱着出山也是这般心情吧。沟中钻出的刹那，突见东西山顶辉煌一片，天空骤开，天光乍泄，异常灿烂，仿佛从剧场突然走到舞台中央一般。仅一道弯，感觉便如此强烈，很是诧异。咫尺之间，俨然两个世界，不禁想起走下花坡时那一幕。其实，在秋天的黄昏，驱车随意在沁源大地上行走，都是一种无与伦比的享受。其实，山水之美不在于山水，在于山水之上的时间和空间，在于光影间迷离而隐秘的气息。

第九章 灵空之境

靈空之境

东山门横批『观澜』，联曰：『山鸟不知名利客，野花犹献庙堂香。』这是我最喜欢的一副楹联，其奇崛处不止于意，还在于形，形神兼备，妙不可言。联由仿金文和象形文编撰而成，古朴，典雅，尤其『山鸟』二字，干脆就是山与鸟之状，山之秀、鸟之美尽显其上，却又断断没有物之呆板，栩栩如生间，解得一道生命谜题，抛出一道生命谜题。西山门横批『听松』，联曰：『峰影不随流水去，鹤声犹带夕阳飞。』字体为行书，流畅，洒脱，灵秀，意与境谐，思与境浑，情随境生。东西山门正对山墙上各自雕凿一字，体大如牛，运笔有神，乍看是繁体『感』『应』，仔细辨识，才发现『感』字右侧嵌一『有』字，『应』字左侧嵌一『有』字，意味『有感』『有应』，构思别出心裁。『有感』『有应』分立两墙，对称和谐，拆字者还解其为『心诚有感』『有心则应』。抬脚由东之『观澜』门入，与『感』字打个照面，由西之『听松』门入，与『应』字打个照面，『观澜』则『心诚有感』，『听松』则『有心则应』。

灵空是一朵雪花吧。

大毛孩给我连发几个视频，说发现一大群褐马鸡，有一百来只，我下次去沁源，他一定带我去看。还说灵空山下雪了，来看雪吧。

我便踏着雪花来到大毛孩家门口，接他上东钟楼。

车停在巷口，看到墙上“太岳陆军中学旧址”“太岳中学旧址”的牌子，才想起采风时来过。下兴居是座古村落，2019 年入选第五批中国传统村落名录。沿巷子缓步而入，没想到五串院门外东侧、蔡爱卿旧居前那几堵残墙，居然是大毛孩家的老宅。

五串院始建于清光绪年间，主人叫秦永万，是光绪二十年（1894）武举。关于下兴居村的由来，说法有二。一说明洪武年间迁来一批居民分上下两村居住，取名上新居、下新居。后来沁州秦姓、王陶关姓迁来，遂将“新”改为“兴”，意即兴旺。另一说颇有些传奇色彩，但在灵空山一带也不足为奇。唐末黄巢起义，唐懿宗第四子李侃奉命平息晋阳战乱，中途遁入灵空山为僧，战乱平息后也不回京，其家人仆从皆落脚灵空山周边。李侃之子李忠、秦叔宝后人秦义、王伯当后人王洪为好友，唐亡，他们举家隐居灵空山脚下，修筑庄园，分上下两处，名曰上新居、下新居，后改为上兴居、下兴居，也取兴旺之意。两种说法结局一样，开头不同，窃以为后一种更为可信。明洪武年间大规模移民发生在洪洞大槐树下，皆由山西迁向外省，以沁源的地理位置，元时当无战乱，无战乱便无人口减少，何来移民？若是逃荒来此或说得通，但那时江淮千里无人烟，黄河对岸的人逃荒应向南，而非向北。唐时，李侃在灵空山修行，后人在此开枝散叶再正常不过，秦永万以秦琼后人自居，或非诳言。秦家家境殷实，至大清又得武举殊荣，遂广置田产，筑建五串院。

下兴居保留较好的四合院不少，大多为四梁八柱、木质结构，布局与上党一带古民居大体相似，但也有不同：一层为隔扇门加槛窗，二楼为落地隔扇窗。若是窑楼院，常见并列单孔纵深券洞，也有通长横窑，正面单开门券、窗券，二楼落地隔扇窗直落楼板，无墙砖，采光好。隔扇窗上饰花纹，雕工似江南风格，北方少见。房屋通常较矮较窄，或因木材使用较多，或因冬季风大。

五串院坐西朝东，东西长39米，南北最宽处42米、最窄处30米，在沁源，这几排房屋算高大的。大院由五座四合院前二后三并列组成，院与院前后左右连通，独东北方向缺一角。据村中老人讲，主人原本计划修建前后两进、左右三跨的方方正正六串院，或因资金出现问题，未能如愿。五串院前楼后窑，皆两层，前脸或拱券门窗，或隔扇槛窗。后院正房为砖碹横窑，开券洞做门窗，窑内被分割为若干大间，按常规开间算，计有17间，故也称17间窑楼院。二楼廊檐南北贯通，两端各筑黄砂石阶梯，站在花格护墙前倚檐柱远眺，眼前风情一如江南。

抗日战争时期，17间窑楼曾是太岳陆军中学教室，砖砌座椅，木搭课桌，在当时堪称奢华。中学始建于1942年3月，书桌400余张，课程包括军事、政治和文化，校长为陈赓，主要为部队培养青年干部。决死一纵队38团团长、沁源围困战首任总指挥蔡爱卿住在隔壁院。38团团部和特务连长期驻扎在此，边战斗，边生产，曾创办两间军工作坊，一间叫东铸炉，一间叫西铸炉，专门铸造手榴弹和地雷。那时候，下兴居人人都是战斗员，家家都会造地雷。当然，百姓造的地雷并非铁铸雷，而是以石头和土炸药为原料的石头雷。《石雷歌》当时天下传唱：

一颗石头蛋，中间钻个眼，
先装四两药，再把木橛安，
木橛留个眼，塞上爆发管。

日军多次袭扰下兴居，皆以失败告终。沁源围困战期间，日军烧毁房屋1.2万多间，下兴居仅三户遭殃。1942年2月到1945年5月，决死一纵队25团及医院多次在此驻扎，38团野战医院直到1946年才转移。

接上大毛孩，老邓给郑曙林打电话，约好在东钟楼碰面。

前些日子刚下过一场雪，早晨又飘落几朵雪花，东钟楼便被雪覆盖了。进山不远，我和老邓弃车而行，大毛孩和宋勇开车跟在身后。

之前到东钟楼不下五次，但雪中行走还是第一次。雪地上写满“个”字，两行一组，字与字间距均匀。最有意思的，除了地面裸露处，“个”字几乎不间断，尤其路边雪深地方，字迹清晰，连贯，简直就是一幅儿童画。下车便见“个”字一路上山而去，很是惊奇，老邓说，那是褐马鸡的脚印。我感慨褐马鸡还是书法家，老邓微微一笑。雪地情景似曾相识，不由想起小时候看到老母鸡留在雪地上的脚印，只是记忆太过遥远，乍见竟有些陌生。更诡异的是，虽一再听他们提到褐马鸡，我却从未把褐马鸡和鸡联系在一起，这似乎是个思维盲点，难道因为鸡太过寻常？

在脚印旁行走，在雪地里留下脚印。

其实，我留的并非脚印，而是鞋印。人自从把自己包装起来，离自然便越来越远，所谓接地气，也仅是说说而已。有的人甭说接地气，是否还在呼吸空气都令人生疑。大自然赐给我们所需的一切，我们却在不断筛选、粉碎、过滤，重新组合，任何东西似乎不被加工，便可能是落伍的。自然本是敞开的，我们却过上瓶装生活，当我们在说脚踏实地的时候，其实是“鞋”踏实地，人最擅长自欺欺人。

听到鞋落在雪上的声音，细碎，清脆，宛若枯草折断，只是比枯草折断的声音湿润一些。

目光落在雪地里，雪地光泽柔和，或因早晨飘过几朵雪花吧。其实，早晨的雪花几可忽略，只因雪看上去很干净，光泽便少了些许坚硬。

老邓突然站住，指着路北岸上的林地低声说，有褐马鸡。我抬头看去，只见草叶在动，却什么也看不到。

一只，两只，三只……老邓在数褐马鸡。

我瞪大眼睛，沿着老邓手指方向辨识，终于，我也看到了褐马鸡！或因冬季，林中枯草渐多，褐马鸡灰褐的羽色竟枯草似的，偶见一片暗红才能显露出来。褐马鸡个头比家鸡大，行走姿势从容，透过荆丛空隙，看到她从一棵树走向另一棵树，身形虽隐在黢黑的枝叶间，依然楚楚动人。又一只褐马鸡从坡上走过，我赶紧举起手机连续拍照。路岸有两人高，坡上光线灰暗，又不敢走得太近，只好把手机高高举起盲拍。褐马鸡走走停停，走走停停。看不到她的地方，她停下来。看得见她的地方，她走得很快，眨眼便消失在树林里。

我有些兴奋，终于看见褐马鸡。

我有些怅然，镜头总被枯草遮挡，褐马鸡身影模糊。

这时，郑曙林打来电话，问我们在什么位置。老邓低声说，刚上山，我们看到褐马鸡了，五只，都进山了。

而我，只看到两只！

继续前行，见路下有一棵海棠树，叶子落尽，果实鲜红，甚是扎眼，再被白雪映衬，越显亮丽。将到野生动物补水点时，宋勇打来电话，说他们发现七只褐马鸡。我和老邓立即折返，待到与他们会合，那七只褐马鸡早已杳无踪影。心中惆怅，竟忘记问大毛孩发现的那一大群褐马鸡在什么地方。郑曙林赶到，和他一起来的还有个小伙子，叫郝强，是县总工会宣教部部长、县生态保护职工志愿者服务队队长。我调侃郑曙林，你一个人不务正业也就罢了，还要带着年轻人不务正业？郑曙林摆摆手，不对，不对，这就是正业，沁源生态保护职工志愿者服务队200多人呢。

郑曙林问过褐马鸡出现的地方，笑眯眯道，她们已经进山，今天很难看到了。郑曙林轻描淡写，我却有些兴奋，忍不住把影影绰绰的褐马鸡照发到朋友圈里，当即收获不少鲜花和点赞，还有人问我在哪里。我拿着手机让郑曙林看，郑曙林笑了，你拍的是褐马鸡吗？的确，我拍的褐马鸡与郑曙林拍的褐马鸡仿佛两个品种。我也笑了，反问道，难道只有你拍的褐马鸡是褐马鸡吗？老邓凑过来看一眼，也笑了，此鸡非彼鸡，但都是褐马鸡。

风不大，雪地行走别有风致。边走边聊，目光不时落在坡上山下，或在期许某时某处再与褐马鸡相遇。可经验就是经验，郑曙林“很难看到了”的话还是应验了，我刚兴奋起来的神经又覆在雪地之下。

行至拐弯处，郑曙林说要和郝强进山安装红外摄像头，我的神经登时又被激活，说什么都要跟着去。离开公路，拐上斜坡，郑曙林指着路边两行爪印说，这是豹猫的脚印，跟着褐马鸡进山了。我蹲下身去，见“个”字旁的脚印圆，深，清晰，就像老师在学生的毛笔字旁批注了一串圆圈。我不明白这两种脚印为何一路相随，郑曙林说，豹猫是褐马鸡的天敌，最喜欢跟着褐马鸡的脚印去找褐马鸡的窝。我问，那褐马鸡不是很危险？郑曙林微微一笑，褐马鸡知道豹猫跟着呢，总有办法甩掉它。我“哦”一声，想即便动物，也各有各的风险，各有各的生存之道，上帝还真是关上一扇门，打开一扇窗。这时，大毛孩又指着一串脚印对我说，这是狐狸的脚印，也跟着褐马鸡进山了。想象着褐马鸡前边走，豹猫或狐狸尾随其后的情景，愈觉大自然藏着太多秘密，郑曙林们被这无有穷尽的秘密牵引着，破解一个，出现一个，破解一个，出现一个，人对自然的爱便欲罢不能。事实上，爱是一种隐秘力量，无论谁被击中，都会纯粹。爱还是一种阅历，是岁月和坎坷的叠加，陷落进去，超然出来，人同样会纯粹。此乃生命必由之路，郑曙林、老邓如此，郭先生、李先生、赵先生如此，芸芸众生也如此，甚或鸟儿花儿草儿褐马鸡豹猫狐狸依然如此？记得在芊林背，我安静地站在李先生身后看他拍鸟，或许出于礼节，或许想打破沉默，李先生回头冲我一笑说，山里跑得多了，就不想和人打交道，太累。李先生风轻云淡，我却被重重击打到了。我点头回以微笑，想李先生并非木讷，而是不愿与人说话，他的内心其实很丰富，否则，也不会钻到山里乐而忘返。

进入林中，几乎每行褐马鸡的脚印旁都有一行豹猫或狐狸的脚印，也是怪了。在一缓坡处，郑曙林突然对老邓说，看，金钱豹的蹄印，好像刚经过。老邓弯腰扒拉开蹄印旁的草，仔细端详半天说，是新印子。我一旁打量，蹄印大而深，脚窝里缠着草，草上落着雪，周边凌乱，没有经验的人很难发现。郑曙林扫视一遍周遭，指着岔路口对郝强说，这儿是它的必经之地，在树上装个摄像头吧。郝强答应一声，从包中取出红外摄像头，绑在树身离地1米处，反复调试摄像头角度。郑曙林一旁帮忙，安装就绪又趴在摄像头后观察一阵，起身拍打手上的土说，没有问题。

我站在一旁感觉脚很冷，不时在地上跳几下。

老邓和大毛孩跟着金钱豹的蹄印去了山坡下，半个多小时后返回说，在山下发现野猪。

记不得去过多少回圣寿寺，但有一点可以肯定，我至少从三个方向抵达过。不，是四个方向。2017年第一次到沁源，曾到过圣寿寺，走的是驴友最喜欢的风洞沟，路途最远最难，全长约7公里。随作家采风团到圣寿寺，则是第二次，从东钟楼拾级而下，直落沟底，过普渡桥，面前台阶极陡，几乎呈直立状。国庆节心血来潮，又绕道古县北平镇党家山，从西北方向穿过防火通道直抵寺庙背后，进山有道门洞，铁门紧锁，宋勇说那是员工通道。从东北方向进入灵空山必经九杆旗，这条路最好走，曾上下多次，或雨天，或雪后，或阳光明媚。

2017年到沁源，只去过两个地方——沁河源和灵空山。灵空山太大，准确地讲是圣寿寺，但外地人只知灵空山，不知圣寿寺，或者说，在他们眼中，圣寿寺即灵空山，灵空山即圣寿寺。那时，印象中的沁源仅这两个地方算得上名胜，而我对山有兴趣，对源有兴趣，对寺没有兴趣。选择从风洞沟去圣寿寺是广瑞的主意，我说，爬爬你们沁源的山吧，他便把我带到风洞沟里。

风洞沟景色之美毋庸置疑，路艰难行毋庸置疑，老邓说风洞沟蛇多，可那年一路上并未遇到蛇。并不奇怪，蛇也是秋后的蚂蚱，一入秋便乖巧许多。仅仅过去三年，回想第一次沁源之行，记得一个十里画廊一样的地方，却想不起它的名字。站在东钟楼观景台，老邓指着山底的沟问我是否去过风洞沟，我说没有。只记得情景，不记得名字，多年如此。一进大学的门，我的记忆便变成隐形记忆，不用时忘得一干二净，用时历历在目。我也觉莫名，曾与老邓说过这件事，老邓似乎不信。那天，老邓说风洞沟很美，我问他去过几回，老邓没有直接回答，却把他之前写的《徒步沁源风洞沟》发给我：

穿越松林，顺坡而下，一种日出林见光、绿野金色泄的晨景便展现在眼前。密而高的松树，把天空遮了个严严实实。太阳一出，条条光芒透过林木闪烁着夺目的光辉，让阴沉的林间顿时有了一丝的暖意。阳光穿越林木射到地面，在绿茵和腐叶间形成一束束的光亮。坡上，一种白色的花，如玉蝶飞舞，不断地出现在我们的视野中，散发着兰花般的馨香，在一片绿海中显得分外耀眼。一查形色，方知此花名“太平花”，别称“京山梅花”，它的花期很长，属于一种药物，具有活血化瘀、止痛的功效。不一会，发现一大片长得极为茂盛的草，叶色碧绿形如兰，亭亭玉立在山腰。查知名“吉祥草”，别称“蛇尾七”，也是一种具有润肺止咳、固肾、接骨功效的药物。从唐王祠到沟底短短一段路程，我们就发现了好多种形态各异、叫不上名来的植物。

顺沟踏河卵石而行不久，到了一个极窄的峡谷口，一道青灰色的峭壁赫然立在眼前，此谓“石门”。走近一看，峭壁上竟然凸显出一块，酷似一个昂首欲飞的人形。同行的杨工说，这不用雕刻就是一处非常好的景点。可不，那昂扬微侧的头颅、丰满高挺的胸脯、右臂向后下摆、一脚用力踏地一脚曲弯欲跃的形态，真如“后羿奔月”之状呢！诧异间，毛孩说，你们看，这面像不像个佛像？回身细观，峭壁的一个凹处确如一尊立佛，默默地注视着我们这些不速之客。

沟里的植物种类，不胜枚举。用心的朋友们只要发现没有见过的，都要拍摄下来，考究到底是什么植物，有无利用价值。大家走走停停，停停走走，一路的观赏，一路的拍摄，断断续续拍了十几种。回来在形色上查阅，有白花构环的“琼花”，垂首待风的“铃兰”，紫根白花的“紫草”，明亮璀璨的“一把伞南星”，孤花片叶的“花楸”，天意怜幽的“茶条槭”，砌草茸茸的“商陆”，酸不溜溜的“酸模”，绿意昂扬的“天名精”，美人丛笑的“蓟”，层层叠叠的“藜芦”，只挂不响的“风铃草”，绕节开花的“野芝麻”，叶如羽扇的“升麻”，锯齿一般的“铁线蕨”，形似沙蓬的“问荆”，叶纹似竹的“鹿药”等。途中，我们还发现了生长在腐木上的鲜活灵芝，煞是可爱……

读到“石门”二字，我笑了。读到草儿花儿，我很肯定地对老邓说，我去过风洞沟。老邓看着我，一脸讶异。我说，真的去过，咱俩就是那天晚上认识的。

再后来，你去太原找我喝酒，我来沁源找你喝酒。老邓半信半疑，笑了。

早上8时许，与广瑞和县人大的朋友结伴，自灵空山镇西务村北入风洞沟，方向与老邓所记正好相反。入沟便是前寨门，西高东低，东边崖顶挺拔一株油松，仿佛守护寨门的卫士。过寨门见一堤坝，站在坝上回首，山崖宛若天门对峙，门外秋色流淌，似雾似烟。广瑞说这儿是库区，人民公社时期曾建一座水库，因地质结构属于石灰岩，渗漏严重，水库几废。本该蓄水之地却见百亩草坪，植物稠密，葳蕤，足有一人高。每到雨季，山洪暴发，淤泥堆积，水库功用不再，土地倒是被养肥了，雾柳、牛蒡、商陆、酸模野蛮生长，俨然一片花海。大坝建在两山最狭窄处，高30多米，两侧半山腰各一天然石洞，名曰风洞，风洞沟由此得名。西边风洞悬于绝壁处，除了鸟儿，很少有人爬得上去，鸟儿便在此安心栖息。东边风洞离地较近，早年曾有人带着狗入洞探险，奈何洞内飓风呼啸，入口难觅，正欲返回，狗却挣脱束缚直向幽深处窜去。次日，有村人去洪洞走亲戚，竟看到那条狗，人们据此推断，洞口应在洪洞方向。也仅是推断而已，并无人实地考证，不过，灵空山的水倒是有一部分去了洪洞广胜寺。

沿河谷行走，或见枯草堆积树下，围成一个个小塔，丰草长林被光一照，金黄一片。或见枯树横陈河床，嶙峋，沧桑，不知不觉，不死不生。或见古木盘根错节，根须沿河水走向裸露于地，似在记录流水，也似在记录时光。或见几枝树木斜刺里横空而过，搭起一道凉棚，其下卵石如洗，其上光影婆娑。最有意思的，是一块巨石的缝隙里长着两株楸树，身形瘦弱，却硬生生把缝隙撑开，崩裂。最有意味的，则是一株四五人合抱的老杨树，枝干纹深似壑，却一撇一捺在空中写出一个倒人字来，远远观望，仿佛一条飞龙拔地而起。

黄山归来不看岳，五台归来不看寺，灵空归来不看松。灵空山由九座山峰组成，或虎狮卧地，或鹰飞马奔，或刀劈斧砍，九峰各异，站在哪座山巅都可西眺吕梁，东望太行。之所以改名灵空，一说佛事兴盛，一说山中原有灵空寺。灵空山无山不树，无地不草，无处不花，2019年，它还以林木多样性、原始性、珍稀性、古老性、独特性、地域代表性，森林生物丰富、视觉效果好、林相季节变化显著，森林与地质地貌和谐相融、美学与科学价值并举等理由，入选第二批“中国最美森林”榜单。灵空山中心部分三峰突起，宛如三足鼎倒置，三峰夹峙间风洞沟、草沟、将军墓沟构成“Y”字状，灵空山最美的景色便藏在这个“Y”字里。出第一川，向东径往寺院方向是草沟，长约6公里，沿途峰回路转，一步一景，景景宜人。出五龙川，东南径往寺庙而行，路经将军墓沟，沟中溪流潺湲，涓涓如磬，谷中有百米龙槽、虎潭映月，溪流落差数丈，池水翠屏倒映。沟中有一荒丘，人称将军墓。据传，李侃出家后，唐僖宗派将军白侯到此寻找，李侃拒不归朝，白侯便随之修行，死后安葬于此，故名将军墓沟。也有一说，李侃不归，白侯难以复命，自杀身亡，葬身此地。云盖山上立有白侯神庙，乡人岁岁祭祀。沟中景色以龙槽、虎潭命名，或与此二人有关：李侃为皇子，曰龙；白侯为将，曰虎。

继续前行，地势豁然开朗，从林里三塔崖高耸，被风化的石头一层一层堆砌而上，俨然一座天然书架。不，是藏经阁，石色若泛黄的麻纸，层次分明，顶部和两侧披覆矮小荆丛，三角形状愈显清晰，整体看形似三座石塔，局部打量宛若十数层经书。当然，更是自然留在此地的一幅山水画，时间便是最快意的笔墨。细细想来，自然固然美，其留下的广大空间才最颠倒众生，毕竟，想象便是创造，在山水间，想象力尽可自由驰骋。广瑞说，当地人说三塔崖的主体酷似狮身人面像，轮廓则仿佛两大一小的三角形佛塔。我以为然，也不以为然。与三塔崖相对，面东而立着叠翠峰，绿树、白云、蓝天无疑是叠翠二字最简单也最盛大的写意。

其实，此地最为有名的是三塔崖下那块7立方米大小的不规则正方形石头，上面刻有围棋棋盘，也即传说中的棋盘石。灵空山的很多故事都与此有关，甚或，此石便是沁源龙故事的开端。当地人传言，当年龙母常到灵空山与老和尚对弈，惹恼五龙子，五龙子便作法教山洪暴发。龙母和老和尚爬上山腰躲避，五龙子又施展法力欲将两山合拢，把龙母和老和尚挤死在峡谷之中。龙母大怒，拔下头上金簪支在两山之间，金簪便化为一长石。五龙子忤逆，龙母一掌将其打得四分五裂，脊梁落在寺院之东，龙首落在沁河之南，龙胆、龙尾和棋盘落在风洞沟里。五龙子死，世上便只剩四海龙王。

故事惊心动魄，极具想象力，自然之配合也妙到毫巅——河谷卵石之中，一山石突兀而起，高约20米，势若孤峰，略西倾。峰顶一松兀立，冠盖似伞，松石相合，视之仿佛龙尾斜插于此。龙尾南边不远处两巨石并卧，伤痕累累，谓之龙胆。龙脊位于九杆旗之西，为世上最薄的山梁之一，宽不过尺余，长仅数十步，两侧深渊万丈，石壁如削，龙脊却是一道黄土梁！龙头则现身在几十里外的中峪乡龙头村，沁河由此弯弯曲曲进入安泽县境，最后汇入黄河。

松为尾，石为胆，黄土为脊梁，九曲河流为龙头，四分五裂之状竟也美得如此生动！

过三塔崖是后寨门，半掩半开，此即老邓文中所说“石门”。广瑞说，当地曾流传一句民谚，“打开后寨门，蜜脂二千斤”。旧时石门之上野蜂群集，蜜汁随雨水流浸而出，似乎寨门一开，蜜汁便一倾而泻，望而生津。如今野蜂仍在此筑巢，却比旧时少了太多，石门便也复归石门。

穿过后寨门，地势陡然狭窄，前面隘口东西壁立千仞，绝壁之下潭水碧绿，深不可测。潭水上方河床宽不足1米，高却数丈，可谓“望壁必回头，插翅亦无径”。话虽如此，山中还是有小径的，绕道西山坡林中穿行，越过望壁回头，见河水沿山势而来，东一道弯，西一道弯，弯弯相连，呈连环S状，甚是曲折。仰望山顶，隐约可见舍身崖，山色苍黄，如切如削，若再被斜阳照耀，更显悲壮。即便正午阳光洒下来，也足够生死两茫茫，何况，岩石之苍茫远比流水之苍茫立体，李侃崖边看破红尘，也是得其所哉。前行有一台地，上建唐王祠，老邓一行便是从此进入风洞沟的，只不过，老邓是在6月，满眼都是花儿草儿。而我从这里抵近圣寿寺是在10月，目光所及，秋水涟涟，秋色满溢。

站在唐王祠西望，沿岸绿树铺排而上，既不见泥土，也不见石头。广瑞指着峡谷上凌空飞架的一座桥说，那是仙桥，桥的上方是风洞沟、草沟、将军墓沟交汇处。峡谷深数十丈，下部呈椭圆状，最宽处越3米，上部细长若线，宽不足1米。阳光自峡谷间直落而下，陡添几分迷离，乍看状若长颈水晶瓶，仔细打量又似悬挂千年的巨大水滴——莫非是龙母伤心的眼泪？峡谷上端南北相距近5米，一长石，也即龙母金簪所变之石横跨其间，民间称之天生桥。当然，这是民间演绎，徒增想象罢了。天生桥上又建一单拱石桥，棚式长廊三间，宽3米，结构简洁，桥拱如半月，地势、形制与河北苍岩山虹桥仿佛，却更险峻。

雍正版《沁源县志》记仙桥曰：

在舍身崖西。涧深十余丈，阔一丈五尺。先师菩萨隐此，以长石横亘其上，始通往来。后人建木桥三间，覆于石上。又有峦桥五间，在仙桥西，寺前，跨涧而渡之。

“跨涧”甚妙。“渡之”更妙。

庚子年是“跨涧”之年，也是“渡之”之年。新冠肺炎疫情来袭，年初生活被打乱。困守家中，接到省作协通知，让我写庚子年中医抗疫的故事。自3月始，边采访边写作，至7月中旬，《经络山河》初稿脱手，8月中旬，二稿修订完毕。工作强度可想而知，搁笔打算喘口气、散散心，又接到省作协通知，去沁源采风。

求之不得，寤寐思服。

2017年春节，酒后不慎扭伤左脚踝，10月走沁河源、风洞沟，脚仍感不适。之后，左脚踝每年扭伤一次，活见鬼一样。2020年6月，写作《经络山河》时认识老中医韩宗元。到沁源采风前，韩大夫正为我按摩治疗，效果如何，十八盘无疑是最好的试金石——受伤这几年，我最发愁下台阶，脚腕姿势稍有不对，便只能侧身一阶一阶挪步而下。之后决定到沁源写绿，韩大夫又抓紧时间为我按摩几次，临行前拍拍我的后背说，放心去吧，保证你爬山钻沟没有任何问题。有老中医加持，到沁源的次日便爬上羊头山。登临山顶，想受伤那年第一次到沁源，伤愈后来写沁源，难道这便是我与沁源的缘分？

东钟楼建有观景台，高17米，站在上面眺望圣寿寺，绿树掩映中的红墙让人开朗，庚子年虽不易，我自且灵、且空，我已跨之、渡之。

做事总是美好的。

踏踏实实做完一件事，到山清水秀的地方散散心，何其美哉！

钟声一遍一遍响起，看到同行的作家、诗人朋友玩得开心，更觉岁月静好。其实，疫情来袭时，每天满屏都在感慨从无岁月静好。其实，人这辈子任何时候都可能有不如意，任何时候都不可能事事如意，这关岁月什么事呢？静在人心，好在岁月，人心不古，岁月依然罢了！

钟楼檐挑四角，柱立四方，底坐石鼓，中悬大钟，奋木撞之，钟声若山涧雾岚，飘飘荡荡，弥久不散。与朋友相比，我算沁源的常客，便立在一旁作看客。秋高气爽，站在树下深吸一口气，便觉神怡。有风从脸旁掠过，张目四望，东南为舍身崖，西南为唐王寨，灵空之气绿色一样流淌。当然，这并非我第一次站到东钟楼时的感受。多次登临，或从观景台旁斜插东南，到过舍身崖，或沿林中小路径往西南，去过唐王寨。浸润其间，或崖或寨，或林中孑然漫步，或石阶喧哗而行，静或闹各有其妙，出或入各有本心。

雍正版《沁源县志》记舍身崖曰：

在灵空山十八盘之南。崖高百余丈，石壁如屏，丹青错杂，望之如锦裲，岩有苍松翠柏，蟠结下垂，一邑最奇胜处也。俗传先师菩萨来此，历险路绝，见五人弈棋崖下。师问："路安在？"五人诳之曰："在此。"师即以衣蒙面，一跃而下，五人以棋盘承之，师得无恙。五人者，五龙王也。从此崖石尽赤，与他处异。

民间说法则少了仙气，多了烟火气。

烟火气又何尝不是仙气？

李侃被黄巢军追赶，一路狂奔而来，却见脚下悬崖万丈，插翅难飞。李侃喟然叹曰，天亡我也！遂闭目纵身一跃，耳听得周边风声大作，人却身轻似叶，飘然落地。李侃心神略定，方才睁眼看去，见脚下芳草萋萋，头顶追兵早已杳然。生死一线，恍如一梦。转身打量悬崖，岩石苍黄若书卷，雄浑中透着几分豁然，仿佛天书凌空展开，更似达摩面壁处。李侃在崖南、崖北、崖西远远近近左左右右徘徊，站在任何一个角度观看，崖壁都与自己正面相对，从哪个方向走近崖壁，崖壁都开怀相迎。李侃顿时觉悟，自此遁入空门，一心向佛，不问世事。总之吧，舍身崖乃灵性之地，李侃在此死里逃生也罢，悟道重生还罢，皆是他此生可遇不可求的缘分。

万历版《沁源县志》记唐王寨曰：

> 在灵空山东峡间有一孤峰万仞，四面石壁如削，与众山不相系属。涧下乱石巉岩，人不能步。顶上宽平十余亩，攀蹑而上，石蹬周迴，堪以避兵。寨之东南出有石峡，仅容一轨。两崖相对壁立，盖寨之咽喉也。俗传唐太子避乱至此，时登其上，引领西望，不见长安，怅然太息。时人因名其处为唐王寨焉。

民间演绎与此有别。唐王李世民率大军路经此地，登峰一望，赞不绝口，一曰秀，二曰奇，三曰险，四曰神。遂下令安营扎寨，盘桓数日，饱览风光，方才迟迟离去。百姓闻之以为有趣，便名此峰唐王寨。唐王者，李世民也，名实相副，实至名归。李侃生逢乱世，孤峰之上遥想先祖伟业，感喟礼乐崩坏、民生凋敝，当会生出万千感慨，自此异乡做异客，不回长安。人与地，地与人，冥冥当中自有缘分，无论从哪个角度讲，李侃与灵空山方圆百里皆有不解之缘，所谓此地灵，李侃灵，此地空，李侃空。甚或，李侃也曾寨中结庐而居，月下遥望长安，涕泪泗流。但安营扎寨之事应与他无关，还是归李世民名下或更靠谱，民间逻辑之合理有时甚于县志。

在灵空山，似乎每棵树都有故事，每道沟都有传说。然而，故事或传说却多见于民间，即便县志，也多以民间传说为蓝本，岂不怪哉？一座千年古刹竟不见于正史，难免令人生疑——或是世外桃源，外人不知？或虽非桃源，却极隐蔽，外人不得知？或有什么不可告人之秘密，不可让外人知？

钟楼下是十八盘，与圣寿寺遥相对应，旧时有“不上十八盘，空到灵空山”之说。按光绪版《沁源县志》所记，十八盘与一个名成章、号了凡的高僧有关，而成章姓氏里居不详，康熙年间住锡圣寿禅院，雍正八年（1729）圆寂，生平无从稽考，惟建祠以祀。当地故老传言，旧时，“县之赴灵空也，道经五龙池，由山北至寺。山之前有虎寓焉，人莫敢行。师于寺之东山陡崖辟修曲径，建钟楼于巅。至则击钟，以闻于寺，师出叱虎而去，行人始便径之。险倍于九折，至今呼为‘十八盘’。”师者，成章也。当今再去灵空山，成章的功德已归于一个小和尚。圣寿寺僧众常站在寺院前望东峰兴叹，奈何美景无限，却无路可攀。后来，有个小和尚发现一只老虎常下山饮水，饮罢便逍遥山中。小和尚有心，遂尾随其后，默记下路经的每道隘口，直至东山顶。从此，僧众找到由圣寿寺去往东峰的唯一小路，而香客再到圣寿寺，也常从东峰而下，有时会路遇老虎。山路已险，遇虎更险，遂建钟楼于近山顶处，钟响客来，老虎闻声躲避，僧众闻声相迎。同是十八盘故事，一个讲的是怎样从东山至寺院，一个讲的是怎样从寺院去东山，一如我与老邓所记风洞沟，何者为信？还是清时沁源籍文人段鹏程空灵：

有客至东峰，危楼倚古松。
欲通山寺信，先递数声钟。

总之吧，时光荏苒，虎路变僧路，僧路变众生路，久走路通，久行路变，磨穿岩石，磨平关隘，山路渐无当年之险。及至今日，十八盘几经拓宽，取平，陡立处又盘出几盘，便一跃为三十二盘，台阶达千余。

文朋诗友仨仨俩俩走上十八盘，不，是三十二盘，便盘盘人影晃动。盘山而下，人在石阶之上，却似林中穿行，虽说盘盘有景，景景各异，一盘胜似一盘，一景强似一景，但我最关心的还是左脚踝。一步一个台阶并无问题，可目光总不自觉地落在石阶或路旁花草上，自然冷落了林中景色。下到半山时，在林中捡到一条枯枝，拇指粗细。我知道，我不可能把身体重心托付于它，仅是一种心理安慰而已。

下到沟底，河两岸各有一湾平地，不大，却幽静，逐水而下是风洞沟，逆流而上是仙桥。南岸横卧一古木，女作家们在此岸拍照。北岸有一小吃摊，男作家们在彼岸吃凉粉。我稍作停留，匆匆而过，无意间忽略了路边卖凉粉的女子。一个月后，当郑曙林讲起她的故事，我才知道，我欠她一份敬重。女子叫王秀池，年近五旬，北山人，仙桥下临水摆摊多年。在她身后不远处有一窝褐马鸡，游客散去，她便去喂褐马鸡凉粉，经年累月，不曾中断，褐马鸡见到她不跑不叫。更让人敬佩的是，她从未告诉过游客那里有一窝褐马鸡，更未用褐马鸡招揽过生意，而她摆摊的地方是去东钟楼必经之地，也是风洞沟、草沟、将军墓沟交汇之地，游客来来往往，褐马鸡却在此闹中取静，安然生活多年。

郑曙林知道此事后，常给王秀池送去方便面、玉米圪糁等褐马鸡爱吃的食物。

一个农村妇女竟与一窝褐马鸡相安无事多年，我们沁源人爱鸟已不单是一种习惯，那是爱到骨子里了。讲完王秀池的故事，郑曙林如是作结。

沿河谷西行百十步，见两崖相交，湿滑无路，抬头隐隐看到一线蓝天，此即一线天。

一线天者，洞窟中或两崖间仅可见一缕天光也，尤以两壁夹峙、缝隙处所见蓝天如一线为多。我曾在多地见过此景，譬如峨眉山、华山、黄山、武夷山等。从地质学角度讲，一线天多出现在石灰岩地区，是一种特殊的侵蚀地貌，也有断层的，由两侧岩石上下左右发生位移而形成。灵空山之一线天是前者，其间立一通与宋太祖赵匡胤有关的石碑。民间传说，北宋开宝二年（969），赵匡胤平定北汉，兵败晋阳，被刘继业追击到此，藏身一线天。北汉追兵纵火烧山，千钧一发之际，大雨滂沱，赵匡胤脱险。北宋端拱二年（989），宋太宗赵光义为纪念太祖灵空脱险20周年，御笔赐额“圣寿寺”。此说姑妄听之，正史记载，赵匡胤三下河东，不曾攻下晋阳，也未曾兵败晋阳，或曾途经灵空山，却不可能遇险灵空山。赵光义赐额是真，但赐的是“灵寿寺”，而非“圣寿寺”，更与太祖灵空脱险无关。

一线天介于仙桥、峦桥之间，两桥飞架，天光一线，灵空二字臻至化境，这无疑是灵空山一绝：造一景易，景上再造一景难，更遑论天作之合。峦桥落于山峦之中，飞于山峦之上，当地人常把“峦”读作“蛮”，县志中也偶将“峦桥”写作“蛮桥”。之前，自东南方向到圣寿寺，必经峦桥，后来又建一石桥，叫普渡桥，过桥攀石阶而上，可直达寺门。

路经普渡桥，犹豫片刻，径往峦桥而去。

峦桥始建于明代中期，清嘉庆十三年（1808）重修。桥为单拱，沟通南北，贯连三山。桥长14.5米、宽4米，桥梁高3米、距地13米，桥上木结构建筑为歇山单檐长廊，内顶长17.3米、阔6.3米。下部长廊五间，鼓镜式木雕柱础，木板间柱遮栏，雕花圈口，柱间施栏额。栏头斗拱一斗二升，七铺作双抄单下昂，猪咀形昂头，铺间斗拱假昂内联垂莲柱，耍头呈云形，桥两头转角斗柱与铺间斗拱成雕龙形。昂头为龙头，耍头为象鼻，四檐挑角加插飞。屋脊旋莲花牡丹灰陶脊兽，脊刹装狮，象宝瓶，四角装套兽，风铃垂挂。桥上建筑雕工精细，雄伟。桥基由14根40厘米粗的圆木构成，无一钉一铆，结构科学简单，在现存古建中极为罕见。

桥下溪水东去，青石若冰，若有风铃之声绿树间迎风而起，该是怎样一种空灵呢？

圣寿寺建于一天然石屏之下，石屏名曰半面佛。

第一次到灵空山，便被禅院所选之地震慑。在“四十里林子不见天”的灵空山，居然藏着如此巨壁，堪为神奇，巨壁又神似半面佛，更令人啧啧称奇。据《沁源县志》及碑文记载，圣寿寺创建于唐景福二年（893），旧称铁瓦寺，也称龙王庙。五代后，改称先师禅院。宋仁宗天圣元年（1023）赐额“圣寿”。清顺治年间（1644—1661），僧印祥、印湖、性正、海润募捐重修。康熙三十三年（1694），生员刘昌、李琬，僧江云、成章等整修。嘉庆十二年（1807），绅士张程等重修。民国二十三年（1934）补修。圣寿寺不同于别的禅院，大殿首席供神为先师菩萨李侃，其余为四海龙王。

世上事不可假设，也经不住疑问。密林之中何以藏一巨壁？巨壁之下何以天然一台地？巨壁、台地与周边山水何以浑然如一，青山不改，绿水长流？除了天意如此，还能找到更令人信服的答案吗？所谓物宝天华，有时我们不得不承认，自然的确是最好的设计师，也是最好的建造师。

圣寿寺建筑群背崖临谷，以横轴为序，左右横排五院，殿堂65间，占地面积3010平方米。中大殿为主体建筑，其余院落为南海大士、关帝庙、喜雨亭、藏经楼等。五院各有山门，既相对独立，又互相贯通，布局匠心独具。青金五彩与绿色互为辉映，庄严肃穆中折射着明丽生机，风格尤为显明。

正殿山门东西各一道，尖顶，窗棂靛青，墙体赭红，猛一看似伊斯兰风，细端详又像欧洲风，而石阶和楹联却是中国风，俨然三风齐集，中外合璧。东西山门砖壁上各阴刻一副楹联，堪堪灵空二字正解。东山门横批“观澜”，联曰：“山鸟不知名利客，野花犹献庙堂香。”这是我最喜欢的一副楹联，其奇崛处不止于意，还在于形，形神兼备，妙不可言。联由仿金文和象形文编撰而成，古朴，典雅，尤其“山鸟”二字，干脆就是山与鸟之状，山之秀、鸟之美尽显其上，却又断断没有物之呆板，栩栩如生间，解得一道生命谜题，抛出一道生命谜题。西山门横批“听松”，联曰：“峰影不随流水去，鹤声犹带夕阳飞。”字体为行书，流畅，洒脱，灵秀，意与境谐，思与境浑，情随境生。东西山门正对山墙上各自雕凿一字，体大如牛，运笔有神，乍看是繁体“感”“应”，仔细辨识，才发现“感”字右侧嵌一“有”字，“应”字左侧嵌一“有”字，意味“有感”“有应”，构思别出心裁。“有感”“有应”分立两墙，对称和谐，拆字者还解其为“心诚有感”“有心则应”。抬脚由东之“观澜”门入，与“感”字打个照面，由西之“听松”门入，与“应”字打个照面，“观澜”则“心诚有感”，“听松”则“有心则应”。这对组合意味深长，“未向神佛拜，先觉庙堂灵”，无疑步步玄机。

中大殿建在石砌台座上，为窑楼式古建筑，面宽五间，进深六架椽。殿内为金代遗存减柱造格局，殿内梁架四椽栿上加二椽栿，檐柱加小栿，出廊柱。柱头普柏坊上为一斗二升造斗拱，圆形瓜棱大斗上施双抄双下昂云形拱，铺间斗拱出45度翼形斜拱，昂头为龙头形，耍头为象鼻式。大殿内第三排柱头通枋上所施斗拱如前檐，通枋上至后墙为佛龛暖阁。殿内外共计斗拱三层，大殿上为封山式瓦顶，正脊下左右四条垂脊，施陶质脊兽、狮象宝瓶、角兽套兽等。左右配殿为阁楼式封山顶建筑，进深四架椽，施一斗二升单抄单下昂云形斗拱。南殿为面阔三间的单檐建筑，进深四架椽，单抄双下昂斗拱。东西罗汉堂院、关圣帝君庙均为清代建筑，云形一斗二升斗拱单下昂。

出大殿东侧绕行，殿后半崖处为净身窑石室，沿西侧木梯攀上，与登阁楼一般。梯高32阶、16米，极陡，有“三晋第一木梯”之称。传石室凿于唐末，四方形，高、宽、窄各2米余，由李侃主持建造，工匠为古县金堆村一位老石匠。石室完工不久，李侃在此圆寂。室内原供有先师菩萨“包骨肉身像”，“破四旧”运动中被毁，现供养李侃泥身彩像。内壁存有宋大中祥符三年（1010）摩崖石刻四尊，为北宋石刻珍品。沿石室后攀上，还有一窟，木梯几乎直上直下，望之眩晕。我本恐高，又闻民间传其为“晋升窑”，洞中膜拜可升官发财，心中索然。转头折返而下，脚踏实地，抬眼望去，所谓灵空瑞气、日月精华，当在群山中吧？

寺院最险处非茅庵莫属，庵内供养送子观音。贴崖壁曲阶而上，步步登高，沿山势绕到寺东崖畔有一山门，进得庵中，顶部石隙中岩水渗出，地上溪水涓涓流动，凉意袭人。茅庵仿佛一朵山花绽放在悬崖绝壁上，清新脱俗，一尘不染。倚栏远眺，想住在此处，可朝看西山带露、雾收云升，晚赏夕阳喷火、天煌地辉，当如出世一般。2017年，我曾爬上此庵，沿途战战兢兢，颤颤巍巍，目光不敢朝下看。返回时，我是坐在台阶上一阶一阶挪下去的，目光一直盯着崖壁，似乎目光落在实处，人便在实处。之后再到圣寿寺，我只敢站在崖下抬头望一眼它凌空蹈虚、半掩半露的形貌，怀想当年庵中小坐的出神状，却再无猴子般攀爬其上的奢望。

圣寿寺还有一绝妙处，名“灵空滴翠”，为沁源古八景之一。康熙年间进士、沁源知县汪士鹏曾以此名作诗云：

鸟道盘空入翠微，蓬莱岛屿四山围。

桥横百尺尘难近，树老千年绿尚肥。

石室旦沉云幕幕，天花夜散雨霏霏。

毒龙制后山容静，到此闲游总息机。

显然，汪士鹏仅是借此咏灵空山的，万历版《沁源县志》所记才是“灵空滴翠”胜景：

寺东北石岩下有洞，可容百余人。上有十数碎孔，水点如珠，津津然下滴，色如银，盖所谓乳泉是也。四围苔藓结翠如绣，石气萧萧。虽盛暑之月不能久停，其水散漫流出，惜人不知取而饮之。

今故地虽存，岩洞却风化严重，旧时“津津然”之风致不再。即便我不惧“石气萧萧”，有心取水饮之，奈何“乳泉”也不再。

不知到过多少次圣寿寺，逛来逛去，发现走进它的最好方法还是呼吸。对，就是呼吸，坐在院子里，呼吸它游走在一院一门间的气流，呼吸它吐纳在一洞一窟间的气息，呼吸它沉浮在一砖一瓦间的气韵，更呼吸它葱葱郁郁在周边的古生代珍稀树种，譬如分别生于元、明、清、新中国成立初期的“四朝云杉”龙洞杉、茅庵杉、云杉老三、小云杉等，然后对自己说，好，此即灵空。

当然，灵空山最有灵性的，还是油松，譬如八树并列之八大金刚，阴阳相错之哼哈二将，一根三茎之一炉香、三兄弟之三大王、崖畔独秀之招手奇松，以及二仙传道、一佛二菩萨等。而灵空山标志，则非九杆旗莫属。

或自东北方向进入圣寿寺，或告别圣寿寺踏石阶返回，九杆旗所在路口都是行人必经之地。2004年，九杆旗被载入上海大世界吉尼斯纪录，正名为世界最大油松——高45米，根部直径5米，蓄积木材量达40立方米，树龄逾700年。当地人却喜欢称之为油松之王，毕竟王者更具独树成林、傲立天地之气概。九杆旗长在山顶岩崖之中，出土时为一枝，之后，一枝派生三枝，三枝又各派生三枝，三三得九，九枝团抱，扶摇直上，九柱擎天，直插苍穹，又似九面大纛，迎风招展。九杆旗既是一道加法，还是一道乘法，侧面观望，仿佛一团冲天而起的蘑菇云，这云是谜题，也是答案。所谓一生二、二生三、三生无穷，九杆旗便是这样的觉者，知生机何以盎然，朝气为何蓬勃，仁者如何顶天立地。灵空山原叫九顶山，九座山峰和九杆旗可有干系？

某次科考，宋徽宗赵佶出题曰：深山藏古寺。

我笨拙，请告诉我，世上有几多九杆旗？

第十章

芊林背

芊林背

是的，沁源是折叠的，除了花坡等亚高山草甸，行走在沁源的大山间，你可以仰望，可以俯视，唯独不能平视，或者说，当你平视眼前风景的时候，眼前风景便把你遮蔽——大地意味着遮蔽？如果说新疆是平面的，沁源便是立体的；如果说新疆是线性的、漫溢的、属于时间的，沁源便是弯曲的、浓缩的、属于空间的；如果说新疆属于湖泊或地平线，适合饮马，适合驰骋，沁源便属于沟谷或峰巅，适合听风，适合做梦……当然，新疆的世界是时间和空间的，沁源的世界也是时间和空间的，二者的世界都意味着敞开，只不过，又各自在某一方面敞开得更突出些罢了！

距鱼儿泉约500米，路边立一牌子：好地方。第一次看到它，以为是广告牌，老邓却告诉我，这个地方叫好地方，北面那道沟是芊林背。2017年，广瑞反复向我提起芊林背，当时觉得名字怪怪的，还以为是千林呢。老邓如今又说这儿叫好地方，更觉奇怪，好地方也是地名?

在沁源，好多地名都与李世民有关，沁源人对一代圣主可谓情有独钟。好地方的来历几乎是花坡的克隆版，地域文化的惊人相似性或是一种通病，但也因其相似性而更具地域性，这也是一种特有的民间文化传播方式吧。据传，当年李世民率军越沟而行，路越走越窄，越走越看不到尽头，不禁仰天长叹，悔不该踏进如此险境。行至山腰，风冷似铁，伸手即僵，大雪弥漫中一大臣倒仆身亡。李世民伤心至极，欲哭无泪。待到山巅，视野陡然开阔，绿色一望无际，恍若从隆冬来到初春。李世民大喜，脱口赞道：真乃好地方也！从此，李世民带兵走过的那条沟被称为后悔沟，途经的那道梁被称为伤心圪梁，天地骤开的那座山被称为好地方。

太岳林局在此设一林场，名曰好地方林场。

显然，在这个故事里，季节转换之快是不合常理的。这种不合常理或与沁源移步换景之山水相合，在沁源，似乎一山一季节，一沟一风情，时空更替忽忽，若白驹过隙。

第一次走进芊林背，才知道所谓芊林，其实便是落叶松。一名之变，便让人如坠五里云雾，这也是芊林背云腾雾绕、流霞飞烟之一解吧。

芊林背与灵石交界，同七里峪接壤。9月中旬，刚下过一场小雨，驱车从仁道方向而来，路经芊林背时，我想上去看看，宋勇说，昨天下了一场雨，车恐怕上不去。老邓说，树叶现在还绿着呢，再过半个月，芊林背就像打翻了颜料瓶，最漂亮。我对宋勇说，能走到哪儿算哪儿。又对老邓说，先看一眼绿色的芊林背，过半个月，再来看打翻颜料瓶的芊林背。老邓点头答应，宋勇打一把方向盘，拐进山沟。

沿河地势较平坦，只是雨后路面坑坑洼洼，颠簸难行。将要走到沟的尽头时，见路边有一座废弃的平房，应是林场工人居住过的。从平房侧后右拐上山，进入林中土路，坡陡，弯急，路窄，仅容一车通行。宋勇熟练地打着方向盘，冲上一道坡又一道坡，感觉他不看路也知道怎么走。眼前出现一道缓坡，似乎直通山顶，路也越来越好走，宋勇却说过不去。正疑惑间，果见前面一滩泥水，车刚靠近便打滑，宋勇果断刹车，前轮胎差点陷进去。已至半山腰，直接返回心有不甘，便开玩笑说，此地莫非伤心圪梁？老邓笑一笑，下车，陪我步行上山。宋勇原地掉头。

林中空气本就清新，又是雨后，深吸一口如饮晨露。土路中掺有碎石子，踩上去有些硌脚，地面却几乎是干的。站在一急弯处，回头看那片泥潭，地势最平，最低，长不到2米，积有雨水，刚才如果能冲过来，路还是很好走的。可实际上，泥潭看似不深，却十分泥泞，不是经常山中行车的人，很难预先判断出是个“陷阱”。我对老邓说，宋勇很有经验，车技也好。老邓颇为得意，不看谁借来的司机？又说，他跟着老郑在山里转了一年半，闭眼都知道怎么走。想起宋勇打方向盘的动作，连贯，敏捷，似乎本能反应，判断却精准，好像路面上的每处微小变化都了如指掌。我不由感慨，宋勇可以参加越野车大赛。老邓笑一笑说，我们沁源的司机每天都在山里转，个个都是驾车高手。

转过弯去，背对阳光，行不到百米又是一个弯。逆着阳光，缓缓上行，虽不断与老邓说着话，目光却始终落在林中空地——光明、黑暗、阴影交织之地。在海德格尔看来，世界是在“人—在—世界”这样的境遇中开启的，没有独立于主体意识之外的客观世界，也没有在世界之外进行“我思”的主体，即“绝没有一个叫作‘此在’的存在者同另一个叫作‘世界’的存在者‘比肩并列’那样一回事”。世界意味着敞开，大地意味着遮蔽，世界存在于艺术作品中，作品呈现的真理与世界相关。我喜欢海德格尔，觉得他是离老庄哲学最近的西方哲学家。而在老庄看来，林中空地即混沌，何须如此绞尽脑汁？约翰·惠勒说，观察，记录，多么直截了当。霍金说哲学已死，我以为霍金所说的哲学仅指西方认识论哲学，不包括海德格尔，也不包括东方哲学。古老的东方哲学与佛学一样，是大宇宙观的，汉语中的世界一词便源于佛经，世为时间意，界为空间意。《楞严经》卷四云：“何名为众生世界？世为迁流，界为方位。汝今当知，东、西、南、北、东南、西南、东北、西北、上、下为界，过去、未来、现在为世。”在中国传统文化中，世界与人相关，时空维度是对人而言的意义世界，思维模式主客未分。在古希腊语中，世界指自然界整体在其中所示的样子或状态，也指宇宙。但时空到底是什么样的呢？霍金提出一个极具想象力的概念，即时空可以卷曲，可以创造一个时空细管，把两个几乎平坦的、相隔遥远的区域连接起来。霍金把“弯曲”出的空间称作“4度空间”，也即虫洞。霍金举例说，开车直行等于行进在“1度空间”，左转或右转等于加上“2度空间”，行进在曲折蜿蜒的山路上，等于进入“3度空间”，穿越时光隧道则是进入“4度空间”。有了虫洞这个“4度空间”，地球到半人马座的距离将由20万亿英里缩短到几百万英里。霍金相信，虫洞一直存在于我们四周，一直藏在空间与时间的裂缝中，只是虫洞非常非常小，小到肉眼很难看见。万物并非平坦或固体状，贴近观察便会发现一切物体皆有小孔或皱纹，时间也有细微的裂缝、皱纹及空隙。霍金认为宇宙是从“无”中产生的，其观点与老子的“无中生有”惊人一致。而在文艺复兴和启蒙运动之后，“人”开始觉醒，“理性”至高无上，主客二分的思维模式落地生根，世界竟被清晰地分割为主观世界、客观世界。海德格尔拒绝主客相对的二元对立思维模式，意识到了西方哲学的问题所在，世界便成为他追问的原点。海德格尔对世界一词的理解与霍金相似，离东方很近，我很想与老邓说说海德格尔的林中空地，话一出口却是罗伯特·弗罗斯特的《林中路》：

黄色的树林里分出两条路，
可惜我不能同时去涉足，

我在那路口久久伫立，
我向着一条路极目望去，
直到它消失在丛林深处。
但我却选了另外一条路，
它荒草萋萋，十分幽寂，
显得更诱人、更美丽，
虽然在这两条小路上，
都很少留下旅人的足迹，
虽然那天清晨落叶满地，
两条路都未经脚印污染。
呵，留下一条路等改日再见！
但我知道路径延绵无尽头，
恐怕我难以再回返。
也许多少年后在某个地方，
我将轻声叹息把往事回顾，
一片树林里分出两条路，
而我选了人迹更少的一条，
从此决定了我一生的道路。

我说这首诗流传很广，但我不喜欢，老邓很诧异。我弯腰在路边揪了一枚草叶，嘴里咀嚼着说，严格地讲，是不喜欢这首译诗。我不懂外语，无法对原诗做评价，但“语言是存在的家”，译诗把“家”丢了。老邓盯着我，若有所思，我看向林上的天空。其实，天空便是弯曲的时空，唯弯曲才是真相，唯折叠才能接近真相，而众生为何会执著于直线或平面而不能自拔呢？难道直线或平面便是简洁？不，简洁也是弯曲的，就像时间也有皱纹。我兀自笑了，回头对老邓说，原诗的意境应该是林中空地，是混沌的，译者却把它翻译成林中小路，是清晰的，没有光明和黑暗之间的阴影，还能“诗意地栖居”吗？老邓恍然，扭头看向森林深处。

或许听广瑞多次说起芊林背，或许对芊林背心存期许，在我之前的想象中，芊林背竟是平坦的，多么自以为是！不止一次，设想一个人、至多不超过两个人穿越林荫道的样子，设想安静地在林间聆听风声或呼吸的样子，设想凝视一枚叶子落下或一只鸟儿飞起的样子，设想月夜下坐在林地里数星星的样子，设想如果写芊林背，会如何贴近它、融进它甚至与它合二为一，可当我走近芊林背时，才发现它根本不是一块平地或一道从这边穿越到那边的河谷，而是一座山！

芊林背是一座山，不是最合乎常理吗？

所有设想，都建立在我曾经看到的图片上，而图片无一不是局部的。不可否认，图片是眼见之一种，而眼见为实显然是存疑的，因为所谓眼见，无时无地不是局部之所见！

两边大树笔直，挺拔，间距均匀，仿佛列队的士兵昂首向天。太阳升起很高，透过林隙仰望，她永远是刚出生的样子。阳光穿过树林，能够清晰地看到她行走的线路。我盯着光中枝叶，疑疑惑惑地问老邓，这些树长得很像落叶松啊！老邓“噗嗤”一声笑了，芊林就是落叶松，芊林背是人工林。我很惊讶，不只因为它是人工林，还因为它的命名。此后，我查阅1983年版《现代汉语词典》，与“芊”有关的词有：“芊绵”“芊眠”，意为草木茂密繁盛。“芊芊”，释为草木茂盛。查阅2012年版、2016年版《现代汉语词典》，内容基本同上。不出所料，在各种版本的《现代汉语词典》中，既无“芊林”这个词，也无“芊林背”这个地名，芊林果然只属于沁源！

“仰视山巅，肃何芊芊。”芊林或芊林背何以被人忽略如斯？

“语言凭其给存在的初次命名，把存在物导向词语和显现。”海德格尔的话或可让芊林或芊林背感到一丝温暖。

好地方海拔最高2500米，气候寒冷，极端气温低到零下40摄氏度，厚冻土层超过200厘米，正常年份5月中旬才能全部解冻。如果按常规方法造林，要等到冻土层解冻以后，最好的季节就会错过。老邓说。

林场采用“消一层、挖一层”的办法，每天上午用洋镐挖一半，等到冻土消融后再挖一半，解决了冻土层难题。老邓说。

早期，林场主要种油松。20世纪70年代起，林场调整林分结构，在好地方、北来沟、碾台山等地种植落叶松2.9万多亩，郁闭成林1.6万多亩。老邓说。

芊林背山高壑口多，山体多为露绵岩，新中国成立初期只有一处天然落叶松林，600来亩，其余都是荒山荒坡，老百姓叫大漫。改革开放以来，林场更新了大片天然桦树、栎树次生林，郁闭落叶松人工林4万多亩。20世纪末实施天保工程，全面进入保护阶段，才有芊林背今天的林暗草明、花香鸟语。老邓说。

沁源的芊林背是华北最大的落叶松人工林，哈巴河的白桦林是西北最大的天然生长白桦林带。

一个人工，一个天然，一样美。

新疆领奖归来，返回沁源的第一站便是芊林背。不知为什么，走在哈巴河的白桦林里，我一直在想着沁源，想着芊林背，想着芊林背的层林尽染，而直到再次走进芊林背，我才恍然，芊林背其实就是折叠的白桦林！郑曙林一直用他的美篇诱惑我去龙凤峡，从图片上看，那里的石头像极了哈龙沟的花岗岩！

空中俯瞰新疆的时候，我一直在想一部电影——《撒旦的探戈》。

《撒旦的探戈》是匈牙利导演贝拉·塔尔最具野心的作品，长达七个半小时，我是一口气看完的。看到西部，我终于明白我为什么喜欢它，或者说，西部就是一个长镜头，远比贝拉·塔尔的长镜头更为震撼。黑白片、节奏缓慢、非故事性讲述、场面调度强调衰落、退化和形而上特征，以及冲击力极强的特写和单调至极的重复。无疑，这些元素都是贝拉·塔尔的，也是西部的，或者说，贝拉·塔尔的美学视角就像西部，其本身便是无须言说的美学。

行走在西部，行走在胡杨的绝望之美中，自会对一元和多元有更强烈的感受。就好比量子物理学中的"超弦"，所有物质都是一维的弦，组成的世界却是六维的。物理学家称之为量子世界，这个世界事实上便是文学世界——每个个体都是一元的，一元的个体组成的文学世界却是多元的。

一元并非单一，而是类似混沌的独立存在，就像《撒旦的探戈》中超过十分钟的长镜头，镜头前的场景是单一的，镜头下的世界却是混沌的。长镜头之外，贝拉·塔尔还把特写和重复发挥到极致，就像西部强烈的阳光，以清晰照耀混沌，这便是伟大美学的伟大堂奥。令人难以置信，在《撒旦的探戈》中，不断重复的画面和配乐看似单调，却不单调，仿佛钝器，让我们的神经慢慢绷紧，又慢慢崩溃，就像一个人独自在西部大地上行走，多么辽阔，又多么混沌！

这是我的西部印象，也是我对西部的答谢词。

其实，沁源的很多风景都与新疆惊人相似，甚或，沁源便是折叠的新疆!

是的，沁源是折叠的，除了花坡等亚高山草甸，行走在沁源的大山间，你可以仰望，可以俯视，唯独不能平视，或者说，当你平视眼前风景的时候，眼前风景便把你遮蔽——大地意味着遮蔽？如果说新疆是平面的，沁源便是立体的；如果说新疆是线性的、漫溢的、属于时间的，沁源便是弯曲的、浓缩的、属于空间的；如果说新疆属于湖泊或地平线，适合饮马，适合驰骋，沁源便属于沟谷或峰巅，适合听风，适合做梦……当然，新疆的世界是时间和空间的，沁源的世界也是时间和空间的，二者的世界都意味着敞开，只不过，又各自在某一方面敞开得更突出些罢了！

简言之，新疆是长镜头，沁源是特写。

前几天下过一场雨，还担心像上次一样半途而废，谁知宋勇竟一脚油门把车直接开到山顶。翻过山去，道路平坦，但看不到最好的芊林背。右转上一道坡，路不好走，但可以登上芊林背的最高处。宋勇边与我念叨，边右拐而去，显然知道我和老邓最想去什么样的地方。上坡沿土岸前行不到200米，见一辆面包车陷在泥泞中，车旁围着六七个人。走下车去，老邓问他们从哪里过来的，他们说灵石。宋勇问用帮忙不，他们说不用。宋勇沿车观察一圈，回头对我俩说过不去。我刚想说我们步行吧，宋勇已上车。我看一眼老邓，老邓冲我一笑，也随后上车。犹豫一下，我也只好上车。宋勇探头窗外，眼睛盯着后面倒车，几乎与正常行驶一样。想提醒他小心点，蓦然想起他曾当过特种兵，心中不禁释然，且有一种既刺激又坦然的享受——行走山中，不冒一点险也是一种缺失，不是吗？

退回原路，翻过山脊沿山腰东行，林中的桦树、辽东栎叶子渐渐黄了、红了，可老邓说还不到最好看的时候。打开车窗，凝视着渐黄、渐红的叶子，每一片都色泽饱满，且无一丝枯干的意思。我对老邓说，怪不得都说芊林背的秋景好看呢，敢情那些叶子鲜亮得能掐出水来。老邓嘿嘿笑道，我们沁源的树叶就是发了黄，也是水嫩水嫩的。我“呵呵”一声，你们沁源是千泉之县嘛，叶子的生命周期自然要比别的地方长啦。老邓摇摇头，不是生命周期长，而是生命质量高，叶啊花啊都懂得烂漫。我点头附和，那是，那是，沁源嘛，沁到心的源头了，怎能不烂漫呢？

说笑间，来到一片草地前，平展，整饬，仿佛林中池塘，只是草黄了，秋色深了。若在夏天，若有风从草地上轻轻吹过，那摇曳的青草与一池碧波何异？甚或，青草的波浪更有声有色呢！环草地有一条木板步道，直通山顶还有一条木板步道，草地和步道组合，状似藏在密林中的羽毛球拍。我和老邓下车，刚要朝山顶上走，突听宋勇低声说，快看，红腹锦鸡！闻声转身，见一只身形修长的鸟儿从林子那边飞起，尾巴黑褐，满缀桂黄色斑点，头顶金黄色羽冠，上背浓绿，下体通红，颈后橙棕色羽毛呈扇状，仿佛披肩。鸟儿凌空而起，恰似一道火焰，明亮，斑斓，美得令人眩晕。我从未见过如此美丽的鸟儿，不由叹为观止。老邓低声说，是一只雄鸟，在这个季节，应该不止一只。话音刚落，又一只黄褐色的鸟儿从林子那边飞起，身形略比前一只小，头顶棕黄，间有黑褐横斑，上体密布黑色带斑，腰、尾覆羽棕黄，两翅与背相似，腹淡棕黄色，无斑。显然，这只鸟儿并无前一只明艳，但也光彩夺目。宋勇低声说，这是只雌鸟，没有雄鸟漂亮。雌鸟居然没有雄鸟漂亮，我很讶异，盯着鸟儿说，两只都很漂亮，尤其雄鸟，就像一只凤凰。老邓微微一笑，红腹锦鸡也叫小凤凰，是鸟类里最漂亮的。两只鸟儿从林子那边振翅而起，本来是飞向我们这边的，发现地上有人指指点点，旋即示威一般在头顶盘旋一圈，雄鸟发出“吱吱吱”的叫声，越过树顶向坡下飞去。雌鸟紧随其后，也在空中划出一道弧线，越树而去。“噗”的一声，我好似听见阳光中曝出两道耀斑。

突然出现，突然消失，仿佛天外飞仙，仅在告诉我何为惊艳。

我仰脸呆呆看着，似觉天空五色流溢，居然忘记拍照。老邓举着手机拍了几张，逆光中首尾不甚清楚，光彩倒是满满的。我很想下山去找她们，宋勇说，红腹锦鸡机警，胆小，怕人，稍有声响就会逃跑，这会儿肯定藏到矮树底下了，找不到的。好比一个绝色女子，飘然而来，飘然而去，空气中弥散着某种隐秘的气息或音乐般的旋律。呆立半晌，我自言自语道，她们这是来炫耀的吧？老邓不以为然，这算什么炫耀，求偶才叫有意思呢。雄鸟以雌鸟为圆心，一边低鸣，一边转圈、舞蹈，站在雌鸟正前方，把羽毛蓬松打开，盖住头，一只翅膀压低，一只翅膀翘起，尾巴倾斜，眼睛含情脉脉，斑斓而妩媚。雌鸟被搞得眼花缭乱，不时发出“咝咝”声。这种表演能持续两个小时，看红腹锦鸡求偶，就像看一台歌舞剧。

老邓讲得人心底痒痒，耳畔响起古琴曲《凤求凰》：

有一美人兮，见之不忘。
一日不见兮，思之如狂。
凤飞翱翔兮，四海求凰。
无奈佳人兮，不在东墙。
将琴代语兮，聊写衷肠。
何日见许兮，慰我彷徨。
愿言配德兮，携手相将。
不得于飞兮，使我沦亡。

想起景凤、活凤，沁源果然是有“凤凰”的。

老邓说，凤凰在现实生活中并不存在，唐宋以来的凤凰图，就是以红腹锦鸡为原型的。宋代以后帝王衮冕十二章中，华虫的原型也是红腹锦鸡。

在中国传统文化中，凤凰“五色备举”。五色者，德、义、礼、仁、信也，与龙之好斗相比，凤凰雌雄为伍，阴阳和谐，与现代社会治理理念最为契合。《山海经・南山经》有云：“丹穴之山……有鸟焉，其状如鸡，五彩而文，名曰凤皇。首文曰德，翼文曰义，背文曰礼，膺文曰仁，腹文曰信。是鸟也，饮食自然，自歌自舞，见则天下安宁。”《尔雅・释鸟》也云：“鶠凤，其雌皇。”郭璞注曰：“凤，瑞应鸟。鸡头，蛇颈，燕颔，龟背，鱼尾，五彩色，其高六尺许。”

我对老邓说，你们沁源非龙即凤，可谓龙凤的故乡啊。

老邓笑一笑，山河如此，奈何?

我说，无奈何。

步行上山，不时站在步道上回首，我也不知道我想看到什么，我也不知道我希望什么样的事物出现在我的视线里。

越向上，视野越开阔，绿色越饱满。芊林背，不，沁源果然是个好地方。

电话告诉郑曙林，我要跟你进山，看你们拍鸟。

郑曙林说，好。

我特意强调说，越快越好。

郑曙林说，好。

我又追问一句，什么时候？

郑曙林说，国庆节有观鸟队来，到时候通知你。

我说，好。

一直在等郑曙林的电话，可这一天真的到来时，我竟迟到了。宋勇安慰我，他们天不亮就要进山，你不可能那么早就去的。我反问宋勇，假如我也想天不亮就进山呢？宋勇看着我笑一笑，郑主席不会让你那么早进山的。我问为什么，宋勇说，他们一上山，就抱着相机分散在林子里蹲守，很辛苦，也很危险。我心中却在想，辛苦或危险或是个借口，守候鸟儿出现需要安静，我站在一旁岂不多余？

车直接开到山顶最高处的台地上，既看不到郑曙林，也看不到梨乡队。山顶建一瞭望塔，也是观景台，上次和老邓沿步道上来，老邓说站在上面瞭望，周边群山一览无余。我跃跃欲试，可刚爬到二层便双腿发软，心发慌，一步也走不动。梯子架在主体外边，前后右三面是空的，下面也是空的，又恐高了。我让老邓先上去，自己坐在二层歇缓，可心慌得厉害，想站都站不起来。无奈，只好坐在梯子上，脸朝墙壁，一个台阶一个台阶挪下去。只差一层，只差十来个台阶，却无法登高一览群山，奈何？

宋勇指着观景台说，无限风光在顶层。我笑一笑，不置可否。观景台东南立有两通纪念碑，上次来心慌腿软，只远远看了一眼，老邓说是造林纪念碑，我未过去。山顶有一片空地，与山腰草地一样，应是造林时有意留下的。走近前去，见一为“人工造林纪念碑”，一为“森林抚育纪念碑”，为林场在芊林背一带种植落叶松而立。这样的碑并不多见，可见这片森林于太岳林场的意义，“抚育”二字竟也赫然上碑，尤令人讶异，好像森林也是个孩子。或许，在造林人的眼中，森林就是个孩子。心中不由一阵温暖，抬头看落叶松上层叠的秋阳，愈觉温暖。

站在碑前给郑曙林打电话，他在盲区，联系不上。宋勇说，他们都钻进林子里去了。我问，去哪儿能找到他们？宋勇说，山这么大，没法子找。又问，那怎么办？宋勇说，等。

对，等。

我让宋勇开车先返回山脊处，想一个人去林地里走走。宋勇巡视一遍周遭，除了他，便是我，偌大的空地里寂静得只剩阳光。宋勇很警觉，或是军人的习惯性反应。宋勇反复叮嘱我注意安全，才开车慢慢下山，我看着车的背影想，他或许在担心林中会突然冲出一只凶猛的动物吧。其实，在秋天，林中万物都是温柔的，就连我一生中最敬畏的蛇也是温柔的，秋天时光早把万物的棱角不动声色地抹去。林边踽踽西行，发现车辙深陷的痕迹，是上次遇到的面包车留下的。北侧有一土崖，站在崖边眺望，除了森林，还是森林，色彩却比前两次丰盈十倍、百倍。“山中方一日，世上已千年”，时光最明显的标识便是色彩，我与芊林背虽只半山之缘——登不上观景台，只能站在此处看北边半座山——却心满意足。“你未看此花时，此花与汝同归于寂；你来看此花时，则此花颜色一时明白起来。”看到半座山，未打扰另半座山，如此也好。有半山叶子为我一时明白，有半山叶子与我同归于寂，如此甚好。国庆以来，山中秋色一天一个模样，这是一年最丰稔的时光，也是暗藏皱纹最多的时光，仿佛流水，柔软了，波纹便肆意了。但丰稔与丰稔又有所不同，芊林背显然是丰稔的叠加，是丰稔页岩一样折叠起来的时光之书。

太美，转身离去。

沿土路前行，发现南岸上的树冠都朝路北方向倾斜，好像街道一侧从这头到那头斜插了一排雨伞。想起大毛孩说过的话，树冠朝南方向稠密，朝北方向稀疏。显然，大毛孩的话只说对一半，当林子一侧空着的时候，树冠朝北方向也可以是稠密的。所谓经验，都是有前提的，而时空从不平铺直叙，曲折无疑最美。拐进林子里，一脚踩上去仿佛踩在棉花上。不，比棉花踏实，是踩在地毯上。不，比地毯松软，像踩在动物毛皮上。其实，任何比喻都不够恰当，我踩在厚厚的松针上。小时候，我经常钻松树林，也曾多次穿越发鸠山的密林，但未想到松针居然可以积这么厚。很想刨开松针，看看它到底有多厚，但还是放弃了。不是怕脏了手，而是怕破坏它水平面一样的完整度。即便松针，经年累月叠加后也有波纹，也有结构，而运动无疑是最大的结构，变动不居，一刻不息。而我来此，只是想看看它而已。而我走在上面，只是想感受它而已。仅此而已。抬头看树顶上的阳光，明亮且温柔的样子，她也想看看我吗？

彼此相安，甚好。

我与她有关，她与我有关，甚好。

我与她无关，她与我无关，甚好。

身不由己，兀自向林子深处走去，松针在脚下发出清澈但柔软的声音。是的，就是清澈但柔软的声音，很像走在流水中。仅是很像而已，那分明是松针的声音，是松针落地声音的延续。我听到了，也用脚触摸到了。我穿着一双结实的登山鞋，但真的触摸到了。想躺在松针上，就像一蓬草籽撒在坡上，就像一块石头掉到水里，就像一棵树倒下。突然看见前面有物晃动，我吃了一惊，暗自退后一步。看到帽檐下的笑容，是郭先生。他双手托举相机，一动不动，仅是脸比刚才抬高1厘米，仅是让微笑像花儿一样显露出来。我惊讶地想喊，却未敢喊出声来。郭先生趴在地上，很享受，仿佛趴在沙滩上。郭先生并无站起的意思，却一直冲着我笑，那笑简单而纯粹，就像他身旁的蓝色小花，就像他趴在地上的姿势，舒展，自然。这一瞬间，我突然明白他为什么爱鸟，为什么喜欢一大早上山蹲守。生活其实不只有我们看得见的，还有我们看不见的，就像时空裂缝里有“4度空间”。我朝郭先生招招手，他或许觉得一直趴着不够礼貌，想起身，我立即拦道，别动，我喜欢你这个样子。郭先生笑一笑，有些迟疑。我摆摆手说，你继续在这儿等你的鸟儿，我下山等你。说罢，我逃也似的退出树林，哼着《桃花红杏花白》找宋勇去了。

回到山脊，宋勇看到我开心的样子，问是不是遇见稀罕鸟儿了，我说比稀罕鸟儿还稀罕。宋勇不明就里，我笑道，遇见东岳大帝了。宋勇很诧异，山上还有庙？我怎么不知道？我说，不是庙里的神仙，是山里的神仙。宋勇更糊涂了，我将错就错，反正是遇见神仙了，这是好事，不是吗？宋勇点点头，又摇摇头，问现在去哪儿，我说去前边找老郑。宋勇问，走，还是坐车？我说坐车。宋勇说声好，我俩上车直奔草地而去。

老郑的车果然停在草地旁，人却不在，问司机他去哪儿了，司机说下山了。沿着司机指的方向东行，约走了半个小时，一路上不仅没碰到一个人，连鸟儿也没碰到一只。不过，我听到了鸟鸣，在林子里，在林子深处。想一直这样走下去会是七里峪吗？会是灵石吗？我不知道，但此刻我只想去找鸟儿，只想去找拍鸟的人。原地返回，依然没有碰到一个人，依然没有碰到一只鸟儿，但，我听到了鸟鸣。

坐在步道上，看见郑曙林从对面林中小路走上来，不慌不忙，背上背着一片阳光。我看着他，只笑不说话。郑曙林看着我，微笑被脸上一片光影覆盖，也不说话。宋勇突然插过来接郑曙林的相机，郑曙林摆摆手说，梨乡队下山了，我们去与他们会合吧。很想问一句他拍到什么鸟儿了，但没有问。于郑曙林而言，拍鸟便是拍鸟，拍到固然开心，拍不到也不沮丧，唯一重要的是，他来过。

上车。下山。穿行在打翻颜料瓶的世界里，我居然闭上眼睛，居然在闭上眼睛的刹那，看到左山右山都是打翻的颜料瓶。那些颜料瓶里装满鸟鸣，热烈，干净。阳光洗过的森林没有什么不是热烈的，水洗过的森林没有什么不是干净的。热烈的森林没有什么是孤单的，干净的森林没有什么是脏的。脏是个形容词，是个动词，于森林而言，是个多余的词。脏是尘土，是草屑，是腐质物，于森林而言，是养分。许多东西本无所谓脏不脏的，是人让它脏或不脏的……车突然停住，抬眼看时，见郭先生、李先生、赵先生伞形排开，站在山底平房前，身前各自架着一台相机。好喜欢这个场面。好喜欢他们聚精会神在相机后面的样子。好羡慕那几只被他们聚焦又各自相安的鸟儿。他们没有发现我们。他们似乎谁都没有发现我们。下车的刹那，郭先生扭头朝我笑笑，又趴在相机背后。李先生扭头朝我笑笑，又趴在相机后面。赵先生扭头朝我笑笑，也趴在相机后面。显然，他们也在对着郑曙林笑。听到相机“咔嚓，咔嚓”的声音，像打机关枪，只是声音轻柔，仿佛一排叶子落地，仿佛一片鸟鸣溅起。我悄无声息地站在郭先生旁边，郭先生指指平房山墙说，那儿有几只红交嘴雀。我朝他指的方向看去，半天才看清楚它们的身影，体型比麻雀稍大一些。郭先生又连拍几张，把相机让给我说，你在相机里看，很清楚。我凑过去，果然看见四五只鸟儿在墙下觅食，通体朱红色，翅膀和尾巴近黑色，下腹白，脸暗褐色。鸟儿不时用喙啄食墙缝，每个动作都一清二楚，就像在看电视直播。

我退后一步，把位置还给郭先生。我站在李先生身后，看着郭先生，看着赵先生，他们看着红交嘴雀。红交嘴雀飞起，散去，李先生回头与我说话。李先生的话风轻云淡，我回头望一眼芊林背，与他们一起离去。

在沟口，郭先生招呼大家围在一块石头上合影。我站在他旁边，一面旗子挡在我们前面——“绿色沁源·凤舞太岳”。

11月12日，朱雀会发布了沁源两届观鸟节成绩报告。举办观鸟节之前，沁源只有一份灵空山保护区的旧鸟类名录，共175种。举办观鸟节之后，第一届记录鸟种151种，第二届记录鸟种156种，去掉重复部分，两届共记录鸟种205种。其中，124种印证了灵空山原名录中的鸟种，部分纠正了原来判断的居留类型；53种是第一届观鸟节——包括前期踩点和正式鸟赛——为沁源增加的鸟种；22种是第二届观鸟节为沁源增加的鸟种。新增鸟种大体呈现几个特点：

其一，灵空山保护区是山地森林类型的生态环境，原名录对湿地鸟种记录不足。沁源全县有大量河流湿地，观鸟比赛推荐路线三分之一是类似生境，且第一届观鸟节在6月初举办，第二届观鸟节从8月下旬开始，两届观鸟节叠加，比较充分地覆盖了河流湿地环境的夏候鸟栖息季节，新增记录凤头䴙䴘、大白鹭、绿鹭、长嘴剑鸻、水雉等水鸟，以及在湿地或与田园林地交错生境栖息的雀形目鸟类，譬如东方大苇莺、钝翅苇莺、棕扇尾莺、山鹡鸰、暗灰鹃鵙等。

其二，华北山地海拔2000米左右的森林与亚高山草甸，是众多雀形目小鸟的繁殖场所，灵空山保护区的主要生境是海拔1700米左右的油松林，原名录在这方面有较大空缺。第一届沁源观鸟节第二次踩点和正式举办跨5月末、6月初，正是山地夏候鸟活跃期，有一批非常重要的鸟种被记录。譬如，在芊林背发现褐头鸫，证实这种仅于夏季在华北山地高海拔狭域繁殖分布的鸟类，在沁源有繁殖种群，从海拔高度及纬度、经度方面，更新了该鸟种的分布范围认识。诸多柳莺，如棕腹柳莺、棕眉柳莺、云南柳莺、淡眉柳莺、乌嘴柳莺等，在沁源华北落叶松林或高山草坡的灌丛中被记录。北短翅莺、白喉矶鸫早已证明是太行山、燕山山地夏候鸟，这次在沁源太岳山也被记录，北短翅莺甚至被多队多次记录。

其三，近十几年来，南方或者说东洋界鸟种北扩是普遍现象，沁源地处山西偏南部，出现北扩的南方鸟种很正常。第一届观鸟节“至尊鸟种”灰林䳭便属于这一类，不仅是沁源新记录鸟种，山西也是首次记录。类似沁源新记录鸟种还有噪鹃、领鸺鹠、棕背伯劳、领雀嘴鹎、白头鹎、八哥、丝光椋鸟、乌鸫等。

其四，部分西南山地鸟种在华北山地有地盘，这种现象并不少见，在沁源再度被证实。白腹短翅鸲是老典型，灰蓝姬鹟是新证明，还有灰背伯劳、灰头灰雀、白顶溪鸲、灰头鸫等。多数在西南山地为留鸟，但有一批夏天跑到华北山地繁殖，比如白腹短翅鸲、锈胸蓝姬鹟，少数则在华北山地四季居留，比如红眉朱雀。之前，山西没记录或少发现，沁源填补了空缺。

其五，第二届观鸟节的重要性与特殊性在于，前后8周时间，覆盖整个9月和10月上旬迁徙季，正是大量猛禽和雀形目小鸟南迁季节，一批沁源原来未记录鸟种被收获。猛禽中包括鹗、凤头蜂鹰、靴隼雕、日本松雀鹰、白腹鹞等，灰脸鵟鹰已在第一届被记录为繁殖鸟。靴隼雕是山西新记录，被评为第二届观鸟节“至尊鸟种”。小鸟中，红喉歌鸲、蓝喉歌鸲、宝兴歌鸫、怀氏虎鸫、红胁绣眼鸟等，纷纷落入参赛队记录中，但没有“批发”，仅一两队有记录，证明是过境鸟。

朱雀会还把两届观鸟节合计，公布了目击概率前20鸟种：

1. 雉鸡133次；

2. 喜鹊118次；

3. 星鸦108次；

4. 红嘴蓝鹊104次；

5. 红尾水鸲80次；

6. 煤山雀75次；

7. 苍鹭和北红尾鸲73次；

8. 麻雀72次；

9. 红隼70次；

10. 灰鹡鸰68次；

11. 黑鹳67次；

12. 远东山雀65次；

13. 白鹡鸰63次；

14. 红脚隼62次；

15. 斑嘴鸭60次；

16. 大斑啄木鸟和珠颈斑鸠58次；

17. 山斑鸠55次；

18. 绿头鸭、银喉长尾山雀、普通鵟、黑头鳾54次；

19. 鸳鸯和小鸊鷉51次；

20. 树鹨50次。

我特地留意了一下，这份报告中没有提到红腹锦鸡，莫非红腹锦鸡是沁源原有鸟种？若不是，竟被我意外遇见，何其幸哉！

第十一章 龙凤峡

龍鳳峽

从孤峰右侧攀上峰顶，再从孤峰左侧翻到谷底，仅是从一线天外面走到一线天里面。平面距离咫尺之遥，我们却走在立体的孤峰上，如果把这座孤峰推倒，打开，变成平面，一线天两端相距该多远？量子物理学确实开脑洞，而我们在山洞中住得太久太久。把时空折叠，多么天才且美学的创意，世界必定因之而不同。

从考古开始？从传说开始？从民间故事开始？说到龙凤峡，我必须为郑曙林点个大大的赞，他竟敢隆冬独闯“鬼门关”，独闯这道险之又险的峡谷，肯定是吃了豹子胆的！

2015年冬天。第一场大雪之后。

郑曙林驱车路经峡谷口，见蓝天高远，白雪静逸，青山起伏，一幅若诗若画的冬雪图迤逦而来，再也难掩激动。郑曙林猛踩一脚油门，沿着龙凤河直奔“石口子”——郑曙林提到龙凤峡的时候，总习惯以当地名字相称，或许在他的潜意识里，龙凤峡就是一道巨石张开的大口子！

河床被大雪覆盖，路只能凭感觉去找。停车峡口，望一眼笔立的山峰，郑曙林拎着一把多功能工兵铲，踏上河床。冰天雪地，万物寂然，人愈发像只蚂蚁。入峡谷，一片沙滩平铺而去，约一华里。河水已冻实，积雪没过脚背，西北风裹挟着雪粒呼啸而来，除了脚踩在雪地上的“咔嚓，咔嚓”声，什么也听不到。想起当地一位老人讲的陈年往事：峡谷不知道有多深，山崖上到处都是大大小小的洞穴，洞穴里住着各种各样的野兽，深更半夜的时候，会听到各种奇奇怪怪的叫声，瘆得很，常有狼啊豹子吃人的事发生。老人最后叹口气说，都是很早以前的事了，那时候，谁敢一个人进“石口子”啊？郑曙林突然觉得自己冒失了，全沁源打听打听，谁一个人大冬天到过“石口子”？进，还是退？抬头看看午后的太阳，时间尚早。“能追无尽景，始是不凡人”，有杜甫鼓舞，好像自己也是不凡人，下意识地跺跺脚，攥紧铲柄，继续前行。

沟谷渐渐变窄，山风越刮越大，裸露的眉骨被冰一样的丝线来回拉扯，生疼生疼，好在最美的风景就在不远处。越过最狭窄、最险峻的“鬼门关”地带，河床仿佛白色公路穿石峡而去，又似银色玉带飘然而来。静谧。白色的静谧。死寂一样的静谧。两岸的青石覆盖着厚厚的雪，曲曲折折，起起伏伏，好似行走在冰雪宫殿中。不，是童话世界里。放轻脚步，不打搅神话。放慢脚步，不惊扰想象。冰雪之路平坦，行走略有些滑，却比春秋季节容易许多，不到半个时辰便抵近百牛丹。青石滩一片接一片，第一次造访时，便觉此地是座青石做底的画廊，或线条，或图案，或造型，或镶嵌在崖壁上，或铺展在石板上，或矗立在河谷里，色彩斑斓，绚丽壮观，仿佛在讲述石头世界的石头故事。离奇，古怪。栩栩如生，娓娓动听。白雪遮不住“九龙壁”的辉煌。“鹭舞”化石一飞冲天。“石猴”探头探脑窥视外面世界。“鳄鱼”开怀“畅饮”。“海龟”昂首“问天”。“双豚”难分情侣或母子，相拥“共眠”。“族人”是商者还是武士，身份莫辨。“千层彩石”或壁立千仞，或深埋泥土，冰雪挡不住它风情多变。但在此刻，“黄金谷”变成“白银谷”，“彩云滩”变成“白云滩”，黄石“沙漠”微不足道，挑夫或马帮穿越“古栈道”，铃声依旧，蓦然回首，峡谷口的“一线天”隐没在暮色中……

郑曙林讲述的时候，我突然意识到，他就是一个命名者，一个聚焦石头且将石头定格在自己故事里的人。世上万物皆有多种可能性，《道德经》谓之“玄之又玄，众妙之门”。量子力学则认为，物质在未被意识之前，都处于多种可能性的叠加状态，一旦被意识，叠加状态便会发生坍缩，便会呈现出一种可能性，这种可能性便是我们观察到的状态，也即我所见。毋庸置疑，这既是个科学命题，也是个哲学命题，还是个美学问题。而此刻，郑曙林便处于美学状态当中，玄之又玄也罢，坍缩也罢，或古或今、或远或近、或真或假也罢，这一切都取决于他此刻的想象，也是他此刻的建构。毋庸置疑，在此刻，这个故事属于郑曙林，这道峡谷属于郑曙林，峡谷里一阵紧似一阵的风可能是峡谷对郑曙林的神谕或启迪，当然，也可能是峡谷馈赠给郑曙林的天籁之音。真实也罢，离奇也罢，诡异还罢，都不重要，重要的是，这一切都毫无例外地打着郑曙林的烙印，甚或，都贴着郑曙林撕不掉的标签。龙凤峡于世人或是个处女峡，于探险者却是梦寐以求之地。郑曙林并非第一个走进龙凤峡的人，却是第一个为龙凤峡的石头命名的人。退一步讲，即便郑曙林的命名不被世人承认，那又如何？在郑曙林的世界里，龙凤峡的故事就是这样讲的，就应该这样讲的，就必须这样讲的，有这便足够了！

郑曙林越讲越兴奋，越讲越有激情。狂风急速前行，飘忽不定，把细细的白雪一层一层搓起，雪浪一般，一排一排在峡谷中翻滚，时而泼向山崖，时而扑到河床，好不肆意，好不壮观！那天下午很冷，即便我把自己裹得严严实实，只露一双眼睛，只露两道眉骨，依然冻得瑟瑟发抖，可与那无与伦比的风景相比，冷算得什么？不知不觉，我好像忘记山崖上的洞穴，忘记洞穴里住过野兽，忘记野兽深更半夜的鬼哭狼嚎，忘记世上还有恐惧。心甘情愿，就那样把自己抛在风景当中，我是不是也是风景中的元素？

我很想告诉郑曙林，他就是风景中的元素，但我没有说。郑曙林已把自己命名，我为何要画蛇添足？

郑曙林搓搓手，似乎那天的冷气还沾在手上，洗不掉，甩不掉。我就这样一个人在风中走着，在冰雪上走着，很冷，很孤单，时间却过得飞快，这种感觉是不是有些奇怪？天色向晚，光暗下来，风无孔不入，眉骨好像被鞭子一下一下抽打着，冷得生疼。风越刮越猛，越刮越烈，腿脚快冻僵了。这种时候，人的想法就会多起来，石崖上的洞穴仿佛黑洞洞的眼睛，看到它们，老人讲的故事又一幕一幕浮现出来。我承认我害怕了，毕竟夜色将至，毕竟一人独行。我必须离开，却很是不舍，又不得不舍，我要有个伴该多好啊！我无可奈何地向远处将要隐没在黑暗中的、更深更窄更令人不寒而栗的峡谷望一眼，转回身，褐马鸡一样疾速向车子走去。回到车里，感觉浑身每条神经都冻僵了，待缓过神来，细细回味这趟荒唐而奇妙的孤独之旅，只有两个字——冰冷！是的，石头是冰冷的，雪是冰冷的，风和空气也是冰冷的，那一下午的冰冷冻结在我的记忆深处，终生不化……

与郑曙林不同，听老邓讲故事像品茗，偶尔龙井，偶尔普洱，偶尔野生毛尖。也像听鼓书，静下心来，听他道白，听他掉书袋，渔舟唱晚有之，浪遏飞舟有之，书生意气有之，更不乏洋洋洒洒的铺排。

很多年以前，我和朋友去过龙凤峡，只走了10多里路就体力不支，无功而返。龙凤峡直通介休龙凤镇，听当地老乡讲，沟很长，越往里走，路越难，景色越美。老乡说沟里有“海眼”，有“龙洞”，便生了再游的念头。以后多年，先后筹划过多次，都因种种原因未能如愿。

2014年初夏，做了充分准备，终于与几个好友结伴成行。

龙凤峡位于王和镇古寨村西、南坪与大栅两村之间，因龙凤河之水流入而得名，也叫石谷口。民国版《沁源县志》记石谷口说：“在县西北一百四十里，为北乡数十村河流集汇之处。谷深四十余里，高二十余丈，两崖壁削，宽仅丈许，最狭处约五尺许。一夫当关，万夫莫开，形势之壮，县之北门锁钥也。”

5月21日早晨六点，从县城出发，一行9人乘坐一辆面包车直奔古寨。用过早餐，又换乘皮卡，八点到达沟里最后一个自然村——朱王朴。那里是进入龙凤峡的捷径，可以省却从古寨到峡谷口约5公里的路程。

沉稳，条理，一丝不苟，这就是老邓。

从山间小路刚入谷底，便见一条黄色河流奔涌而来。还未到雨季，河水本应不大，本应清澈，看上去却山洪暴发一般，浑黄浑黄。同行的朋友说，那是大栅村东的一个石料厂排出的污水。浑浊的河水沿着石壁委蛇穿越，时而湍急，时而舒缓，时而平静，时而咆哮，沟中无路可走，不得不换上高筒雨鞋或赤脚涉水而过。好在河水不深，水温也不太凉，有的河道还摆着一排石块，应是进山采药的人或驴友铺的。杨庆红户外经验丰富，告诉大家水面宽的地方水浅，水面窄的地方水深，过河要走水面最宽的地方。我问杨庆红是谁，老邓笑一笑说，我离开文联，他接的我的班，老郑叫他姐夫。我也笑一笑，敢情也是个文化人，还与郑曙林沾亲带故。老邓继续说，民国版《沁源县志》记载："石口谷内有沙海三个（俗名海眼，又称沙井），面积亩许。开闭无常，开时绿波涌出，投以轻物，顷刻沉没，人行其上，亦陷没无形。闭时，沙土平坦，行走无碍。……海眼开时，乡人于周围植以柳枝作为标志，恐不知者误陷之也。"沿河到处是沙滩，我一路寻找"海眼"，不敢确定哪处是县志所记的，一直留心柳枝，也没找到。不过，沟里柳树遍野，树长得极小，或许就是柳枝长成的，无心插柳柳成荫嘛。

沟中行走，感觉山很高，很陡，几乎直立，抬头仰视，壁立千仞，奇峰各异。那山势，有的如雄狮端坐，有的如猛虎行走，有的如猿人回望，有的如蛟龙腾舞，有的如蟒蛇倒挂，顺水看是一种造型，逆水再看又是一种造型，真的是"横看成岭侧成峰，远近高低各不同"呢！曙林、田斌痴迷于摄影，不停地按动快门。我沿途看到四个山洞，因为没有向导，也不能确定哪个是"龙洞"。我问，是丹雀小镇的田斌？老邓说，对，田斌爱好广泛着呢。

难以置信，水道几乎都是青石，几乎都连着大山，即便如此，还是被流水硬生生冲刷出许多沟壑，深的有数米。河水流过的地方，石头俨然人工打磨过一般，溜圆光滑，你根本想象不出来，那么大的石头怎么会没有一丝棱角呢？这不是水滴石穿，是水过石平。这不是神奇，是毅力和坚韧，是时间一遍一遍的摩挲，是时光一层一层的叠加。河道里有许多"石画""壁画"，也是河水冲刷出来的，有的似群龙狂舞图，有的似祥云飘逸图，有的似石上修竹图，有的似巨鲸静卧图，有的似域外天书，有的似大家走笔，有的似率意而为的水墨画。流连忘返，叹为观止，"石画""壁画"太有意味了，你说，造物主是怎么把它们创造出来的呢？鬼斧神工？

我很想告诉老邓，世上并无造物主，并无鬼斧神工，这一切皆因时间，是时间反复叠加，“石画”“壁画”之空间才被重新创造。但我不想打断他，尤其他说出“是时间一遍一的摩挲，是时光一层一层的叠加”时，我惊讶地发现，时光便是时间的立体，便是时间折叠后的影像，时间其实具有无形空间的特质！

正是初夏，植物茂盛，石头连天，翠色笼盖，河围山转，水伴石流，柔和刚，刚和柔，相恋，相撞，相依，有时缠缠绵绵、卿卿我我，有时横冲直撞、怒不可遏，有时若即若离、亦步亦趋，恋人，敌人，友人，人世间有什么，大自然就有什么。在不少地段，河流落差较大，形成大大小小十多个瀑布，怒吼，奔涌，气势恢宏，水声响亮，回荡在山谷中，伴着松涛，伴着鸟鸣，好似一支乐队，时而演奏大江东去，时而演奏高山流水。最有意思的是一块巨石，高有10米，仿佛一把巨型“椅子”，“椅子”中间聚出一个“海子”，“海子”里生长着水草，水草间游动着“小蝌蚪”。最壮观的是一段三连瀑，河水把一座砂石岩小山冲成左右两半，截成上下三个平台，形成一大两小一组瀑布，河道长约30米，瀑布汹涌激越，一泻而下。听到此，我忍不住插话道，盂县有个古村落叫大汖，你去过吗？老邓摇摇头，知道，没去过。我说，“汖”字上山下水，本意山清水秀处，表示水从山上流下来，就是瀑布。泉有三迭，第一处瀑布最大，称为大汖；第二处瀑布次之，称为二汖；第三处瀑布最小，称为三汖。老邓若有所思，旋即莞尔。我眼前却满是瀑布，满是流水，毫无疑问，瀑布便是流水之折叠！

实打实地讲，峡谷就是一座地质公园，山体形成年代不同，地质结构也不同。有的山是青石山，石纹细腻，坚如磐石。有的山是砂岩山，纹路粗糙，山体看似松动，实则纹丝不动。河道里的石头或红色，或黑褐色，或蓝色，或黑白相间，或灰白相间。以前河水很大，河水沉落以后，山崖断面裸露出来，层层叠叠，厚薄均匀，色彩分明，走向清晰，很像人刻意建造的。记得有一处，上下通体是红褐色的碎片砂岩层，中间一层却是等宽的淡蓝色砂岩，匪夷所思。

地质特殊，落差大，意味着峡谷里险象环生。遇到一道窄沟，下面水深不知几何，两侧是石崖，坡度大，光滑，稍不慎就会滑落山涧。保险起见，我们扯起绳索，一个接一个攀下河底。还遇到一处绝壁，年轻人身手矫健，援着岩石凹凸的地方爬上山腰。我们几个腿脚不灵，还背着越野包，拿着相机，只好把重物先传递上去，再抓着绳子往上攀登，很吃力。快到出口时，又遇一瀑布，高有3米，一侧可以直接跳下去，可不知道沙滩里是不是埋着石头，不敢跳。另一侧直立，光滑，扯绳索都没个拴挂处。年轻人把绳子套在一块突起的岩石上，两人死死用脚踩住绳套，一人下到沟底，扯住绳子另一头，拉直，大家才小心翼翼地攀下去，很险，很刺激。

走过一片平地，发现草丛里隐约有人行道，很窄。在峡谷、两岸、半山腰走走停停、停停走走近八个小时，一下子看到希望，感觉快要走出大山了。可走了很久，还是不见峰回路转，沿途看到几块“绵山自然保护区”牌子，太岳林局绵山林场立的，知道到了介休境内。在山路上行走，并不觉得特别累，走到相对平坦的地方，反倒腿软脚疼，每走一步都很艰难，不时席地而坐，喘口气。下午六点半的时候，到达介休龙凤村东沟的一个林场管护站，总算走出峡谷。计算一下从入峡谷到出峡谷的时间，整整九个半小时!

最后，老邓说，穿越龙凤峡，尤其夏天穿越龙凤峡，有几样东西是必备的：防蛇蝎用的雄黄，防蚊虫叮咬用的六神水，防身用的刀具、棍棒，过河用的高筒雨鞋，登山用的绳索、地图，还有水和食品。

听到这几样东西，我不由倒吸一口凉气，在心底为老邓点了个赞。这个赞不只因为他讲了另一个故事，还因为他考古般的严谨。老邓的故事显然不同于郑曙林的故事，虽然那次郑曙林也是同行者，郑曙林为石头命名也与那次穿越有关。其实，龙凤峡就是一部书，老邓和郑曙林都是读者，都读出自己的故事，都各有千秋。其实，并非各有千秋，老邓的故事便是老邓的故事，郑曙林的故事便是郑曙林的故事，每个人的故事都是事物多种可能性之一。之一便是个体世界，无数之一叠加便是世界，龙凤峡亦如此。

第一场大雪之后，我再赴沁源。那一天，我和老邓、郑曙林相约赶往龙凤峡，车过赤石桥遇到冻雨，沁源人叫地油子，落在地面上根本看不出来。宋勇停住车说，有地油子，去不了王和了。我下车去看，感觉脚下有颗粒物，似冰非冰，极坚硬，极光滑，人行其上站也站不稳。天不遂人愿，第一次去龙凤峡的计划就此夭折，但并不遗憾，因为我已经听到龙凤峡的故事。

返回的路上，郑曙林对我说，等过了元旦，冰冻实了，你再来吧。

我说，一言为定。

其实，我是到过王和的。

古寨居于沁源岭北中心，是沁源、平遥、介休三地商贸三角区。放大了讲，还是长治、晋中、临汾三市三角中心。古寨自古归属长治地区管辖，但与晋东南文化并不完全相同，与晋中、晋南文化也有别，准确地讲，是三地文化的叠加，是码头文化。譬如，晋东南人喜欢吃小米饭，晋中人喜欢吃面食，晋南人喜欢吃馒头，古寨人三者皆喜欢。又譬如，沁源人好甜，平遥人好辣，介休人好酸，古寨人不偏不倚。古寨高居绵山，古时，南北官道连通沁源、平遥、介休，与村东便道十字相交，是不折不扣的交通枢纽。如今，古寨背靠同浦铁路、大运高速和晋中盆地，面向上党、临汾、运城盆地，坐拥半个山西。古寨自古便是兵家必争之地，解放战争中，陈赓、谢富治兵团政治部、后勤部长期在此驻扎。

第一次到王和，是在去新疆之前。先到古寨，再去大栅古堡，返回时老邓指着河滩说，那条河叫龙凤河，对面那道沟叫龙凤峡。依老邓的习惯，他每说一个地方，都会把这个地方的来龙去脉讲清楚，但在那天，老邓只说龙凤河来历，不提龙凤峡。我的目光停留在万亩油葵地里，并未觉出异常。现在想来，老邓不推荐龙凤峡只有一个原因，就是太危险。

国庆假期结束，离开沁源的前一天晚上，郑曙林突然问我，去龙凤峡了吗？我说没有。郑曙林很诧异，居然没去龙凤峡？我有些疑惑，有问题吗？郑曙林摇摇头，没去过龙凤峡，就不算来过沁源。我说，没去过灵空山，也不算来过沁源吧？郑曙林很执着，那不一样，你听我的，无论如何要去趟龙凤峡。从未见郑曙林用这种口气说过话，便与他约定，下次来沁源，第一站便是龙凤峡。老邓一旁听到我俩对话，既不鼓励，也不反对，显然，他仍有顾虑。

其实，大栅和南坪守在峡谷口左右，峡谷口又正对古寨，我是过门而不入。

以黄土坡为界，沁源河流分沁河、汾河两大水系。龙凤河属汾河水系，主源在古寨、王凤之南，由古寨前河支流、后河支流、大栅支流和下河支流汇成。前河支流除主源外，还有小箭杆、小恶朴、岩进石、雕窝沟、郜家峪、滑家庄、道北泉、松罗沟等泉水；后河支流源自后军、野莹沟、后沟、西窑沟、泰山沟、西沟等地；大栅支流源自虎限、交界、铁水沟、坡底等地；下河支流为王陶干河，源自松罗、才子沟、百草、大峪、城艾庄等地。前、后和大栅三条支流环绕古寨而下，在村西与王陶干河交汇，切穿龙凤峡，直奔汾河。旧时，古寨南北窄，东西长，呈龙形，王凤状似凤凰展翅，故名龙凤河。空中俯瞰，四条支流自东、南、东北、西北曲折而来，汇合一处，又蜿蜒西去，也似龙飞凤舞状。

古寨立村于隋唐时期，2016年列入中国传统村落名录，2019年入选第七批中国历史文化名村。隋末，李世民征讨窦建德，在此扎寨驻军，战后军寨成民居，东西两寨并立。明初人口减少，两寨合二为一，修墙筑堡，改称古寨。古寨有东西南北中五道门，这在村寨中极为罕见。中堡门、东门基本保持原貌，北门修缮过。南门位于龙天庙西侧，1998年拆除，现复建中。这四道门始建于康熙年代，乾隆初年建成。按旧时规制，堡一类的村可建一道门，寨一类的村可建两道门，县以上的城可建四道门。古寨只是一个寨，为何建了四道门呢？古代纳税以粮为主，古寨距沁源城65公里，距平遥、介休皆35公里，周围20公里内都是山，交通不便，运粮困难，康、雍、乾时期，朝廷打算在此设县，辖周边山区、半山区，遂以县城形制、规模扩建。嘉庆继位，战乱频仍，朝廷自顾不暇，古寨县城初成，设县一事却被搁置。

村中心今有五道爷广场，旧时叫五道爷街，正北建有天坛，正南建有地坛，皆二层无梁窑套楼，地坛半截埋于地下，构成天高地低格局。据考，五道爷街建于唐宋，明正德年间，街道两边为集粮商铺，是最早的商贸街。街东南是龙天庙，又称东庙，也建于唐宋。明弘治十年（1497），孙氏后人孙子恭带头重修。乾隆六十年（1795）及嘉庆、道光年间皆有修缮。2018年6月重修，恢复原貌。村西有真武庙，也叫西庙，始建于康熙五十二年（1713），为孙继世、孙述祖父子纠首组织捐资修建。孙氏一族乐善好施，王头修龙华寺，孙继世捐资并撰碑文，大栅修古堡，孙继世也捐资。古寨周边庙宇多与孙氏有关，孙继世被当地百姓尊为五谷神，其宅院叫五谷神院，位于中堡门东侧，始建于康熙初年。

自南寨门入，过中堡门，出北寨门，是古驿道，直抵平遥。明清时期，晋

也是南北通商必由之路。中堡门东侧有
等，西边有晋商大院和普通民居，用材
有砖石围墙、石头台阶。常见墙垣式门
沟砖雕，图案为卷草、蝙蝠、走兽、斗
与沁源南部有异，与平遥相近。站在北
鳞次栉比，颇有古风。

二进四合院，始建于乾隆中期，扩建于
狭长，二门开在倒座南房正中，正房为
学生孙克昌，其子孙士楷为从六品布政
立贡生。旗杆院还是宣宗帝定贵人孙氏
格格。嘉庆二十五年（1820），宣宗登
额“锡纯嘏”，典出《诗经·小雅·宾
锡尔纯嘏，子孙其湛。”门外临街建一
百姓传曰“王和算盘后沟拳，古寨旗杆

1707），为清处士孙显盛院落。其子可
改修为二进院。后辈中，孙万瑞为道光
为光绪贡生。门楼今悬匾额“纪念汾孝
建”。主院塑立陈赓纪念像，门额上刻
第四纵队11旅后方医院设于此，陈赓曾
2月底离开。1946年底，国民党军第一
梁战役中遭受打击，调返晋南，汾阳、
，晋冀鲁豫军区第四纵队司令员陈赓、

政治委员谢富治和晋绥军区第二纵队司令员兼政治委员王震指挥所部及太岳军区第24旅、晋绥军区独立第二旅等部，由晋西南挥师北上，决心夺取汾阳、孝义。1947年1月17日，独立第二、第四旅攻克孝义，全歼守军2500余人，第四纵队主力包围汾阳。阎锡山闻讯大惊，18日，他指挥正规军九个师及保安部队两个总队，共3万余人，兵分三路，由文水、平遥、介休直趋汾阳、孝义。陈赓、王震等以一部兵力阻击北、中两路援敌，以第四、第二纵队各两个旅隐蔽于孝义及附近地区，待机歼灭南路援敌。21日，南路国民党军四个师向孝义发起进攻，第四、第二纵队等部四个旅退敌后，从其左侧后发起反击，歼其指挥部及暂编第69师大部。24日，各路援军全线撤退，第四、第二纵队等部分路追击，又歼第37师、保安第五总队各一部。29日，战役结束，共毙伤俘国民党军1.2万余人，史称汾孝战役，万人祝捷大会在古寨举行。

绣楼院建于清康熙年间，二进院落。正房窑洞三孔，用梁柱、木板分割为上下两层，两层檐廊一体构建，二楼有木制栏板，上部斗拱、雀替、彩绘俱全。一楼柱子间无雀替却有少见的壶门形制，仿佛一圈波纹门套嵌在前廊柱间。隔扇窗棂图案有十字如意、一码三箭、网格、直棂等，精致中透着高雅和奢华。三孔窑洞构造独特，保存完好，为窑楼建筑经典。

洋楼院是一座欧式建筑，建于1929年至1937年间，为孙文远、孙振国父子宅院。孙文远为清光绪贡生、国民党监察委员，孙振国曾任国民党沁源县独立区党部书记。洋楼院东西20米，南北20米，正房砖砌台基，两层，面宽五间，进深三间，拱券门窗，尖顶，顶两侧有花墙，西配房三间。门楼、正房、配房皆西式建筑，如此风格北方少见。东配房和门楼东侧建筑已备料，因全面抗战爆发，被迫停工，至今仍为一件缺一角的未完成品，颇有些象征意味。

村西陆轴街曾住晋商两大户。罗家院为平遥商人罗廷基于康熙三年（1664）

所建，院落四所，东西主院为窑套楼，砖木结构，东西厢房木雕过庭。东主院门匾书“岁进士”，前为书院，门匾书“宁干止”，抗战时期，太岳中学第三分校曾在此办学。西主院门匾书“积厚”，前为武院，门匾书“安敦”。门楼建在倒座南房中部，南房五间，中间三间缩进成廊房，四根粗大廊柱撑起横梁。正中是大门，两侧墙上开圆形漏窗，猛一看，很像一座庙宇。大门东西各立文、武旗杆，书院、武院前还筑一堡门，“文化大革命”时期损毁。院东是张家院，康熙六年（1667），罗廷基邀张卿光来此置业，修建三所窑院。张家院从南到北纵向排列，一院比一院高，寓意步步高升。每院由正房三孔窑洞加东西厢房组成，窑洞宽大，带批檐、檐柱、额枋等装饰木雕，彩绘精美。东西厢房房顶单坡向内倾斜，隐含肥水不流外人田之意。罗张建筑群因循山势，错落有致，尽显晋商风流，堪为古寨商业文明的见证。

古寨东西南北中五门中，唯西堡门建于明代早期。西门对面建一照壁，上刻“福”字，“文化大革命”时期损毁。今复建的西门楼高耸于汾（阳）屯（留）公路南侧，俨然连接古寨古今之门。回首上下旧寨新村，仿佛两段历史叠加一起，时空好像也在这一刻折叠。

出西门直奔大栅，一路无言。

大栅是长治地区唯一保存较完整的明代古堡，入选中国传统村落名录。据考，大栅建村于隋朝末年，最早为木桩围成的大栅栏，用来养战马。后来，介休人溯河而上，在此定居，修有南城、古城、旧堡、新堡、龙天庙、菩萨庙、关帝庙、五道庙等。明万历年间，杨姓家族从陕西龙虎山下迁移到此，因旧堡规模较小，杨应钦组织族议，开建新堡。杨应钦出白银100两，族人或几十两，或十余两，或铜板，历时三年建成。古堡坐北向南，南北长113米，东西宽76米，底厚7米，顶厚2米，高15米，顶部建有垛口，四门修有瞭望所，堡墙上可通四轮车。南门砖石结构，门额镌刻“德昌堡”。堡门由榆木制成，厚两寸，其上蘑菇钉整齐排列，门后两侧墙上各凿一青石穿孔，用穿杆穿死，并立顶门棍三根，用于固守。围墙用黄土配石灰层层夯实，四周砖砌水渠。堡中心分东、中、西三院，由杨应钦及长子必祯、次子必显、三子必达分住。三子皆文武秀才，在沁源立为三大户，人称“杨三门”。中院东西各一小巷，窄而深，宛若两支竹竿，俗称轿杆院。三院或靠崖窑，或锢窑，一律青砖砌面，东西厢房为砖木瓦房，建筑风格与古寨不同，与沁源南部相似。

登上堡墙绕行，风极猛烈，当地人自嘲说，一十三省的风都刮到这里了。想起陕西民歌“一十三省的女儿哦，数上兰花花好”，看来当地人还保留着陕西人的语言习惯。大栅背靠封疆岭，面对阳凤山，境内气候差异大，山头下雪，山脚下雨，山脊长草，等高线以下则是针叶林阔叶林混合。村北有龙泉沟，为大栅支流主源，河水千百年来大旱不见其少，大涝不见其多，当地人叫小凤河。站在堡墙上眺望，小凤河绕村东而过，与村南龙凤河直角相交，大栅便落在直角坐标系的第四象限里，无疑是理想的避难之所。大栅与古寨又互为犄角，固守着沁源北大门，自是兵家必争之地。

虽如此，村中建一古堡仍罕见。

闲话两则。

远古时期，晋中盆地一片汪洋，人称晋阳湖。湖中有两座山，一曰孟山（今平遥东南），一曰绵山。此二山原为二郎神所担——与二郎神沟的故事是不是很相似？——过晋阳湖时神担折断，遗留在此。人类遂在山中筑洞挖穴，繁衍生息。大禹时期，晋、姚二水泛滥，人类退居山顶。一日，大禹乘龙舟沿晋水入晋阳湖，边饮酒，边苦思治晋阳湖良策。行至孟山、绵山之间时，忽见一女子驾一叶小舟而来，风高浪急，小舟摇摇欲坠。大禹见状，急命人向小舟靠拢，将女子接上龙舟。大禹问曰，你一女子，缘何独自驾舟湖中？此等小舟怎经得起风浪？女子从容答曰，舟越小越稳，无舟更稳。大禹奇，为何？女子嫣然一笑，小女子自有妙计。说罢，突然弹出一石子，将酒坛打破，大笑一声飘然而去。大禹紧追，女子倏忽不知去向，环顾四周，晋阳湖状似酒坛，酒坛打破方向正好指向灵石口。大禹醒悟，此乃女娲教我也！遂率孟山、绵山百姓开山劈石，打开灵石口，空出晋阳湖，人类自此在晋中盆地安居乐业。

我喜欢这样的传说，有仙气，也有烟火味。

大禹治水自冀州始，冀州即今山西、河北。《禹贡》记曰：“禹别九州，随山浚川，任土作贡。……既载壶口，治梁及岐。既修太原，至于岳阳。”岳阳指太岳山，河道狭窄曲折，汾水在此遇阻，逢雨必有水患。大禹见状，挥鞭猛然向西抽去，太岳山旋即裂开一豁口，湖水滔滔而泻，峡谷越裂越深，此即龙凤峡。想象一下，大禹的鞭子在空中打个唿哨，弯弯曲曲，龙凤峡自也轰鸣着，弯弯曲曲，鞭子与峡谷何其相似。再想象一下鞭子落地时的模样，龙凤峡最弯曲的地方当在鞭子中部，鞭梢细而长，所指之地便是龙凤河入汾河处。当然，这是民间的想象，只管家门口，至于黄河，那是史书的事。《史记·河渠书》曰：“故道河自积石历龙门，南到华阴，东下砥柱，及孟津、雒汭，至于大邳。”大禹一路治水，一路留下传说，但仅凭一己之力完成如此壮举并不现实，大禹或是某一种自然力的拟人化，或是某几种自然力的神秘叠加。

2000年，灵空山镇庄则沟、王和镇龙凤峡发现海百合化石。

相传，清朝年间，庄则沟村后的小元郊住着一户窦姓人家，缺衣少食，家境贫寒。一日，妻子见无米下锅，坐在院中嚎啕大哭，哭声悲惨，山谷中回荡不绝。哭罢回屋，见柜上放着一串串银钱，急忙拿了几枚去买米面，可钱从何处而来，由何人而来，一概不知。自此，每逢缺钱她便哭，一哭便有钱自动到家里来。长此以往，家道渐兴。有好事者模仿，却不见一分一厘，遂奉她为“嚎神”。“嚎神”去世，窦家财源中断，生活复归从前，山上的石头却铜钱一般，一串一串，乡人谓之钱钱石。如今，小元郊的石头仍铜钱一般散落山头，圆圆的，密密的，大者如牛，小者如拳。

小元郊朝阳，避风，气候独特。村外有棵辽东栎，已200余年。树根裸露于地，虬曲盘结若蛇，似在呼应村西南的石头——黑灰色，上嵌似钱、似茎、似脊椎的晶体图案，阳光下闪烁着金属光泽。经鉴定，是三亿年前的海百合沉积物化石。

海百合是一种始见于石炭纪的棘皮动物，生长在海洋中，具多条腕足，表面有石灰质的壳。体态酷似百合花，有花蕾，有挺拔的根茎。海百合长有类似植物茎的柄，柄上长着端羽状触手，也叫腕。触手很像蕨类的叶子，人们常将其误作植物。海百合对生存环境要求十分苛刻，机缘巧合才能沉积为完整化石。

龙凤峡也有这样的石头。

元旦过后，我给郑曙林打电话，周六到，周日去龙凤峡。

郑曙林欣然答应。

周五，朋友圈看到王陶、王和刮十一级大风，心中一凛。查看沁源天气预报，周日晴，风一级，又一喜。择日不如撞日，总惦记与郑曙林的约定，还真撞上个好日子。不过，出发时还是把自己裹了个严实，毕竟一十三省的风都刮到大栅去了，而大栅正对着龙凤峡呢！

早7时出城，赶到龙凤峡口时8时许，天气晴好。路边停着一辆皮卡，三个小伙子站在路边，手里拎着水和面包。显然，他们是郑曙林找来的帮手。郑曙林问，让你们准备的绳子和雨鞋呢？一个小伙子说，冰都冻实了，用不着。另一个小伙子说，半小时前，有一拨驴友分乘6辆面包车赶到，已进了峡谷。

前面修路，弃车入沟，试探着走上冰面。冰上没有雪，用棍子敲击冰面，冰层很厚。越过河去，对面是沙滩，若在多雨季节，河水会漫上来的。郑曙林走在最前面，我紧随其后，老邓和三个小伙子散在后面。沿沙滩行走不久，绕到岸上，想看看夏天的路是什么样子的。看似河岸，实则高高低低的石头，路并不明显。绕回河道，郑曙林说，冬天走沟里，不累。两岸石崖层层叠叠，次第隆起，颜色由灰白而浅赭而黑褐，是页岩。起初，河道宽阔，石崖上长着黄刺玫，坡上也长着黄刺玫，郑曙林说，春天的时候，满山都是黄刺玫和桃花，可漂亮呢。进得沟里，河道渐渐变窄，石崖上长着柏树，坡上也长着柏树，坡的背阴处和树上还有雪。看看河岸，几乎无路，想冰消季节，人只能石崖上或半山绕行，的确辛苦。又想，此刻竟可沿着冰道直抵郑曙林的石头世界，也是机缘。约行半小时，身上热起来，回头对老邓说，穿多了，都是你吓得。老邓笑一笑，不置可否。

河道越来越窄，越来越曲折，两岸石崖陡峭，右山近乎壁立，崖底被流水淘空，崖上袒露着大大小小许多洞穴。郑曙林说，到峡谷口了。我回头看一眼来路问，刚才那不是峡谷口？郑曙林说，不是，现在才到龙凤峡。

峡谷陡然左转，回环而去，右山仿佛一把大铡刀，斜刺里插过来，硬生生挡在面前。左岸巨石堆垒，像一座馒头山，馒头是青石做的，泛着青光。山势骤变，郑曙林将此看作峡口也有道理，在他眼里，龙凤峡风光富裕，入沟部分尽可忽略，这也是有风光人的阔绰吧。俯身流水跌落处，冰下澄清，干净，有波光，淙淙之声也似波光，黑暗中明亮地潜行。想起海德格尔，这也是冰水世界的“林中空地”吗？前面弯急，峡谷窄，冰未冻实，下面或藏着一潭深水。冰上不敢行走，起身看时，见老邓和两个年轻人沿右岸崖壁寻路而去，郑曙林站在左岸喊他们回来，他们置若罔闻。我跟着郑曙林绕上左岸，郑曙林对着峡谷狂拍一通，回头笑道，知道什么叫阁僚吗？老邓就是阁僚。我也笑道，明白什么是个性吗？老邓最有个性。攀上石岸，青石一块一块大如卧牛，光滑，圆润——奇怪自己竟用这样一个词来形容石头，但它的确是圆润的，卵石一般圆润——盘坐石头上，对面巨石看似铁板一块，临水处却犬牙交错，仿佛巨型齿轮，如果让它转动起来，那把大铡刀似的崖壁会不会是一扇时开时闭的门，“咿咿呀呀”个不停？石上是平台，雨水在平台边缘冲刷出的痕迹像白色茅草，一缕一缕披覆石头之上，线条之美令人惊叹，线条之诡异同样令人惊叹。其实，细细打量整座山，无处不线条，弯曲的，规则或纷乱的，连续或折断的，颜色或深或浅的，却看不到一条直线，即便疑似直线，也统统从山中消失！

此刻，老邓和两个年轻人便行走在一条曲线里。

对面崖壁上有一道缝隙，或是旧时栈道，看似很窄很浅，实际上有两米高，人可从容通过。栈道沿山势蜿蜒而过，不知是天然形成的，还是前人开凿的。老邓三人贴着栈道横穿崖壁，感觉随时可能掉落崖下。好不容易绕到山坡上，却发现临峡谷方向是一道绝壁，山坡上虽有路，却径往山顶而去。显然，他们是绕出崖壁，走到绝壁，郑曙林一直喊他们回来，并非无缘无故的。

我所坐的地方是峡谷最窄的地方，不到两米，如果有空间助跑的话，或可跳到对面去。但没有人尝试这么做，因为此岸到彼岸直线距离虽近，此岸与彼岸却都是弯曲的，岸下的谷底也是弯曲的，在一个弯曲的世界里，寻找理想状态且以理想状态方式活着等于自杀；更何况，此地即“鬼门关”！

郑曙林从石山一侧爬到沟底，在冰上试走几步，感觉不够结实，原路返回。郑曙林见我还坐在石头上，有些讶异，累了？我说，不累，坐一会儿，听听水声。郑曙林朝谷底看一眼，似在找流水，实际上什么也看不见。郑曙林回头说，沟里不敢走，跟我上山吧。我起身望着峡谷口，问郑曙林，那里就是你说的一线天吧？郑曙林看也不看一眼说，是，不过这个角度不对，拍不出效果。我明白他的意思，左右绝壁相距较远，正面拍出的不是一线天，而是峡谷口。只有换到侧面，错开角度，把两道绝壁从视觉上拉近，才是郑曙林的一线天。角度即世界，在郑曙林的镜头里，世界便是这个样子的。郑曙林习惯了镜头世界，他的逻辑自也是有角度的。我视即我在，不管郑曙林意识到没意识到，承认不承认，这都是他与世界的对话方式。

山坡上遍地黄刺玫，没来过的人很难找到路，即便来过，也不一定能找到路。老邓曾经来过，可他此刻正贴着崖壁，走在返回的路上。其实也正常，老邓上次来是初夏，此刻是冬天，他怎么可能走在同样的路上呢？其实也理解，老邓看似沉稳，骨子里是藏着冒险基因的，上次走峡谷这边，这次走峡谷那边，即便走不通，他都会如此选择。想起郑曙林说老邓阁僚，差点笑出声来。郑曙林何尝不阁僚？我何尝不阁僚？倘若都不阁僚，怎么会结伴跑到龙凤峡来？只是年龄大了，就像龙凤峡的石头，光滑甚至圆润了，阁僚和阁僚聚在一起，便是和谐的石头山。如此而已。

坡上风大，赶紧把衣服帽子套到头上。想起老邓沟口不置可否的样子，终于明白，他之所以不反驳我，仅是想让事实说话，谁让我比他还阁僚呢？兀自笑一声，回头看，老邓已越过河面，朝山上走来。

一峰拔地而起，孤立左岸，与右崖遥相对应，这一刻，对面的崖壁不再是一把大铡刀，而是一座石头山。郑曙林站在孤峰上拍照，风吹得猛烈，看上去他很像一只金雕。我跟过去，郑曙林回头说，这里视野最好，沟里沟外看得清清楚楚，来路去路看得清清楚楚。我附和着，未敢往崖边走，却顺势坐在地上。郑曙林指指崖边一株柏树说，猜猜它多少岁。柏树高不盈尺，枝叶稀疏，仿佛一蓬石缝里的沙棘。我想一想道，有3年？郑曙林嘿嘿笑着，朱王朴有个老汉，今年90多岁了，他说他爷爷小时候，这棵树就这么高，他小时候这棵树也这么高，你说这棵树有多少年？难题，或者说，是没有精确答案的题。郑曙林扳指一算，说不少于130年，但这个答案的前提是，老汉的爷爷20岁前生下他爹，他爹20岁前生下他。无疑，于这棵老而小的柏树而言，时间莫名被压缩，生长所占空间便因之而折叠。

想起海百合，龙凤峡的时空真够诡异呢！

郑曙林算树龄的时候，我在算另一道题。从孤峰右侧攀上峰顶，再从孤峰左侧翻到谷底，仅是从一线天外面走到一线天里面。平面距离咫尺之遥，我们却走在立体的孤峰上，如果把这座孤峰推倒，打开，变成平面，一线天两端相距该多远？量子物理学确实开脑洞，而我们在山洞中住得太久太久。把时空折叠，多么天才且美学的创意，世界必定因之而不同。其实，时空折叠与纸张折叠看似原理相似，本质还是有区别的。因为外力作用，纸张折叠后由平面状态变为立体状态。在强大引力作用下，时空折叠后仍处于立体状态，只不过，它是两个立体状态的叠加。无疑，折叠纸张和折叠时空所需能量存在巨大差异，但能量问题是物理学家的事，于美学家而言，只要逻辑自洽，世界便成立，肉体虽无法穿越到过去，思维却可以天马行空。

翻到谷底，越过“鬼门关”，河道骤然宽阔。老邓拄着一根木棍，越我们而行，冰上的背影意味深长。我喜欢这个背影，在峡谷，在冰上。我喜欢这个背影上的寂静时光，在峡谷，在冰上。我双手托着一根木棍，望着老邓的背影想，他或又在寻找他的“龙洞”、他的“海眼”吧？老邓有时迂得可爱，也迂得实在。换个时空讲，“龙洞”可以是现实，也可以是传说，“海眼”可以是现实，也可以是传说，就像大禹冷不丁一鞭子抽在太岳山上。现实或传说，不过是此一时彼一时，不过是某种方式的时空颠倒——时间变了，空间没变；空间变了，时间没变；世界或是一枚海百合化石，时空该折叠时自会折叠，何苦执着于彼一刻和此一刻之异同呢？

郑曙林显然知道老邓去寻找什么，他望着老邓的背影调侃道，龙凤峡还有“天坑”呢，要不要帮你找找？老邓回头嘿嘿笑道，你的“儿童公园”马上到了，记得当好导游哦。

老邓所说“儿童公园”，便是郑曙林命名的石头世界。闻言抬头，望见一片石头五颜六色而来，不由愣住。

我问郑曙林，那些石头是什么石头？

郑曙林说，青石。

我再问，都是青石？

郑曙林说，都是青石。

我迟疑一下，可它们现在是彩石。

郑曙林不知道我为何这么说，笑一笑道，现在它们就是彩石。

无疑，它们是青石，也是彩石。但我关心的并非这个，而是海百合化石在什么地方。化石意味着挤压或折叠，在龙凤峡，时间把石头打磨成现在模样，空间便不再是单一的。郑曙林说，看过峡谷口的石头，就等于看过龙凤峡的石头，不要管走了多远，来过就是来过。这话也对也不对，但我知道，无论谁走进彩石滩，都不难发现，贴近任何一块石头，都可能看到茎或叶子，仅是明显或不明显而已。触摸任何一块石头，都可以听到歌声，仅是嘶哑或清亮而已。走进任何一块石头，都可能看到一片海，仅是沉睡或醒来而已。

老邓的寻找没有错，即便仅是个传说。

郑曙林的命名也没有错，即便他喜欢的只是儿童世界。

远远看到一道冰瀑，郑曙林说，今天只能走到这儿了。我有些疑惑，不是说要走八九个小时吗？郑曙林说，前面岸高水深，年轻人不听话，没带绳子和雨鞋，我们过不去了。说到年轻人，不由想起水和面包，我突然饿了。

抬头看天，太阳挂在头顶上。

如果太阳一直不动，冰一定会融化。如果冰被融化，洪水可能刮下来。如果洪水刮下来，我们可能被淹没。如果我们被淹没，会变成化石吗？

第十二章 旱地码头

旱地碼頭

民间传说也罢，古人诗文也罢，庙堂分封还罢，真假对错很难分辨，情感却一脉相承。其实，不论哪种传播方式，都经历了『层累造成』式的流变，时间如此漫长，唯一性恰是最不可信的。同样是介子推，沁源便有不一样的解读，譬如火烧绵山之地在花坡，介子推墓地在伏贵，而与介子推有关的寺庙、祠堂，沁源不敢说村村都有，但行走村野一不留神便会遇见，在沁源人眼中，每座庙都可能是介神庙。这种文化现象颇为罕见，介子推在沁源扎根之深，令人惊讶，甚或，其传播方式就像沁源山水一样，是原生态的。总而言之吧，无论纵向的历史演进，还是横向的空间扩布，无论口头语言、书面文字，还是山川、河流、树木以及寺庙、祠堂、村落，在沁源，与介子推有关的一切都在以一种有别于其他地方景观化叙事方式而存在着。

郭道这个名字如雷贯耳。

邻居调到我们村供销社工作，租住在我们院西厢房邻居家，便成了我的邻居。她是住在我们村的第一个吃供应粮的，儿子比我小两岁，经常和我一起玩。那时候，我喜欢上山采药，刨回来晾在院子里的石阶上晒干，拿到供销社卖。每次去，她都不为难我。当然，我的药材也都符合收购条件。符合，但不一定收购，农人都明白这个道理，比如粜公粮的时候，被粮站刁难是家常便饭，否则，怎么证明人家是公家人呢？邻居是公家人，却从不刁难我，与我祖父祖母相处融洽。她丈夫在郭道林场上班，郭道便成为我印象中一个与长子城一样大的地方。

后来，我父亲民办转公办，调到县城教书，他们夫妻也先后回城，她成为我母亲的朋友，她丈夫成为我父亲的朋友。记得那时家里打家具，父亲都是找她丈夫买木料。郭道是我经常听到的一个名字，印象中是个大地方，第一次去沁源走错路，跑到郭道，知道是个镇还觉奇怪。后来知道抗日战争期间，沁源分为沁源与绵上两个县，1946年1月两县合并，沁源县委由阳城村迁至郭道圣母庙，想我的最初印象并未错。再后来，知道郭道曾是上党四大名镇，心里反倒为郭道鸣不平。

老邓是郭道人，可他从未提起过。网上搜到他的一篇散文《俯仰沉浮看郭道》，才知郭道是他的出生地。老邓说到沁源眉飞色舞，文章开宗明义便声称沁源名气很大，抗日战争时期，曾是太岳区党委和太岳军区所在地，是14军的诞生地，是世界反法西斯战争史上著名战例——“沁源围困战”的发生地，是当时全国唯一一个没有出过汉奸的县。这份牛气，这份豪情，不得不让人心生敬意。但紧接着，老邓又怒其不争，说沁源相当一个时期沉溺了，人们知道它所辖一个小镇的名字，却不知道它的名字。这个小镇便是郭道，老邓的家乡。这等欲抑先扬、且抑且扬的笔法何其老道，可见郭道在老邓心目中何等重要。

晋东南古有四大名镇，即长治上党区千年铁府荫城、沁水蚕丝之乡端氏、长子中药材集散地鲍店和沁源旱地码头郭道。老邓的老邻居、郭道村人王翌晖爱收藏，喜考古，据他考证，北宋时期，田虎聚众起义，占据大半山西。朝廷命被招安的梁山好汉攻打田虎军，可道路艰难，皇帝便下令修筑一条“以辙为限”的兵道，路碑上刻“廓道”和指路箭标，第一块“廓道”碑所在地便被称为廓道。“廓”者，甲骨文、金文象屋墙屋顶形也，表示与建筑物有关，本义通“郭”，指外城，便简化为郭道。

郭源于地名，以居邑名称为氏，因居城郭方位不同又有东郭、南郭、西郭、北郭之分，后代多改郭姓。郭氏图腾即城之四方，郭一说源于姬姓，一说源于任姓，一说源于回族、蒙古族、满族等。郭虽为大姓，郭道两大姓却是邓、姚，看来郭道之郭乃“廓”，郭道并非郭姓道路，而是城外道路，至于是谷远城外道路，还是绵上城外道路，并无记载。还有一说，明正德年间，邓氏一族来到郭道，最早在此定居。明万历年间，村落渐成，隶属沁源县永丰乡阳城都管辖，为郭道里。我向老邓求证此事，老邓说他查过家谱，未曾找到相关记载，言外之意，既不承认，也不否认。让祖上露脸的事，老邓也不争不抢，我调侃道，祖上该以你为幸，还是该以你为不幸？老邓微微一笑，至少不会以我为羞。

郭道地处沁源中心，宋时兵道自北坡而来，向西南而去，晋商、潞商及冀商或往来，或租住，到清康熙年后期，渐在福云楼北、西形成一条商业街，商贾云集，百业兴旺。2008年，村民李俊春拆建福云西街“意生源”店铺，挖出清宣统元年（1911）碑碣半块，上刻筹资商铺30余家，清晰可辨的有“广太久”“谦和长”“春蔚和”“天义永”“春生东”“新义永”“隆和当”“义和源”“德泰源”“复兴斗”“恒生泰”“太昌厚”“义生源”“隆庆玉”“四盛店”“利济川”“丰豫通”“如升昌”“春生庆”“人和店”“同春源”“复兴源”“公和店”“三和店”“隆庆和”“春和久”“和合宫”等字号，当时商业之盛，由此可见一斑。碑由社首公正经理人邓名山、邓继禹主办刻存，邓氏在郭道地位显重，也非虚言。

王翌晖等候在福云楼下，文弱，白净，不像本地人。一见面，老邓便拉住他的手对我说，翌晖是郭道“活字典”，郭道有什么不明白的，尽管问他。郭道又出一个“活字典”，我不禁莞尔，想此地并非兵道，而是文道。

王翌晖的外公外婆是云南新平人，早年留学日本，外婆是医学博士，外公李济光是蔡锷的学生、朱德云南陆军讲武堂同班同学，担任过讲武堂上校战术教官，官至国民党少将师长。1928年，李济光秘密加入共产党。1943年，李济光受党委派领导滇东革命，壮烈牺牲。新平龙泉寺至今存有李济光诗一首：

龙泉寺内吐龙泉，寺自清幽水自鲜。

不仅平山欣仰戴，尤分余润到南天。

王翌晖的父亲王银虎是李元下庄村人，1942年参军，担任38团团长、太岳军区第一军分区副司令员蔡爱卿警卫员，参加过济垣战役、豫北战役、上党战役、淮海战役、渡江战役等，负伤7次，立大功两次、一等功两次、二等功五次。1950年9月，被中央军委授予“全国战斗英雄”称号，二级甲等残废军人。新中国成立后，王银虎任丽江公安大队政委、重庆三〇二部队农场场长。1964年转业故里，1967年因伤病复发去世，年仅45岁。王翌晖的母亲随丈夫来到沁源，1974年返回云南，参加过1979年对越自卫反击战。

王翌晖比我大一轮，属蛇，1976年迷上收藏，主集书籍、粮票、火花、门券、钱币、唱片资料，兼集站台票、证章，藏书籍近万册、粮票3000余种、火花30 000余种、门券5000余种、唱片资料4500余张，为中华全国集邮联合会会员、中国收藏家协会会员。闲暇，王翌晖编撰《郭道村志》140余万字，2011年初成。老邓说他是乡贤，就凭这份爱好，他也当得起这两个字。沁源村村有乡贤，这让人想起中国传统的乡绅文化。乡村士绅始于夏商周的乡里制度。“乡”本义指方向，在先秦文献中常被引申为表示某个方向的地域。“里”是人的聚居地，是人们为了生产和生活方便而形成的社会共同体。乡、里是中国古代国家政权的基层社会组织，自秦汉以来，经过长期演变逐步由乡官制变成职役制。清代沿袭宋明时期的里社制和保甲制，里社、保甲、宗族组织互相交错。乡绅即农村士子，譬如老秀才、举人，辞官回乡官员，族长元老等，他们近似于官而异于官、近似于民又在民之上，在宗族组织中具有特殊地位。政治上，乡绅是官吏的补充，可参与乡里管理事务。经济上，乡绅享有赋税和徭役优免权。另外，乡绅还是民事纠纷的仲裁者，某种程度上甚至取代了有关官吏的司法权。晚清及民国以来，对外赔款急剧增多，地方政权转嫁财政负担，引发劣币驱逐良币，良绅无力维持代理人和保护人角色，地痞流氓取而代之，乡绅文化逐步瓦解。沁源倡导的乡贤文化既是传统乡绅文化的接续，更蕴含着现代社会治理理念，是一种全新的升级版。王翌晖自小受到书香文化和红色文化的熏陶，热心乡村公益，他这个乡贤当之无愧。

老街青砖铺设，不甚宽，街边房屋也矮，一眼望去，街道宽窄与房屋高矮倒也相称。街西拐进去为蔡爱卿队部，也是车马店，太岳纵队曾在此生产肥皂、香烟、火柴等，斜对面是郭道邮电支局。说到邮局，王翌晖滔滔不绝。郭道先有名，后有村，道为名先，名为村先，有名而后有实。清光绪三十年（1904），县城设邮寄代办所，郭道村内方有私商设邮柜一处，在福云楼北侧靳马林院拐角处，初设时只递包裹及信件，1914年才兼递地方并办理快邮业务。那时，境内与外地通邮全赖脚夫担背，城镇及近郊邮件由县局开拆、分拣后，分发到各邮柜，再按区域步行投递，风雨无阻。1937年，全面抗战爆发。1939年4月，中共沁源县委成立沁源县交通大队，传递公文、情报，联络太岳区特委、行署。次年6月，冀太联办交通总局副局长申修赴沁源组建太岳区交通邮政机构，归属太岳区交通局第六分局领导。至此，太岳根据地建立了半公开的转寄干线站，郭道属第七干线，10天或15天往返一次。1941年9月，绵上县交通局在郭道成立，地址在福云楼北侧现邓仁义院，归太岳行署九专署管辖，沁源县交通局归七专署管辖。1941年7月1日，县境内开始发行邮票，办理民邮、包裹、汇兑业务，实行有资寄递。直到此时，乡民才知道邮票，图案为晋冀鲁豫边区交通总局石版条文土纸石印，面值分2分（橘黄）、5分（橘黄）、1角（深蓝），后增加5角（红）。这些邮票于1943年初停用，1944年改换石版白纸同图邮票，面值1元（绿）、2元（红）、5元（紫）、10元（橘黄）。1945年，绵上、沁源交通局合并为沁源县邮政管理局，郭道为境内干线14站，站址仍在福云楼北侧。1946年，太岳区邮政管理局认定县邮政局为二等邮局，同时设郭道支局。

邮局后面是一座老宅，五间，一层药店，二层住人，侧旁有楼梯。主人任步庭是赤石桥青杨湾人，任家世代为医，但他只经商，不看病。邮局斜对面是当铺、银匠店，王翌晖就住在后面。王翌晖邀我家中小坐，正犹豫间，老邓说去他家看看他的藏品，肯定让你大饱眼福。推门进去，院子很小，房子又矮又窄，想当年此地应是寸土寸金吧。低头进屋，见四壁都是板箱，里屋也是板箱，板箱里都是王翌晖收藏的宝贝，其中最有纪念意义的，当是蔡锷用过的箱子和他外公获得的勋章。知是他的命根，我只看不动。出得门来，站在天井似的院子里，王翌晖指着西边隔壁说，那是任步庭家的粮站，指着东南方向说，那是邓四蛮家的粮站。我玩笑道，你家院子看着逼仄，却像你的邮票，藏着世界呢。又对老邓说，你的祖上也曾阔过嘛。老邓笑一笑说，俺是下中农，够不着人家。也是，邓氏一族在此生活500余年，枝枝蔓蔓，即便同族，也早各立门户，此邓恐非彼邓。门口对面拐角处有一口水井，想不管此邓彼邓，喝的还是同一口井的水，乡绅文化之所以延续千年，血脉族情是主因之一，何况还有中国独特的乡土文化呢。

返回老街，东行为新华书店，建于1940年，是最早的新华书店。其后是国民党党部、三青团团部，村后有三孔窑洞，曾为绵上县公安局、监狱。沿小巷北行，是邓四蛮家的四合院，外为窑院、戏台，内为窑楼院，是郭道当年最讲究、最气派的宅院，绵上县抗日游击队大队部曾设于此。原路返回，沿老街东行，见有饭店、醋坊、油坊等。郭道人有打火烧、搓麻花、制糕点、做酱醋的传统。据民国县志记载，民国初年，郭道开设糕点房一家、酒坊两家、稀糖一家、烟厂一家，多为前店后坊，自产自销，本小利微。全面抗战爆发后，郭道遭日军两次焚烧，百业俱废。抗日民主政府来到郭道后，醋坊、酒坊、油坊、酱坊、粉坊、豆腐坊、点心坊、稀糖坊和烟厂等得以恢复。与作坊相邻，还有绵上县抗日医院、212旅部孙定国旅长驻地、电讯处、育英院赴京居住地等，窄窄一条街便是一座城，党政军民，工农商学，衣食住行，吃喝拉撒，样样俱全。街道由东向北拐角处是东门，其上是福云楼，俗称祈雨楼，始建于清康熙二十三年（1684），由邓、姚两户牵头筑建。福云楼飞檐八角二层，正对灵空山，背对慈云寺，券洞略偏东南，仅容一辆马车出入。出券洞，东通官道，南抵沁县，北通平遥，可谓三通六达，郭道之道，此也证物之一吧。

站在“三线记忆展览馆”门口，老邓说，郭道最有名的一段历史，就是20世纪60年代到80年代中期的三线建设，那时候，外地人知郭道而不知沁源。我知道郭道这个名字，也在20世纪70年代，便问老邓郭道林场在什么地方。老邓笑一笑，你说的应该是太岳林局，原建在李元马森村，70年代中期搬到郭道，它的搬迁与三线建设有关。当时，沁源建有三线企业7个，郭道就有5个。为了服务好这些企业，县里增驻了派出所、税务局、公路道班，改建了医院、车站、银行、书店、旅店和百货、蔬菜、糖业烟酒公司，扩修了汾屯公路，修建了5座大型石拱桥。1972年6月12日，晋东南地区还设立了沁源县郭道工矿区，郭道实际上是山西最早的“经济特区”。老邓又指着王翌晖说，翌晖1969年郭道中学毕业后分配到晋东器材厂，11月底成为三线厂首批徒工。1973年选送到山西财经学院学习，毕业后又返回厂里，在金工车间、电位器车间、电阻车间、供运科、行政科干过，当过文书员、统计员、材料员、厂办秘书、职工子弟学校校长。退休前是山西音响材料厂沁源分厂厂长，退休后定居榆次。翌晖在三线厂工作了40年，经历了三线企业的辉煌和衰败，2018年建展览馆，他比谁都积极。

展览馆由原长虹机械厂部分旧厂房改建而成，是山西规模最大、晋东南地区唯一的三线建设纪实性展览馆，总面积4500余平方米，分历史背景、挺进沁源、生产历程、激情岁月、三线人物、三线情结、再铸辉煌等七个展厅，收藏原三线厂实物近1000余件、照片2000余张。布置接近尾声时，王翌晖想起榆次总厂库房沉睡多年的老设备，主动出面协调，不花一分一厘，为展览馆“请”回高十几米、重几十吨的一代、二代、三代机床，这些闲置的庞然大物如今是“镇馆之宝”。谈起建馆，王翌晖很是兴奋，他说展览馆是郭道镇打造“三线文化园”总体规划的第一步，今后还计划拓展长虹厂、晋东厂、东昇厂全部厂区旧址200余亩，对各厂遗留厂房、宿舍、学校、礼堂等设施进行开发利用，规划建设工业遗址公园、三线影视拍摄园、工业遗存文创园等。

特殊年代造就特殊历史，郭道这个与兵道有关的特殊地方，又有幸成为这一特殊历史的亲历者、见证者和记忆者。

共和国的同龄人都知道，20世纪60年代，我国周边危机四伏。东面，美国对我国实行军事和经济封锁，多次在台湾海峡举行军事演习；东南面，龟缩台湾的国民党一直伺机反攻大陆；北面，苏联撤走在华所有专家，不断在中苏边境武装挑衅；西南面，印度与我国多次发生争端，我国被迫自卫还击……国际局势波诡云谲，战争阴云密布，党中央和毛泽东审时度势，向全国人民发出"深挖洞，广积粮，不称霸"和"备战备荒为人民"的战争动员令。在此背景下，国家制定了三线建设战略，这在中国当代史上，是一个规模空前的重大经济建设战略。

这一切皆始于1965年，那一年我出生，对那个年代的故事怀有特殊情结。

其时，国家把边境和沿海地带称为一线，把中部地区划为二线，西部地区则是三线。三线地区又分大三线、小三线。展览馆张挂着一张全国三线建设重点项目示意图，西南的川、贵、云和西北的陕、甘、宁、青等大三线，一、二线地区腹地的小三线赫然图上，沁源位列小三线。"好人好马上三线"，这是当时最响亮的口号，能够进入三线建设的，都是政治过硬、有技术专长的。整个三线建设贯穿三个"五年计划"的16年，涉及13个省、市、自治区，有400多万工人、干部、知识分子、解放军官兵和成千上万的民工参与，建设大中型项目1100多个，涵盖国防、科技、电子工业等领域，有铁路、公路交通基础设施，有钢铁、煤炭等重工业基地和轻工业企业。

在当时，支援和加强三线建设是山西工作的重中之重。1965年，山西省委成立三线建设领导小组，设三个指挥部：第一建设指挥部设在大同，负责协助北京后方基地建设；第二建设指挥部设在长治，负责协助天津后方基地建设和战备搬迁工作；第三建设指挥部设在隰县，负责太原后方基地建设。而选址沁源，则与"沁源围困战"有关。当年，沁源军民团结一心，同仇敌忾，对据守县城的日军进行围困。1945年4月，历时两年多的"沁源围困战"获得全胜，创造了群众性长期围困战的范例。围困战胜利20年后，时任国务院副总理薄一波在山西省副省长刘开基、中共晋东南地委书记王尚志的陪同下，到沁源李元、韩洪、郭道视察，一方面访问阔别22年的沁源老区，另一方面为三线厂选址。初定10厂一校，后改为7厂。

薄一波离沁不到一年，1966年春，原华北经济协作区责成天津二机局分迁包建组，在李元贤友、韩洪二郎神沟和郭道定址。同时从各地抽调筹备建厂领导组，相继进驻沁源，开始征地、测量、绘图等前期准备工作。1968年，直属国家第四机械工业部的4542厂（国营卫华仪器厂）在二郎神沟开工建设，拉开沁源三线建设序幕。1970年元旦刚过，1010厂（山西长虹器材厂）、1011厂（山西人民器材厂）、1018厂（山西晋东器材厂）、1027厂（山西东升器材厂）、1029厂（山西开源线材厂），同时在郭道周边开工，沁源三线建设渐入高潮。从1969年至1980年，五个厂累计投资4400万元，建筑占地总面积12万平方米，有各种专用中型和大型设备1274台、金属切削设备401台、锻压设备164台、仪器仪表1608台件、载重汽车28辆、四吨翻斗车2辆、消防车1辆、救护车1辆，以及其他机电设备362台。职工人数最高峰时2061人，技术人员209人。职工大多来自太原、长治和沁源，都是当时的应届初、高中毕业生。职工进厂后经过军事和政治集训，分批分点在太原、咸阳、成都、武汉、杭州、南京及北京、天津、上海、重庆等地，根据工种和专业进行一到三年的学习培训，合格后回厂，成为三线厂的奠基人和技术骨干。

遵循“先生产、后生活”“边设计、边建设”的指导思想，经过近两年奋战，1971年10月，山西开源线材厂线材产品投产，同月，山西晋东器材厂碳膜电阻、金属模电阻试产成功，1972年正式投产。同年，山西人民器材厂电容器产品试产成功，并正式投产，山西东升器材厂和山西长虹机械厂相继于1971年至1972年试产晶体管无线电子产品和861连排指挥机（背式报话机）成功，部分生产。鼎盛时期，长虹机械厂有能力生产军用对讲机、步话机，包括“404”型电台。沁河机械厂有能力生产空军部队地面指挥系统用的，频率高、距离远的“101”超高频信号发生器和“201”数字频率器。开源线材厂研发布电线、微型漆包线、中型被复线、军用被复线等11个品种的产品，部分产品填补山西空白。卫华仪器厂的华北无线电计量站为全国两家之一，配备有英国、法国、德国和美国的仪器设备，设施设备、生产能力和技术人才皆全国一流。当时，所有建设单位均用代号代替，直到1976年后才逐渐公开。

三线建设规模之大、投入之多、动员之广、行动之快、职工积极性之高，都是空前的。成千上万的建设者不讲条件，不计得失，祖国一声号召，打起背包奔赴三线，“献完青春献终身，献完终身献子孙”。他们或从国家机关和企业抽调，或从科研单位选调，或名牌大学毕业，还有从各地招收的徒工，是个特殊群体，人称“三线人”。

改革开放后，国内经济环境发生变化，三线企业成本高企，生存艰难。为节省开支、减少亏损，1978年1月，长虹机械厂与沁河机械厂合并为山西长虹机械厂。1980年元月，山西东升器材厂竣工验收，同时宣布停产。1981年1月，山西长虹机械厂宣布停产。1982年5月，山西人民器材厂宣布停产，同年7月，山西晋东器材厂宣布停产。除山西开源厂勉强维持生产外，其余4厂均靠国家拨款过日子。1985年5月，东升器材厂、晋东器材厂、人民器材厂三厂合并，更名山西音响材料厂。1986年，根据国务院关于三线企业“调整、改造、搬迁”的指示精神，自1987年11月起，音响材料厂、长虹机械厂和开源线材厂分期分批搬迁到榆次。搬迁后，音响材料厂设郭道分厂，其余两厂设留守处。20世纪末，太岳林局迁往介休。红火一时的郭道突然冷清下来，县里的一些派出机构也悄然淡出。

从1966年至1987年，三线厂在沁源存续21年。

老邓在郭道长大，他的三线记忆与王翌晖不同，或者说，老邓的记忆是民间视角，有烟火气：厂里有机器轰鸣声，街头有南腔北调，路上有汽车喇叭鸣叫，眼里有身着工装或异装的帅哥靓女。并不宽敞的街头车水马龙，不一样的口音，不一样的文化，不一样的生活方式，潜移默化着当地的民俗风情。太原和长治为数不多的班车，每天直发郭道一趟，加上途经的，每天在十几趟。1975年夏天，全省“引机上山”现场会在郭道召开。同年，郭道街头铺了沁源除县城外的第一条柏油马路。各种文体活动，譬如文艺汇演、电影、戏剧、体育比赛一个接一个。各种现场会，各种典型，各种参观，纷至沓来。一时间，郭道声名鹊起，被人戏称为沁源的上海、山里的香港。来沁源不到郭道，等于没到沁源。到郭道不看三线厂，定是憾事。而最温暖的，是郭道的干部群众与驻地企业相处和谐，遇到春耕、秋收时节，企业动辄派卡车支农。郭道时有16个生产小队，还有副业队、专业队、车队，那个红火劲，现在想起都心潮澎湃，郭道俨然沁源老大！

在天津作家肖克凡眼中，三线是另一种记忆。他在《沁源邂逅天津》一文中写道：

当年沁源县总共七座工厂，有六座来自天津。我不禁兴奋起来，企盼从“小三线”建设者照片里找到熟悉的天津面孔。

一张张照片里青春洋溢的笑容、意气风发的目光、朝气蓬勃的身影，分明定格于五十多年前的光景里。我猛然意识到，他们如今均已年逾花甲，甚至年过古稀，难以对照青春面容了。

尽管企业名称几经变更，我还是能够识别“天津卫东漆包线器材厂”，就是坐落在河西区陈塘庄工业区的天津市漆包线厂；“天津工农兵电线厂”就是坐落南开区长江道的天津市电线厂。这无疑是天津机械行业的荣耀。

三线沁源展览馆陈列着当年的机械生产设备。我能够认得二〇车床和导轨磨床，还有立式铣床和剪板机，它们无声讲述着“小三线”建设者艰苦奋斗的故事。当年开源线材厂生产的被服线，产品质量难以达标，他们派员到天津609厂接受技术培训，很快排除产品质量缺陷。这让我感受到沁源与天津的不解之缘，也使我在山西沁源邂逅不曾谋面的天津前辈。

参观即将结束时，我意外得知那张铁木结构的台案被当地称为“天津桌”，因为当时沁源没有见过这种具有折叠功能的台案，便有了如此称谓。我给这张“天津桌”拍下照片，请它重返天津家乡。

从天津来到沁源“小三线”的建设者，起初有南开大学毕业生，后来有天津知识青年和复员军人，他们无私奉献了青春年华。当时生活物资极其匮乏，女工在沁源商店里连卫生纸都买不到，只有草纸。许多生活日用品都是从城市家里捎来的，即便吃顿水饺也成了奢侈的事情。创业者艰苦奋斗的精神，迸发出难以想象的能量，在太岳深处“小三线”树起丰碑。

城乡生活确实存在差别。夏天里“小三线”女工穿起塑料凉鞋，竟然引起当地妇女们的好奇，此前她们没见过裸露五个脚趾的鞋子，也没嗅到过“小三线”女工们身上散发的雪花膏味道。冬季天冷，男徒工戴个口罩、穿件棉猴也会引来惊异的目光。这群“小三线”建设者，受到当地政府和人民的大力支持，同时影响了当地的精神文化生活与文明生活习惯。

“小三线”工厂举行篮球、乒乓球、象棋比赛，带动了当地村民体育运动的开展。“小三线”工厂的文艺节目表演、锣鼓秧歌游行、放映露天电影，上映朝鲜的、阿尔巴尼亚的、南斯拉夫的电影，给当地青年村民播下喜好文艺的种子。清晨，广播喇叭里的“新闻和报纸摘要节目”、晚间食堂开饭的味道……为闭塞静寂的山村生活吹来清新空气。村民们听见了普通话，看到了广播体操，接触了海报与大标语，懂得了粮票、布票和各种票证，受到现代工业文明的熏陶。他们在工农互通有无的交往中，缩小着城乡差别，结下了深厚友谊。来自大城市的“小三线”职工们，在这里安家落户、生儿育女，将沁源山村当作自己的第二故乡。

有个很有意思的故事，在郭道流传。

绵山火起，火光映天。忽然间，上万只白鸦呼啸而来，将介子推母子里三层、外三层团团围住，振翅扑火。火势迅猛，白鸦引火上身，一半坠落火海。大火熄灭，尸骸遍野。生还者盘旋天空，久久不散，其鸣若泣，声声滴血。烟熏火烤之后，白鸦通体乌黑，仅脖颈处环一圈白，嘴被泣血之声染红。晋文公望之垂泪，伫立良久，遂命嘉奖：其一，数百里之内不得设罗网，不得捕捉乌鸦；其二，随乌鸦行踪，找到其住所筑一高台，让其安居，日夜可望绵山。

所筑高台便是思烟台。晋王嘉《拾遗记·鲁僖公》记曰：

僖公十四年，晋文公焚林以求介之推。有白鸦绕烟而噪，或集之推之侧，火不能焚。晋人嘉之，起一高台，名曰思烟台。种仁寿木，木似柏而枝长柔软，其花堪食，故《吕氏春秋》云："木之美者，有仁寿之华焉。"即此是也。

国云戒所焚之山数百里居人不得设网罗，呼曰"仁乌"。俗亦谓乌白臆者为慈乌，则其类也。

显然，郭道一带的传说是有出处的，只不过，传说中渲染了更多细节，譬如，脖颈处环一圈白、嘴被泣血之声染红之类。有人甚至说，乌鸦便是白鸦烟熏火烤之后的变种，姑妄听之罢了。

自郭道老街斜刺里穿出，一路向北，有一社脑坡，坡上有一台地，中央矗立一黄土夯实的土堆，面朝正南，前设祭台，此即思烟台。遗址四方底座，长、宽各20米，下宽上窄，呈梯形，高18米，距今2600多年。思烟台虽为土台，却历经春秋战国水火洗礼，饱尝秦、汉、隋、唐、宋、元、明、清风雨而不倒。抗日战争时期，曾作为烽火台、瞭望台，助太岳军民抗击日军。当然，这是介子推的思烟台，在邓家人眼中，思烟台另有用途。邓氏一族迁居郭道，背靠思烟台，开辟家园。古时择地有北山高于南山之说，如此北山方可做"靠山"。郭道北山无法与南山比肩，邓氏遂加筑思烟台，以一尺顶三丈之寓意平衡两山高度，称作云台。邓氏初来乍到，或不知思烟台来历，方有此举。而今人大多不知思烟台，也不知云台，习惯直呼寨子疙瘩，思烟台和云台便一如烟云。但名或隐，山河仍在，眺望南山，依然山峦层叠，松柏满山。而在思烟台之前、山峦之下，河谷半圆形环绕而来，山水之美者，"有仁寿之华焉"。

王翌晖说，在很久以前，思烟台是喂鸟的地方，有很多种鸟儿在这里栖息。每逢寒食节，村民都来此喂鸟，这个风俗一直延续到辛亥革命。本地有一种鸟儿叫红嘴鸦，20世纪80年代曾成群出现，后因环境污染，已少见。至于白鸦扑火，王翌晖还专门跑到山西大学、山西农业大学、山西师范大学图书馆查阅相关书籍，发现“鸟雀之所以会扑向着火的地方，是因为它们需要熏死自己翅膀上的寄生虫”。

王翌晖以科学为传说寻找证据，的确够执着。可说到鸟儿，身边便有专家，我当即拨通郑曙林电话，请教白鸦的事。郑曙林说，鱼儿泉、花坡一带有白颈鸦，郭道、沁河一带有达乌里寒鸦，前者个头比后者大。白颈鸦白色颈环仅延伸到胸部，腹部仍为黑色，达乌里寒鸦白色颈圈延伸到胸和腹部，两种鸟儿区别明显，不容易混淆。我问是红嘴吗，郑曙林说不是。问有红嘴鸦吗，郑曙林说，有红嘴山鸦，嘴、脚是红色的，通体黑色，具蓝色金属光泽，但不叫红嘴鸦。又问有白颈红嘴的鸦吗，郑曙林断然回道，从未见过。我查阅相关资料，也未发现白鸦这个鸟种。看来传说就是传说，群鸦扑火虽有科学依据，白颈红嘴或是当地人对白鸦的美化，毕竟白鸦是“仁乌”嘛。《本草纲目》把达乌里寒鸦称作“慈鸟”“孝鸟”，或与白鸦有关？也仅是猜测。其实，白鸦也好，乌鸦也罢，只要有人情味，人们便会纪念它。所谓“南屈原、北介子”，屈原与介子惺惺相惜，《九章·惜往日》便不吝赞誉之词：“介子忠而立枯兮，文君寤而追求；封介山而为之禁兮，报大德之优游；思久故之亲身兮，因缟素而哭之。”南朝宋刘敬叔《异苑》也曰：“介之推逃禄隐迹，抱树烧死。晋文公望木哀嗟，伐而制屐。每怀割股之功，俯视其屐曰：‘悲乎，足下！’足下之称始此。”天禧元年（1017），宋真宗诏封介子推为洁惠侯。王翌晖对思烟台情有独钟，经他争取，思烟台被列为市级、省级非物质文化遗产。

重耳逃亡19年，介子推为五随从之一。《辞海》第6版释介之推曰：

亦作“介子推”“介推”。春秋时晋国人。曾从公子重耳（晋文公）流亡国外。文公回国后赏赐随从臣属，他未得赏，因与其母隐居绵上（在今山西介休东南）山中而死。文公使人召之不得，以绵上作为他名义上的封地，后遂称绵山为“介山”。据说文公烧山逼他出来，他因不愿出山被烧死。旧俗以清明前一天（或两天）为寒食节，断火冷食三天，相传为纪念介之推。

民间传说也罢，古人诗文也罢，庙堂分封还罢，真假对错很难分辨，情感却一脉相承。其实，不论哪种传播方式，都经历了“层累造成”式的流变，时间如此漫长，唯一性恰是最不可信的。同样是介子推，沁源便有不一样的解读，譬如火烧绵山之地在花坡，介子推墓地在伏贵，而与介子推有关的寺庙、祠堂，沁源不敢说村村都有，但行走村野一不留神便会遇见，在沁源人眼中，每座庙都可能是介神庙。这种文化现象颇为罕见，介子推在沁源扎根之深，令人惊讶，甚或，其传播方式就像沁源山水一样，是原生态的。总而言之吧，无论纵向的历史演进，还是横向的空间扩布，无论口头语言、书面文字，还是山川、河流、树木以及寺庙、祠堂、村落，在沁源，与介子推有关的一切都在以一种有别于其他地方景观化叙事方式而存在着。也就是说，沁源人不争，不抢，不粉饰，不装饰，介子推文化却遍地开花，原始生长。

郭道村西、泊水河北的河滩建有介神庙，是庭院廊坊式庙宇，为祭祀介子推及其母亲、妻子、儿子、儿媳而建造，原名惠侯祠，也名蚕姑庙。介神庙原址选在坐佛山东侧半坡上，塑像坐南向北，望向绵山。庙宇框架既成，竟当夜垮塌，众工匠甚感困惑，遂请教慈云禅寺僧人慈云先师。先师云：此庙占据神山，怎能不倒？另选祥地吧。遂选今日之址而建，南山则留下一座介神台。

介神庙长32米，宽18米，总面积576平方米，砖木结构，瓦插飞龙头像，原殿坐北向南，正殿三间，两边各有偏房一间。正殿彩塑介子推与母亲、儿子介林像，西偏房为介子推之妻像，东偏房为介林之妻像。沁源介神庙众多，此种布局却独一无二。《古今图书集成·神异典》引《山西通志》释残苦庙云："旧志云，介之推从重耳出亡，追者甚急，推以其子林代死。后重耳入晋，推妻并林妻寻推至此。闻推焚死于绵山，二人投井而死。乡人立庙。后讹为蚕姑庙。"残苦与蚕姑音近，民间便将残苦的婆媳升格为美丽的蚕姑，讹传也动人。山西多地有介子推传说，大同小异，这种说法却鲜见，可见最把介子推当"家人"的还是沁源人。介神庙南建有坐南朝北三间戏楼，每逢寒食书，村民便自发组织剧社演出，意即请介子推一家与村人一起看戏，此等待遇，亦如"家人"一般。

1940年11月，日军焚烧郭道，介神庙被毁。

最早记录介子推的古籍是《左传》，仅言及"功不言禄"。《吕氏春秋·介立》与其略有不同，说介子推不愿"贪天之功"，作《龙蛇之歌》书于晋文公宫门上："有龙于飞，周遍天下。五蛇从之，为之丞辅。龙反其乡，得其处所。四蛇从之，得其露雨。一蛇羞之，死于中野。"晋文公大为震撼，遂以爵禄良田悬赏知其下落者。到了汉代刘向《说苑·复恩》，歌的作者由介子推变为晋文公门人，歌词也不同："有龙矫矫，顷失其所。五蛇从之，周遍天下。龙饥无食，一蛇割股。龙反其渊，安其壤土。四蛇入穴，皆有处所。一蛇无穴，号于中野。"此即"割股奉君"的最早记录，而火焚之事，直到《庄子·盗跖》"子推怒而去，抱木而燔死"才见端倪，汉末蔡邕《琴操》更将禁火与火焚联系在一起："介子绥割腓股以啖重耳。重耳复国，子绥独无所得。绥甚怨恨，乃作龙蛇之歌以感之，终不肯出，文公令燔山求之，子绥抱木而烧死。文公令民五月五日不得发火。”实际上，《左传》也罢，《吕氏春秋》也罢，《说苑》《庄子》《琴操》还罢，感情或为真，所记却不一定是史实，正如晚清大儒皮锡瑞《经学通论》所说：“春秋借事明义之旨，止是借当时之事做一样子。其事合与不合、备与不备，本所不计。”

但在后来，寒食节却几乎被介子推独占，倒是事实。

古时，清明、上巳和寒食三节并列。清明为二十四节气之一，《淮南子·天文训》曰：“春分后十五日，斗指乙，则清明风至。”《岁时百问》云：“万物生长此时，皆清洁而明净。故谓之清明。”清明乃节令，其时天气清朗，四野明净，恰是踏青、拔河、插柳、植树、荡秋千、放风筝的最好时候。上巳节起源有两种说法：一曰源自曲水之宴，《初学记》引《续齐谐记》云：“昔周公卜成洛邑，因流水以泛酒。”一曰源于水边祓禊风俗，祓即祓除病气，禊指净身除秽。《周礼·春官·女巫》曰：“女巫掌岁时祓除衅浴。”古人以水为圣洁之物，众人聚在水边沐浴、采兰、嬉游、饮酒，祛灾禳福，辞冬迎春。至汉代，农历三月上旬巳日被正式定为节日，官民聚集河边洗濯祓除，除宿垢，去灾病，谓之大洁。因三月上巳日的具体日期每年并不固定，至魏晋，便将三月初三明确为上巳节，除举行祭祀活动外，还有诸多娱乐项目，譬如文人墨客雅聚河边，饮酒赋诗，少男少女执柳河曲，清水濯足。杜甫《丽人行》“三月三日天气新，长安水边多丽人”所记，便是当时上巳情状。寒食节起源于古代钻木、求新火之制。古人因季节不同，钻木取火的树木亦不同，渐有改季改火之俗。改火之后须换取新火，新火未至，生火禁止。《周礼·秋官·司烜氏》记载：“中春以木铎修火禁于国中。”禁火之时，人们须备冷食以供食用，日久约定俗成。寒食节初期长达一月，继而缩短为七天、三天，最后改为一天。《荆楚岁时记》说，冬至后一百五日要刮大风，下暴雨，俗称寒食，又称百五日。除禁火外，寒食节还要墓祭。在唐代，寒食节极为隆重，节日期间，天涯游子若不能回乡，便举家聚于河边，望乡遥拜，所谓“远人无坟水头祭，还引妇姑望乡拜”。上巳和寒食两节时间往往重叠，寒食和清明又紧紧相连，习俗界限在唐时已难分得清楚，至宋时合而为一。经此流变，上巳节和寒食节的若干民俗事项便成清明节的民俗内容，明清以后，上巳节退出节日谱系，寒食节也渐趋消亡，迎接暮春的仅剩清明一节，清明便兼具节气和节俗的双重意义，此种状况在中国传统节日中绝无仅有。

绵山一带是寒食节的生发地，禁火习俗甚严，延续也最久，但与寒食节之本意已相去甚远。《中国地方志民俗资料汇编》“华北卷”记载，介休、灵石、沁源“邑人为介子断火”“禁甚严”“约禁颇严”。与老邓聊起此事，老邓也说，沁源人把寒食节看得比清明节重，他小时候过的就是寒食节。沁源人的寒食节未被清明节简单取代，只因寒食节于沁源有特殊的含义吧。

出郭道西北不远是伏贵，村北一公里处有一自然村，叫郑沟。虽人去村空，村中傅山先生讲学堂却保存完好。出村越过公路，两山环抱一块庄稼地，地的西北建有介子推墓。墓堆呈圆形，墓身封土高10余米，周20米，环周占地3300余平方米。墓地坐西面东，上植青松、白杨数株。据传，此墓为晋文公率众人所筑，年久衰败，唐武德年间重修，清乾隆年间再修。墓碑刻有碑记，碑文为“皇帝万岁。晋国贤洁惠侯王公介子推讳光之墓。乾隆二十五年吉日立”。

唐贞观年间，朝廷拨付银两在伏贵主街北侧修建洁惠侯祠，也叫介神庙。旧时，介神庙东西两道山门时常关闭，只有祭祀、唱戏、村公所处理公务时，方才打开。东西山门上建有钟鼓楼，有香客、施主到来或村人有事诉讼，可鸣钟击鼓。进得庙内，南为戏台，正中悬“镜里千秋”，并撰楹联曰，“不大地方可家可国可天下，无多人物知丑知美知大义。”北房正殿为介神庙，内供介神泥塑像。介神身着黄袍，慈眉善目，欲言又止。廊外前檐左右塑李能、张雄执戟捧戈像。介子推出走，晋文公派武士前去寻找，武士死后追赠护卫大将，即介神守护者李能、张雄。殿前东西两排房屋为禅房，清末以来村公所在这里办公，不久为村小学堂占用。

伏贵也有个有意思的传说，与舞龙灯有关。

介子推被焚不久，村人偶得一书，边看，边读，身边突现天兵天将，问召他们何事。原来村人无意间读了咒语，引来天兵天将。可村人不知退兵之咒，不知如何是好，抬眼看时，见村前龙卧山迤逦而来，便信口道，你们在山上垒一道石墙吧。话音未落，一条城墙横亘山腰，宛若长虹，天兵天将却踪影全无。村人围观，石头大者如牛，小者如猪，皆非本地所有。惊疑间，突有人指着山和石墙说，青山如卧龙，蜿蜒青翠，石墙似卧龙，红似火蛇，青者为水龙，红者为火龙，莫非是神灵在暗示我们以此纪念介神？众人以为然，遂砍木扎龙头，以纱作龙身，舞起龙灯。从此，伏贵风调雨顺，物阜民丰。

何为民俗？

有记忆以来，我们就一直是这样子的。

无须解释，便是最好的解释。何况，在沁源，散落民间的文化符号多可自圆其说。介子推、介神和龙便是这样的符号，他们像三线记忆一样，牢牢贴在郭道这座旱地码头上。

第十三章

逍遥绵上

逍遥綿上

脑海里电光火石般闪过两个词组：绵上隐和绵上耕田。对，就是绵上隐，就是绵上耕田，突然想来看绵上，不只因为它叫绵上，还因为它有两个后缀：隐和耕田。《左传·僖公二十四年》记曰：『晋侯赏从亡者，介之推不言禄，禄亦弗及。……遂隐而死。晋侯求之不获，以绵上为田。』唐李德裕《近于伊川卜山居，将命者画图而至，欣然有感》诗云：『欲追绵上隐，况近子平村。』清顾炎武《赠程工部先贞》诗也云：『绵上耕山日，青门灌圃时。』尤其青门灌圃，『世间机械从来耻，不惮晨昏抱瓮疲』，此等闲情逸致怎不令人心驰神往？沁源行走月余，竟起闲隐之心，山水也消磨人的意志呢！

雪后。那天去下窑村看沁源古八景之“石台夜月”，返城路过郭道时，我突然对老邓说，去绵上。

老邓很是诧异，天马上就黑了。

我说，没事。

老邓又说，你去过绵上的。

我说，再看一眼。

宋勇笑一笑，开车穿过郭道大街，北拐汾屯公路，径往绵上村而去。

我也不知道那一瞬间，为何会想起绵上，可自己就是想去看看绵上。这种想法有些无厘头，可于我也算正常。我确实不清楚因何去绵上，但我知道，自己很快就会找出理由，即便这个理由很牵强。

离开乡下太久，没想到冬天的天如此之短。在城市，冬天的天其实也很短，只因有光，对黑的感觉便不再那么强烈。感觉这东西很莫名其妙，来时不需要理由，去时也无须理由。况且，世上事哪儿有那么多理由呢？

出郭道时天还透着亮，到绵上就黑透了。没有月光，没有星光，绵上正施工，路灯也黑着。宋勇从配件箱找来手电筒，高举着走在前面，我和老邓把手机上的手电筒打开，跟在后面。天有些冷，或许在施工，或许是晚饭时候，路上没有人。老邓晃动着手电光说，这儿是学校，那儿是史家大院遗址，拐进巷子里是抗日忠烈故居。这些地方我都看过，但在这个晚上，我只能努力去回忆，实际上什么也看不到。就这么奇怪地走着。就这么跟着灯光高一脚低一脚地走着。就这么在夜色中穿过古绵街道，来到十字楼前。周边刚铺上青石板，远处居民区有灯光漏出屋脊，耸立半空的十字楼平添几分肃穆，与立在路边的纪念碑倒是相搭。穿过黑黢黢的十字楼，从宋勇手中取过手电筒，把灯光指向北边问，那条路是通向平遥吧？老邓说是。又把灯光指向东边问，那条路是通向沁县吧？老邓说是。再把灯光指向夜空，自言自语，很久没看到如此纯粹的夜色了。老邓问在看什么，我说，什么也不看。老邓摇摇头，或许觉得我中了邪吧。回转身，把灯光指向十字楼，冷不丁对老邓说，第一次看到它就觉奇怪，为什么不建在城内呢？老邓说，沁平古道、沁沁古道啊，此地是必经之路。我疑惑道，意思它是古道的十字楼？老邓反问道，难道古道就不可以有十字楼？

当然可以有，但它在城外。我很想说出自己的不解，一想这可能仅是自己的不解，便没有说。在城的一隅，路经车辆必须从东边进来、北边出去，或北边进来、东边出去，那该是怎样的一座城呢？

疑惑就像那灯光，明亮着，却什么也穿不透。

老邓忍不住问，我很好奇，黑咕隆咚的，你怎会想起来看绵上？

我也好奇，可我也不知道理由，便说，绵上名字好听啊。

老邓哼一声，沁源名字不好听？

我"噗嗤"笑了，都好听。

老邓也笑了，那咱现在去看沁河源？

我说好啊，夜探沁河源也……话未说完，脑海里电光火石般闪过两个词组：绵上隐和绵上耕田。对，就是绵上隐，就是绵上耕田，突然想来看绵上，不只因为它叫绵上，还因为它有两个后缀：隐和耕田。《左传·僖公二十四年》记曰："晋侯赏从亡者，介之推不言禄，禄亦弗及。……遂隐而死。晋侯求之不获，以绵上为田。"唐李德裕《近于伊川卜山居，将命者画图而至，欣然有感》诗云："欲追绵上隐，况近子平村。"清顾炎武《赠程工部先贞》诗也云："绵上耕山日，青门灌圃时。"尤其青门灌圃，"世间机械从来耻，不惮晨昏抱瓮疲"，此等闲情逸致怎不令人心驰神往？沁源行走月余，竟起闲隐之心，山水也消磨人的意志呢！

把手电筒还给宋勇，站在十字楼下，我给老邓讲了个传说，凄而美。

黄帝南巡，妻子嫘祖怀孕相随，途生一女，黄帝取名"芪"。嫘祖误听为"弃"，遂用丝帛包女而弃。黄帝得知，急忙赶回寻找，只见丝帛，不见婴儿，丝帛下长一草，茎直立，上部多分枝，有细棱，被白色柔毛。女儿化为一株草，黄帝很伤感，遂起名"黄芪"，并将丝帛二字合为一字，曰"绵"，女儿诞生之地便叫绵上。老邓说，这不就是绵黄芪吗？绵上最有名的特产。我微微一笑，这个传说很民间，你可曾听说黄帝有子女姓黄的？"黄芪"估计是唯一一个吧？老邓笑一笑，看来你做了不少功课。我说，“弃”其实还有个故事。

后稷是周的始祖，黄帝的玄孙，帝喾的嫡长子，姬姓。《史记·周本纪》记曰：

周后稷，名弃。其母有邰氏女，曰姜嫄。姜嫄为帝喾元妃。姜嫄出野，见巨人迹，心忻然说，欲践之，践之而身动如孕者。居期而生子，以为不祥，弃之隘巷，马牛过者皆辟不践；徙置之林中，适会山林多人，迁之；而弃渠中冰上，飞鸟以其翼覆荐之。姜嫄以为神，遂收养长之。初欲弃之，因名曰弃。

此“弃”三弃而不弃，曰“弃”，无彼“弃”绵之待遇。敢情同是黄帝一族，在传说中性别差异也极大，而绵上虽在绵山之上，似乎更具阴柔之气，因而也更适合隐居吧。

稷本意指谷子，又叫粟。弃少时好种麻菽，长大后好耕农，教人稼穑。尧听闻，举弃为农师，主管农业，天下得其利。《书·舜典》疏引《国语》云：“稷为天官，单名为稷，尊而君之，称为后稷。”自此，后稷作为农神几千年来一直受到帝王和百姓祭祀。神农制耒耜，种五谷，发明原始农业，后稷培育黍、稷，推动农业“科技”种植。仔细推敲，后稷的故事还是“神农尝百草”的翻版，只不过，前者一边种地，一边采药，后者只对种植感兴趣罢了。

老邓笑了，神话还可以这么解读?

我反问，有问题吗?

老邓不答，也讲了个故事。

介休市井有“先有邬城店，后有介休县”之说。邬城店为春秋晋置邬县故治，晋顷公十二年（前514），晋大夫祁黄羊的孙子祁盈为晋侯所杀，祁氏之田被分为七县，介休境内始置邬县，封司马弥牟为邬大夫。隋开皇十六年（596），邬城分治，绵山之上为绵上县，绵山之下为介休郡，平原之地为平遥，意即登绵山之顶，可遥望汾河百里平川。绵上唐属沁州，宋太平兴国四年（979）割属大通监，宝元二年（1039）属威胜军。宋庆历六年（1046）徙治大觉寺地，即今绵上。金时属沁州，元至元十年（1273）并入沁源。1942年10月，晋冀鲁豫边区以朱鹤岭为界，由沁源北部析置，属太岳区，县政府先后驻过绵上、东村、赤石桥、水峪等地。1945年，日寇投降后再次并入沁源。

绵上坐北朝南，背山面水。老邓讲绵上来历的时候，我仍在想绵上隐、绵上耕田。介子推隐居绵山东麓，晋文公“环绵上而封”，可谓绵之一解——藏于丝帛下，或长于半阴半阳之地的黄芪。传说貌似不讲逻辑，实则有迹可循。想起康熙皇帝的老师、《康熙字典》的总编修陈廷敬写过的一首诗《绵山》：

晋侯旌善地，夫子渺难攀。
野草环封界，秋风绵上山。
龙蛇今寂寞，水石日潺湲。
有母能偕隐，苍茫掩涕还。

我问老邓，当年无业逍遥绵上，是在此地吧？

老邓说，应该是，但无明确记载。

我又问，道宣呢？

老邓说，应该在这一带活动过，也无记载。沁源古迹非常多，记载却很少，我一直想不明白为什么。

我逗老邓，你们沁源喜欢隐啊。

老邓说，隐不留痕？

我说，对啊，要不咱去找找他们的痕？

老邓问，怎么找？

我说，去山里找啊，高僧出行，肯定选好山好水的地方。

老邓说，好主意，之前光顾着去古籍里找了，就没想到去山里找。

言罢，老邓立即给王翌晖打去电话，王翌晖说，本来明天准备回榆次呢，这个电话很及时，不走了。本是一句玩笑，谁料老邓居然认真起来。犹豫着想拦没拦，或许我也想将错就错，开启一段不一样的寻找之旅？

不可否认，有些缘分就是错出来的。

隋唐时期，佛教众芳竞秀，宗派纷起，中有一宗，以奉阐《四分律》为本，在终南山创立戒坛，制订议规，名为南山律宗，又称南山宗，通称律宗。这一宗的开创人是一代名僧道宣。

隋文帝开皇十六年（596），发生两件不相干的事：一是邬城分治，绵山之上始设绵上县；一是四月初八佛诞日，道宣降生于京兆长安。这两件事看似无关，或也有关，道宣与绵上皆在这一年新生，此或二者冥冥之中的缘分。

释道宣，俗姓钱，祖籍吴兴（今浙江湖州长兴）。曾祖为陈朝驸马都尉，祖父为陈留太守，父亲为陈朝吏部尚书。15岁时，道宣感慨“世间荣禄、难可常保”，因往事日严寺慧頵和尚，次年落发出家。20岁在长安坐山林，行定慧，后住终南山白泉寺，又徙崇义精舍，再迁丰德寺，最后居住净业寺。《宋高僧传·道宣律师》记曰："三衣皆纻，一食唯菽；行则杖策，坐不倚床；蚤虱从游，居然除受；土木自得，固已亡身。"被赞"自佛灭后，像法住世，兴发毗尼，唯师一人也。"唐乾封二年（667）十月三日，道宣律师示寂，年72，僧腊52，窆于坛谷石室，建塔三所，唐高宗诏令天下寺院图写他的真容奉祀，名匠韩伯通为之塑像。唐懿宗咸通十年（869）十月，朝廷又敕谥曰"澄照"，塔曰"净光"。道宣受法传教弟子千百人，亲度者大慈律师，授法者文纲等人。

弘一大师（1880—1942）是近代南山律宗中兴之祖，他遍考中外律丛，校正"南山三大部"及其律藏，对律疏作了圈点、科判、略释、集释、表释等，所著《南山道宣律祖年谱与灵芝律师年谱》记曰：

八年甲午　　三十九岁

吴越景霄简正记云："事钞重修时处者，贞观八年河中府隰州益词谷，因游灵迹，暂道幽岩，栖禅寂定，观前述作，审定文词，遂乃重修。"今解，据戒疏卷尾批文云："贞观四年，远观他表，北游并晋，东达魏土，依砺律师，始得一月，遂即物故，乃返泌（沁）部由中，为择律师又出钞三卷，乃以前本，更加润色，筋脉相通。"若据此文，重修事钞乃在砺律师卒后，为贞观九年后也。但古德传说，皆云八年重修，故记于此。

是年出随机羯磨一卷，含注戒本一卷，戒本疏三卷，教诫新学比丘行护律仪一卷。

九年乙未　　四十岁

九年春，因游方次，于泌（沁）部绵上县鸾巢村僧坊，出随机羯磨疏两卷。

是年四月，智首律师卒。律祖撰续高僧传中，京师宏福寺释智首传云："余尝处末尘，向经十载，具观盛他，不觉谓之生常，初未之钦遇也，乃发愤关表，具觌异徒，溢目者希，将还京辅，忽承即世，行相自崩，返望当时，有逾天岸，呜呼可悲之深矣！"于时母氏尚存，乃返隰列，出尼注戒本一卷。贞观中出，未详年代，附记于此。今亦逸矣。

十一年丁酉　　四十二岁

是年春末，于隰州益词谷中撰量处轻重仪一。

十六年壬寅　　四十七岁

是年母卒。性不狎喧，乐居山野，乃往终南。

《宋高僧传·道宣律师》云："贞观中，曾隐沁部云室山。"查沁源并无云室山，但有云梦山、云盖山，疑为笔误。道宣一生著书60余部，所撰述《四分律删繁补缺行事钞》（略称《事钞》）、《四分律含注戒本疏》（释南山所集《含注戒本》，略称《戒疏》）、《四分律删补随机羯磨疏》（释南山所集《随机羯磨》，略称《业疏》），世称"南山三大部"，《四分律拾毗尼义钞》（略称《义钞》）、《四分律比丘尼钞》（略称《尼钞》），世称"南山二小部"，合称"南山五部"。其中，《四分律删补随机羯磨》一卷、《疏》一卷，《四分律比丘含注戒本》一卷、《疏》一卷，皆出自绵上，绵上无疑是理想的著经之地。贞观四年（630），道宣入绵上前曾"北游并晋、东达魏土”；贞观八年（634），入绵上后在“鸾巢村僧坊、出随机羯磨疏两卷”；贞观十一年（637），在隰州（今山西隰县）益词谷撰《量处轻重仪》（一作《释门亡物轻重仪》）二卷、《尼注戒本》一卷；贞观十六年（642），仍入终南山居丰德寺。道宣在山西活动长达12年，在绵上隐居也有两年，记载却寥寥，但细品“乃返泌（沁）部由中”之“由中”二字，或可见端倪。“由中”即由衷，出自内心，发自肺腑。其时，“砺律师卒”，道宣悲伤，沁源是一方疗伤的净土，道宣对沁源之欢喜当是由衷的。心伤之人难免思念故土，道宣祖籍长兴，与苏州、无锡隔湖相望，有鱼米之乡、丝绸之府、东南望县之称，被后人赵孟頫誉为“帝乡佛国”。绵上既是北方江南，又是绵上隐之地，道宣借绵上一解思乡之苦，此情自也是由衷的。

《宋高僧传・道宣律师》还云：“有处士孙思邈，尝隐终南山，与宣相接，结林下之交，每一往来，议论终夕。”孙思邈（541—682）是京兆华原（今陕西铜川耀州区）人，隋开皇元年（581）隐居终南山，寻医问药。孙思邈认为“人命至重，有贵千金，一方济之，德逾于此”，所著临床医学便冠名《千金要方》《千金翼方》。唐太宗李世民即位，召孙思邈入长安，见其70多岁竟如同少年，感慨“故知有道者，羡门、广成岂虚言哉！”孙思邈曾远涉十余省寻求因战乱散失的张仲景《伤寒杂病论》，80多岁才找到比较完整的抄本，收入《千金翼方》中。当地人相传，孙思邈曾入灵空山寻访道地药材，其既与道宣有“林下之交”，或曾结伴同游沁源也未可知。

释无业，俗名杜无业，商州上洛（今陕西商洛市商州区）人，生于唐上元初年（760）。9岁入商州开元寺，跟随志本禅师研习《金刚经》《法华经》《华严经》等。12岁剃发出家，精通经文。20岁离商受具足戒于襄州（今襄樊）幽律师，研习《四分律疏》。后闻洪州（今南昌）马祖道一一宗鼎盛，前往参礼。马祖见其身长六尺，体格魁梧，笑曰：“巍巍佛堂，其中无佛。”无业闻听，赶紧跪拜：“至如三乘文学，粗穷其旨，尝闻禅门即心即佛，实未能了。”马祖曰：“只未了底心即是。别物更无不了时。是迷若了即是悟，迷即众生，悟即是佛。道不离众生，岂别更有佛，亦犹手作拳，拳全手也。”无业大悟：“本谓佛道长远勤苦，旷劫方始得成，今日始知，法身实相，本自具足，一切万法，从心所生，但存名字，无有实者。”马祖见其已悟，便予以印可。无业为传马祖法，南下广东韶州曹溪寺礼拜祖师塔，又游历庐山、天台山等，辗转长安，住于西明寺，当地僧众推举他担任“两街大德”，被婉拒。唐贞元元年（785），无业到达上党，受到昭义军首领李抱真优遇。无业对此深感不安，谓门人曰：

“吾本避上国浩穰名利，今此又烦接君侯，岂娱心哉?”言讫逍遥绵上抱腹山。又往清凉山，于金阁寺读大藏经，星八周天，斯愿方毕。

无业“逍遥绵上抱腹山”，读经五台山金阁寺，前后达八年，绵上有关记载却仅七字，与道宣何其相似！真的是绵上隐，无论何等佛名，无论何等样人，一旦踏入绵上，便乐而忘踪，绵上的时空似乎会折叠，人入其中便神龙见首不见尾。此后，无业辗转汾州西河（今汾阳），住在开元寺传法20余年，名声闻于远近。元和十四年（819），唐宪宗下诏迎请入长安，无业以疾婉辞。翌年，再次降旨招请，又称疾不行。长庆元年（821），唐穆宗特派两街僧录灵准公前来恳请，无业曰：“行即行矣，道途有殊。”使者再请，无业遂于当晚剃发澡浴，至中夜，告弟子慧愔等曰：“一切诸法如影如响无有实者，故经云：唯有一事实余二则非真，常了一切空无一物，当情是诸佛同用心处。汝等勤而行之。”言罢，跏趺而坐，奄然归寂，俗龄62，僧腊42。弟子泣血收骨以金棺殓之，命郢匠琢石为塔，长庆三年（823）十二月二十一日安葬于练若之庭。

无业得法之后，长期在汾州一带传授禅法，人称汾阳无业。齐安也是马祖高足，俗姓李，唐宗室后裔，因住于杭州盐官海昌院，人称盐官齐安。无业与齐安齐名，有“北有汾州，南有盐官”之说。州牧杨潜听闻无业坚辞两帝三诏书，书碑颂曰：“骨骼瘦秋有精神，苦练勤修道法真，一朝雨晴天霁后，振翼高飞入青云。”唐穆宗封无业为国师，敕谥“大达禅师”，入佛500罗汉第61，塔号“澄源”。

继道宣、无业之后，李侃也踏上沁源之地。

李侃为唐懿宗第四子，咸通二年（861）出生，5岁封为郢王，9岁或10岁封为威王，19岁或20岁出家，法名琼俊。李侃访道修行，先后在四次山、螺山、石锅山、灵空山、豹子东山、五台山、白马山等地驻足，相关寺庙有圆觉寺、螺山寺、灵寿寺、圣寿寺、海泉寺、普昭庵、定国寺等。其中，海泉寺在韩洪乡，螺山寺在县城南10公里处北石村，灵寿寺、圣寿寺在灵空山，螺山、石锅山、灵空山皆在沁源境内。唐昭宗景福二年（893）二月二十五日，李侃跏趺而化，享年33岁。李侃圆寂后，邑人将其石室瘗葬。邑人祈雨，李侃有求辄应，后唐清泰年间（934—936）获封施雨王，后汉乾祐年间（948—950）获封菩萨，后周显德二年（955）加封先师菩萨。唐僖宗曾为李侃修建禅院，宋太宗端拱二年（989），赐额灵寿寺并“御书百二十，诏岁度僧七人”。宋仁宗天圣元年（1023），赐灵寿寺下院崇福院额“圣寿”，即今圣寿寺。李侃当年修行禅院为灵寿寺，后被民间传为圣寿寺，因施雨之功长久享受祭祀，相关寺庙累代重修。

李侃出家一事，新旧《唐书》均无记载，仅见于灵空山碑石和地方志，有人以为是历史传说，不足为信。其实，新旧《唐书》虽碍于皇家颜面未明写此事，但也留下蛛丝马迹，至于因何出家，说法颇多。新旧《唐书》本纪记载，唐懿宗崇仰佛教，用度奢靡。同昌公主病亡，唐懿宗自制挽歌，辍朝送葬，冶金为俑，命活人殉葬。日常还邀僧人宫中唱经念佛，御宴赏赐僧人一次可达万人，李侃削发为僧或受其影响。也有一说，唐僖宗乾符六年（879）二月，太原兵乱，节度使崔季康被杀。二十一日，唐廷复任邠宁节度使李侃为河东节度使。五月，士卒再作乱，焚掠晋阳三城，李侃执斩孔目官王敬，事乃平定。后因密捕作乱士卒，余党百人称“报冤将”，又大掠。李侃令斩捕盗司并分捕报冤将，悉斩之，事乃定。李侃以军府数有乱，称疾请回京。八月七日，李侃离任，以东都留守李蔚同平章事，充河东节度使。之后，新旧《唐书》有关李侃的记载便成空白。有人因之质疑李侃称疾回京，仅为掩饰李侃出家一事，实际上是朝廷征李侃返京，李侃违命，出奔五台山，削发为僧，后云游至灵空山。唐僖宗李儇即位，命白候将军到灵空山迎李侃还京被拒。僖宗遂其所愿，赐田亩五处。还有一说，黄巢起义，天下纷乱，李侃逃离皇宫，径上灵空山。通往灵空山的路上有姑姑洞，传为李侃随身宫女出家之地。说法种种，各有些道理，但于一个高僧而言，显然并非根本原因。唐时，长安是东方文化中心，西明寺是长安佛教文化中心，日常承担着皇室礼仪祷告诸事，寺中高僧辈出，以“英博入寺”的有怀恽、玄奘、道宣、道世、慧琳、圆测、良秀、乘恩、林复、自觉、顺贞等。玄奘是唯识宗创始人之一、西明寺首任上座，贞观初赴天竺游学取经，贞观十九年（645）回国后译佛经经、论75部。显庆四年（659）十月，玄奘携部分翻经大德及门徒移往玉华宫翻译《般若经》，道宣继任上座，并协助玄奘译经，其所创南山律宗深受玄奘影响。

李侃在西明寺旁长大，自是听过不少高僧故事，慕名追寻先贤足迹而绵上，也未可知。抑或，大唐衰败，民不聊生，李侃追念先祖李世民来到绵上，遇灵空圣境，乐而不返也有可能。不管真实情况如何，有一点却是可以肯定的，以李侃慧根，绝不会因某件俗事或意外而遁入空门。

幸运的是，李侃身为太子，官家虽隐匿不记出家之事，民间碑刻却有许多，虽不乏矛盾之处，终归有所记述。唯有道宣、无业，明明在绵上有过作为，官家、佛家却惜墨如金，民间知之也甚少，令人费解。

一早到郭道接上王翌晖，王翌晖又约了乡村医生段恒，郭道喜欢“田野调查”的人还真不少。我对老邓说，看来你们郭道不只你一个文化人。老邓笑道，我们郭道都是文化人。

出郭道东行两公里，径入山中一个叫寺湾的地方。弃车沿沟步行里许，右拐援羊肠小道而上，山势若脊背，更似肚腹，攀行其上，总觉走在一道山梁上。路边荆叶形似虎皮兰，边缘覆一层雪，愈显碧绿。王翌晖一路念叨“四山环绕，千峰拱翠，林木蔚秀，泉石铿然”，似在证明周边环境与他发现的碑文所记相同，我们此刻行走的地方便是碑中所记的地方。至半山腰，见一“塔”，用或圆或方的基石堆成，西侧是一块台地，坐北向南，宽敞，平整，除了半人高的蒿草，便是瓦砾。直到此刻我才明白，所谓慈云寺，仅是一遗址而已。而遗址干净得荒草萋萋，实属罕见，若无人告知，真不敢想此地曾有一座闻名遐迩的寺庙。台地靠山处残留小半截石墙，高不足1米，石头经过雕凿，有的还隐约可见图案或文字。老邓在乱石中翻找，琢磨哪块石头是大门的，哪块石头是院墙的，我回头望向东边，发现土岸环立，低调而奢华。对一片遗址竟也生出这般感觉，自是奇怪，仿佛看到当年寺庙样貌一般。王翌晖说，遗址所在地叫仁雾山，两边山脉形似凤凰展翅，又名凤凰山。双翅下有两道河，如二龙戏珠，人称佛祥圣地。又是凤凰，又是龙，我不觉笑了，问对面的山叫什么，老邓说叫南界山，一直延伸到交口乡长征村。

雍正版《沁源县志》记仁雾山曰：“在县北五十里，郭道镇之东。自绵山分脉而来，绵亘六七十里。突起高峰，垂首蟠结。上有慈云寺，旁分两臂，峦环迴抱，面前各起尖峰，如双阙状，中通一路，沁河萦绕于外。堪舆家以为形胜大地。”细细琢磨这段话，字里行间不仅透着钟灵毓秀之气，还隐隐有王道之气，既然“堪舆家以为形胜大地”，在道宣、无业眼中，难道不是形胜之地吗?

慈云禅寺原名谷云寺，简称慈云寺，俗称铁佛寺。慈云禅寺前后重修不少于五次，即明天顺五年（1461）重修、扩建，明正德十三年（1518）扩修，清道光年间（1828—1834）重修，同治十年（1871）重修，民国二十年（1931）补修等。考证残碑，明天顺五年，阳城都寨主召寨属十一村集资重修和扩建，以“慈航普度，云海朝圣”而引名慈云禅寺，谷云寺之名遂弃。其时，慈云禅寺时停时建，历时62年，明嘉靖二年（1523）完工。后经各代增补，到明隆庆元年（1567），建筑总面积达10800平方米，占地总面积达21600平方米，被誉为三晋一绝、绵山巨刹。明嘉靖四十年（1561）前，慈云禅寺名震三晋，慕名而来的善男信女络绎不绝，当年沁平古道、沁沁古道上南来北往的，不只有商人，还有朝圣者，近者包括周边各州县，远者达陕、冀、豫、鲁等省。如此盛景，显然并非一座普通禅寺，何以鼎盛如斯，文字却少记载。不过，慈云禅寺所处位置及修缮状况，沁源各版县志皆有涉及。

万历版《沁源县志》：“在郭道镇之东。创自唐宋，后因兵焚，只遗石像。天顺年间（1457—1464）僧圆满重修。”

雍正版《沁源县志》：“在县北郭道镇东仁务山。创自唐时，后毁于兵，止遗石像。明天顺五年（1461），僧圆满重建。”

光绪版《沁源县志》：“在县北郭道镇东仁务山。道光戊子（1828）重修，详崔述古撰记。同治十年（1871）重修，张晖等经理。”

民国版《沁源县志》：“在县北郭道镇仁务山。创自唐时，后毁于兵，止遗铁像数宗。明天顺五年（1461），僧圆满重建。道光间（1821—1850）重修。同治十年（1871）重修，张晖经理。民国十六年（1927），寺内铁佛首被盗。二十年（1931），香林寺僧燃亮会同十一村首事等修补，并将寺产整理为赡养住持自费。”

由石像而铁像，由谷云、慈云而铁瓦，慈云禅寺饱经兴盛、衰败，再兴盛、再衰败的沧桑洗礼，而衰败的第一个转折点便是那场谁也说不清的兵火。那么，兵火之前的谷云寺到底是什么样子的？究竟由何人兴建、何人主持？更诡异的是，古时一谈到绵上，便离不开火，介子推因一场大火将寒食节揽入自己名下，谷云寺却因一场兵火有名无实，此间莫非有何隐情？记录越是空白，越易生发困惑，不过，有一点可以确定，谷云寺始建时间不晚于唐——据王翌晖讲，残碑中记有谷近县，建寺或更早。纵观唐时，在沁源留下足迹的高僧有三人，李侃最晚，禅院在灵空山，无业稍早，两帝三道诏书都不接，更喜欢逍遥，那么，谷云寺莫非道宣的道场？道宣作为南山律宗开山鼻祖，用现在的话讲，就是建立民众信仰化导机制的人，是佛教大众信仰系统的缔造者，其一生理想，便是用宗教的神圣性化世导俗。若如此，道宣千里迢迢来到绵上，绝不可能仅为著经立说，而无业、李侃追寻而来，定是瞻仰前代高僧的“高光时刻”的！

谷云寺虽片瓦不存，慈云禅寺还是被王翌晖、段恒从残碑中慢慢“复原”出来。二人你一言我一语，一座古刹栩栩然眼前，令人刮目。重修的慈云禅寺共分五层，从第一天门起，石阶沿中轴线循山势而上，层层加高，直至大雄宝殿，长186米、宽66米。一天门、二天门为石建牌坊式三门建筑，三天门也称三门殿，是大檐空式廊道建筑。入山门，第一院为金刚殿，两侧彩塑高4.8米，为四大天王。第二院为释迦殿，塑有文殊、普贤及弟子彩绘造像，共28尊。第三院为大雄宝殿，又称大云殿，塑有释迦牟尼佛，两侧分立十八罗汉。院内铁铸巨钟一口，重约300公斤，东西厢房各6间，全院琉璃装饰，雄浑壮丽，是宋明时期沁、绵两县唯一一座琉璃装饰建筑群。慈云禅寺规模宏大，布局严谨，东南两沟“泉水惊石”，环立三山“松柏怒发”，大雄宝殿后还有一棵四人合抱的苍松，形似凤凰，人称凤凰松，五彩琉璃映衬在古树间，庄严华丽，神秘宁静。

明嘉靖前，慈云禅寺佛像均为泥塑彩像，由陕西、河南和晋中、晋南等地彩塑艺人先后修复和塑造。明弘治十七年（1504），铁匠党旺携党福、党来、党智、党庆等在寺院东侧浇铸铁佛，更换大雄宝殿内所有塑像，铁佛寺由此得名。道光十四年（1834），中峪村人崔述古撰《重修慈云禅寺碑记》曰：

沁邑慈云寺，古刹胜境也。附近十一村，因于是为焚修地。创建以来，盖多历年所。昔时自正殿供佛，外两庑奉关圣帝君与给孤独长者。国朝乾隆中，遭回禄蓖冈炎火，玉石俱焚，兰若空山，可怜焦土，煨烬之余，几不能复振。阅几何年，住持僧肃会各村诸檀越，咸发愿重修，公举邓公成官为综理，首公议帝君宜特修庙祀。因于西庑奉给孤长者，而东庑则波斯匿王子祇陀园事也，自佛殿廊庑以及禅房或创或因不一所。其外则若牛马神祠风水塔，亦莫不卜吉鼎新，大兴土木。顾恒河七宝非徒手所能办，乃募及远近善信诸男女，得通宝数百有余缗，不足抵费之半。乃选本山大小树株除一切所用梓材外，择成器者贷之，又得通宝千余缗，不足且出本寺所蓄米数十尺，制钱数十千。综始终浩费，岂特区区十家之产哉！是役也。经始于道光戊子（1828）秋，落成于甲午（1834），越七稔，上方殿堂，下方僧院，咸与维新，佛哉焕乎！盖至今净土庄严，人间天上矣。告竣以来，行见天人阿修罗以诸华香散其处，叩禅关宛逢一十六法筵，礼金身恍睹三十二相好，三千大千数世界，遍地如来；十万八千里西天，即心是佛。后有修行君子，欲证菩提果，如来以五眼关，悉知悉见，则以为鹫岭也可，以为竹林也可，且以为给孤独园也可，即以为他化天宫也，亦无不可，是为志。

遗址上反复走过两个来回，想从这片“净土”上找到某种物证，终归徒然。正欲离开，王翌晖和段恒几乎异口同声说，山上有一座和尚墓，要不要去看看？犹豫间，老邓抬腿直奔山上，我随后跟去。所谓山上，其实便在寺顶偏东一山塄下，墓已塌陷，雪后塌陷处有些湿滑。俯身墓道口，见下面黑乎乎一片，隐约有骸骨。段恒说，他们下去过，墓室由长35公分、宽17.5公分、厚6.5公分灰砖砌成，高1.8米、长4.8米、宽2.48米，有一坐北朝南供台，台高0.8米、宽1.48米、深1.4米，内有灰陶骨灰缸，盛装骨灰30多个。有盗墓贼光顾，墓室遭到破坏，究竟是何人遗骸，不可考。听段恒讲得头头是道，心中惊疑，一抬头，见他正拿着手机翻看，敢情他把这些资料整理出来，都存在手机上了。我冲老邓笑一笑，又听王翌晖道，慈云寺遭过多次劫难，最惨的是民国十六年（1927）那一次，一夜之间，除释迦牟尼佛外，大雄宝殿内的15尊头像和5尊佛皆被盗走，看庙僧人被杀。后虽补塑，元气大伤，难以复旧。民国二十六年（1937），慈云寺僧去人空，只留护寺老僧马燃盛。说话间，王翌晖把一段民国二十一年（1932）邑人邓耀宇所撰《慈云寺补塑佛像整理寺产碑记》发给我：

吾邑慈云寺者，古刹圣境也。建于郭道仁雾山，四山环绕，千峰拱翠，林木蔚秀，泉石铿然，诚一方之胜景也。寺中有明弘治十七年（1504）铁铸佛像十五尊，不意民国十六年（1927）四月二十一日，寺僧不谨，以致佛首被窃，经久找查，杳若黄鹤。客岁僧人燃亮自香林归来，睹景凄凉，志欲重修。遂邀请十一村首事人，集寺公商，决议补塑佛首，鸠工彩装，佛像之颓残者略加补葺而是完整，并凑赀整理寺产，以裕住持之给养。庶使佛法不灭，胜迹可彰，于世风文化不无裨益焉。是为记。

看到“四山环绕，千峰拱翠，林木蔚秀，泉石铿然”，不觉一笑。

王翌晖说，民国十二年（1923），清光绪贡生邓名山创立绵山县第二高级小学校，短缺木料砖石，与建寺时十一村主事商议，将慈云寺周围古木苍松砍伐殆尽。后来建郭道中学，大雄宝殿也被拆除。《郭道村群运账产簿》记载，到1947年2月23日，慈云寺有房基56间、成房5间、土窑2间，供僧侣自养自种地88亩。1958年，马燃盛去世，河北移民迁至寺湾，仅剩的几间房屋也被拆毁。再修慈云寺时铸有两面大钟，一面去了灵空山，一面抗战时期在思烟台报警……

站在东岸眺望，见山下有一河沟，所谓两沟“泉水惊石”，除来时那道沟，便是这一沟了。老邓指着沟底说，那里有一眼泉水，僧人吃水，要到那里挑去。我问，这里能下去吗？老邓笑一笑，僧人担水就是从这里下去的。一行人绕行而下，果见一泉，泉上建一小庙。泉前乱石横陈，河道石板上隐隐有图案，仿佛拓着一张地图。王翌晖指着图案问老邓，像不像晒经留下的痕迹？老邓俯身端详，不置可否。我不明所以，看着老邓。老邓突然起身指着对面崖壁问王翌晖，你们后来去那个洞看过吗？王翌晖说，看过，已经把洞清理出来了。我愈发糊涂，老邓指着半腰处的长方形洞口说，有人说那儿是《赵城金藏》的藏经洞。王翌晖说，不是有人说，而是就是。老邓说，洞太小，藏不下4吨经书。王翌晖说，咱们上次来，洞被淤塞了，清理后发现洞内面积很大。老邓来了兴致，上去看看？此前曾与老邓去聪子峪乡水峪村看过一处藏经洞，记得《赵城金藏》与一叫崔法珍的长子女子有关，便点头答应。

原路返上，贴崖壁从半山腰斜刺里穿过，来到洞前。洞口较宽敞，可容二三人躬身进出，洞壁红砂石和黑灰岩混杂，老邓说清末村人合资在此开采煤窑，因石头太多，未挖出煤来。洞内渐渐开阔，前行不到5米，分为左右两洞，可勉强站立行走。老邓举着手电筒左右两洞晃一晃，回头对我说，里面好像很深。又说，上次来，洞口淤积严重，地上都是泥土，可这儿是不是藏经洞，还需更多证据支持。

返回洞口，坐在地上点起一支烟，听他们聊《赵城金藏》的前生后世。

《永乐大典》引用亡佚的元末熊梦祥所著《析津志》曰："金大定十八年（1178），潞州崔进女法珍，印经一藏进于朝。命圣安寺设坛为法珍受戒为比丘尼。二十一年（1181）以经版达于京师。二十三年（1183）赐紫衣宏教大师。以弘法寺收贮经板及弘法寺西地与之。明昌四年（1193）立碑石。秘书丞兼翰林修撰赵沨记。翰林侍讲学士党怀英篆额。"国家图书馆古籍馆研究员李际宁研究《赵城金藏》30余年，1996年，他从馆藏《碛砂藏》题记中发现一条资料，其中有一细节："潞州长子县崔进之女，名法珍，自幼好道，年十三岁断臂出家。尝发誓愿雕造藏经，垂三十年，方克有成。"李际宁认为，题记照录赵沨碑文字，赵沨所记内容是第一手资料。

北宋官版蜀刻《开宝藏》是世上第一部刻版大藏经，是中外各版大藏经雕版的鼻祖和依据。《赵城金藏》是《开宝藏》覆刻本，雕版于大定十三年（1173）工毕，绝大部分版式为每板23行，每行14字，忠实保留了《开宝藏》原貌。民国学者蒋唯心《〈金藏〉雕印始末考》记曰："依千字文编帙，自天字至几字，凡有六百八十二帙。几字帙收万善同归集，示功德圆满之意，旧刻殆即止于此。"《赵城金藏》刻造地点在解州（今运城盐湖区解州镇）西十公里的静林山天宁寺，由"开雕大藏经版会"负责。元世祖中统年间（1260—1264）在燕京刷印后，将散页运到赵城，由庞家经坊粘合装裱成卷，并在每卷卷首加上广胜寺刊刻"释迦说法图"一幅。因刻于金代，供养于赵城广胜寺，故名《赵城金藏》。金藏包罗宏富，收集广博，既是佛书，也涉及哲学、历史、语言、文学、艺术、天文、历算、医药、建筑等，是世上流传至今保存年代最早、现存卷帙最多、最完整的一部，为海内外孤本，与《永乐大典》《敦煌遗书》《四库全书》并列为国家图书馆四大镇馆之宝。

李际宁《发现〈赵城金藏〉的前前后后》一文梳理了它的发现经过。1930年，时任华北慈善团体联合会会长朱庆澜将军在山西救旱灾考察，发现宋元版《碛砂藏》，遂发起影印宋版藏经会，筹款影印。但怎样才能凑齐一部完整的大藏经呢？1931年10月，范成法师加入影印宋版藏经会，任常务理事。1933年春，范成法师赴西安，遇到一从五台山来的老头陀，说："晋省赵城县太行山广胜寺有四大橱古版藏经，卷轴式装订。"夏天，范成法师抵广胜寺，发现“无上法宝”。之前，有村民寺里游览时顺手取走，糊窗糊墙；有人觉得经卷消灾降福，保存零星几卷在家；有商人、私人收藏家将经卷贩卖至外地。范成法师或劝村民交还，或出资回购，总计300多卷。1934年，范成法师整理经卷完毕，计4975卷，却未弄清这部大藏经的结构、规模、主持刊雕者、助缘人、刊刻年代、地区等情况。同年秋，南京支那内学院创始人、院长欧阳竟无派弟子蒋唯心赴广胜寺调查，蒋唯心将自身经历记录在《〈金藏〉雕印始末考》中：

> 今秋，余谨衔师命，前往检校。九月二十九日渡江，十月一日抵潼关，阻雨不能前。三日侵晨微霁，赴河干唤渡，时风势未戢，舟子不敢应。适有临汾洪洞二客，归期急迫，冒险登舟，余即提箧随之。缆既解，浪涌舟横，橹楫失效，舵工罔措，惟禁转侧，听其飘流。东下约二十里，始着浅滩，四顾荒野，无援手者。舟子勉曳舟就岸，余随众缘草蛇行而上，偶失足落水，耳目皆着泥沙，后遂致目疾，山居数十日不愈，书生诚无用哉。

前后40余天，蒋唯心考察相关史料后，将崔法珍的有关史料和这部大藏经的刊雕历史首次结合起来，并推测全藏应有7000卷左右。后来发现，赵沨所写碑文中崔法珍运到中都的经版是6980卷。蒋唯心的研究奠定了这部大藏经的文物价值和学术地位，令人唏嘘的是，1935年年底，蒋唯心赴四川崇庆县上古寺校验《洪武南藏》，途中被土匪绑架，夜里逃跑时被杀。

1935年，范成法师和时任北京大学图书馆馆长徐森玉等人借出《赵城金藏》300余卷展出，并择其罕见经典本影印《宋藏遗珍》出版，引起轰动，学术界“在从来出版之文献中，尚不知有此版藏经”“中外人士连袂蹑履往赵城探讨者不绝”。影印本由朱庆澜、叶恭绰题写书名，因“所刻精籍多有《碛砂藏》所无，亦有各藏所无者”，故“择名曰《宋藏遗珍》，不忘所自也”。朱庆澜、蒋维乔、欧阳渐、袁同礼、叶恭绰等人在合撰缘起中称：“其摄收之弘博，甄选之精严，虽当残缺之余，犹令人惊叹不已。有梵经佚典，有法相秘文，有古德未见之专书，有历代失编之要录。兹辑出四十六种，都二百五十五卷，亟用新法影印，分为上中下三辑，约一百四十册。海内耆硕力赞其成，巨著巍然重兴于世。”

1934年，日本学界整理编纂的《大正新修大藏经》刚刚印行，此时中国宣布发现《赵城金藏》，于他们该是何等震撼。全面抗战爆发后，日军对《赵城金藏》垂涎三尺，劫难将临之际，拯救者史健（本名李维略）登场。

1942年2月中下旬，太岳区第二地委收到临汾情报站穆彬情报：日本人企图抢夺《赵城金藏》，但尚未找到藏经口。穆彬本名马殿俊，二地委敌工部部长，受中共太岳二地委书记兼军分区政委史健派遣，化名马廷杰，潜入临汾日军69师团任情报班长，是电视剧《亮剑》中日军“军官观战团”韩略村被歼情报提供者，后任沁源县公安局局长、沁源县县长。史健的父亲是开明士绅，曾创办女子小学和县里第一所图书馆，雅好收藏。史健受父亲熏陶，知此事体大，当即决定“抢经”。1986年2月16日，《人民日报》发表太岳第一地委书记高扬文等撰写的《追忆史健同志》一文，概述了“抢经”历史：

1942年春，史健得知日寇企图抢劫广胜寺《赵城金藏》。他意识到这是一场保卫中华民族文化遗产的斗争，必须采取果断措施，先敌之手将藏经拖运回来。因事关宗教政策，他立即向区党委安子文请示，经区党委批准后，史健作了周密的布置，将任务交给军分区政治部主任张天珩和赵城县委书记李溪林执行。分区基干营和洪赵县游击队、地委机关同志与群众密切配合，夜入广胜寺，从日寇的虎口下夺经。大藏经有4000多卷，全部人背马驮，安全运抵地委机关。还未来得及运交区党委，便碰上日寇大“扫荡”。反“扫荡”出发前，史健宣布了纪律：“人在经卷在，要与经卷共存亡。”于是这些宝物随队伍与日寇周旋。后在薄一波、陈赓、牛佩琮等领导关注下，历经6次转移，于1949年4月运抵北平，经当时华北局书记薄一波批准，交给北平图书馆保存。

历经坎坷，《赵城金藏》终于入京。但经卷受潮，多长满黑霉，粘连一起，中夹有煤屑，损毁严重的状若棉絮。1949年5月14日下午，北平图书馆召开《赵城金藏》修复工作座谈会。会议由北平图书馆代馆长王重民主持，于力、范文澜、王冶秋、马叔平、向觉明、韩寿萱、周叔迦、巨赞法师、晁哲甫、季羡林、张文教、程德清、赵万里等出席。会上，大家一致同意赵万里提出的“保存原样”，即整旧如旧，最大程度保存书本身的“时代背景”。之后，国家图书馆组织高级装裱师，经过17年精心修复，抢救整理4813卷（包括后来寻访收回的）。李际宁《发现〈赵城金藏〉的前前后后》一文最后写道：“《赵城金藏》发现至今，历史距我们并不算太远，但是，一段学术史已经‘模糊’得难以辨认了。以讹传讹的‘故事’广为传诵，历史走样，真相‘遗失’。”

“抢经”途中，八路军曾在亢驿、马岭、泽泉、合川、白素、热留一带与日军周旋，最后抵达沁源，将《赵城金藏》藏在一废弃煤矿中。但究竟藏于何处，因当时属于绝对机密，当事人又相继离世，竟成一团迷雾。

史健之子李万里追寻“抢经”过程30余年，把数十位老八路的回忆记述下来，著成6万余字的《八路军抢救〈赵城金藏〉纪实》，基本把藏匿地锁定在水峪的一座煤窑：“经卷移交太岳行署，运抵太岳根据地核心腹地沁源县。行署主任牛佩琮（国务院原财贸办副主任）与秘书长刘济荪（原湖北省委常委副省长）安排经卷藏在绵上（现属沁源）县水峪村西水峪沟内一废弃煤窑里，达四年之久。”

老邓曾陪同李万里在沁源考察，写了《〈赵城金藏〉在沁源藏匿地聚焦水峪》一文刊登在《山西晚报》上。文中透露，基本锁定水峪的理由有二：“村里一位87岁的老人说当年曾经‘藏过县里的文件’。究竟是啥‘文件’‘何时运走’不得而知。最具有价值的线索，莫过于……刘济荪先生1984年前后的回忆，地点在靠近绵上一带、离道路不远、窑口大、能够步行进入。”

我问王翌晖如何证明此处便是藏经地，王翌晖一口气说出七条理由：一、符合藏经洞的地域与周边情况，如废弃煤窑，前面有水，有庙，地点东山煤窑等；二、便于隐蔽，通风干燥，洞深；三、有了问题能即时处理，沁源游击大队和绵上游击大队当时皆在附近驻扎；四、送经路线符合秘密转运路线；五、参与者全是干部与民兵，有特别纪律，除干部与警戒民兵外，无人知晓此事；六、当时寺湾村还没有一户人家；七、既是经书，保护翻晒慈云寺方丈是内行，让他帮忙顺理成章，且从残碑上发现，慈云寺修建捐赠者名单中有广胜寺，证明两寺有联系，藏匿地点或是广胜寺僧人提供。问有当事人吗，王翌晖说，姚富元前几年病故，活着的话有90多岁了，记性特别好。他是参与者，只是不知道藏的是什么。当时，他和邓克威警戒位置在关帝庙，看见马队黎明时从红沙坡下来，进了寺湾，具体马匹多少看不清。一小时后，空马驮一部分去了阳城，一部分进了郭道。后来大家在河滩结集，邓成武宣布纪律说，今早你们看到的一切不许向任何人说，包括朱上人（家里人）都不许说，说出去按汉奸处理！

作为“天壤间的孤本秘笈”，《赵城金藏》在沁源的四年就这样成为悬案。突然想，时空如果可以折叠，从此地穿越回从前该有多好！

绵上隐，果然什么东西都可以隐起来！

第十四章

夜月寒泉

夜月寒泉

站在条石上向南望去，对面山色青翠，峰峦叠嶂。环视左右，东西北三山环抱过来，站在此地极目远眺，竟无一处视线不被遮挡。也就是说，天峰寺被群山围绕，站在山外向这里看，看不到寺庙一墙一瓦。又想起宋徽宗赵佶出的题：深山藏古寺。天峰寺幽静不亚于圣寿寺，台地却比圣寿寺广大许多，建寺可谓天然道场，建村则是世外桃源。天峰寺与慈云寺隔山而邻，背与背依靠，仿佛山之左右心房，如此选址仅是一种巧合吗？抬头看向天空，群峰之上，天光乍泄，天峰寺之本意，或是以天为峰？那么，慈云寺便是天上的云？越想越觉匪夷所思，自己恍惚也去了峰上，去了云上。

弘一大师说，道宣曾“在泌（沁）部绵上县鸾巢村僧坊，出随机羯磨疏两卷”。我问鸾巢村在哪儿，王翌晖说，鸾巢村应是鹰巢村，疑是笔误，现在叫前兴稍。弘一大师是南人，北方地名于他毕竟陌生，既然能把“沁部”误为“泌部”，何况一个小小村庄呢。

告别慈云禅寺，驱车西行再北拐，两公里的样子，到达前兴稍。路上，王翌晖给村委会主任李建民打了电话，让他在村口等。见面打个招呼，一行人便越过村前小河，穿过庄稼地，直奔南山。

山看着不高，林却很密，除了山梁之上，林中几乎没有路。老邓问李建民庙在什么地方，他说不远。再问具体方位，他说前方。终于明白，李建民是个自己明白便觉你也明白的人，那个地方装在他心里，他闭着眼睛也能找到，便觉也装在你心里，你闭着眼睛也能找到。老邓还要问，我笑道，不用问，下一句是马上到。老邓不解，我说，答案装在他心里，他心知肚明，就觉你也心知肚明，说出的每句话就都是大概。老邓恍然，笑了，说有意思，回头却见李建民钻山而去，把我们甩在身后。李建民穿一身迷彩服、高筒雨鞋，自顾埋头前面带路，跑得快。老邓顾虑我，一路说话，一路拨打荆丛左钻右钻，便慢了些。

绕行到林中空地，见地上有三块石碑，文字漫漶，隐约可辨。王翌晖说，这儿原有一座奶奶庙，供奉九天圣母神像，人民公社时候拆了。老邓俯身碑前辨字，我对此不在行，站在一旁与李建民聊天。问到前兴稍来历，李建民开口便上溯千年，我忍不住想笑。在沁源，说起当地文化，即便村干部也头头是道，李建民也不例外。李建民说，前兴稍始建于北魏，古时候，村子所在地是原始森林，鹰翔成舞，鹰巢遍布，村庄坐落其间，故而得名。后来改名依稍，那时人都住在半坡上，开门看见的全是树梢。近代又改名兴稍——沁源人似乎偏爱“兴”字，村庄名字改来改去，最后都落在“兴”字上——前后两村相隔三里，又分前兴稍、后兴稍。开门即见树梢，还真适合隐居、著书，若建僧坊，当也在林中或树梢前吧？抬眼望去，见一条公路村前穿过，李建民说，村中原来有座二郎庙，村庄的形状就是二郎担山。我又想笑，忍住未笑出声来。处处让二郎去担山，真够累的，做个神仙也不易。不过，民间有民间的逻辑，不管怎么说，你不得不佩服村人的想象力，似乎人间一切美好之物都可与天上神仙挂起钩来。所谓仙有仙界，人有人境，道宣隐身此地著经，可曾受到什么启示？“乃返泌（沁）部由中。”乃返，沁部，由中。返，沁，中。俨然偈语，返回心中，且发自内心。所谓修行，大体如此吧。站在林间空地任思绪信马由缰，不由人不信，所谓自然，便是敞开，佛家隐居山林绝非避世，而是在寻找与世界对话的另一种方式。南怀瑾先生说，儒家是粮店，道家是药店，佛家是杂货店。前些年去浙江大学培训，听一教授讲，儒家是地球，道家是太阳系，佛家是宇宙。两种说法大同小异，又都不够准确。佛家的时空是宇宙是无疑的，宇宙的时空与地球的时空并不相同也是无疑的。当然，这是人站在地球上的认知，其实，宇宙的时空和地球的时空并无不同，只是在日常经验或常识里，人通常认知到的时空是这样子的，貌似宇宙便是无数个类似地球的时空之叠加。日常经验或常识以牛顿物理学为基础，牛顿物理学是理想状态下的物理学，是有条件的，观照的世界是简化的。量子物理学则不然，它观照的是宇宙，是复杂状态下的，是世界之本真。显然，量子物理学与佛学是同一谱系，佛家与量子物理学家最是相通。懂得量子物理学，理解佛家奥义便易如反掌；若让一个量子物理学家去悟道，定然事半功倍……

李建民见我不说话，听得“认真”，很开心，又指着村庄说，前兴稍东邻郭道，东南连朱鹤沟，东北接兴盛，北靠西村，西搭后兴稍，南挨韩洪乡程壁，四通八达。以前有二郎庙、龙王庙、菩萨庙、文昌阁和奶奶庙，逢年过节，村民有五庙上香的习俗。问他奶奶庙建于何时，李建民说，时间不详，考证现存石碑，清代咸丰、道光年间重修过。小时候，我们经常来庙里玩，正殿三间，坐西向东，东是戏台，西南靠山地方是院墙，北开一道大门，正对村子中央。每年清明节，村民都要来这儿上香，在树上挂锁。抗战时期，18分区军给处常在庙里组装枪支，分发弹药。这组画面画风不搭，把它们放在一起感觉怪怪的。细想也正常，村庙多因敬畏而建，人与庙相处久了，便少了敬畏，多了烟火气，庙作为当地最大的建筑，除了特殊日子用来祭祀，还是重大活动的聚集地。在日常，庙其实是世俗化的，仪式感极强的晨钟暮鼓，也有可能是村民出工或议事的钟声。

这时，听到老邓喊我，说碑上有“鹰巢”字样，还有“康熙”字样。我趋近前去，准备拍照。王翌晖在地上抓了一把雪，把石碑擦干净，石碑被浸湿，“鹰巢”“康熙”清晰显现出来。王翌晖说，这是前兴稍碑，还有一块南境山碑，宋代的，可惜丢了，上面也刻有“鹰巢”，前兴稍以前叫鹰巢应无疑问。南境山碑被发现时，碑躺在地上，碑文正面朝上，风吹日晒，文字大多看不清楚。翻过来看，后面刻着参与建庙的村庄和立碑的时间，有57个村，没有一家是南半县的。我听出王翌晖的意思，宋时这一带归绵上县，属今沁源北部，绵上那时建庙立碑，今沁源南部是不参与的。回头看到李建民，很想问问他前兴稍有无僧坊，转念一想，即便有过也无记载，他不可能清楚。不过，一座村庄居然有五座庙，当年僧人肯定不会少的。

穿过庄稼地，站在村口正欲道别，李建民说，前几天在院墙上发现一块石碑，拿回村委会了，想不想看看？说到发现新石碑，老邓雀跃，王翌晖踊跃，一行人便去了村委会。石碑躺在地上，左下角残损三分之一，右下角残损一半，上半部保存较好，字迹也清楚。上刻《重修碑记》，落款“慈云寺僧人千寿”，慈云寺或派人来此主持过修庙事宜。

出得村来，李建民要留我们吃午饭，被老邓婉拒。握手与他道别，想起来此是寻找道宣踪迹的，怎么跑到山上看奶奶庙去了？难道就为证明鸾巢是鹰巢、鹰巢是前兴稍？显然跑题了。我心有不甘，问李建民，你们这里的山可有什么特别之处？李建民嘿嘿笑起来，有啊，说着指向东南方向，你看，那边是金鸡凤鸣山，雄鸡一叫太阳就出来了，迎接日出的。“石台夜月”在下窑村，是看月亮的，我们这边是早上，他们那边是晚上。闻听心中一凛，又追问道，为什么叫金鸡凤鸣？李建民说，山长得像公鸡嘛。预料中的答案，却仍不死心，继续问道，长得像不像鹰？李建民说，像，很像。我说，你们村叫鹰巢，那座山应该叫金鹰凤鸣山才是。李建民笑笑，金鹰好，金鹰好，可是老百姓叫习惯了。老邓正欲上车，听到我俩对话似乎明白了什么，转身说，天峰寺就在金鸡凤鸣山和“石台夜月”之间。我问，在两点的连线上？老邓说，差不多。我不禁兴奋起来，好，下午去天峰寺。

路经金鸡凤鸣山脚下，下车端详山峰形貌，你觉得它像金鸡，它便像金鸡，你觉得它像金鹰，它便像金鹰。

2017年秋，我到过“石台夜月”，却总觉自己不曾去过。隐性记忆又在作祟，多次路经石台、下窑，也不曾想过上去看看，似乎“石台夜月”于我只是个虚幻的符号。有一天，老邓得知我没去过“石台夜月”，很是诧异。老邓问，你真的没上去过？我点点头，老邓摇摇头，好像是他的错。也是，“石台夜月”是沁源古八景之一，他这个“导游”怎么可以不带我去看看呢？

车停在路边，踏着雨水冲刷出的碎石路上行不到百米，一眼看到藏在石台后面的青砖寺庙，当即意识到自己错了——我不仅来过，还在一篇文章中写过，只是未提“石台夜月”罢了，但场景的的确确就是“石台夜月”。

记忆真的不靠谱，尤其隐性记忆。隐藏也是一种放弃，我早已习惯这种方式，且将这种方式从记忆延伸到处世。

万历版《沁源县志》记“石台夜月”曰：“在县西北七十里石台村。东南有一孤峰，突起如簪，四面如削，高二百余尺，其峰如石如镜，每夜光明照耀一川，即《山水记》如匡庐之圣灯，华岳之神灯。盖山灵精气所发也，俗误为月。”康熙年知县汪士鹏有诗云：

奇峰兀立照高冈，别有神工灿夜光。
山向琼台开欢靥，人从宝镜问元霜。
飞觞自合寻中圣，持偈何须到上方。
面壁十年堪静对，心灯皎皎月苍苍。

最有意思的，是雍正版县志对汪士鹏的评价：“醇和廉静，加意作人，经其指授者，多所成就。”单看这段文字，汪士鹏不像个父母官，倒像个“传道授业解惑”的教书匠，他把沁源古八景写了个遍，或是在沁源留下诗词最多的人。汪士鹏走一处，写一处，且隐世，且出世，想来在绵上隐做官定是一种享受。只是，汪士鹏恐怕未看到过“光明照耀一川”，否则，他也不会“面壁十年”“心灯皎皎”吧。文化人到沁源都掩饰不住对沁源山水的喜爱，只要喜爱，便会付出，文化人在沁源做官或也是付出最多的吧。遗憾的是，汪士鹏曾“补修县志，甫脱稿而去”。康熙版县志下落不明，汪士鹏作的序倒是被保存下来：

今上御极之六载，士鹏奉命筮仕沁源。入境受事后，间从残编断简中得旧志。按图籍稽复之，悉与县治相参错。盖自明万历戊申（1608）止，咸不入记载。迄兹壬子（1672）已六十有五祀矣，计时虽未及百年，然运值鼎新，又邑屡经抢攘后庶务更张，后先迥异。如封域建置如故也，而昔棋置绮分，今蓁舞匏落矣；食货典礼如故也，而昔民康物阜，今户冷烟墟矣；官政人物选举如故也，而昔言扬行举，今世远人烟矣；古迹、艺文、杂述如故也，而昔遇物兴怀，今时移景换矣。岁逾一周，人鲜上寿，脱非以时。询耆老，索掌故，详核见闻所真切者而增辑焉。得无虑后此弥荒失实乎，且曷以征盛衰、悉利弊、审因革、图修救也。兹抚宪达公奉皇上允内阁卫公条议纂修晋乘，爰采访沁源民俗。鹏因进邑中诸君子而谋焉。咸曰："斯盛举也！抑考遗献而求其实，补偏救弊在今日。有难焉者，沁土瘠，且前苦兵，户半流亡矣，则绥辑之难；沁俗俭，途不交商贾，即岁丰无厚入，则殷足之难；沁民劲，多不泽礼教，或山朴而市玩，则束湿薪之难。"鹏曰："无难也。闻诸材不择地而良，治不易民而理，神而明之，存乎其人。故单父有子贱，斯令不掣肘矣；姑藏有孔奋，遂人远脂膏矣；萍乡有刘旷，并狱无系囚矣；朝歌有虞诩，即任所遇无盘根错节矣。观前所由废，即知后所由兴；审昔于何坏，则知今于何复。民犹病夫也，令犹医也，若邑之志，其药石方书也。令治邑而不求诸志，犹医治病而不考诸方也，欲期奏效，其蔑以臻矣。"诸君子咸奋然曰："信斯言也。"沁志成，即调剂之道备焉矣。沁之民自今其有起色乎！鹏分无可诿，用事不揣固陋，合一邑见闻，而补缀其残缺，以俟贤者之斟酌焉。

康熙岁次壬子（1672）仲冬吉旦

赐进士出身、文林郎、知沁源县事、古杭汪士鹏题于澹静轩

我对老邓说，翻阅各种版本《沁源县志》，我很喜欢一个人。老邓说，我猜得出来。我有些不信，谁？老邓说，汪士鹏。我盯着老邓，似觉他是我肚子里的蛔虫。老邓微微一笑，有些得意。

凡胜景必有传说，几成文化定式，传说中的“石台夜月”则更神奇。石台孤峰突起，四面如削，其上有夜明珠，光照三川——五龙川、韩洪川、第一川。请注意，县志中的“一川”在此变成“三川”，夜明珠之光明在民间何其盛大！但神奇还未完，每到夏季，暴雨引发山洪，水灾频发，石台附近山沟却安然无恙，夜明珠此刻又摇身变为避水珠。至于夜明珠的来历，民间说法可谓简单粗暴，称是一位神仙为报月亮神救命之恩，安放于此的。至于月亮神怎么救的神仙、神仙与月亮神之间的因果因何会应在此地，却没有讲，或许在沁源人心中，神仙应该无理由喜欢此物华天宝之地吧。还有一说。过去有个穷秀才，看破红尘，出走山中。夜行至崖头，不小心踩空，掉落石台，上不得，下不得。进退两难之际，天上落下一颗星宿，变成一颗夜明珠，闪闪发光。秀才借光取卷读书，得道成仙，飘然而去，留下夜明珠闪耀石台之上。后来，人们出于好奇攀到石台上观看，夜明珠倏忽不见，晚上却仍可见石台上月光熠熠。凡秀才必穷，开头有些老套。穷秀才得道成仙，出离功名窠臼，结局倒是洒脱。但不论老套或新奇，终归都是传说。实际上，“石台夜月”就是一处自然景观，最佳观景时间在春天或秋天，季月，望日，辰时至巳时。月圆东山，自下窑村西望去，月亮恰好落在石台顶上，怪石峭立，明月高悬，石与月浑然一体，石之清冷和月之幽远相合，的确是一幅罕见的清幽图。孤峰“突起如簪”，这个比喻很生活，想某个望日，拎一壶酒独坐崖下与此景相遇，即便不得道成仙，也胜似神仙呢！

崖壁上的寺庙叫夜月神宫，也称悬（玄）窑庙，是本地人借“石台夜月”之光附庸风雅而建。夜月也罢，悬窑也罢，玄虚还罢，皆源于石台和崖壁，石如巨笔，壁似大简，确是书写传奇之地。悬窑庙始建年代不详，清嘉庆十九年（1814）重修，正殿供奉儒、道、佛三教圣像，左、右偏殿供奉文昌帝君、龙天土地，又名三教庙。我好奇的是，如果某个望日，儒、道、佛三圣同时坐于庙前赏月，看到的景致会一样吗？换句话说，地球上的儒家、太阳系里的道家和宇宙中的佛家会看到什么样的“石台夜月”呢？崖壁上布满大小不等的石洞，如果我坐在洞中与三圣同时观看，又会看到什么呢？我把这个古怪的问题抛给老邓，老邓先是困惑，继而大笑，各位大神看到的，肯定是折叠的时空。老邓被我“洗脑”成功，我被老邓反将一军，也笑了，转念一想，老邓的话或许是认真的呢！这时，却听宋勇说道，最高处的洞窟里有一窝鸟儿，你问的问题，鸟儿知道。冷不丁被宋勇抄了后路，我与老邓面面相觑，又是一笑。

悬窑庙旁有几孔窑洞，老邓说是八路军洪赵支队指挥部和太岳军区兵工厂遗址。1941年8月15日，遵照中共北方局指示，晋西南工委成立，同时将八路军洪赵游击总队改编为八路军洪赵独立支队。9月初，晋西南工委和洪赵支队辗转到达太岳区绵上县石台、下窑、杭村、伏贵、旭河等村驻扎，直至抗日战争胜利，才返回晋西南。洪赵支队在下窑驻扎4年，官兵大多住在后街老百姓家中，指挥部旧址尚存。1941年，太岳军区在悬窑庙开设兵工厂，人称夜明珠兵工厂，生产手榴弹、枪支等。1943年底，兵工厂奉命迁至赤石桥乡青杨湾村。

传说是民俗文化的重要组成，绝大部分属于约定俗成，根本无须解释。也就是说，每一位生存于其中的人都认为，它本来就是这样子的。我问张维刚，关于天峰寺的传说，你信吗？张维刚愣了一下，那表情似乎在说，我们本来就是这样子的啊，我们一直都是这样子的啊。也是，打从祖上开始，传说便存于他们中间，且一直以这样的方式传续下来，谁给过解释？谁要过解释？突然意识到自己错了，既然尊重农人，就该尊重他们的文化传播方式，人常常明明白白犯糊涂。

多次路经定湖，老邓却从未提过天峰寺，就像我多次路经“石台夜月”而不入。其实，怪不得老邓，我一再流露出对寺庙不感兴趣，老邓便领着我爬山钻沟。

路上接到张维刚，老邓介绍说，维刚正在编写《韩洪乡志》，是“韩洪通”。车停在定湖村口，宋勇去村里休息，我们穿村而过，径入村后一道沟里。雪化了，道路有些泥泞。河边横卧一棵杨树，树梢枯干，树身却绿着，就像路边的草，枯黄，败落，根部却有嫩草钻出地面，倔强地顶着一层雪。

当地有个传说，张维刚说。当年有位五台山和尚云游到此，发现云雾霭霭，溪水淙淙，山清水秀，百鸟和鸣，心中欢喜。和尚正欲顺沟而入，却见前方左右各卧一虎，人观虎，虎视人，人虎相持。良久，二虎起身没入山林。和尚登上定湖岭，放眼四眺，东西两山回环拥抱，林木葱茏，俨然凤凰双展翅，不由叹道，好一个藏龙卧虎之地！之后，和尚四处化缘，在定湖岭下修建了天峰寺。

张维刚说到凤凰双展翅时，我不由瞥老邓一眼，想起慈云禅寺，想起景凤、活凤，想起五凤峪——沁源、沁县交界处的一个村庄。我和老邓去五凤峪，仅是想知道它为什么叫五凤峪。某个时候，一旦有了某种想法——执念？——我和老邓便显出几分迂，便莫名地去做一些别人看似无意义的事。五凤峪建在两沟交汇处，左山青龙，右山白虎，背后一山呈鱼形，村民称之凤凰双展翅。东山顶有座庙，庙正对的山有五座山峰，人称五凤。也有说清朝阁老安葬于此，五凤是他的五个女儿。在我看来，左右两河为蛇，背后鱼山为龟，所谓凤凰双展翅其实是龟蛇纠缪，也即玄武图。当然，这不过是仁者见仁、智者见智的事，归根结底，龙凤也罢，玄武也罢，实则上都是形胜，沁源山多沟多水多树多，只要景色差强人意，何处不是凤凰双展翅？龙凤的故事于是遍地流传，玄武却少有人提及，莫非是龟蛇形状丑陋，看上去不似龙凤吉祥？

过了数百年，当家老和尚云游归来。没想到天峰寺的传说还有“续集”，只是不知当家老和尚是不是五台山和尚，若是，这位和尚也够长寿的。我看着老邓笑，老邓看着定湖岭装作没看见，张维刚继续他的民间演义。见天峰寺西山脚有瓦窑冒烟，村民正在烧制砖瓦。老和尚长叹一声，此庙不久远矣！遂离开，再不复返。村人传言，瓦窑烧坏一只凤凰翅膀，凤凰再也飞不起来，天峰寺不久将废。老和尚走后不久，全面抗战爆发，日本鬼子进攻沁源，千年古寺毁于战火。这是什么逻辑？貌似天峰寺毁于日本人手中是天意？我很想纠正，又觉无意义，便问寺庙建于哪一年。张维刚说，当地百姓传是隋唐时期，光绪版《沁源县志》说，“康熙庚子（1720）重建，林壑尤美，诚法门胜境也”。“法门胜境”颇有意味，天峰寺盛名既久，历史当不会短，也不能短。

沿山腰东行，路边随处可见裸露的红砂岩，经雨水长年冲刷，破碎，斑驳，植被极少。绕至山坳，一片梯田依山傍沟，错落而下，张维刚说，这些地以前都是庙产，全面抗战前，天峰寺香火鼎盛，寺田广大，和尚多，寺里住不下，一部分安置到定湖村西的普济寺，也叫支家寺，在下务头村支家沟。抗战时，天峰寺被日本人烧毁，只剩三眼窑洞。土地改革时，寺院土地大部分分给村民，只留少部分让和尚自食其力。1958年大炼钢铁，窑洞被拆，庙门整体搬到村里建了定湖村小学校门，天峰寺彻底废弃。想起六次东渡的鉴真和尚。唐中宗神龙元年（705），鉴真18岁，在扬州大云寺从光州道岸律师受菩萨戒。道岸是文纲的弟子，文纲是道宣的弟子，鉴真是南山律宗传人、日本律宗初祖，被尊为“天平之甍”，意即天平时代文化的屋脊。鉴真在东大寺设立戒坛，日本天皇、皇后、皇太子等接受了他的三师七证受戒法，皈依佛门。鉴真在医药界享有崇高威望，人称汉方医药始祖、日本神农。医史学家富士川游《日本医学史》记曰："日本古代名医虽多，得祀像者，仅鉴真与田代三喜二人而已。"鉴真还在天皇赐的亲王旧宅基址上，设计建造唐招提寺，为日本培养了一批精通佛寺建筑艺术的工匠。"山川异域，风月同天。寄诸佛子，共结来缘。"鉴真是受这十六字感召东渡日本的，如果被日本人烧毁的天峰寺真的是道宣当年的道场，这位"唐大和尚"地下有知，不知该作何感想？

梯田避风，朝阳，占了大半山坡，还以为是天峰寺遗址，孰料竟是寺产。绕过地头，一青石台阶淹没杂草当中，此即寺庙正门。条石完好，台阶荆棘丛生，挡住去路，显见得少有人来。老邓在前，我随其后，想从石阶爬上去，张维刚说旁边有路，好走。老邓劝我绕行，我笑道，来到天峰寺，岂有不走正门之理？老邓也笑笑，伸出手来，被我拒绝。爬上石阶，穿出荆丛，见右侧地面开阔，仿佛打谷场一般，场地边有树一围，场地中央有石磨、石碾。居然在寺庙院墙外看到石磨、石碾，甚觉奇怪，老邓也十分不解。绕石磨、石碾转一圈，老邓说，寺庙应该住过香客，否则，不会有石磨、石碾。我点头附和，香客应该不少，莫非当年是道场，有高僧在此讲经？老邓说，不排除这种可能性。说罢，老邓回身指着定湖岭说，翻山过去，就是慈云寺，我很早前沿山走过一回，两座寺庙如此之近，往来肯定频繁。张维刚从另一边绕上来，想起他说的云游和尚，莫非与无业有关？但也仅是想想而已，若真是道场的话，最早在此讲经的应是道宣吧？

东墙塌掉一半，自塌陷处翻过去，见两串院落，前低后高，南北长约100米，东西宽约40米。张维刚说，这里是前院，南为正大门，左右为厢房，是厨房和值守和尚住处。后院左右也是厢房，和尚居住，正殿是窑套楼，一层有三孔窑洞，方丈和高僧居住，窑洞上方是楼房，供奉观音菩萨、孔圣人和天官、地官、水官神像。我问，天峰寺也是儒道释三教合一？张维刚点头称是，老邓说，维刚说的寺庙布局是重建后的，之前情况并无记载，很奇怪。张维刚说，不论重建前，还是重建后，香火一直鼎盛。张维刚语气肯定，却未讲理由，想依据还是民间传言之类吧。站在条石上向南望去，对面山色青翠，峰峦叠嶂。环视左右，东西北三山环抱过来，站在此地极目远眺，竟无一处视线不被遮挡。也就是说，天峰寺被群山围绕，站在山外向这里看，看不到寺庙一墙一瓦。又想起宋徽宗赵佶出的题：深山藏古寺。天峰寺幽静不亚于圣寿寺，台地却比圣寿寺广大许多，建寺可谓天然道场，建村则是世外桃源。天峰寺与慈云寺隔山而邻，背与背依靠，仿佛山之左右心房，如此选址仅是一种巧合吗？抬头看向天空，群峰之上，天光乍泄，天峰寺之本意，或是以天为峰？那么，慈云寺便是天上的云？越想越觉匪夷所思，自己恍惚也去了峰上，去了云上。有鸟自空中飞过，竟似景随人心，却听老邓说，近山识鸟音，这个地方真的是一座天然道场呢。被惊醒一般，没想到老邓竟与我不谋而合，脱口问道，假如你是道宣，会住在天峰寺，还是住在慈云寺？老邓颔首一笑，天峰寺住半个月，慈云寺住半个月。我又问，那圣寿寺呢？老邓嘿嘿笑道，道宣时代，还没有圣寿寺吧？

院里荆棘长势很好，荆棘与荆棘与茅草纠缠，几乎无路可走。张维刚躬身前行，我与老邓随后，斜穿到寺院大门。地上残存有山门基址，一旁横卧着两块石碑。张维刚分开碑上荆棘，对老邓说，你看，这几个字依稀辨得，“……大国师字广修……寺成额以天峰……”老邓俯身抚挲碑面辨认，二人嘀嘀咕咕，显然都不止来过一次，显然每次寻找的东西也不一样，而这次，老邓与我同频，他关心的东西与张维刚又有不同。我笑一笑，拨打荆丛走到西院墙，站在石头上远眺。除了山，还是山。除了森林，还是森林。当然，也有鸟鸣，但看不见鸟儿。举起手机拍照，角度总选择不好。其实，并非角度问题，是我期望镜头里会有不一样的东西出现。老邓随后跟来，指着墙角一孔半掩的窑洞说，那里有被烧后的残留物，瓦砾下的黑色片状物是衣物残余，说明这座窑洞以前住过人。走过去，用木棍挑开瓦砾，果见几条衣物碎片，看来这里确曾经历过一场大火。如此隐蔽之地，竟也难逃一劫，令人唏嘘。起身翻上内院，墙根残留一砂石台基，长16.5米、宽8.9米、高2.4米，张维刚说是大殿残余部分。环顾四周，除了残垣断壁，便是荆丛、荒草，凄凉，荒凉，密不透风。老邓叹口气，沁源以前村村都有庙，可惜保存下来的不多，有的是战时烧毁，有的是自然灾害，有的被拆掉盖了学校，有的年长日久，无人修缮。

越东墙而出，顺山路而上，是一座墓塔，也即塔林。张维刚告诉老邓，以前有第一任方丈的舍利塔，可惜损毁了。老邓问有碑石吗，张维刚摇头说没有。墓地依稀可辨几座塔基，塔基周边环布几十个墓穴，塔林占地面积很大，由此判断，建寺时间不会太短，张维刚说从前一直香火鼎盛，看来是有依据的。靠前一角有一座墓，墓道敞露于外，有盗墓贼光顾过。地上散乱着墓砖，没有碑，所葬和尚级别应不算高。看着这番景象，老邓心有不忍，想把墓地封上，却找不到工具，想用手挖土填埋，土已上冻。老邓无奈，回头对张维刚说，跟村里打声招呼，改天让人过来把墓道封上，不管谁躺在这里，都该让他入土为安吧？张维刚点头答应。

原路缓步下行，想某一天想起这一天，自己或也似那道宣，不，似那无业，逍遥一遭，不知何所来，不知所何来，无有踪迹吧？

站在寺门石阶前，环顾四周，问老邓，东北方向是鸡鸣凤凰山，西南方向是“石台夜月”，对吧？

老邓说，对。

又问，我们是从前兴稍开车过来的，如果徒步走山上，能来到这里吗？

老邓说，从前兴稍出发，经南岭上，再到同峪沟，翻过山就是天峰寺。南岭上沟底有座石窟，叫前兴稍石窟。程壁也有一处石窟，叫程壁石窟。两座石窟规模都比较大，与天峰寺成三足鼎立之势。如果以前兴稍为点，天峰寺居西北，慈云寺在东南，前兴稍石窟和天峰寺、慈云寺也成三足鼎立之势。如果以天峰寺为点，西南是海泉寺，东南是慈云寺，西面是雷音寺，这一带是一片寺庙建筑群。

老邓不仅是“活字典”，还是“活寺窟图”！想象着老邓勾画出的寺窟网络图，愈发觉得，天峰寺就是佛教核心区，甚或，就是一座道场！道宣曾住在前兴稍著经，他不可能没到过慈云寺，也不可能没到过天峰寺！而绵上隐，也绝非简单的隐居之地，还是佛教广大之地！

惜乎，斯人已去，焉何少有文字记载？果真是山高水长、大地无言吗？

仙掌嶙峋石破天，何来卓锡宝芳泉。
寒通山骨甘于醴，冷浸云根直以涟。
冰雪沁心炎梦后，清风生腋午窗前。
泠泠静向千岩落，几许红尘累总捐。

诗作者还是汪士鹏，咏的是沁源古八景之“青果寒泉”。读罢，如坠冬夜，寒通山骨，冷浸云根。

李侃当年来过青果寒泉禅寺。

比李侃来得更早的，是和氏璧。完璧归赵的最后一程在沁河古道留下许多故事，侯璧是其一，程璧是其一，王璧也是其一。“相如度秦王虽斋，决负约不偿城，乃使其从者衣褐，怀其璧，从径道亡，归璧于赵。”赵惠文王率众臣边境迎接，沁河边等候，等候之地便曰侯璧。久等不见，心中焦急，逆流而上，途中歇了一程，歇一程之地便曰程璧。续行五里，终遇和氏璧，遂鼓瑟以迎。接璧喜不自胜，曰：“王之璧又归王也。”归王之地便曰王璧。

那日，在程璧喝茶，老邓讲了这个故事。

我更关心药茶，问王天邑生意如何。王天邑40岁，开口即笑，给人踏实的感觉。王天邑说，我4月21日开始制茶，5月13日量产，投资120余万，年底有望收回。疫情期间生意竟也这么好，有些意外，问他为何想起做药茶，王天邑说，我岳父是安泽人，做了多年药茶，最近又在古县开了两个厂子。我问，就凭这个你就敢投资？王天邑笑一笑，赔钱的话，他还会再开两个厂子？又说，沁源遍地连翘，品质好，做药茶肯定亏不了。问他可懂制茶工艺，王天邑说，我请了福建师傅，要不带你们到车间看看？我说好啊，王天邑便带我们到设备前，一步一步分解工序。第一步摇青，摇三遍，第一次十几分钟，摇好晾一个小时；第二次摇二十分钟，摇好晾两个小时；之后，再摇第三次。第二步晾青，把摇好的茶青放置茶架上，晾不少于十二个小时，蒸发水分，自然发酵。第三步杀青，就是炒制，让茶香散发，让茶条变软，终止发酵。第四步揉捻，卷紧茶条，缩小体积，适当破坏叶组织，然后定型。第五步包揉，通过揉、压、搓、抓等，让茶叶条形紧结、弯曲，外形呈螺旋状。第六步把茶包打散，松包，再炒制。三至六道程序要反复六遍。我玩笑道，你讲得这么细，不怕我偷走你的技术，和你竞争？王天邑说，你一看就不是我的竞争对手。我笑问，意思我竞争不过你？王天邑脸色通红，我不是这个意思，我是说你看见不像做茶的。我拍拍他的肩膀，做茶的脸上写着字吗？王天邑神情松弛下来，笑道，写着呢，一脸茶香。

那是我第二次喝药茶，第一次在长征村。

采风团在沁源参观过两个制药茶的地方，一是长征，一是程壁。柴然正写一部药茶的书，之前采访过张慧斌。那天，乡干部带着采风团村里参观，柴然带着我到张慧斌的办公点——柴然叫“木木屋”——喝茶。有连翘、沙棘、黄芪、蒲公英，一一尝过，柴然对张慧斌说，老赵刚写完一部中医的书，叫《经络山河》，认识一堆老中医。张慧斌一听来了劲，一定要让我请一堆老中医来。我笑问，老中医能按堆算吗？张慧斌说，我不管，反正你要给我请几个过来。我不好推辞，便答应下来。决定到沁源写绿后，再遇张慧斌，见面便要老中医。这次来，只好把韩宗元大夫带过来，交给他，自己继续爬山钻沟。谁知韩大夫刚住下便成“香饽饽”，找他的人络绎不绝，我不知道是不是张慧斌“忽悠”来的。这几天，张慧斌没时没点给我打电话，叫我到长征喝酒。我说，忙你的正事吧，把我当空气，不用管我。张慧斌说，我们沁源空气好着呢，是宝贝。

采风结束，柴然没写药茶，却写了一篇《沁源长征村的“荣誉村民”》，开篇便为张慧斌画了张像：

> 长征村的带头人叫张慧斌，四十岁左右的中年汉子，黑黑的，胖胖的，笑眉笑眼，人也较高大。
>
> 初一接触，便知是那种性情和善、可托付事情的人——长征村“荣誉村民”之事能达成，他这个人，本也是一个决定因素。“荣誉村民”必须对他有信任。否则，一切都是空谈。

看到“人也较高大”，我笑了。柴然祖籍陵川，种党参的地方。晋东南人本就实在，到了沁源他变得更实在。

说到“荣誉村民”，我也是认识的。

胡振刚是老邓的同学，曾任潞安矿务局机电工程师，离职后自主创业。张慧斌邀他来长征散心，他竟把心留在长征，做了“荣誉村民”。说起这件事，张慧斌说，胡哥本打算在这儿住一个月的，不想住到六七天上，就决定来这儿了。胡振刚也说，我是住的、住的，就在这儿盖开房子了。

老邓领我见胡振刚时，他和妻子正在工地上盖房子。且盖的不止一家，是五六家，他受其他几户委托，当“总监工”。当时妻子反对来沁源，胡振刚领着她在村子周围转了转，问，人活着，最重要的是什么？不就是“一口气”吗？你在城里花多少钱，能买上这样的空气？工程师就是工程师，一次偷换概念、三个疑问句便把妻子的顾虑打消。

当然，“荣誉村民”也是乡贤，张慧斌还建了“乡贤小院”，韩大夫这次来，便住在“乡贤小院”。

所谓人以群分，物以类聚。“荣誉村民”里有企业家，有医生，有教师，有律师，有工程师，张慧斌之所以能把这些人聚到身边，用沁源话讲，他也是个能人。张慧斌本是吃公家饭的，2005年，他辞职回村创办水泥预制件厂，淘到“第一桶金”。2012年，他当选村党支部书记，上任伊始，便在村里的5000多亩弃耕地、荒地、宜林地种起连翘，在当时，算沁源第一个吃螃蟹的人。张慧斌只读过高职，是个“两腿泥的农民”，却有“农民农艺师”技术职称，还琢磨出一套立体种植方法——连翘地套种黄芩、柴胡等。张慧斌做什么都在想怎么节约土地，怎么利用闲置土地，他对土地的情感配得上他给自己起的雅号——“两腿泥的农民”。是的，农民就是个雅号，中国文化几千年，离得开这个雅号吗？在沁源，土地不只可以种粮食，还可以种药材，张慧斌牵头组建了种植专业合作社，就想一心一意种药材，就想把道地的中药材变成白花花的银子。2017年，张慧斌聘请北京绿维规划设计院专家规划了“蒲公英小镇”项目，流转、收购村民闲置旧房屋和宅基地19户17余亩，筹建中医药展馆、药膳研究馆、药茶体验馆、五行音乐康养馆、香蜡馆、植物纯露体验馆、百草禅意馆、陶瓷体验馆，以及药用植物园、中医文化廊，还上马了药妆生产线和药草茶生产线。张慧斌有句口头禅，“长征无闲草，认得皆是宝”。其实，长征不只没有闲草，还没有闲地，没有闲人，张慧斌“辟谷”在他的“二亩三分地”，经营茶道、花道、香道，修建康养漫道，把连翘、黄芩、柴胡、射干、黄芪、党参等种在漫道和村庄周边，把一座将要废弃的村庄打造成了花园、药园、茶园。陆羽《茶经》有云：“茶之为饮，发乎神农。”张慧斌即便不是神农，也是个茶农、药农，他居然把《黄帝内经》中的“五音疗疾”也搬到长征来！写过《经络山河》之后，我号称半个“老中医”，哪儿知道，“两腿泥”的张慧斌对如此深奥的东西也有研究。

千万不要小看农民的智慧。我经常这样告诫自己，也经常这样提醒别人。

可在长征，我还是低看了张慧斌。

我调侃张慧斌，你五音不全，玩什么五行音乐，能分得清吗？

张慧斌微微一笑，胸有成竹。《左传》说，音乐像药一样，是有味道的。《黄帝内经》说，“精神内守，病安从来？”五音与五脏、五志相通，与五行对应：“肝属木，在音为角，在志为怒；心属火，在音为徵，在志为喜；脾属土，在音为宫，在志为思；肺属金，在音为商，在志为忧；肾属水，在音为羽，在志为恐。”百病生于气，止于音，乐（樂）与药（藥）二字同源，“五音疗疾”由此而来。比如角音生机盎然，舒畅调达，如木，入肝经，补肝益气，疏肝解郁。首选曲目《胡笳十八拍》，最佳欣赏时间19点至23点，伴绿茶。徵音热烈欢快，活泼轻松，如火，入心，安神定志，清心降火。首选曲目《紫竹调》，最佳欣赏时间二十一点至二十三点，伴红茶，加少许绿茶。宫音悠扬沉静，淳厚庄重，如土，可入脾，温中健脾和胃，升阳益气。首选曲目《十面埋伏》，最佳欣赏时间在进餐时及餐后一小时内，伴黄茶，加少许红茶。商音高亢悲壮，铿锵肃劲，如金，可入肺，润肺生津，滋阴清热。首选曲目《阳春白雪》，最佳欣赏时间十五点至十九点，伴白茶，加一些红茶和黄茶。羽音凄切哀怨，苍凉柔润，如水，可入肾，温补肾阳，固精益气。首选曲目《梅花三弄》，最佳欣赏时间七点至十一点，伴黑茶，加少许白茶。

闻听，我有些生气，你就是个老中医，还用我给你找老中医？

张慧斌哈哈大笑，我这是刚跟韩大夫学的。

我问，韩大夫没告诉你什么时候伴药茶？

张慧斌说，韩大夫说，音乐就是最好的药茶。

我说，我每天爬山，都快成拐子了，也没舍得用韩大夫。你差不多点，别把韩大夫累坏了。

张慧斌嘿嘿笑着，肯定，肯定，你们从哪儿过来的？

我说，天峰寺。

老邓一旁插话道，进村前，拐弯去了青果寒泉寺。

张慧斌说，看过几次了？看不够？是不想来长征吧？

我说，问你几个问题，你要是答上来，以后再来交口，保证只来长征，不去青果寒泉寺。

张慧斌说，好，坐下边喝酒，边回答你。

我说，如果答不上来，我马上带韩大夫走。

张慧斌立马变卦，那不行，你的问题我不回答了，以后来交口，你想去哪儿去哪儿，我不管，但不能带走韩大夫。

韩大夫一旁开心大笑，张慧斌又说，今天的酒你说咋喝就咋喝，反正不能带走韩大夫。

众皆大笑。

青果寒泉禅寺俗称青果寺，始建于唐，复兴于明。寺庙坐落在侯壁村东石台上，东有锣鼓山，西有白虎丘，南有凤凰台，沁河流经寺前，东南而去。旧时有大雄宝殿三间、东西配殿各两间，东院为藏经阁，西院为关帝庙、五龙庙、盖海庙、地藏殿。正南建有戏台，中为门楼，东西为钟鼓楼，南殿为弥勒佛、四大天王。寺院建筑肃静森严，淳雅厚重。抗日战争期间，部分殿宇被毁，仅大雄宝殿完好，后迁至侯壁村关帝庙。“文化大革命”时期，大雄宝殿雕刻、彩绘被毁。2013年，青果寒泉寺第三次复建。

青果寒泉寺是释迦牟尼佛道场，每逢四月初八佛诞日，都要举行庙会，五台山高僧常来此坐禅讲道。据碑文记载，讲经时曾现诸佛聚会、如来映现奇观，并伴环佩、琴笛之声。李侃赴灵空山前，在此住过一段时间，侯壁传承至今的祈雨仪式便与他有关。

传说极尽神话，寺庙本也奇妙。

寺后石厚土薄，翠柏满山，竟无一株杂树。何解?

山顶有青果池，池中常年漂一枚青果，随意浮沉。伸手取时，它沉于池底，收手时，它又浮于水面。何解?

戏院下有寒泉井，甘甜清冽，寒气逼人。井底是龙饮池，盛夏也结冰。传众僧诵经之时，有云雾升腾，直入云端，状似龙，故名龙饮池。庙东有龙王庙水池，西有凤浴潭。青果池、寒泉井、龙饮池纵向成一线，与东池、西潭呈棱形排列，人称五行泉。五行泉四季长流，终年不涸，酿酒醇美无比，做豆腐滑嫩可口，可治病。

我问张慧斌，你信不?

张慧斌盯着我，不说话。

我又问，五行泉布局是立体的，不是平面的，知道意味着什么吗?

张慧斌把目光看向韩大夫，韩大夫端着酒杯，眼睛微眯。张慧斌又把目光转向老邓，老邓笑而不答。张慧斌对宋勇说，他们这些文化人就爱玩玄虚，不好……话音未落，宋勇瞥我一眼说，时空折叠。

我与老邓相视一笑。余皆愕然。

第十五章

沁水秋声

沁水秋聲

不知为什么，总觉古人辛苦，尤其在史册上留下名字的人。可人来到这个世界上，不就是为了辛苦吗？辛辛苦苦走在山水间，辛辛苦苦走在人世间，辛辛苦苦留下名声。其实，那些留下名声的人还真不为名声，而是喜欢，而是打心底喜欢。喜欢山，性情而已。喜欢水，性情而已。喜欢人，本性而已。喜欢山水人，命中注定而已。喜欢是一种强迫症，强迫自己做这个，做那个，还不知道累。突然觉得沁源的城门多一道显多，少一道显少，三道正正好。山，水，人，世间事仅此三件而已。所谓四门，所谓八门，所谓二十四门，皆画蛇添足而已。

冬天行走沁源，印象最深的是两个字——干净。落叶、荒草和庄稼地的秸秆或被掩埋，或被清理，抬眼望去，野外像庭院般清清爽爽，宋勇说这叫“四边四清”，即在山边、林边、路边、村边，清杂草、清秸秆、清杂物、清垃圾。沁源人是真的怕火，怕火就要清除一切隐患，也就越来越干净。有些习惯看似逼出来的，却不见得是坏事，归根结底，还是沁源树多。有树便有好的空气，有好的空气便有好的心情，有好的心情便有好的习惯和健康，这又是一个循环，这个循环的终点还是两个字——干净。

只要没有风，沁源的冬天便很温暖，或是山多，朝阳地也多的缘故吧。看着车窗外，常想起乡下，那时候冬天很冷，第一场雪后屋檐下便挂起冰凌，穿着棉衣棉裤棉帽棉鞋还缩着肩袖着手跺着脚，坐在朝阳地靠着墙根晒太阳，无疑是乡下最幸福的冬日时光。

雪后去野外走走，是件惬意的事。不爬山，不钻沟，不访古，就去外面走走，呼吸一口被洗过的空气。在沁源，最值得信赖的便是空气，它像沁源人一样厚道。是的，沁源的空气是厚道的，不管春天，不管夏天，不管秋天，不管冬天，它都干干净净。不以热喜，不以冷悲，不以不冷不热或骄或矜，沁源的空气就像沁源人的笑脸，走到哪里，便尽情呼吸到哪里。想一想古人那时都活在沁源一样的空气里，该是何等幸福；想一想今人在技的跑道上狂奔，把世界弄得乌烟瘴气，又是多么可悲！人类之所以停不下来，是因为人都活在他人的恐惧里，技术竞争本为消除恐惧，结果却陷入恶性循环当中。假如人不对人产生威胁，人还会去竞争吗？假如人放弃竞争、回归自然，世界能不美好吗？

那个下午，专程跑到丹雀小镇看冰挂，看雾凇，或是想去找回远走的童年吧。当然，也是为第二天去龙凤峡热身，毕竟很久很久没有到过冰天雪地里去了。

天冷之后，老邓坚决不让我在村里住，只好回城。其实，我答应老邓回城还有一个原因，便是不想让他和宋勇有家不回，但我没把我的想法告诉他，也没告诉宋勇。人与人相处就这么简单，你替我考虑，我替你着想，此即利他。可人最该做主、也能做主的还是自己，因而从根本上讲，人应该我做好我的，你做好你的，各自做好自己，世界便是美好的，植物不就是这样生长的吗？此即利己。利他或利己本质相通，甚或是一物之两极，只要没有害人之心，利他又如何？利己又如何？何况，利己容易做到且合乎人性，人类的问题不是自私，而是不够大自私，假如人人都做到最好的自己，人人便都是花儿，人与人组成的社会不就是大花园吗？

进城出城，经常路过沁新集团门口，经常在狼尾河看到很多种鸟儿。那天，郑曙林给我发来一张图片，是一群赤麻鸭整齐站在拦水坝上，波光滟潋，寒风萧瑟，坝上的赤麻鸭却仿佛一片春光。那道拦水坝和那片菖蒲我很熟悉，鸟儿却不熟悉。问是鸳鸯，郑曙林说是赤麻鸭。问什么时候拍的，郑曙林说下午五点，还说入冬以后那一片鸟儿更多了。问有多少种，郑曙林一口气说出24种：鸳鸯、黑鹳、苍鹭、赤麻鸭、骨顶鸡、花脸鸭、绿头鸭、蓝翡翠、普通翠鸟、白鹡鸰、灰鹡鸰、大白鹭、小白鹭、黑翅长脚鹬、红胸苦恶鸟、红嘴蓝鹊、冠鱼钩、矶鹬、白腰草鹬、三道眉草鹀、北红尾鸲、红尾水鸲、黑卷尾、小鸊鷉。听到这些鸟名，满眼都是熟悉或不熟悉的鸟儿，当时就想去看看，郑曙林说早晨八九点再去吧，那个时候鸟儿更多。

鸟儿把焦化厂门口当家，让人意外，毕竟印象中，焦化厂与鸟儿的家是两个世界。鸟儿在焦化厂门口或自由飞翔，或闲庭信步，或临水梳妆，或自在戏水，有些不可思议。居然有那么多种鸟儿，更不可思议。

每次路经那条河道，宋勇都会把车速放慢，让我沿途观看鸟儿。第一次路过的时候，老邓讲了个故事，当时没在意，后来想想颇令人感慨。

之前，那道河污泥淤积，杂草横生。厂对面的山是砂石山，没有树，植被稀薄。那一带是老工矿区，是沁源植被最差的地方。2008年开始，每到周末，厂里便组织职工带着干粮上山种树。山上没有水，他们背着焊机、钢板，在山上做水箱。没有土，他们背着沙，背着土，送到山坡上。前后坚持四五年，每年投资百万元，终于把树种活了。他们还清淤河道，整治两岸，在河里种菖蒲，投入鱼苗喂鸟儿，鸟儿才陆陆续续在此安家。之后，他们又在厂区周边种了很多山楂树，

老邓讲这番话的时候，我抬头看向厂区林立的
来飞去。这一幕让我猛然意识到，技术其实并
说到最后，还是个善恶问题，佛劝人向善并非
性、根本性话题。道德、哲学跟着技术或所谓
后又回到原点。貌似循环，其实是折叠，时间
的，譬如情感，譬如人性，譬如人之为人之宇

——尧封遗化。
》载，吴公子季札至鲁观周王室乐舞，为之歌
其有陶唐氏之遗风乎？不然，何忧之远也！”朱
》云：“其地土瘠民贫，勤俭质朴，忧思深远，
问》也云：“有茅茨、采椽、土型之度，故其人
之德，故其人至于今善让；有师锡、佥曰、畴咨
而深；有百兽率舞、凤凰来仪、于变时雍之美，
有昌言、儆戒之训，故其人至于今忧思而畏祸；
，故其人至于今恬以愉。此尧之遗风也。”
，即勤俭质朴，忧思深远，温恭善让，和而不

未像沁源人一样在县城走走，便喊上广瑞，和

曰：

本县旧土城一座，西据紫金山半，周围四百四十三丈，高一丈二尺，东南北三面有门，创建无考。国朝正统（明英宗年号）十四年（1449），知县徐戚重修。嘉靖（明世宗年号）元年（1522），知县冯继祖增修，加高八尺，厚五尺。万历（明神宗年号）五年（1577），署县事潞州卫经历赵蛟重修，又加高一丈，券三门，建三门楼，匾东门曰“沁水环清”，北门曰“绵山拥翠”，南门曰“尧封遗化”。至万历七年（1579），知县靳贤因阴雨塌毁，不时劳民。申请当道，易之以砖，连垛口，高三丈九尺，基厚三丈五尺，顶阔一丈六尺，铺楼敌台，无不完备，堪为久远保障之计，有碑记。

国初原无壕堑，民居环绕，靳知县始凿壕堑，深一丈五尺，阔二丈。二十一年，知县侯体乾周围栽杨柳树五百余株。

由此不难看出，沁源早时确是座蕞尔小县，换算过来，城周长不足1.5公里，每3米一棵杨柳树。土城小，名胜却不少，有厉坛、安定楼、琴泉楼、玄帝楼、观音阁、养济院、圣寿寺、武安王庙、石佛庙、文昌阁、府君庙、五龙庵、兴龙庙、安乐庙、社稷坛、太清观、城隍庙、二郎庙、介子推庙、山川坛、八蜡庙、圣王庙、土地寺祠、名宦祠、乡贤祠、东城门、南城门、北城门等。我说，沁源城门三道，一水一山一人，我最喜欢人门。广瑞愣一下，问什么是人门。我说，东门沁河，北门绵山，南门唐尧。广瑞笑道，差点被你绕进去，我也喜欢南门，“尧封遗化”嘛。我说，你是组织部的，不喜欢南门就是失职哦。我与广瑞闲话，却勾起老邓兴致，他说自己对沁源两位县令印象深刻，一位是金代的王特起，一位是清代的汪士鹏，他还写过一篇文章《沁源有个县令叫王特起》，发在《长治日报》上。广瑞也熟悉王特起，平日有空他常翻县志，尤对诗文上心，也是诗心不泯吧。广瑞说，王特起是崞县（今山西原平）人，出身于书香世家，少时就有诗名。温峰著《风雅之宗王特起》中记述：“平生行侠仗义，风流豪宕，颇有魏晋风范；明敏嗜学，能言善辩，又似南阳卧龙。精通音律，擅长弈技，士林称其为‘奇才’。”老邓接话道，金章宗泰和三年（1203），王特起40多岁时进士及第，任真定府（今河北正定）录事参军，掌管政府文书、纠察府事、举贤弹恶等，秉公为民，离任时百姓“攀辕卧辙”，不忍离去，“民立碑纪其遗爱”。因“有惠政，改沁源令”，雍正版《沁源县志》说他“爱民礼士。去后，常见思，崇祀名宦”。在县志“名宦”“知县”一栏中，他排名第二。“典礼”祭祀五位名宦，他位列首位。同是王特起，广瑞眼中是个诗人，老邓眼中是个知县，我不觉心底一笑。广瑞是个感性的人，听了老邓的话又生发一番感慨。元好问与王特起是忻州老乡，他在《中州集》中为王特起写过传，赞其：“智识精深，好学，善议论。音乐、技艺，无所不能。长于辞赋，出入经史，摘其精华以为句读，如天造神出。”论诗名，王特起比汪士鹏要大得多，可《沁源县志》只收录了他的《沁源道中二绝》，莫非他在沁源很少写诗？

其一

野夫不识武城宰，问之无言色微改。

但说今年秋雨多，黄芪满谷无人采。

其二

踏遍西城锦石盘，暮投佛室解征鞍。

隔林依约见灯火，山谷人家初衣寒。

我搬着县志对比过王特起与汪士鹏的诗，前者更胜一筹。

老邓很喜欢这两首诗，他说，对照万历版和雍正版县志，第二首差异很大。万历版是“踏遍西城”，雍正版是“踏过西城”；万历版是“依约”，雍正版是“隐约”；万历版是“初衣寒”，雍正版是“愁夜寒”。你俩都是诗人，觉得哪个版本更好？广瑞歪着脑袋品味，我莞尔一笑，把两个版本折中一下最好。老邓哦一声，看着我。我说，把万历版的“踏遍西城”改成“踏过西城”，就堪称完美。老邓问为什么。我指指脚下，我们就在“踏过西城”啊！老邓大笑，旋即点点头。广瑞也大笑，旋即点点头。

县城东西窄，南北宽。走在西大街改造工地上，一路东拉西扯，不觉走到尽头。扭头看向城南，想要不要穿城而过，去看沁河。老邓说，紫金山上残留有旧城墙，上去看看？我说好，右拐顺坡而上，庄稼已收割，路边有野菊花，有蒲公英，有车前子。所谓城墙，其实仅是借山势加高、夯实的土堆而已，墙头长满草，墙脚遍地是草，墙体却寸草不生。仔细辨认，墙体有遗骨，有箭簇痕迹。想旧时沁源依此建城，起码省下半道城墙财力，勤俭质朴之尧风可谓无处不在。绕过堡似的城墙，见一平台，上原建一座庙，现在是电视发射塔。院墙外蒿草很深，站在岸边眺望，整座沁源城尽收眼底。老邓指点着脚下城池，告诉我旧城大致在什么位置，新城是怎么拓展的。又说，城北是狼尾河，在文化中心旁汇入沁河。沁河穿城东而过，城南是观音坪公园。城中还有内河，也叫二道河，由沁河城北处引入，从沁河城南处导出。最后，老邓指着西南方向说，那儿是旧县衙，只存一排旧房。县衙后面尖顶建筑是岳北烈士陵园，中共岳北地委和中共沁源县委合建于1949年，当时，占用的是沁源最好的地，盖的是沁源最好的房子。每逢清明节和国庆节前一日，沁源都要举行公祭，新中国成立以来，无论政治风云如何变幻，都雷打不动。我说，你们沁源人不忘本啊。老邓说，我们沁源人懂得感恩。我说，沁源人不忘本，所以沁源不出汉奸。沁源不出汉奸，所以沁源人不忘本。沁源人的逻辑就这么简单和温暖。广瑞笑道，县衙往前不远就是南城门，“尧封遗化”嘛。

离开岸边，老邓欲原路返回，我突发奇想，要不咱沿着紫金山一路走下去，体验一把古人的沁源城？老邓说好啊，求之不得。广瑞说，老赵就跟正常人不一样，人家都往城里跑，他往野地跑。我说，意思我不是正常人？老邓说，正常不正常不知道，但肯定不是神经病。三人大笑，我说，如果我是神经病，你俩肯定也是神经病，“神经”不孤，必有邻。

沁源古八景在县城周边有四处，问老邓都在什么地方，老邓说，“沁水秋声”在县东百步，就是沁河。秋天风激波涛之声呼号，闻彻十数里，春夏寂然无闻。“太清飞雨”在紫金山太清观内，西岩下有古洞数口，松柏垂荫，朝夕雾雨蒙蒙，远望如雨落，近之不作点，不沾衣，已毁。“雁落龟滩”在县南五里，河中有一洲，周围十数亩，形似龟，俗呼龟儿湾。沙汀野渡，芦苇交丛。春秋之际，湘鸿塞雁往来，多止宿于此。此“龟滩”早消失不见，但沁源现在遍地都是“龟滩”，一年四季处处都是鸟儿。“琴山晚照”在县东三里许，琴高真人结庵处。日落时分，霞光掩映，峰峦之上，丹碧流辉，移时不散。可到底是琴仙放光，还是斜阳照耀，下午就带你去看。老邓一番话，讲得我直发呆。老邓笑道，你喜欢的汪士鹏把它们都写过了，看不到的，可以去他的诗里找。我说，我喜新厌旧，现在喜欢王特起了。广瑞说，汪士鹏写景一般，感言还是不错的，《初入晋道上有感得寒字成十二首》中“其六”有四句，最有味道：

绵上有田追旧德，太行多险动旁观。

驱车九折劳何惮，欲问民岩遍野看。

秋阳不软不硬，正好。

秋风不徐不疾，正好。

这个时节是沁源最好的时候，可惜离沁河有点远，听不到秋水声。其实，并非远，而是风激波涛、呼号十里的秋天已不在，悲秋的古人已杳然。心中莫名难过。不知为什么，总觉古人辛苦，尤其在史册上留下名字的人。可人来到这个世界上，不就是为了辛苦吗？辛辛苦苦走在山水间，辛辛苦苦走在人世间，辛辛苦苦留下名声。其实，那些留下名声的人还真不为名声，而是喜欢，而是打心底喜欢。喜欢山，性情而已。喜欢水，性情而已。喜欢人，本性而已。喜欢山水人，命中注定而已。喜欢是一种强迫症，强迫自己做这个，做那个，还不知道累。突然觉得沁源的城门多一道显多，少一道显少，三道正正好。山，水，人，世间事仅此三件而已。所谓四门，所谓八门，所谓二十四门，皆画蛇添足而已。走在古人走过的路上，却走不进古人的时间。也不一定，霍金说宇宙之外还有一个平行宇宙，我们此刻便既与当下平行，也与古人平行，如果把时间抽掉，古人、我们和当下定会重叠一起，那时候，我们或会发现，从古至今，山、水、人的定义从未变过，人类之所以不断走弯路，是因为有人喜欢雾……

站在最高处，老邓又指着县城说，你俩看，整个县城就是一块盆地，出口有四，西李元，北交口，东南阎寨，南中峪，四个方向四条腿，沁河西岸是乌龟的头，整个县城其实是只乌龟，仅是体形稍长一些而已。

我的眼前立即浮现龟蛇纠谬，沁源城或也是玄武图呢！

走下紫金山，打算回太岳宾馆，路上想起胡兆祺。我问老邓，记得胡兆祺的老宅在斜街，离这儿远不远？老邓说，不远，就在旁边，斜街改叫斜街巷了。我又问，他的老宅还在吗？老邓说，应该在，我去找过一次没找到。见时间还早，我便说，再去找找？老邓点头答应，领着我和广瑞沿胜利路南行三四百米，右拐进了一条小巷。站在巷口打量，巷子和胜利路呈丁字，所谓斜，仅是略偏向西南而已。巷子宽3米余，有住户，有商户。老邓走进一间商铺问，知道胡兆祺家在哪儿吗？店主摇摇头，说自己是外地人。前行见一独门独院，大门敞开，人进进出出，正在办喜事。又过四五家，又见一独门独院，大门紧闭，小门虚掩，叩打门环，无人应答。老邓推门进去，见几个老人正在屋里喝茶，老邓站在院子里问知道胡兆祺家住哪儿吗，一位老者说，对门就是，说着起身出屋，带我们去看。对面门洞被砖垒死，站在这边台阶上张望，砖墙后是胡同，左拐有座院子，南面有三间土坯房，北面有三间土坯房，西侧是院墙，年久失修，一片衰败。问老者是谁把门堵上的，老者说是街道，可能要保护。老者见我们看得仔细，让人搬来梯子。我爬上去看过，广瑞爬上去看过，老邓最后爬上去，四处打量一番，欲翻墙而过，被我拽住。我问老者胡兆祺家可有后人，老者说，有个侄孙住在这里，在前面结婚那家帮忙呢，要不要给你们叫来？我说好啊，麻烦您了。老者说声等着，便去找人。老邓绕到隔壁，我跟进去。隔壁无人，透过山墙窗户，院子看得清楚，愈显衰败。一会儿，老者返回来说，人已经走了，没找到。广瑞把梯子送回，我连声谢过老者，又围着胡兆祺家西北院墙绕行一圈。

走出巷子，见一座土堆孤零零立在西大街改造工地入口处，下有半个券洞。老邓说，这就是北城门——绵山拥翠。

姚三儿风风火火，好像踩着风火轮，好像来自火星。

琴泉是一座依东山而建的古村，文化遗泽像村中的流水一样多。琴泉还是国家森林乡村，汾屯公路纵贯南北，村中建有锦鲤文化广场，办公楼外立面是用亚克力材料创意的现代锦鲤图。

在村委会等姚三儿的时候，一位女士揭开案上的残碑让我们看。碑经过拼接，碑文唯“琴高真人之墓”可辨。老邓正要问碑的来历，姚三儿闯进来，身后还带着风。一进门，姚三儿便一迭声不好意思，我还没回过神来，他又说，现在就带你们上山看墓去。我看看老邓，老邓看看我，广瑞已跟着姚三儿出了门。我问老邓，他知道我们是干什么的？老邓无奈笑笑，或许他觉得文化人来找他，都是去看墓的吧。我有些讶异，难道文化人到琴泉，除了墓就不能看别的？

出门，见姚三儿正举着手机喊，车咋还没来？我笑道，别等了，挤我们的车，现在就走。姚三儿看着老邓，老邓说，上车吧。见到急性子，我比他还急，一上车便逗姚三儿，你这是自带风火吧？我这么好脾气的人都被你惹急了。姚三儿紧着说不好意思，不好意思。我说，除了这四个字，你还会说啥？姚三儿愣住了，挤在老邓和广瑞中间的样子像个犯错的孩子。老邓说，赵老师跟你开玩笑呢。广瑞说，我这个老同学就爱开玩笑。宋勇说，领导脾气可好呢，他逗你呢。姚三儿嘿嘿笑着，放松下来。我问老邓，我脾气好吗？老邓笑了，阁僚人里脾气最好的。

顺沟而入，路比想象中平坦许多。姚三儿不再拘束，趴在老邓腿上，探身指着车窗外说，这儿是滑雪场，这儿是游泳场，这儿是七彩滑道。显然，他把一道沟整成一座公园了。我问，村里投资的，还是你个人投资的？姚三儿说，村里投资的。再问，村里有这么多钱？姚三儿不好意思地笑笑，借呗。又问，找谁借？姚三儿说，找我借呗，还有我的朋友。我很吃惊，为什么找你借？你哪儿来的钱？姚三儿说，我是书记嘛，以前做生意挣了点。敢情他像张慧斌一样，生意做着做着就做回支部书记，还把自己挣的钱都垫付到项目中去了。我回头看着他，你不怕赔了？姚三儿很淡定，赔不了。又说，我这人有100块，就敢干500块的事，有100万，就敢干500万的事。我还以为他有100万敢干200万的事，居然还是500万，“杠杆”一点也不减！问他哪儿来的底气，姚三儿说，守着这么好一座山呢，我恨不得一天就把规划好的事都干完。

说话间，来到东南两沟相交处，一座玻璃栈桥横空而过，其下是一片开阔地，栈桥东侧建一亭阁，上方坡道是水上漂流。

下车，见对面山脚黑灰岩砌起一座高台，上雕一塑像，高发髻，长髯，双手抚琴，一派仙风道骨。背后红砂石错落如屏，东北角一亭翼然，周边绿树环立，脚下泉水叮咚。似觉有高山流水之境，眼前却蓦然出现另一幅画面：琴声起处，白虹贯日，风停云滞，纷披灿烂，戈矛纵横。曲罢，嵇康顾看日影慨然叹曰：“《广陵散》于今绝矣！”曲终弦断，山涛折服：“嵇叔夜之为人也，岩岩若孤松之独立；其醉也，傀俄若玉山之将崩。”恍惚中，听得老邓说，那就是传说中的琴高真人，姚三儿重塑的。我摇摇头，目光由高处落向低处，眼前清泉一泓，木桥一座，桥头立一石，上写“灵泉”。南岸黄栌、青松相间，北岸绿竹如带，黄青绿等各色叶子音符般回旋，崖畔上小花明亮，围栏下泉水甘冽，尤其出水口，苔藓湿滑，水流不竭，石上泥土凝如碧玉。老邓说，传春秋时，赵国人琴高真人在此设帐授徒，教人操琴。雍正版《沁源县志》说琴高真人“显迹燕赵间，浪游天下，曾寓居于邑之东山，世传有乘鹿跨鲤之异”。《列仙传》中，琴高列二十六位，善鼓琴，善养生，“浮游冀州、涿郡之间二百余年。后辞，入涿水中取龙子，与诸弟子期曰：‘皆洁斋，待于水傍’。设祠。果乘赤鲤来，出坐祠中，旦有万人观之，留一月余，复入水去。”灵泉旁原建有琴高真人祠堂，明万历十四年（1586），知县刘泽将祠堂移建到琴泉村口山麓，又在旧城关正东建一琴泉阁楼，在东关至阁楼间辟一街，叫通仙街。当地人传说，琴高常到县城饮酒，沁河水深河宽，琴高渡河时，或跨鲤背，或踏河草，飘然来去。上海博物馆收藏一幅《琴高乘鲤图》，是明代画家李在创作的绢本设色画。听老邓讲故事间，广瑞转发给我一个文件，说《全唐文》中有令狐楚的《沁源县琴高灵泉碑记》，很有趣：

仙人琴高，生于周而游于冀，尝入砀水，沈而不濡，时乘赤鲤，周旋自若。河东，冀州之城也，前此尝命有司庙于沁水之东，有冽寒泉，在堂之下，广圜累步，澄湛盈尺。嘻！灵踪汗漫，虽羽化于何乡；而真理希夷，或鳞潜于此地。不然，则何以旱暵而不耗，霖淫而不盈？居人乞灵以赴诉，游子玩奇而濯弄，澹乎不知其几百年也……

读罢，不觉一笑。想与琴高乘鹿跨鲤相比，无业逍遥绵上简直是小巫见大巫。

姚三儿在前带路，援十八盘攀上，径往琴高真人墓而去。途中，与老邓、广瑞聊起琴的话题。琴的创制与三皇五帝相关。汉蔡邕《琴操》记曰：“伏羲作琴。”汉桓谭《新论》记曰：“神农之琴，以纯丝做弦，刻桐木为琴。至五帝时，始改为八尺六寸。虞舜改为五弦，文王武王改为七弦。”《太平御览卷五十九·乐部十七》记述更为详尽：

又曰：自尧相传，善琴者八十余人，有八十余样。虽少有差，大体相似，皆长三尺六寸，法期之数也。上圆而敛，象天也；下方相平，法地。十三徽配十二律，余一象闰也。本五弦，宫、商、角、徵、羽也；加二弦，文、武也。至后蔡邕又加二弦，象九星，在人法九窍，其样有异。传于四代，所象凤首、翅、足、尾。南方朱雀，为乐之主也。五分其身，以三为上，以二为下，三天两地之义也。上广下狭，尊卑之象也。中翅八寸，象八风。腰广四寸，象四时。轸圆，象阳转而不穷也。临乐承露，用枣唇，用梓，未达先贤深意也。

在古人眼中，琴世界便是宇宙世界，与超弦理论所描述的量子世界极为相似，量子物理学家以“弦”来描述量子，可谓深得其妙。琴是中国文化的独特符号，是《周易》《连山易》《归藏易》之广大。如果说《黄帝内经》是三易之科学实践，琴则是三易之艺术实践，药乐同源，一脉相承。易是关于宇宙的学问，与量子物理学触类旁通，最古老的中国文化竟可以与现代科学跨越千年而对话，其博大，其精深，显然非常人可想象。

琴的记载最早见于《诗经》，周时除用于郊庙祭祀、朝会、典礼等，也盛于民间。春秋时诸侯宫廷中都有琴家，且多以“师”为氏，如师旷、师文、师襄、师涓等。先秦时期，琴用于伴奏和演唱，称为弦歌。战国时期，琴乐得到广大，琴人大量涌现，伯牙与钟子期之“峨峨兮若泰山”“洋洋兮若江河”俨然量子纠缠，堪为琴之经典。琴既有审美之意趣，也有修心养性之功用，所谓“君子之近琴瑟，此仪节也，非以慆心也”“士无故不撤琴瑟”。孔子对琴也十分推崇，后世有《孔子读易》《泣颜回》两琴曲。古琴最独特之处便是静，且须由内静到外、由外静到内，古人谓之

“太古之音”“天地之音”。《诗经》中，琴是不可或缺之象，根文化的天然属性表现得淋漓尽致。譬如，《周南·关雎》之“窈窕淑女，琴瑟友之”；《小雅·鹿鸣》之“我有嘉宾，鼓瑟鼓琴”；《小雅·常棣》之“妻子好合，如鼓瑟琴”；《小雅·鼓钟》之“鼓钟钦钦，鼓瑟鼓琴”；《小雅·甫田》之“琴瑟击鼓，以御田祖”；《郑风·女曰鸡鸣》之“琴瑟在御，莫不静好”。《周易·贲卦·彖辞》有云：“刚柔交错，天文也。文明以止，人文也。观乎天文，以察时变。观乎人文，以化成天下。”此即文化之本意，于沁源而言，神农是《连山易》的创制者，琴高是琴文化的传播者，羊头山和琴高山或是沁源文化的两座高峰。而在当今，民间知“神农尝百草”之神，却不知《连山易》“山之出云，连绵不绝”之深，知琴高乘鹿跨鲤之奇，却不知琴高抚琴山水间之雅，这才是文化最大的遗憾，甚或伤痛。

老邓看着我，不说话。

广瑞看着我，不说话。

姚三儿看着我们三个人，想说什么，又不知该说什么。

沿山腰而行，见林间空地有一刚修复过的土堆。姚三儿说，这儿就是琴高真人墓，前两年有专家来考证过，地上翻捡出一块残碑，上刻“人之墓”，村里也有一块残碑，上刻“琴高真”，两块正好合在一起。六几年吧，我们村的姚五一上山放羊，在墓地见过这块碑，还用手摩挲着碑文练过字呢。广瑞说，我在文物馆的时候，在《沁源文物资料（第四辑）》上看到过一篇文章，好像是1991年年底写的，叫《考琴高真人墓行记》，文中说墓残高两米许，直径三米许，墓前立有碑，质料为红页岩石，碑首为悬山式，瓦轮出檐，碑身厚20公分、宽40公分，立于乾隆年间。

与琴高真人墓遥相对应的，是邢抱朴墓。邢抱朴是辽国应州人，曾任翰林学士、礼部侍郎、参知政事、南院枢密使等职，因兵变隐居琴泉山，终老琴泉山。拨打荆棘，穿过林地，辗转而上，松柏间赫然一墓，雄阔，破败，瓦砾四散，无碑石。老邓在瓦砾中捡到一块断砖，其上隐约有指痕。广瑞翻找出几块残瓦，上有纹路，老邓看后说，可能是辽瓦。

返回时路见一泉洞，俯身探视，泠泠之声盈耳。来时并未注意，或许当时正沉浸在琴中吧。绕到山脊，姚三儿指着对面说，那儿是大华峰，顶峰建了一座观光塔，也是瞭望塔，是仿古建筑，我准备在那儿搞民宿，在去的路上搞小食街，东山还建有十二莲灯。我问什么是十二莲灯，姚三儿说，东山峰岩的石头是红色的，太阳下山时候，红砂石在余晖下金碧辉煌，景色万千，海市蜃楼一般。到了晚上，东山还会浮现十二盏莲灯，光芒有序，似仙似梦。我笑一笑，人家那十二莲灯是自然现象，你这是人造的吧？姚三儿有些不好意思，咱不是有高科技嘛。我回头对老邓说，秋色正好，要不咱在山上转转，等夕阳西下？老邓说，一会儿带你去个好地方，那儿的夕阳有烟火气。我笑道，好地方是在芊林背吧？老邓也笑道，是芊林背在好地方。

有风迎面徐徐吹来，山上略略起了波涛。突然有些不舍，回头望一眼来路，想起明进士、沁州知州俞汝为的《琴高真人墓》：

东山入望郁峨然，曲磴回椒树杪悬。
堪笑青鸟封幻影，还从赤鲤觅真诠。
岚光落日羁残照，草色空阶锁断烟。
独有朱弦鸣未歇，冷冷清韵响寒泉。

我若是青鸟，定然飞回春秋，听琴高抚琴一曲。若有赤鲤，定然骑着它在松涛上游走，那无边的绿才是更美的河流呢！

韩洪沟之前叫含虹沟——含虹者，雷雨过后长虹当空也。早年，韩、洪两姓来此定居，遂更名韩洪沟。县志是这么记的，当地百姓也是这么传的，但老邓并不认可，依据便是沁源并无洪姓之人。我也不认可，不过，我的理由是感性的，含虹二字多么诗情画意，怎就舍得放弃这么美的名字呢？更何况，沁源已有个韩洪乡，一道沟争得过一个乡吗？韩洪二字虽好，加个沟便只能是沟，含虹沟则不一样，一虹含于沟中，多么美不胜收！

村庄选址与琴泉相仿佛：依偎东山脚下，背靠一沟，沟南北两山树木葱茏。这样的选址少见，莫非沟中常年有水，却不发生洪灾？沟中有一小河，山脚石缝处喷涌一清泉，小河与清泉交汇，穿村而过，直落沁河。村民隔河而居，南北两岸被称为堰南、堰北。堰者，坝也，显然是防洪措施之一。明万历年间，沟口建有石尜。尜者，两头尖、中间大之玩具也。石尜建在沟口，显然也与防洪有关。两山蜿蜒似龙，石尜从上到下呈圆形，远观似二龙戏珠。还有一说。两山称来龙，一河叫去脉，韩洪沟乃来龙去脉之地——若是含虹沟，来龙去脉之地是不是且美且灵呢？

石尜改为券洞，南侧砖砌一照壁，此刻，我、老邓、广瑞便站在照壁前。门前“乡颂·太岳记”五个红字平地而起，它还有个名字，叫“韩洪沟红色小镇”，是沁源“1+14”国家级乡村振兴示范村。洞壁玫瑰金凹凸有致，地上埋有射灯，若是夜晚，光与流水相映，行走洞中，疑是穿越。

两年前，中央美术学院建筑学院教授、三文建筑创始人何崴带领他的设计团队入驻韩洪沟。何崴是中国当前最活跃的建筑师之一，曾获建筑界“奥斯卡奖”

ArchitizerA+Awards专业评审奖。作为跨界艺术家，何崴将为这座内涵丰富的村庄带来不一样的诠释，就像卡洛·斯卡帕之于威尼斯——金属的回旋似乎源于水的漩涡，石头的锯齿可能来自木匠的榫卯，但它不是漩涡，也不是榫卯。

而在81年前，彭德怀、薄一波、陈赓、安之文、牛佩琮、裴利生、王新亭、刘开基等在此驻扎过。不错，这里是太岳行署旧址之一，1939年，从沁县松村转移到此，驻有武装部、司法科、冀南银行、锄奸部、警卫连、生产部、运输部、总务科、卫生队等。艰苦卓绝的历史走远，红色印迹永在，何崴走进韩洪沟时，仍存有太岳行署总部房屋12间，武装部房屋6间，生产部房屋9间，运输部房屋5间、土窑3孔，锄奸部石窑2孔，司法科房屋3间，总务科砖窑3间，警卫连房屋9间，卫生队房屋2间，冀南银行房屋7间，枪械修理部房屋4间、仓库土窑4孔。

很穷的家底，且多破败。

很厚的家底，太岳精神和她的红色血液浸润在这里，流淌在这里。

如何介入尘封的历史，让过往的时间在破碎的空间里重新显现？如何告诉来者，什么是魂？什么是美？什么是富有？何崴是设计者，刘卫东是执行者，项目还未完成，刘卫东又华丽转身，成为运营者。谈起预料之外的变化，刘卫东笑一笑说，看见自己的作品一天天接近完成，就像看见自己的孩子一天天长大，现在离开，真的舍不得。何况，沁源真的很美，来了就不想走。

穿过券洞，北岸有一院落，正房三间，墙为土坯砖，二楼窗户为格栅式，样貌仍是沁源传统民居。走进正房，见一小型太岳历史展厅，文物遴选和展台设计别出心裁。二楼原来存放杂物，现改造为会议室、客房。下楼，拐进餐厅，草灯悬挂于餐桌上方，线条细腻，流畅，仿佛被流水冲刷到岸边的茅草。我笑着对刘卫东说，这装饰太有味道了，在这儿就餐，即便饭菜不好，也吃不出来。刘卫东不习惯我的玩笑方式，赶紧解释道，我们的饭菜也很有味道呢。

出门沿河岸东行，路南有一旧院，门口挂着“锄奸部”木牌。我逗老邓，都说沁源不出汉奸，怎么还有锄奸部？老邓笑道，这儿是太岳行署，管着上党18个县呢。言外之意，到外县锄奸去。

前面是河滩，地势开阔，碎石小径曲折花草之间，溪流自玻璃屋南侧绕过来，在树下聚成一泓池水，又折向北岸，潺湲而下。水边有几只鸟儿，是红嘴蓝鹊。北岸蓊郁着一棵唐槐，枝繁叶茂。树旁石砌台阶，条石完整而老旧。拾阶而上，正房为陈列室，户外为大槐树村史剧院。唐槐遮去半座院子，院东S形排立着数根红色蘑菇状立柱，木与金属、红与绿挺拔在同一空间，颇有意味。

离开剧场，沿北岸东行。我问刘卫东哪里人，他说是河南，学的土建，在北京打拼多年，没想到年近半百，跑到太行山这边做了半个沁源人。我说，我祖籍也是河南，祖上逃荒来到山西的。“老乡”见“老乡”，距离便拉近许多。刘卫东指着河岸上的玻璃屋说，那儿是军械库咖啡厅，室内红砖和橄榄绿瓷砖混搭，搭配工业风格桌椅，是这里最现代的建筑。你看，屋顶还开了两扇“天窗”，两棵杨树从咖啡屋长出来，看似浑然天成，实际上是我们把原来的树特意保留下来的。有了这两棵树，整个建筑就活了。军械库居然被打造成咖啡厅，也够穿越的。转念一想，那代人扛着冰冷的枪炮舍生忘死，不就是为了这代人坐在咖啡屋品味岁月静好吗？时光不只像流水，那代人在上游，这代人在下游。时光还像树，我们都是树上的叶子，都守着同样的根脉，当我们说穿越时，其实，我们在同一棵树上守望。刘卫东问要不要去咖啡厅坐坐，我说还是先看民宿吧。

路的尽头是三院交叉处：路北为冀南银行旧址，改造中；路南是军械库咖啡厅，在岸下；路正对一道大门，木门用心设计过但又不显设计痕迹。刘卫东说，这儿是造币局遗址，我们把它改造成造币局民宿。房间7栋9户，其中两栋是两层，结构原样保存下来。旧厢房破败不堪，只好拆掉重建。推门而入，地面青砖古色古香，砖与砖对接处有草新鲜拱出，院子干净如洗。院墙下搭建一木质栈台，上摆茶台、木凳、躺椅等，是小憩的地方。左手正房是接待用房，台阶上建一栋老房子，土坯墙，二楼格栅窗户做过处理，草灯一样精致。门外墙上镶着一块木质标牌，下部凸起部分横写“乡颂·太岳记”，右下一行小字“韩洪沟红色小镇”，上部笔筒一样的地方插一束野花，右上角两个竖排大字“半两”。制作颇具古风，显然，这是这栋房子的名号。问刘卫东其他房子叫什么名字，刘卫东说，宝钞，通宝，锦贝，交子，孔方，布币，五铢。我笑了，果然是住在造币局，一座红军银行被你们这么一鼓捣，竟成货币博物馆了。刘卫东也笑了，我们就是要营造一种过去与现在、乡村与时尚并存的感觉，旧建筑尽量利用，同时，努力向外拓展空间。

一间一间房子走下来，亦土亦洋，处处可见传统，处处可见现代，却无一丝一毫违和感。老房子天花保留原建筑形制，木质结构暴露，墙面黄土色，地面或实木地板，或仿古砖，温馨，舒适，怀旧。新建平顶房天花深色，墙面白色，地面铺灰色纳米水泥，搭配地毯、坐垫、壁饰等软装，色彩明艳，硬朗中平添几分柔和。老房子一层是炕，二层是床，平顶房为地台，毛石、实木、草本编织、粗布等随处可见，原始和现代无缝对接，显然是“粗粮细作”。落地玻璃窗将天空推出去，天井又把天空拉回来，敞开与私密浑然一体，大小空间错落有致。外立面或水刷石，或青砖，或土坯墙，质感不同，时代不同，旋转楼梯不经意间把目光吸引过去，仿佛墙外溪水般的存在。

推二层小门而出，站在露台上，见院子一隅有棵苹果树，落地窗外有棵枣树，院子中间有棵杏树。心中欢喜，回头却见老邓和广瑞不知去向。

我问，那两个家伙丢了？

刘卫东说，这里离城近，他们经常陪客人过来，都是文化人。说罢，指着造币局大院说，这里是村庄尾部，私密，幽静，北侧是山坡，南侧朝向泄洪沟渠，视线开阔。以前是三串院子，并排，独立，闲置多年，年久失修。我们接手后，把三座院落打散、打通、重组，重构空间，过去的布局就变成现在的布局。

太阳将落山，夕阳像一池水，温暖地流到院子里，院子便满溢的样子，仿佛有蛙鸣。其实，没有蛙鸣。其实，极其安静。凝视着旋转楼梯，凝视着山墙，熟悉的水刷石，熟悉的黄土坯，熟悉的黄昏，灰白的碎石肌理和蓝瓦黄墙的老房子像极了老照片里的时光，恍惚让人回到20世纪80年代，又显然不是曾经的80年代。

我问刘卫东，你们搞建筑设计的喜欢谈论空间，就没想过时间吗？

刘卫东看着我，面露疑惑。

我点起一支烟，略略迟疑一下说，其实，你们在保留那些老物件的时候，已把那个年代保存下来，只不过，你保存下来的年代是被你干涉后的年代。可即便被你干涉过的年代，实际上还可能是原来的年代。这番话有些绕，刘卫东好像没听明白我在说什么。我笑一笑，把目光从院子里收回来，看向对面的山。简单来说，造币局是抗战时期的造币局，那个时期是非常艰苦的，那个年代留给我们的印记就是苦，就是穷。但实际上，那个年代的苦和穷仅是物质的，在精神上，那代人根本不苦，根本不穷，甚至是丰富的、多彩的，是浪漫的、艺术的，是可以与任何一个年代平起平坐的。你们打造的造币局也丰富，也多彩，也浪漫，也艺术，但你敢说，你们打造的造币局是你们的，不是他们的吗？

刘卫东看着我，一脸讶异，一脸喜悦。我明白你的意思了，我们在重构空间的同时，其实也重置了时间，但这种重构和重置看似是我们的，却可能是他们的，是一种更高级、更真实的回归。

我颔首一笑，指着村口说，你看，来时的路便是去时的路，去时的路便是来时的路，人在其中，就是归去来兮。剧场也是这样子的，它上演的是历史，也是现在，是历史和现在的归去来兮。咖啡厅那两棵杨树也是这样子的，那些叶子是他们，也是我们，是他们和我们的归去来兮。刘卫东看着我，欲言又止。我意犹未尽，却突然没了说话的兴致，却只想在露台上坐一会儿，只想在露台上发一会儿呆。这时，只听得老邓在院子里喊，下来吧，广瑞都准备好了，我们在院子里喝酒，吃烧烤，看夕阳西下。

我大声问，这就是你说的好地方吗？

老邓大声回，这儿难道不是好地方吗？

我更大声地回，我不想在院子里，我要去河边，要坐在石头上，看夕阳西下，跟流水干杯。

第十六章

归去来兮

歸去來兮

登临山顶俯瞰，河流山间曲曲折折，折折叠叠，叠叠回回，回回环环，环环绕绕，波光时明时暗，水流神闲气定。一个接一个大S连环而下，婀娜若女子，若蛇，若龙，让人觉得那山便是为那曲线而生的，那山上的一草一木也是为那曲线生的，那一草一木上的叶子花儿还是为那曲线而生的。而那曲线隐藏山中，美得让人无语凝噎，美得让人自惭形秽，美得让人觉得自己无知。的确，就是无知。想象过万马奔腾的样子。想象过激流湍急的样子。想象过堆起千层雪的样子。想象过呼啸而来、呼啸而去、特立独行、桀骜不驯的样子。想象过一龙出海、一飞冲天的样子……然而，在此刻，沁河淡定自若，不卑不亢，潺潺湲湲，不徐不疾，沉沉静静，不惊不乍，就这样安详地步出沁源……

立春日来，立秋日走。仿佛舞者，节奏踏得如此之好，不得不叹服苍鹭对节令之敏感，莫非它与节令存在某种隐秘的约定？当然，也不得不叹服老祖宗之伟大，居然能从周而复始的时光中发现二十四节令！

立春早，苍鹭来得也早，但赶在春节前回家，还是极少见的。本打算到沁源过节的，疫情把计划打乱，只得老老实实待在家里，想这个年该少了多少趣味。孰料苍鹭居然在春节前回家了，似乎时间稍稍被折叠一下，便会给人带来惊奇。央视《秘境之眼》之《山西沁源，鹭舞水泉》二十四小时直播，人去不了沁源，心还是飞到了沁源。五路镜头随意切换，或聚焦一棵树，或聚焦几棵树，或聚焦一片林子，最终聚集的，其实还是鸟巢。第一次看这样的直播，想起贝拉·塔尔的长镜头，想起长镜头下秘而不宣的世界。早起，看苍鹭伸出颈项，散开发辫，细细梳妆打扮，随后优雅转身，黑羽微张，翼角、胸斑黑色，头、颈、胸、背白色，嘴黄绿色，一双纹过的眼睛正看着我呢。嗨，你好！苍鹭突然振翅而起，飞出镜头之外。午时，看苍鹭成双成对，敛翅，耳鬓厮磨，在阳光里打盹。傍晚，看苍鹭河边归来，盘旋，落枝，缩作一团，一动不动，仿佛树上结出的蘑菇，偶尔有一双翅膀掠过镜头，刺穿黄昏，带过一片水一样的光。居然可以如此过年，居然可以放下一切繁文缛节，盯着镜头和苍鹭一起发呆，这个年也算过出别一番滋味吧。

人在家中坐，心在自然中。数鸟巢，一棵树上居然有十多个。数苍鹭，一对，两对，三对……“呱，呱”，一只苍鹭飞走了。“呱，呱”，一只苍鹭飞回来了……总之吧，有多少个巢便有多少窝苍鹭，有多少窝苍鹭便有多少个家。旧巢坏了，修一修，住下来。没有巢，筑一个，住下来。只要有树，有水，有空气，有善良的邻居，苍鹭便是安详的，便是岁月静好。

在春天，这便是苍鹭简单而直截了当的选择，自足，自在，又自尊。

苍鹭喜欢在早晨或黄昏时分独自去水边“狩猎”，或一脚踩陆地、一脚踩水中，或一脚站岸边、一脚藏腹下，曲修长之颈于两肩之间，将一种姿势站成雕塑。苍鹭是孤独的，孤独得如此深水静流，不枉“长脖老等”这个绰号。苍鹭还是闲散的，飞行时两翼近乎静止，长颈将“Z”字写上天空，双脚垂于尾后御风而行。站如立桩，生命何其沉重；翔似悬挂，比羽毛还轻；独处则自立，则把自己所有的事做好，还有比做好自己更愉悦的吗？一旦有了伴侣，便共同筑巢，共同抚养子女，共同让家生动活泼起来，还有比付出更幸福的吗？其实，苍鹭每天都在教人如何与人打交道，如何与自然打交道，人却喜欢自以为是。自以为是便可能误以为是，是或非纠缠不清，人终归是制造麻烦的那一个。所谓最高级生物，也不过是人的自以为是罢了。

苍鹭还有一个名字，叫青庄。草木青青，一庄如画，这不就是水泉吗？

不过，仅用画来形容水泉是不够的，她还是一首诗，一首写在石头上、写在水里、写在草上、写在树上、写在空气里，还写在村庄上的诗。

这个村落朴实无华
非常沉默，非常骄傲
这里的农民勤勤恳恳
从不依靠，从不寻找

站在村口，默默读过石墙上这首陌生却野生的、透着生命质感的诗，我问，水泉出过诗人吗？

她答，没有。

我问，这首诗是谁写的？

她反问，这是诗吗？

我转头看着她，很肯定地说，是诗，是一首好诗。

她笑一笑，我写的。

我有些惊讶，你是哪里人？

她说，我就是这里人。

我问，水泉有好几个自然村，你是哪个自然村的？

她说，三条栈村。

我说，三条栈？这个名字有什么讲究吧？

她说，村南山上有条南大路，连接沁源、安泽、屯留三县，旧时三角地带设有驿站，所以叫三条栈。还有一个说法，村子坐落在山沟的三角地带，周围有很多栈道。三条栈不是水泉的自然村，在南庄村后最里头呢。

我说，我去过南庄，有三棵千年古槐，叫福禄寿，是个很美的村子。那里也在搞民宿，客房叫舒园、菽麦、稻粮、黍稷、司阍等，都很典雅。从南庄到水泉，一路诗意，一路书香啊。

她说，哪儿来的书香啊，都是逃荒的。1933年，黄河发生特大洪水，冀鲁豫三省灾情最重，摧毁的良田、房屋不计其数。黄泛区的人背井离乡，逃荒来到山西，我的祖辈就是其中一分子。他们是几个村的人结伴来的，走了两个月。当时，水泉只有一户平遥家，姓王，他们从他手里买下地，在这一带扎下根来。现在，仅水泉村就有70户人家。

我问，听口音，山东人？

她说，是。

我说，怪不得你的诗里有那股劲。

她问，什么劲？

我说，山东人的劲。

她笑了，我现在是沁源人。

2005年，水泉只有一对苍鹭。后来，又零零星星飞来一些苍鹭。2017年，突然飞来300多只苍鹭，沉寂的山村不再沉寂。现在，水泉有3000多只苍鹭。

想一想那群逃荒的人，多像一群迁徙的鸟儿，可他们并无选择的自由。而今天，那群逃荒者的后人却发现，收留他们的村庄竟如此之美，祸兮福兮?

与我聊天的女子是包村干部，姓解。水泉还有个奇女子，叫相小玲，早年父母双亡，跟着叔父长大，初中毕业后走村串乡收玉米，赚到“第一桶金”。后来，她和朋友一起养羊，几乎把之前赚的钱赔了个净光。2011年，她成立小玲养殖专业合作社，有社员10人。羊市场不景气，她又去养鸡，一路跌跌撞撞走到2018年，获得政府奖励50万元，才终于缓过劲来。目前，小玲合作社养殖蛋鸡15万只，直接带动建档立卡贫困户73人，间接带动贫困户32人，常年吸纳贫困劳动力9名，阶段性吸纳村民150余人。相小玲吃苦，肯干，也敢干，在沁源，她就是个传奇，央视节目主持人肖东坡是她的产品代言人，她的合作团队不仅有山西农业大学、山西中医药大学，还有中国农业大学动物科技学院院长、动物营养学国家重点实验室副主任、长江学者特聘教授呙于明!

我很好奇，你的鸡蛋为什么叫党参鸡蛋、叶酸鸡蛋?

相小玲说，我的鸡舍周边种的都是党参、板蓝根，鸡饲料里也掺着党参。

我问，哪个教授帮你研发的配方?

相小玲笑了，我自己，试验了三个月呢。

我吃了一惊，你研发的?饲料里都含有什么成分?怎么配比的?

相小玲脸一扬，不告诉你。

我笑了。

朴实无华的人，朴实无华的村落。简简单单的人，简简单单的村落。

朴实即美。简单即美。

每次走进水泉，我都想留下来，都想在这里虚度一段时光。是的，就是虚度，什么也不去想，什么也不去做，搬个小板凳，坐在早晨，坐在傍晚，坐在河边，坐在南沟，看苍鹭飞起或落下，看苍鹭筑巢、生儿育女，看苍鹭空中滑翔或待在窝里睡觉。安静的生灵，却也是孤独的生灵。寂静的村庄，却也是祥和的村庄。

郑曙林说，水泉老百姓平时说话都低声细语的，下地干活都轻手轻脚的，他们怕惊动鸟儿！

村中有一条河，是山泉水、雨水汇聚而成的。泉水来自南沟、石条沟、狼儿沟、桃花沟、正沟、庆夫沟、塔子沟、庙子岭、陈家岭、塔子岭、郑家顶，但村中那条河却没有名字，但村中那条无名河最终去了沁河。

跨桥而过，顺坡而上，有一座小山，山顶有一片洼地，水泉人不叫它南山，叫南沟。作家采风团去的那天，立秋刚过，苍鹭大多迁徙走了，空阔的庄稼地里只有未收割的玉米，只有刚出苗的黄芪。绕庄稼地一周，都是杨树。在杨树后面，都是松树。老乡指着那一大片林子说，那儿就是苍鹭栖息地，苍鹭在杨树上筑巢，也在松林里筑巢。大家悻悻而归，下山时候，看见女作家们坐在山腰长廊里喝茶，吃零食。上车后，听到她们在后面嘀嘀咕咕，这儿的土鸡蛋真好吃，想买，可不好意思开口。另一个问，花钱买有什么不好意思开口的？这个说，在沁源做客，不能说他的东西好，一说就要硬给你塞，不要钱。另一个很惊讶，这个样子呀！沁源人也太实在了吧？

我喊上老邓、郑曙林再来的时候，已是深秋。没有观鸟的人，没有收秋的人，周边安静极了。郑曙林说，早告诉你没有鸟儿了，你不信。我说，我知道没有鸟儿，我就是想来看看。郑曙林说，来看什么？我说，不看什么，就想来这儿，就想在这儿坐一会儿。郑曙林嘟囔一声怪人。我问老邓，我怪吗？老邓说，你不怪，是鸟儿怪，不该在你来的时候躲着不见。我说，对嘛，怎么能怪我呢？应该怪鸟儿不善解人意。郑曙林瞥我俩一眼，哭笑不得。我说，山中无鸟儿，心中有鸟儿，到苍鹭家了，你就讲讲苍鹭的故事吧。

苍鹭是大型水鸟，喜欢在江河、溪流、湖泊、水塘、海岸等浅水水域栖息，喜欢吃小鱼、泥鳅、虾、蝲蛄、蜥蜴、蛙和各科昆虫。在春天，苍鹭走出窝，在树梢上跳跃。一树苍鹭，一会儿飞走，一会儿飞回来，就像日出日落。苍鹭是最平等的鸟儿，营巢雌雄一起动手，雄鸟搬运干树枝、枯草，雌鸟筑窝。孵小鸟也一样，雌雄亲鸟都上阵。一窝产蛋3到5颗，刚产出时蓝绿色，渐渐变成天蓝色或苍白色。产下第一颗蛋就开始孵卵，孵化期21天到26天。雏鸟破壳时候，杨树刚好吐绿，明媚的日子，杨树是透明的，鸟巢是透明的，春天是透明的。午后气温回升，苍鹭打开翅膀，站在窝沿上，长久保持一个姿势，纹丝不动，就像一把伞插在窝上面，呵护着小苍鹭——想起相小玲，她的鸡场规模很大了，孵小鸡的时候，她还要在鸡舍守七天七夜，每天只休息两个小时——一天一天，小苍鹭长大了，在树梢上练习跳跃，一点一点，战战兢兢，怕落不到巢里，怕落不到树枝上。慢慢起跳，慢慢回落。慢慢在巢里跳，慢慢从巢里跳到树枝上，慢慢从一条树枝跳到另一条树枝，慢慢跳着跳着再也停不下来。一棵杨树有十几只巢，十几只巢里有几十只苍鹭，一棵杨树就像一个村庄，一条树梢就是一个家。只能远远地看，不能靠近。巢筑在杨树梢上，杨树抽枝快，木质软，软软的枝条竟是苍鹭最喜欢跳跃的地方。肚子饿的时候，在沼泽地上空盘旋，落到岸边，耐心观察水里动静。过一会儿，飞到草丛里捉虫子，把捉到的虫子投到水里。捉到虫子投到水里，投到水里再去捉虫子，反反复复，小鱼扎堆过来，等待天上掉虫子——巴甫洛夫？嘿——这时候，苍鹭衔一根草投进去，小鱼以为草是虫子，拼命去抢，可草很轻，水花中打转，谁也吃不掉，抢食的小鱼便越聚越多——果然是巴甫洛夫的狗！——这时，苍鹭悄悄下水，瞄准小鱼，一口一条，几条下肚，悄悄离开，轻轻飞走——悄悄的我走了，正如我悄悄的来？我挥一挥衣袖，不带走一片云彩？

我说，苍鹭是个心理学家。

郑曙林说，我经常一个人来这儿看鸟，只远远地看，从不打扰。苍鹭对生态环境非常挑剔，知道在哪里可以过上好日子。

阎寨古称园寨，清光绪年间改称圆寨，民国初改称阎寨。北宋时，阎寨曾建寨栅，为军事要塞，易守难攻。民国时，阎寨少数殷实人家在主村建有瓦房、四合院、门楼等。抗日战争时期，日军施行灭绝人性的“三光”政策，阎寨被夷为平地。

出县城，东南行约7公里，便是阎寨。1939年9月，中共太岳区工作委员会（后改称特委，对外称八路军联络处）自沁县迁驻沁源柏木村。1939年12月，国共之间爆发全面抗战期间第一次军事冲突，阎锡山动用晋绥军（旧军）进攻山西新军，镇压与新军一体的牺牲救国同盟会，史称晋西事变，又称“十二月事变”。1940年1月，事变不久，八路军第386旅进入太岳区，配合决死一纵队巩固太岳根据地。同年4月，在阎寨正式成立太岳区党委，驻阎寨西岭上。同年6月，成立太岳军区，由八路军129师386旅兼军区领导机关，对外称太岳纵队。陈赓兼任司令员，王新亭兼任政治委员，牛佩琮任副司令员，周希汉兼任参谋长，苏精诚兼任政治部主任。军区归属八路军129师指挥，下设三个军分区：沁县、屯留、襄南、漳源四县为第一军分区，司令员张春森，政委金世柏；安泽、岳阳、临汾、洪洞、赵城为第二军分区，司令员张汉丞，政委史键；沁源、绵上、平遥、介休、灵石、霍县为第三军分区，司令员王清川，政委孙雨亭。

1942年10月20日，太岳军区由阎寨迁往桑曲村。桑曲与郭庄相邻，属安泽县杜村公社，归晋南。我们村与郭庄相距不到两公里，属长子县王村公社，归晋东南。小时候，我们经常站在村对面山上看着郭庄吹牛，说自己到过最远的地方是晋南。那时临汾、运城还未分家，所谓到过晋南，便指到过郭庄。也常听老人讲一些打仗的事，但那时少不更事，懵懵懂懂，从未想过自己离书中或电影中的历史居然如此之近。而此刻，站在阎寨麻沟口窑垴上眺望沁河东岸，竟觉自己离历史很远，远得都不敢让人相信——沁源人竟如此坚韧！日军竟如此残忍！

而此坚韧和此残忍恰是人性极致的两面，高山仰止之时，无疑是深深的绝望。站在今天看脚下，阎寨山水相依，土地肥沃，无疑是米粮之川，安居之所，乐业之地。可如果把时间折叠，倒转回那个年代，脚下的任何一片土地都能攥出一把血来！毫无疑问，这是一道人类无法回避却又无解的题：为什么自然的时空越折叠越深厚，越折叠越美丽，而人类的时空折叠时，却总会发现血泪、白骨、不忍直视的丑陋？人性为何会浇薄如一片盐碱地？人为何会残忍到没有一丝人的味道，甚或禽兽不如？

先讲一个美好的故事——“小延安”。

沁源历史地把岳北抗日根据地扛在自己肩上，并非偶然：其一，沁源位于岳北13县中部，东有沁县、武乡，北有平遥、介休，南有屯留、安泽，西有灵石、霍县，距同蒲路和白晋路百里之遥，心正也。其二，在沁源，党的地下组织力量大，群众基础好，各村都有抗日自卫武装，臂健也。其三，沁源山高林密，丘陵起伏，林木丛生，适宜游击，腿快也。其四，阎寨四面环山，中部开阔，南北山顶站得高看得远，便于观察敌情，眼宽也。其五，司令部与区党委、行署相距不远，呈掎角之势，一旦有情况攻守自如，头脑灵活也。地也如人，有此五点，沁源及阎寨便在中国革命的版图上陡然巍峨起来。

然而，地也像人一样，越是英俊，越多磨难。

1940年夏末，“百团大战”拉开战幕，太岳军区各部奔赴抗日前线。11月21日至25日，日军趁部队前线未归，纠集41师团、36师团和独立混成旅第九旅团连同伪军共两万余人，从同蒲、白晋沿线九个据点出发，分十路对沁源实行“铁壁合围”。21日拂晓，日军从沁县、平遥、介休、霍县、洪洞、安泽进入沁源法中、交口、朱鹤岭、韩洪、李城、西务、柏子、中峪、柏木，张网向县城和阎寨合拢。出发前，日军中将多田下令，“凡是根据地的人，不问男女老幼，要全部杀死，所有房屋一律烧毁，所有粮秣不能运走的，也要一律烧毁，锅碗要一律打碎，水井要一律填死或投下毒药”。简言之，凡阎寨人一律“格杀勿论”！日军每两个大队新编两个放火中队和一个放毒小队，每个士兵发放三盒火药。日军突袭县城扑空，当即转向阎寨。22日早上，多架飞机一顿狂轰滥炸，房屋几被全部炸毁，土地变成焦土。随后，地面部队开始放火和拉网式搜山。在刺角沟，84名男女老幼被发现，日军架起机枪疯狂扫射，84人全部倒在血泊中，无一幸免。在五龙沟，日军把老小20多人赶进常奎宝、常徐宝家的窑洞，堆放秸秆，浇上汽油，活活烧死。在东沟，日军把16名村民捆绑到村东南园子，全部活埋……劫难过后，阎寨遍地残垣断壁，尸骨横陈大街、小巷、水井、茅坑、田野、路边、山沟，血腥、腐败、焦煳的气味空中弥漫，多日不散……

这次报复性“扫荡”，阎寨百姓遇害180人，家禽、家畜、粮食被悉数抢走。在一片废墟上，太岳军民重建家园，仅一个多月，便打出窑洞170多孔。之后，薄一波、陈赓、毕占云、王新亭及警卫班、机要室进驻村东麻沟口，太岳区政治部、公安局、后勤部、作战科、看守所、民政局、话剧团和部队进驻西山坡，太岳区党委（广东部）、地委组织科、太岳日报社进驻西岭上。那时，沁源人口仅8万，党政干部和部队却有两万余人，全县几乎村村有干部，家家有八路军。阎寨是岳北根据地中心，战士窑洞出出进进，军号响亮，歌声嘹亮，马蹄“哒哒”，电台“滴滴答答”。有一天，老党员高来文问陈赓，听说毛主席住的延安也是一排排窑洞？陈赓说，是呀。高来文说，那你看咱阎寨像不像延安？薄一波一旁说，咱哪儿能和延安比啊。反“扫荡”结束，薄一波见到高来文笑问，你知道日本人为什么抓不着我？咱们的立足点是三寨啊。见高来文没反应过来，薄一波又说，阎寨、赵寨、贾寨，这不是三寨吗？高来文哈哈大笑，老薄你说得还不完全准，咱们还有三在，就是军在、民在、党在！有这三在，咱们就一定能打败日本人！薄一波闻听赞道，你说的这“三在”比我还有水平呢。

“三寨”“三在”一时传为美谈，“小延安”美名不胫而走，日军视阎寨为心腹大患。文献记载，日军先后“扫荡”沁源8次，阎寨被蹂躏4次，其中规模最大、时间最长、也最残忍的，除了1940年那次报复性“扫荡”，还有1942年秋季大“扫荡”。

秋收时节，获悉日军来犯，县反“扫荡”指挥部号召群众快收、快打、快藏，不让一粒粮食落入敌人之手。阎寨百姓接受从前教训，男人边抢收庄稼，边打地洞埋藏东西，女人忙着碾炒面、烤干粮、缝补衣裳，家家户户除了秋收工具，收拾得只剩铺盖、米面、锅碗瓢盆等能一担挑走的家什。一个多月未见动静，村民稍有松懈。10月20日夜，日军突然纠集重兵，分七路合击岳北根据地。那一天，沁源县委正在城关召开全县干部会议。夜里十点，得到太岳纵队情报：敌人“扫荡”部队已出动。敌强我弱，敌众我寡，太岳区领导机关及主力部队38团、25团跳出合击包围圈，转战阳城、沁水一带。阎寨人扶老携幼，肩挑背扛，赶着牛羊牲畜躲进大山。日军县城扑空，又把矛头指向阎寨。22日上午，五架飞机在阎寨上空盘旋，撒传单，扔炸弹。村西十几间房屋被炸平，村东化为一片火海。接着，飞机向村南岗狼沟、计道沟、学孟北沟，村西罗山、寺沟一带投掷炸弹，树木在燃烧，部分村民被炸死炸伤。随后，69师团伊藤大队、早川大队400多人在“黑狗队”带领下展开“梳篦式”“铁滚式”搜山。崔三儿等8人被发现，鬼子把他们绑到郧家沟排成一行，挥动东洋刀轮番砍杀，七人当场身首异处，崔三儿脖子挨了一刀，躲过一劫。一妇女为婴儿喂奶，被鬼子刺穿胸部，当场死亡，婴儿的脚被划破，终身残疾。老人牛银锁被鬼子挖掉双眼，从窑顶推下活活摔死。村民崔根科的妻子被鬼子轮奸后刺死，李七则、王海金、姚金仓等被毒打后活埋，王虎则、王其等20多人被机枪射杀，鲜血染红麻沟河。最令人发指的是，在五龙沟，日军把5名妇女衣服剥光、轮奸后，又把她们双乳割掉，用刺刀活活刺死……

让战争远离平民，这是留给战争贩子的最后一块遮羞布。侵略者天良丧尽，竟比禽兽还禽兽，比惨无人道更惨无人道！回顾意味着残忍，回避意味着背叛，善良竟被恶陷入二难境地，人性之黑暗居然需要更多的人性之光来遮蔽，人啊！

阎寨人口不足一千，从1939年第一次遭日军轰炸开始，到“沁源围困战”结束，全村被杀死、烧死、活埋276人，房屋被烧毁2500余间，牲畜被抢走285头，粮食、家禽等财物也被洗劫一空！侵略者丧心病狂如斯，只能证明一点：你有多恶，我便有多善良！你有多丑陋，我便有多美丽！

日军合击扑空，占领沁源县城，在沁源境内修建据点15个，企图实行“山岳剿共实验区”计划。

1942年11月18日，根据太岳区党委、太岳军区指示，中共沁源县委、县政府和驻沁源主力部队决1旅38团，共同组成沁源对敌围困斗争总指挥部。11月20日，总指挥部作出重大决策：把以沁源城关为中心的安（泽）沁（源）、二沁（沁县到沁源）大道两旁，距敌人据点5公里、交通线2.5公里以内，东到霍登，北到交口、郭道，西到中峪、亢驿，西北到李元，计23个村镇、3200多户人家、1.6万多人口全部疏散隐蔽到深山密林中，实行空室清野，制造长约50公里、横宽5公里、面积250平方公里的无人区，把日军陷入“没有人民的世界”里。经过动员，不到一周时间，秘密大转移全部完成。大转移时，百姓和民兵用粪土、头发、死猫腐狗等脏物污染破坏水井，把能带的粮食、蔬菜、灶具、衣物、被褥等全部带走，带不走的全部埋藏。伊藤少佐向临汾师团部写信说：“来到这里没有人，没有粮，没有水，天天有病倒的……”

这年冬至次年春，天气寒冷，村民随身带出的粮食和衣服、被褥很少，吃、穿、住遇到前所未有的困难。敌人趁机四处宣扬“皇军仁慈”，还派伪军、特务到山头上大叫：“皇军不伤害百姓，有家的快回家……”面对敌人煽动，大多数群众坚决不回去，被胁迫回去的也趁夜偷跑出来。但也有一些群众，特别是家境较好的产生动摇：“先回去应付一个冬天吧，明年开春再出来……”

形势严峻，是咬紧牙关继续斗争，还是苟且偷生回去“维持”？进退维谷之际，县、区、乡及农、青、妇领导干部走到群众中去，在大小山沟展开一场万人大讨论，统一了意见：“不回去，不维持。”之后，县委、县政府调动各方力量，全力解决群众吃穿住等问题，在干部、部队中发起“节约运动”：每个机关干部一月节食一日；38团从自己供给很少的粮食中每人每日节约二两；县政府筹集100多石（每石75公斤）公粮借给极困难人家；号召群众开展“互助互济”，全县共借出粮食600多石。其间，太岳军区和太岳行署调拨救济粮11万公斤、贷款

30万元，沁县、安泽等地也发起“节约一把米”运动，支援沁源。村民则采集橡子、榛子、干马茹等野果、野菜充饥。同时，按照自愿选择、适当疏散的原则，组织大家打窑洞，不到一个月，在山沟、山湾开挖窑洞5000多孔，搭建窝棚数以千计，“正气沟”“坚定庄”“顽强圪梁”“伟大山头”等新村遍山开花。指挥部还组织商人到洪洞、霍县等地贩运棉花、布匹等，开办“山头集市”，组织民间医生开办简易诊所和药铺。1943年2月，县委、县政府又以居住点为单位，因陋就简，开办“山沟学校”。学生读书之余，还担负起站岗放哨任务。

日军遭受长期围困和频繁打击，缺吃缺喝，睡不踏实，没粮可抢，不少日本兵患上抑郁症、恐惧症，不得不撤离盘踞点。1943年1月，日军先撤离阎寨、中峪等外围据点，4月、5月又陆续放弃城关东门外大片占据地。8月，撤出霍登据点。1944年初，日军龟缩到城西草坡两个碉堡和一排窑洞中。

1945年3月，毛泽东发出“扩大解放区，缩小沦陷区”的号召，太岳区党委和军区积极响应，决定从3月11日起向沁源城关、交口守敌发动总围攻。1965年3月11日，整整20年后的这一天，我降生到这个世界上，老邓提到这个日子时，我心里咯噔一下，感慨自己与沁源注定有某种割舍不掉的缘分。2011年3月11日，又过去46年，日本发生史上最强烈地震和最强烈海啸，“到处都是一团漆黑，到处都是火，到处都是爆炸的声音”。这不是我的虚构，而是地震经历者的现场描述，这幅画面多么像当年的阎寨！而此刻，当我无意间把这二者联系到一起的时候，我并无幸灾乐祸的意思，毕竟，我也不希望在这一天看到眼泪！但南美洲的蝴蝶扇一下翅膀，便有可能引发一场太平洋风暴，如果把时空折叠，其实人人都是邻居，人人都是同一棵树上的叶子，既如此，为何就不能和平相处呢？我不信也不想说因果报应，但我们确实生活在同一时空，我们不可能彼此分割。当我说爱人类的时候，其实我在说我爱你。当我说我爱你的时候，其实我爱的是人类。从地球到国家，到民族，到家庭，到个人，莫不如此。就像我说善恶分明时，其实是在说，要么我把你的恶消灭，让善活下来，要么你把自己的恶剔除，让善显现出来。道路并非一条，可你非要逼着我去消灭你的恶，这又是为何呢？

经过精心策划和周密部署，300多名民兵组成12个爆炸队，30多名爆破能手组成机动爆炸队，协同4000余民兵，围攻、阻击日军。其余民兵和自卫队组成石雷组、机动组、砍圪针组——想一想这些名字吧，战争已把人逼到何等程度？——到前方参加铺地、断路和埋雷，群众也自发组织起担架队、补衣组、炊事组等，随军出征。爆炸队将4000多颗石雷虚虚实实埋下，在日军据点周围和二沁大道布下地雷网、地雷阵，在道路上布满圪针、陷马坑，再铺上厚厚一层柴草灰土，彻底阻断来援之敌。部队、民兵白天在山头点烧狼烟，吹号，敲锣打鼓，黑夜打冷枪。日军惶惶不可终日，3月24日至29日，每天突围一次，皆被击退。4月1日起，整整8天，日军闭门不出。第9日，日军拼死突围，到河西时触响地雷60余颗，死伤30余人。

4月6日，日军接应部队1000余人进驻沁县漫水。7日，进驻交口。9日凌晨，为避开地雷，离开交口沿河滩开往城关，在二沁大道上触雷90余颗，遭到重创。日军不敢在县城停留，10日夜，以小股部队向西、南佯攻。11日拂晓，在沁县联队的接应下，沿二沁大道北窜交口，与交口残敌会合后继续东窜。38团主力和沁源民兵奋力阻击，先后毙伤日伪军500余人。至此，沁源围困战胜利结束。

沁源围困战历时两年半，作战2800余次，毙日伪军3078人，俘获日特汉奸

245人，解救被捕群众1700余人，夺回牲畜2000多头（只），日军妄图摧毁岳北根据地的阴谋宣告彻底破产！

1944年1月17日，延安《解放日报》发表题为《向沁源军民致敬》的社论：

> 据太岳区来的人谈，沁源在一九四二年十一月以前，经历了敌寇无数次的“扫荡”，每次“扫荡”，敌寇都吃了很大的亏。在对敌斗争中，沁源取得了模范县的光荣称号。敌人在屡经失败之后，恼羞成怒，把沁源划为“剿共实验区”，于一九四二年十一月，占领沁源县城和许多据点，驻扎兵力经常为三个大队，以军事、政治、经济、文化、特务种种方法，软硬都来，企图使沁源伪化。可是，经过了一九四二年两个月和一九四三年整整一年，全沁源八万人，没有一个当汉奸的，没有一个村组织起“维持会”来；不但一般人不当汉奸，就是沁源的大烟鬼流氓地痞也没有一个人当汉奸；不但壮年人老年人无一人当汉奸，而且七八岁十几岁的小孩，常被敌人成群捉到城里去，他们也誓死不当汉奸，或则哭骂不休，或则偷了敌人的东西逃出城来，或则绝食，弄得敌人毫无办法。沁源人民，常以“沁源人没有当汉奸的”一语自豪。的确，他们是值得自豪的，他们是值得大大的自豪的！

社论最后赞道：“模范的沁源，坚强不屈的沁源，是太岳抗日根据地的一面旗帜，是敌后抗战中的模范典型之一。”

沁河对岸有座村庄叫赵寨，与韩洪沟一样，也是太岳行署旧址之一。

关于赵寨的来历，当地传有两个版本：一说300多年前有赵姓将军在此统兵扎寨，故名赵寨。一说村庄能看见对面桃卜沟山顶的寨子，又名照寨。在晋东南方言里，“照”有看的意思。左权民歌《桃花红杏花白》唱道：“桃花来你就红来，杏花来你就白，爬山越岭照你来呀，啊格呀呀呆。”此处的“照”有时是看，有时是寻，有时是且看且寻、心有牵挂，有方言只可意会不可言传之妙，现在却把“照你来”改为“寻你来”，至少失去一半味道。

与阎寨相比，赵寨藏在山沟深处，半山腰上，地势更隐蔽，更像个寨子。1941年2月，第三专署由太行移住赵寨，其时薄一波仍任专员。太岳行署领导机关在此驻扎一年，这期间，牛佩琮、裴丽生带领当地农民打过窑洞、开过荒地。2017年，赵寨对原窑洞组群进行了修缮，现存牛佩琮、裴丽生等旧居窑洞8孔、配房3间，各处长旧居窑洞7孔，警卫连旧居窑洞6孔，其他机构窑洞4孔，还保留了切灯科、监狱、警卫营、军需供给办公室和地道等遗迹。

毋庸置疑，阎寨也罢，赵寨也罢，都是一张老照片，老照片的颜色便是黄土的颜色，便是窑洞的颜色。高处俯瞰，那些窑洞安静得仿佛一段老时光，仿佛一首老歌，像沁河一样，一直静静流淌。在沁水河畔，在阎寨、西岭上和赵寨连成的弓背上，建有一座现代农业科技示范园，叫水漾年华，有药食同源馆、沁水物华馆、蔬菜馆、农耕馆、花卉馆、水产馆、中药馆、育苗馆等。用他们的话讲，是集农业文化创意、休闲体验、生态农业示范、科普教育于一体的新业态。馆内植物绿得人目不暇接，在我看来，这就是一座绿馆，一座蓬勃在红色之间的绿馆。说实话，第一眼看到水漾年华这个名字时，我很是抵触，水木年华多好啊，为什么要生造一个词呢？可看到那些窑洞，看到沁河，我豁然明白，此地就在时光里，就在流水边，于时光和流水而言，还有比“漾”更恰当的词吗？

每次去王家湾，都要去动植物标本馆转一转。那种被固定的美令人叹为观止，它凝固的不只是空间，还有时间。

河从村前走过，对面是山，背后是山，夹岸相峙，常年有绿色植被覆盖。王家湾野生动植物丰富，生态系统复杂，馆内走走，总觉沁源的花呀草呀鸟呀都林林总总地呈现在眼前，刹那间，村庄之美便被这小小的标本馆定格。

标本馆分动物标本展示区、沁河湿地实景模型区和植物标本展示区，有野生动物36目111科204种、种子植物43科124属186种、两栖类1目3科4种、爬行类2目4科5种、鱼类3目5科26种、昆虫类12目72科121种。置身馆内，可开阔眼界，可与认识或不认识的花草鸟儿交个朋友，譬如湿地花卉梅花草、牛毛毡、水葱、络石、异鳞薹草、扁秆藨草等，崖壁植物紫弹树、小苦荬、假还阳参、拔毒散、九节龙、绣球绣线菊、薄叶委陵菜、蚓果芥、团羽铁线蕨、拟耧斗菜、单花鸢尾、野草莓等，中草药仙鹤草、繁缕、鸭舌草、何首乌、泥胡菜、桔梗等。至于鸟儿，鸣禽有喜鹊、山雀、画眉、八哥、乌鸦、黄鹂、麻雀、绣眼鸟等，攀禽有夜鹰、鹦鹉、杜鹃、雨燕、翠鸟、啄木鸟、拟啄木鸟等，陆禽有松鸡、马鸡、孔雀等。当然，还有镇馆之宝褐马鸡。凝固并呈现，标本艺术无疑是精致的，秋毫无差的，是技之巅峰，而自然之道则需逡巡其间，慢慢体悟。

国庆假日行将结束，老邓问我想去哪儿，我说沿着沁河走走吧。宋勇问从哪儿开始，我说王家湾。

过卫华仪器厂旧址是旭河，之前有个很古怪的名字，叫䨮（xue）河。“䨮”上准下石，据说很早以前王家湾住着一王姓人家，择祖坟于村前南山。一江湖游士路过，看到坟地藏风聚气，得水则人财两旺、官运亨通，遂起嫉妒之心。江湖游士雇人在坟后山梁挖渠，断其风水，挖着挖着，喷出大量血水，顺沟而下，河水被染红，此地便叫血河，属灵石管辖。血河山林茂密，资源丰富，沁源县令据地形认为应归沁源。两县争执不下，报请朝廷，朝廷判定仍归灵石。行文时觉得血字不雅，书吏信手写了个“隹石”，意谓“准”给灵“石”，仍读血，但字典里并无此字。1947年，隹石河划归沁源。2010年，村民更换第二代身份证，字库中无“隹石”字，只得报请有关部门批准，以“旭”代“隹石”，意谓旭日东升。其实，“旭”与“血”读音并不相同，可晋东南人发音不卷舌，此二字在当地的读音是一样的。旭河粉条、粉皮耐煮，柔绵，很有名气，我去他们的作坊看过，锅中粉条色白，微亮，制作过程热气腾腾，湿气弥漫，不由想起小时候的粉坊，在冬天，那儿是取暖最好的地方。

沿河行走，老邓更正说，人们习惯把源自二郎神沟的河叫沁河，实际上是沁河支流，叫韩洪河，旧时也叫雪河。绵山八月飞雪，古人疑河水由山上积雪融化而成。雪是我喜欢的，便说，雪河这个名字多好啊，“雪”与“血”读音也相近，隹石河村改名为什么不叫雪河呢？宋勇玩笑道，雪太冷，老百姓喜欢旭日东升，暖和。老邓笑一笑继续说，民国版《沁源县志》记沁河源头有六处：一是景凤西沟山下有泉涌出，流经活凤、崖头，至交口入沁河；二是活凤东北，沟中石崖下一穴，出水湍急，由琴峪而南，至阳城转东，入交口界归沁河；三是活凤崖头村北山麓有泉一泓，涝旱如常，也由琴峪而南，至阳城转东，入交口界归沁河；四是涧崖底，水从崖下二孔涌出，势甚雄壮，流经青杨湾、郭道镇阳城界，到交口归沁河；五是河底，水由山麓出，向东流经石台、定湖，转向南至程壁，再向东经郭道、阳城，到交口归沁河；六是白狐窑乡（现并入交口乡）马泉村香水沟，石岩下有泉涌出，水势畅旺，向西流经化峪、安乐等村，入交口归沁河。其中，景凤、活凤源头都是紫红河源头，这三源仅能算一源，与北源涧崖底、正源河底合称沁河三源，紫红河、赤石桥河、韩洪河于阳城相汇，始有沁河，此即《水经注》所说的“三源奇注，迳泻一隍”。白狐窑河在交口入沁河，不符合“河源唯远”原则，民国版县志认为六源均在交口相合，也与实际不符。我说，沁河六源的确不够严谨，源头嘛，总不能一路上冒水的地方都是源头吧？如果这样，沁源还不找出一百个源头来？老邓是三源说的拥趸，苦笑一声说，其实，《水经注》讲得很清楚，“又南会三水。历落出，左右近溪，参差翼注之也。”南会三水，左右翼注，是左右受三水，即白狐窑河在交口入沁河、狼尾河在城北入沁河、青龙河在阎寨入沁河，这三水不能算沁河源头。还有柏子河，在龙头与沁河交汇，出沁源境，更不能算沁河源头。

说话间，过了石台，过了杭村，车速流水一样缓慢，流水走着走着突然无影无踪。流水钻地处叫务川口，地下潜行四五里，途经定湖，在四湾冒出地面。这种情况并不少见，滹沱河源头在繁峙县泰戏山，河谷平坦开阔，植被单一，流经繁峙地段都是沙石地面，水从地面不断下渗，形成暗河，人称“四十里潜流”。朔州有“恢河伏流”，河床是砂砾石，河床底是不透水层，水流突然渗入沙底，潜行十里后又突然冒出地面，流量竟与钻沙前一样大小，整条河床就像个大漏斗。不料沁源竟也有一处，便问老邓可有名字，老邓说没有，不过，当地人以为这里有地下湖，便取名地湖，传来传去又成定湖。我笑道，你们沁源人喜欢讲龙故事，这就是潜龙嘛。老邓说，那就叫潜龙在渊？我说好啊，钻出地面处该叫什么？宋勇说，飞龙在天。我摇摇头说，飞龙在天不好，太张扬，就叫潜龙在田吧，沁河就是一条潜龙，从沁源大地上静悄悄走过。

出程壁，穿朱鹤龄，上了郭道大桥。新中国成立前，此地河水分三股流经，过河靠活动板桥，遇到洪水泛滥，一堵就是半月。1956年，修筑沁（源）平（遥）线时，建15孔木结构桥，长84米、宽6.4米、跨径5米。1968年，沁平线拓为汾屯线，木桥年久失修，拆后新建9孔石拱桥，长115米、宽7米、跨径10米。2008年，汾屯路拓宽改造，建钢筋水泥桥两座，下为圆柱形钢筋混凝土墩台，上为多层钢筋混凝土浇筑，即汾屯线郭道1号桥和2号桥。1号桥位于郭道村东五龙河旁，桥6孔，长120米、宽12米、跨径20米。2号桥位于畅家沟与西阳城交界处，桥8孔，长160米、宽12米、跨径20米。

站在2号桥上看流水来去，莫名想起雍正版《沁源县志》收录的马文卿《归去来诗》：

独坐书宅更掩扉，芹宫滋味始知微。
才离笔砚三冬苦，又慕家乡几日归。
沁水声高秋夜紧，绵山风起晓云飞。
闲登峻岭观来路，叠嶂尽峦映落晖。

马文卿曾任沁源训导，“旧志盱眙人，旧碑鱼台人。岁贡，嘉靖三十七年任。未几，弃官去。”与老邓说起此人，老邓说县志中弃官而去的，马是第一人。桥上望向西北，老邓指着绵山说，欣赏“绵山积雪”最好的地方是郭道，不是花坡，冬天在此眺望，“万山盘踞”“远望如银山”，俨然富士山。又指着上游说，韩洪河在程壁村西注入沁河，赤石桥河在郭道村东南注入沁河，紫红河在东阳城村南注入沁河。我说，古人时空概念相对模糊，“三源奇注”不可能在同一地方，但也不会相距太远。老邓点头说，阳城旧时设阳城郡，村外有一片杨树林，很像一座城池，故得名杨城。后来图兴旺之意，改“杨”为“阳”。紫红河东边的村子叫东阳城，沁河西面的村子叫西阳城。老邓讲什么都条理清晰，我的思路被他牵着走，想那时水势大，沁河绕杨树林浩荡而下，景象定然壮观。

驱车继续前行，路经长征，老邓问要不要去张慧斌那儿喝杯茶，我说不去打扰他，见面又找我要老中医呢。老邓笑了，宋勇也笑了。我说，过张慧斌家门而不入，他知道了会不会着急上火？老邓说不会。我问为什么，老邓说他每天喝蒲公英茶，早把火败了。说笑间，拐上交口大桥。宋勇说，这里是二沁公路和沁平公路的三岔口，所以叫交口。大桥东西横跨沁河，连通仁义、正中、交口、张壁等村，桥南30米处有座旧桥，已废。下车站在桥上，老邓指着桥东北岸一涓涓细流说，那就是白狐窑河，当地人叫东川河，沁河则叫后川河，两河在此相汇，南流去了沁河镇。想交口不只是三岔路口，更是多条河流交汇地，交口之交，当有河流相交之意吧。

中午回城稍事休息，下午直奔龙头。

车上，居然听到一口地道沁源话唱的民谣，很是惊奇。问宋勇谁唱的，宋勇说小伙子叫樊乐，沁源人，一首《我是沁源家》火遍网络，这首歌叫《明早将》：

明早将　明早将
明早将又去哪？
东觅向　西觅向
山高道儿也长
明早将　明早将

明早将又在哪?

秋又来　春也过

雨雪染衣裳

额说额准备便宜啦

可是明早将又去哪

额说额准备便宜啦

可是外咋　风又大

额说额准备便宜啦

可是你这阵又在哪

额说额准备便宜啦

可是谁又长大　谁也变老啦

沁源也出民谣歌手，颇觉意外。

龙头是沁源境内最低处，海拔仅939米。站在石桥上北望，对面一山峨冠博带，倒映水中，沁河自山东侧而来，柏子河自山西侧而至，两河相汇，水面开阔，水势大而徐缓，颇有江南水乡味道。老邓说，当地百姓把这儿叫龙头湾，把山叫龟山。正琢磨此山从何处绵延而来，老邓的话又让我想起玄武图，心中先是一凛，又是一喜。我对老邓说，你们沁源人喜欢讲龙凤文化，其实，龙凤仅是表象，沁源最正宗的文化是玄武文化。玄武是北方之神，又是生殖之象，沁源生态如此之好、植被如此之好，不就因为是生殖之地吗？老邓看着我，讪笑道，这就是你说的龟蛇纠谬吧？我说，对，龟蛇纠谬其实是一种阴阳关系，玄武图形似太极图，内部结构变动不居。所谓“与时迁移，应物变化”“无成执，无常形”，在古人眼中，万事万物都是纠缠，很有点量子纠缠的意思。《道德经》讲：“谷神不死，是谓玄牝。玄牝之门，是谓天地根。绵绵若存，用之不勤。”在古文化里，女人是谷，是水，谷、水即道之象。谷的本义是山涧泉水，谷的甲骨文、金文、篆文形状像山涧泉水，也像仰面而卧的女性身体。水即蛇，蛇也是生殖符号，人文化以后，被尊称为龙。太极图的前身是双龙图，双龙即双蛇，寓意阴阳乾坤、雌雄二性。古人崇拜蛇，忌讳直呼其名，称为它。在原始时代，黄河边的人天天与蛇为伍，由恐惧而崇拜，早上见面打招呼，开口就是无它乎？就像现在的人见面就说吃饭了吗？甲骨文的“蛇”字是一条头大而呈三角形状的毒蛇，金文的“蛇”字类似精虫，小篆的“蛇”字是小篆的“它”加一个虫字旁，这个虫子旁就是金文的“蛇”字，也即精虫，小篆的“蛇”字其实是雌雄同体的。蛇象征女性，本身又形似男性生殖器，是雌雄合体、人蛇不分的。沁源水多，谷多，沁源文化无疑是地地道道的生殖文化。这番话信息量过大，老邓怔怔看着我，像看一个怪物。我笑一笑，你不也觉得沁源城是龟城吗？自然就这么不可思议。老邓说，是你的思维不可思议，什么东西都能联想到一起。我说，并非我联想到一起，是人家本身就存在关联嘛。你看上古神话，神大多是人面蛇身，“伏羲鳞身，女娲蛇躯”是无缘无故的吗？实际上，《伏羲女娲图》中伏羲女娲相拥交媾的构图与DNA的双螺旋结构图惊人相似，《易经》中的八八六十四卦与DNA三联体组成的64个生物遗传密码一一对应，六十四卦之间的相生、相克、相合关系与64个遗传密码之间的相促、相抑、反义关系也是一致的，你说，这是偶然吗？

我还想告老邓说，古人的世界是由阴和阳构成的，但没有说。

我还想告老邓说，计算机世界是由0和1构成的，但没有说。

寂静仿佛流水，从脚下流过，带着一丝寒光。我和老邓默默凝视着对面的山，各有心思。有白鹭从头顶飞过，目中无人，好像我是空气，老邓也是空气。宋勇喊我，让我与老邓在桥上合个影。我转过脸去，见龙头村绿树掩映，房屋寂静，山上有一龙形植物雕塑，似欲向天飞去。老邓抬手指着河对面说，那个村子也空了，正在建“隐居乡里”民宿。我配合老邓的手势看去，宋勇便把我俩貌似自然的姿势定格下来。

从小南川穿过，路边油葵仰脸向南，密密麻麻，一路上不见行人。车钻出庄稼地，我与老邓下车，沿土崖缓步而行。走到最高处，驻足回望，龙头、河东、大南川、小南川、砖峪一村一臂弯，沿河错落而来，藏在最大臂弯处的是砖峪，依山脚平地而居，沁河自东山脚绕个大弯，折向西山脚，又在西山脚转个大弯，绕回东山脚，砖峪被沁河环绕，俨然一座河心岛屿。居然在河湾处建村，可见沁河很少发怒，至少在龙头一带，河宽水平，四围安宁。老邓把五个村一一指给我，最后说，如果春夏时节来，漫山遍野都是山桃花、连翘花，两岸还有一千多亩油菜花，红的，黄的，白的，从山上到河边，从河边到山上，龙头湾美得让人无话可说。远远看见有人穿过小桥，向砖峪而去，青山，绿水，白芦苇，晃晃悠悠的身影，恰似隐者，却非隐者。水鸟水中起舞，腿修长，颈弯曲，翅若云翳，时起时落。人影，水声，鸟鸣声，泉水渗出山体，风行走在庄稼叶子上。天高地远，五谷丰登。移步岸边，流水声骤然响亮起来，似有万马从崖底下走过。我吃了一惊，对老邓说，你过来听，仅一步之遥，动静完全两个世界。老邓走到岸边，登时呆了，立马蹲下身去，侧耳倾听。我微微一笑，寂静与喧哗仅一株草的距离，你再向前探一步，就是水中人了。老邓不接话，依然侧耳倾听。猛然想起灵空山的传说，笑道，这里就是五龙子的头吧？其实，它不应该叫龙头，应该叫龙尾，沁河在这里轻摆龙尾，腾空而去，沁源故事到这儿才进入高潮。老邓依然不说话。心中悻悻，回头见宋勇坐在车里假寐，《我是沁源家》透过车窗溢过来，仿佛一叠一叠的流水：

好想你　好想你　好想你　好想你
是真的真的好想你
不是假的假的好想你
好想你　好想你　好想你　好想你
是够力够力好想你
真的西北西北好想你

驱车南行，穿过庄稼地，进入安泽境内。穿过村庄，绕回河边，越河而过，对面是座废弃的山庄，叫铁布衫。村庄南边有一座山，也叫铁布衫，老邓说站在山顶看沁河出境，一览无余。闻听，我有些兴奋，不由分说便要上山。

从村旁绕过，跨过一道沟，顺山坡而上，沿途有野菊花，有野草莓，有苦苣菜，有狼尾草，一朵一朵，一丛一丛，匍匐路边，宠辱不惊。河中不时有水鸟飞起，忽而直上，忽而斜下，水面波澜不惊。登临山顶俯瞰，河流山间曲曲折折，折折叠叠，叠叠回回，回回环环，环环绕绕，波光时明时暗，水流神闲气定。一个接一个大S连环而下，婀娜若女子，若蛇，若龙，让人觉得那山便是为那曲线而生的，那山上的一草一木也是为那曲线生的，那一草一木上的叶子花儿还是为那曲线而生的。而那曲线隐藏山中，美得让人无语凝噎，美得让人自惭形秽，美得让人觉得自己无知。的确，就是无知。想象过万马奔腾的样子。想象过激流湍急的样子。想象过堆起千层雪的样子。想象过呼啸而来、呼啸而去、特立独行、桀骜不驯的样子。想象过一龙出海、一飞冲天的样子……然而，在此刻，沁河淡定自若，不卑不亢，潺潺湲湲，不徐不疾，沉沉静静，不惊不乍，就这样安详地步出沁源，走向安泽，越过沁水，穿过阳城、泽州，击穿太行山，在河南武陟直落黄河……

噫吁嚱，上善若水哉！

2020年11月1日—2021年3月1日　初稿于太原

2021年3月2日—3月31日　二稿于太原

后记

离开时候，互道一声珍重

赵树义

龙凤峡是沁源之行的最后一站。走出峡谷，老邓问我，真的不去见一下你的老朋友？我笑道，老朋友每天都陪着我呢，还没见够？老邓说，离开沁源前，有个人你应该见一见。我说，谁？老邓说，金书记。我调侃道，我在这里，他在那里，见或不见，都在沁源山水里。老邓苦笑一声，欲言又止。我问老邓怎么了，老邓说，已经公示了，金书记可能离开沁源。我心一沉，叹息一声，他早把沁源当家了，让他离开，会很难过吧？老邓说，是，我们沁源人也舍不得他走，可组织上重用，我们也不能拦着啊。

听到这个消息，总觉对不住所军，沁源行走两个月，一直不想让他知道，感觉自己像个贼，在他家院子里转来转去，却不打招呼。而等到想打招呼的时候，他却突然搬走了！老邓见我不说话，忍不住道，你俩真有意思，你来沁源不让我告诉他，他知道你在沁源，也不让我告诉你。我愣住，他知道我来沁源了？老邓摇头叹道，你想啊，你来沁源这么长时间，他怎么可能不知道？他工作抓得那么细，就是一只鸟儿飞进沁源，都会知道的。我哦一声，笑了，他知道我在沁源啊……心底竟莫名温暖，老邓却以为我有怨言，迟疑一下说，其实，你是聪明一世、糊涂一时，于公于私，你来沁源的事我咋可能不向他汇报？他知道后专门叮嘱我，不要让老赵知道我知道他来了，他想去哪儿去哪儿，想写什么写什么，写作是他的自由，不要干涉。生活方面、交通方面尽量给他提供方便。我愣住，宋勇是他“借”给你的？老邓笑而不答。

我与沁源的缘分，还得从所军说起。与所军的缘分，则要从诗歌说起。

2005年底，柴然主编的《黑皮诗丛》出版，有所军的《黑》，有我的《且听风走》。当时，所军刚获得赵树理文学奖新人奖，而我远离文坛多年，出这本集子仅为纪念。那时候，我不仅一个字都不写，连书都很少看。2006年省人代会值夜班，信手翻开《黑》，一口气读罢，兀自坐在办公桌前发起呆来。良久，我突然拿起桌上的电话，拨通所军的手机。已是深夜，所军的手机还开着，我俩在电话里聊了很久，从诗的节奏、语感，到诗的跳跃、张力，以及字、词和标点。聊到最后，我一时冲动，说抽空给你写个评论吧。愿是许了，却直到2009年回归文学，才写了一篇《黑的炭火，静的秋水》，刊登在《山西日报》上。

所军非常喜欢《汉书·杨雄传》中的一句话：“默默者存”。他这样理解：“那就是内敛、含蓄、坚韧、沉郁，也就是不慕名利，恬淡冲和，宠辱不惊，宽容大度。”生活中，我一直觉得所军是个安静的人，一个瓷器一样静静闪着光泽的人，读过他的诗才发现，他的内心其实是滚烫的，就像一块慢慢燃烧的炭火。记得评论中，特别提到他的一首诗《秋天站在树顶上》：

秋天站在树顶上

三个月里琢磨了两件事

一件是开镰　一件是备耕

顺手关紧最后一间粮仓

这首诗写于所军任职屯留组织部长期间，那时，他写了一系列关于秋天的诗，字词仿佛果实，干净，圆润，紧致，对土地、庄稼、秋风秋雨的切肤之感非农家子弟难以体悟。虽然从了政，他柔软的诗人情怀从未有过任何改变。记得有一年去屯留采访，县人大常委会主任王国志得知我与所军是朋友，由衷感慨道，我在基层工作多年，从未见过金部长这么爱学习的，每天晚上都在办公室读书。此后，所军到长治郊区担任区长、区委书记，知道他公务繁忙，我多次过他门口而不入，也再未读到他的诗。但我能想象出来，作为一方父母官，属于他自己的时间越来越少了。

与所军多年不曾谋面，2017年中秋回老家探望父母，获悉他调任沁源，返并时顺路去看他。那是我第一次到沁源，拜访是假，看沁河源头是真，或者说，如果没有沁河源头，我都找不到看他的“借口”。与所军一直是君子之交，即便发条短信也要“师出有名”，很少无缘无故叨扰，尤其他有了“一官半职”之后。去沁源前，与所军通过电话，旋即接到县人大常委会主任王宏斌的电话，说金书记很忙，你来沁源先到咱人大吧。王宏斌早年是个“文青”，曾在《人民日报》等报刊发表过散文。席间，王宏斌又是一番感慨，我号称沁源的文化人，可金书记来沁源时间不长，谈起沁源文化我好多都是第一次听说。我笑一笑，想起王国志说过的话。晚上，所军来宾馆看我，见面便说有北京专家来沁源了。我明白他在委婉表达歉意，笑一笑说，我就一闲人，你忙你的正事。所军问我对沁源有何印象，我说第一次来，谈不上印象。所军不信，你是长子人，真没来过沁源？我笑道，如果不是你来沁源，我还想不起有个沁源。又说，长治12个县区我走遍了，真就没来过沁源。所军也笑道，那就是在等我来沁源吧。寒暄过后，我俩不知不觉聊到沁源的旅游生态，我信口道，最好的开发不是提供一个景点，而是提供一种生活方式。我坐而论道，所军微笑不语，不由想起他喜欢的四个字："默默者存。"

不过是诗友间的闲聊，转脸便忘了。次年冬天再到沁源，采访之余，沿着城东沁河走了个来回。我不是个爱旅行的人，却喜欢走路，觉得一座城市有一条让人喜欢走的路，这座城市便是宜居的，如果还有一条河，这座城市便是有灵性的。北方的冬天没有风景，可沿河看到"绿色沁源""红色沁源"等标牌，不觉会心一笑，想在诗人书记心中，沁源或是一幅红绿描绘的画吧。那次是周末，知道他比平时还忙，只在离开时通了电话。

随山西作家采风团入沁，行程满得像秋天的果实，来不及品味便一闪而过。虽如此，一路依然惊喜不断，譬如灵空山褐马鸡保护基地、花坡自然保护区、景凤丹雀小镇、韩洪沟红色小镇、长征蒲公英小镇、水泉苍鹭栖息地、沁新能源锂电池项目，还有太岳军区司令部旧址、水漾年华田园综合体，等等。当然，最让我兴奋的，是他们打造的各色小镇。让人住下来，这是旅游开发的长久之计。让人爱上这个地方，这是旅游开发的终极目的。如果游客也爱这个地方，还愁自家人不爱家乡吗？所谓留得住乡愁，其实便是留得住爱，喜欢多是一时之恋，爱才是真正的生活方式。

在水漾年华门口，我落在采风团后面，正犹豫着要不要进去，一回头，所军站在身后，头发竟已花白。久不联系，他问我在忙什么，我说刚写完《经络山河》，歇一歇。他说歇什么啊，来沁源吧，写写我们沁源。我笑一笑，没有答应，也没有拒绝。之后，一路走，一路看，一路想，脑子里总缠绕着他那句话，来沁源吧。所军说"我们沁源"时，语气自自然然，好像他是沁源人。沁源人说"我们书记"时，情感真真切切，显然已把他当沁源人。而沁源为何让所军"早生华发"呢？想来想去，便是生态，便是文化，于诗人书记而言，这无疑是他最理想的实践平台。想起自己当年说过的话——最好的开发不是提供一个景点，而是提供一种生活方式。所军居然把这句话变成现实，惊讶之余觉得自己与沁源也很近。毋庸置疑，所谓社会治理，便是构建一个好的生态，包括自然的和政治的；便是构建一种好的生活方式，包括物质的和精神的；自然、政治、物质、精神和谐，经济社会自然而然便进入良性发展状态。所军红绿并举，俨然把沁源当作一支交响曲在演奏。

返回太原，一直在想所军那句话，来沁源吧。他轻描淡写，我却无法拒绝，假如我去沁源，会写什么？沁源二字让人着迷，辗转数日，终于下定决心，去沁源写一部我的“地方志”——地理的，动物的，植物的，文化的。

沁源行走，耳朵里灌了不少故事。

所军入沁后养成一个习惯，每天早晨六点左右起床，或钻沟爬山，或下乡进村。所军老农下地一样早早便出工了，乡镇干部也不好意思躺在被窝里睡懒觉。起初，沁源人以为他初来乍到，新鲜一阵子。后来发现，这是新书记雷打不动的习惯，这个习惯渐渐变成乡村干部的习惯。只要在沁源，所军出行从头到脚都是一身迷彩服，“上行下效”，乡村干部也都一身迷彩服，不知不觉，迷彩服竟成沁源各级干部的“工作服”。风气转变是从一点一滴开始的，观念转变也是从一点一滴开始的。自2017年底始，京城、省城各类专家、学者联袂而至，各种新理念、新思想轮番轰炸，别说干部，就连百姓都能感觉到沁源和从前不一样了。采访中，常听人说，我们书记思维超前，乡镇干部跟在后面跑，都跟不上他的节奏。所军时常在微信、抖音发布沁源的好山好水好花好鸟，乡镇书记、乡镇长耳濡目染，也多成了“网红”，百姓也争做“网红”。短短三年多，寂寂无闻的沁源摇身变为“网红打卡地”，频频出现在新华社、央视和各类自媒体中。修路，打通内循环。开放，联通外面世界。变化由内而外、由外而内，是全方位的。“郡县治，天下安”，好的治理便是让干部、群众都养成一个好习惯，全社会都有一个好习惯，地方治理自然便步入正轨。三年多时间沁源人脱胎换骨，绝非潜移默化那么简单，或者说，这种质变皆因契合了沁源人的内心需求，也因之，沁源人的幸福感是看得见、摸得着的，是结结实实的，仿佛枝头熟透的果实，“啪嗒”一声落地，芳香四溢。

曾经，沁源百姓守着金山银山讨饭吃，甭说文化，就连眼前无涯的森林也是负担，一年四季为她操碎了心。有人说，沁源的干部好当，只要不出交通、煤矿和森林防火安全事故，光挖煤就把GDP挖上去了。可挖煤只能富县、富企业、富一部分人，百姓怎么办？煤总有挖完的时候，即便挖不完，守着青山绿水，为什么要让百姓过灰眉土眼的日子呢？为官一任，造福一方。所军主政沁源一直在做一件事，就是让沁源这个好地方真正变成好地方，让外面的世界知道沁源是个好地方。

而我与沁源结缘，便因所军让我知道了沁源是个好地方！

感谢缘分！

我一直相信，一部书必定是一种缘分。某一天，所军说来沁源吧，我便来了。之后，老邓出现了，我还是称他邓焕彦先生的好，这样显得庄重，我与他毕竟是一种互为敬重的缘分。郑曙林先生也出现了，和他众声喧哗的鸟儿，这是一种独唱并合唱的缘分。魏广瑞先生也出现了，他乡再续同窗情谊，这是一种时光泛黄且折叠一次的缘分。宋勇先生也出现了，和他的“活地图”，无疑是一种想去哪儿便去哪儿的缘分。还有很多很多沁源人，坐下来聊过天的，一起爬过山、钻过沟的，惊鸿一瞥、擦肩而过的。当然，还有茶或酒，我与你坐在茶台或酒桌两端说话，沁源坐在茶或酒中，看着我们。

没有这些缘分，我不知道去沁源该干什么。没有这些缘分，我不知道在沁源该看什么。没有这些缘分，我不知道行走沁源该怎么看，该去哪儿看，又该怎么去看。是的，我习惯了独自行走，可沁源是个很大的世界，我怎么走得过来呢？沁源还是个很美的世界，我怎么可以一个人走呢？

蓦然发现，我与所军都喜欢一个词——行走。

《诗刊》2020年9月号上半月刊发表了所军一组旧作《天空把浮尘静静地推开》，他在创作谈《纸上行走》中写道：

诗歌，不是一个人的全部。于我而言，是生命重要的组成部分。无论从事什么工作，承担什么社会责任，诗歌在我心里的地位始终是独特的。人世间的旅程，是短暂的。有诗歌陪伴的行走，真的是人生的幸运。

我迷醉于执诗歌之手的行走。纸上行走。让思想在冥想中行走，让文字在白纸上行走，让诗歌在尘世间行走。无拘无束，给生活以温暖，给思想以亮色，给平淡以激情，给岁月以抚慰。当我在奔波中平静下来，最想面对的就是诗歌。我在诗歌中找到的不仅是乐趣，更多的是智慧；特别是对一草一木的深情，是对粒粒辛苦的感慨，对群山、河流、百姓千百年来沧桑的思考。有时候，还会有泪流满面的感动。我觉得，这是一个重要而意外的收获。

而我行走沁源，收获的岂止感动，岂止缘分！

离开的时候，请你我以沁源的名义互道一声珍重！

2021年5月17日　于太原

默默凝视水面，似要从水中看到些什么，譬如时光？譬如过往的历史？譬如一只鸟儿留在水中的投影，抑或，一枚叶子飘落到河中的过程？其实，我也不知道自己想看到什么。其实，我只是喜欢秋天的流水，喜欢秋天流水中的安谧，喜欢秋天安谧的流水中的声音，干净，透明，不含一丝杂质。有时候，喜欢是不需要理由的，只要能安静地坐在流水边，哪怕一天，半天，一小时，甚至抽一支烟的工夫，也心满意足。

———